1,50

1

ullstein

Das Buch

Der erste Fall für Jo Weidinger. Als Koch muss man wissen, woher das Fleisch kommt, das man serviert. Das finden jedenfalls die Mitglieder des Jägerstammtischs, der sich regelmäßig in Jo Weidingers Restaurant trifft. Der junge Koch lässt sich überreden, an der nächsten Jagd in den Wäldern des Rheintals rund um die Loreley teilzunehmen. Plötzlich wird einer der Jäger von einer Kugel niedergestreckt; die Polizei geht von einem Querschläger aus. Nur Jo ist sich sicher, dass das tödliche Geschoss aus einer anderen Richtung kam. Da dem Koch niemand glaubt, beginnt er auf eigene Faust zu ermitteln. Und dann wird auf einem Hochsitz der nächste tote Jäger gefunden ...

Der Autor

Christof A. Niedermeier, geboren 1969, stammt aus der Nähe von Regensburg. Seit knapp zwanzig Jahren lebt und arbeitet er in Frankfurt am Main. Mit dem Helden seines Buches teilt er die Liebe zum Rheintal, zu den malerischen Burgen, gutem Essen und leckeren Weinen. Er ist vielseitig interessiert, liest gerne und hat ein ausgesprochenes Faible für Italien.

Christof A. Niedermeier

Waidmanns Grab

Kriminalroman

Ullstein

Besuchen Sie uns im Internet:
www.ullstein-taschenbuch.de

Originalausgabe im Ullstein Taschenbuch
1. Auflage August 2015

Umschlaggestaltung: ZERO Werbeagentur, München
Titelabbildung: © FinePic®, München (Hirsch);
© Getty Images / LOOK / © Heinz Wohner (Landschaft)
Satz: LVD GmbH, Berlin
Gesetzt aus der Quadraat
Druck und Bindearbeiten: CPI books GmbH, Leck
Printed in Germany
ISBN 978-3-548-28704-1

Prolog

Die Hitze lag flirrend über der Wüste. Bill Whitman lief der Schweiß aus allen Poren. Sein khakifarbenes T-Shirt klebte wie eine zweite Haut an seinem massigen Körper. In dem Moment wünschte er sich nichts sehnlicher als ein kaltes Bier und dass der Kerl neben ihm endlich zum Schuss käme. Eine leichte Brise strich über den heruntergekommenen Schießplatz und brachte ein wenig Linderung. Bill kontrollierte den Windmesser.

»Zwei Knoten, drei Strich Südwest«, sagte er und warf einen Blick auf den Mann neben sich. Mit einer ruhigen Bewegung drehte dieser das Visier um einen Klick weiter, um den veränderten Seitenwind auszugleichen. Dann konzentrierte er sich wieder auf den anstehenden Schuss.

Bill hatte ihn zuerst für einen dieser aufgeblasenen Wichtigtuer aus der Stadt gehalten, die am Wochenende hinaus in die Wüste fuhren, auf Kakteen oder Bierdosen schossen und sich mit Daddys Geld die teuersten und besten Gewehre leisten konnten. Doch der Mann, der neben ihm lag, war anders. Bisher hatte er jeder der mannsgroßen Pappscheiben in den Kopf geschossen – auf 100 Meter, auf 300 Meter und auf 500 Meter. Nun stand allerdings eine Aufgabe an, die er unmöglich schaffen konnte. Bill hatte mehrfach versucht, ihn davon abzubringen. Er befürchtete, John, wie der Mann sich nannte, könnte vorbeischießen, der Waffe die Schuld geben und von dem Geschäft zurücktreten. Dabei brauchte Bill dringend ein paar Extradollar. Seine Bank saß ihm wegen einiger unbezahlter Rechnungen im Nacken. Diese elenden Aasgeier!

Es war schon fast eine Minute vergangen. John hatte immer noch nicht abgedrückt.

Bill kniff das linke Auge zusammen und linste mit dem anderen durch das Spektiv. Obwohl er schon die volle Brennweite des Objektivs nutzte, sah der Kürbis winzig klein und unendlich weit entfernt aus. 800 Meter! Auf diese Entfernung schossen sie normalerweise mit der 20-mm-Automatikkanone – und auch nur auf alte Autos. Es war jedes Mal ein Spaß, wenn Joe Frazier von der Texas Freedom Militia, einer der regionalen Bürgerwehren, mit seinen Männern in die Wüste herauskam, um ein wenig Dampf abzulassen. Besonders gerne schossen sie auf japanische Autos. Dreckige Japse, dachte Bill und spuckte aus.

Er hatte den Kürbis auf die Motorhaube eines völlig durchlöcherten alten Datsun gelegt, der einmal grün gewesen sein musste, bevor die Hitze und der Wüstensand die Karosserie fast blank poliert hatten. Gerade als er John fragen wollte, ob sie den Kürbis nicht doch besser auf 600 Meter legen sollten, hörte er das dumpfe Plopp des Schalldämpfers und fast zeitgleich den Überschallknall, als das Hochgeschwindigkeitsprojektil die Schallmauer durchbrach. Für einen Augenblick schien die Zeit stillzustehen, dann konnte Bill durch das Spektiv sehen, wie der Einschlag der Kugel den Kürbis regelrecht zerfetzte.

»Wahnsinn«, rief er ehrfurchtsvoll aus. »Wo hast du so gut schießen gelernt, Mann? Bei den Marines? Special Forces?«

Bill schüttelte den Kopf. Natürlich wusste er, dass die Scharfschützengewehre auf Reichweiten von über 1000 Meter ausgelegt waren und die Spezialeinheiten tatsächlich auf noch weiter entfernte Ziele schossen. Er selbst hatte so etwas allerdings noch nie gesehen. Bei solchen Entfernungen war die Kugel mehr als eine Sekunde unterwegs. In dieser Zeit konnte das anvisierte Ziel drei Schritt weiter sein. Dazu kam der Wind, der die Kugel leicht um einen Meter ablenken konnte.

Auf dem Weg zurück zu der kleinen Hütte, in der er seine Geräte aufbewahrte und von der aus er den Schießplatz überwachen konnte, redete Bill ununterbrochen.

Was für ein Schuss! Der Mann, der diese Meisterleistung vollbracht hatte, wirkte dagegen seltsam ungerührt. Er war überhaupt ein merkwürdiger Kerl. Als er zum ersten Mal auf Bills Schießplatz aufgetaucht war, trug er trotz der Hitze einen schwarzen Mantel und hatte die Baseball-Kappe so tief in die Stirn gezogen, dass man sein Gesicht kaum erkennen konnte. Seine Augen verbarg er hinter einer dieser verspiegelten Sonnenbrillen mit breitem schwarzem Rahmen, wie sie aus Europa importiert wurden. Bill konnte nicht genau sagen warum, aber er hatte bei John ein ungutes Gefühl. Irgendetwas stimmte nicht mit dem Kerl. Doch seine Referenzen waren einwandfrei: Er kam auf Empfehlung eines alten Bekannten, der sich für ihn verbürgte.

Bill war sicher, dass er keiner von den Schnüfflern des FBI war. Diese Typen kannte er zur Genüge, so oft, wie sie schon auf seinem Schießplatz aufgekreuzt waren. Bisher hatten sie jedoch nie etwas finden können. Dafür war Bill zu schlau. Er machte seine illegalen Geschäfte am liebsten um die Mittagszeit, wenn die Sonne so heiß vom Himmel herunterbrannte, dass sich die Anzugtypen vom FBI in ihren klimatisierten Büros im Stadtzentrum von El Paso verkrochen.

Als sie am Schuppen angekommen waren, holte Bill die restlichen Ausrüstungsgegenstände heraus. John wollte das ganze Paket – neben dem Gewehr selbst noch ein passendes Nachtsichtgerät, einen Schalldämpfer, einen Koffer, um das Gewehr zu transportieren, einen Windmesser, ein Spektiv, einen Laserentfernungsmesser und dazu noch einige Packungen Munition. John prüfte sorgfältig jedes einzelne Teil. Besonders viel Zeit nahm er sich für das Gewehr.

»Ist das beste Scharfschützengewehr, das gegenwärtig auf dem Markt ist«, erklärte Bill, während er sich eine Zigarette ansteckte. »Ist 'ne Weiterentwicklung des AI Arctic Warfare, echt klasse das Ding. Heißt G22 und ist das neue Scharfschützengewehr der deutschen Spezialeinheiten. Die Leute von Accuracy International haben es für die Deutschen extra noch einmal verbessert.«

John schwieg und untersuchte das Gewehr weiter.

»Wenn du mich fragst, ist es um Längen besser als das M40 A1 von unseren Jungs. Selbst das neue M40 A3 kann da nicht mithalten«, fuhr Bill fort. »Das G22 ist noch ruhiger. Was Präzision und Treffsicherheit angeht, ist es unübertroffen. Außerdem ist es extrem belastbar und korrosionsbeständig. Die Knarre kannst du ein halbes Jahr eingraben, und danach funktioniert sie immer noch. Das Gewehr hat Accuracy International ursprünglich für die schwedische Armee entwickelt. Die Schweden haben es bei minus 20 Grad getestet. Damit kannst du in Alaska Eisbären schießen, wenn du willst.«

Bill lachte meckernd. John war inzwischen mit der Prüfung des Gewehrs fertig und wandte sich dem Laserentfernungsmesser zu.

»Kommt aus Deutschland«, erklärte Bill. »Ein echter Hochpräzisionslaser – der Halem 2. Das Ding hat eine Reichweite von bis zu 5000 Metern.«

Nachdem John auch noch den Nachtsichtaufsatz einer gründlichen Prüfung unterzogen hatte, erhob er sich.

»Alles okay?«

John nickte. Bill grinste.

»Dann müssen wir ja nur noch das Finanzielle regeln. Ist leider ein wenig teurer geworden als ursprünglich angenommen. Die Schweine vom FBI schnüffeln im Moment wieder ziemlich viel herum.«

Bill machte eine entschuldigende Handbewegung. Johns Gesicht blieb völlig ausdruckslos.

»Wie viel?«, fragte er mit tonloser Stimme.

Bill wand sich ein wenig.

»Fünfzehntausend«, sagte er und fuhr sich mit der Zunge über die Lippen.

Johns Gesichtszüge verhärteten sich. Er sah Bill wortlos an. Trotz der 35 Grad lief es Bill eiskalt den Rücken hinunter.

»Das ist deutlich mehr, als wir vereinbart haben.«

Johns Stimme klang gefährlich leise.

»Mann, das musst du verstehen. Ich hatte selbst höhere Kosten.«

Kampflos wollte sich Bill den Zusatzverdienst nicht entgehen lassen. John musterte ihn schweigend. Bill fühlte sich in seiner Haut immer unwohler. Als er schon fast bereit war, auf das ursprüngliche Angebot herunterzugehen, griff John auf einmal in seine Tasche. Instinktiv machte Bill einen Schritt nach hinten. Doch John zog nur drei dicke Bündel

Geldscheine heraus und warf sie ihm achtlos vor die Füße. Bill wollte etwas sagen, besann sich aber eines Besseren, als er Johns Blick bemerkte. Er bückte sich, hob das Geld auf und begann es zu zählen. Es waren genau fünfzehntausend Dollar. Bill grinste. Hatte er doch den richtigen Riecher gehabt! Der Kerl hatte genug Geld.

»Alles klar, ich geb dir noch ein paar Packungen Munition obendrauf«, sagte er jovial. »Ich hab da was ganz Besonderes, wird dir gefallen: Deformationsmunition. Die verformt sich beim Aufschlag und reißt ein Riesenloch! Damit kannst du Elefanten abschießen.«

Er holte die Packung mit der Spezialmunition aus dem Versteck hinter seiner Hütte. Eigentlich hatte er dafür noch einen Extrapreis verlangen wollen, aber da John anstandslos den Aufschlag bezahlt hatte, wollte Bill nicht kleinlich sein. Als John weg war, räumte Bill auf. Er war sehr zufrieden mit sich. Das Geschäft hatte ihm zusätzlich 2500 Dollar in die Kasse gespült. Zur Feier des Tages würde er sich ein kühles Bier bei Kitty in der Bar genehmigen. Er schloss die Hütte ab und ging hinüber zu seinem Wagen.

Der Mann, der sich John nannte, lag regungslos am Boden. Seine Atmung ging langsam und flach. Die Wut, die ihn wie ein wildes Tier angefallen hatte, brannte immer noch in ihm, aber sie hatte die Farbe gewechselt. Das brennende Rot, das alles verzehrte, war in ein gleißendes, kaltes Weiß übergegangen. So konnte er sie besser kontrollieren. Wut war wie das Licht eines Lasers – wenn man zuließ, dass es grell und ungezügelt durch den Raum tanzte, verpuffte seine Kraft wirkungslos wie die bunten Lichter in einer Diskothek. Konzentrierte man seine Energie dagegen auf einen einzigen Punkt, konnte man damit Diamanten schneiden.

Die kalte Wut half ihm dabei, alles um sich herum zu vergessen: die unerträgliche Hitze unter seinem sandfarbenen Tarnnetz, die Schweißtropfen, die sich auf seiner Stirn sammelten, den beißenden Sand, der in jede Pore seines Körpers zu kriechen schien. Alles um ihn herum verschwamm zu einem grauen Nebel. Nur der Schusskanal lag hell und klar vor ihm. Mit kühler Präzision und einer minimalen Drehung des Gewehrlaufs folgte er jeder Bewegung des bulligen Mannes in der khakifarbenen Uniformhose.

Bill zu töten hatte nicht zu seinem Plan gehört. Aber in dem Moment, in dem der bärtige Waffenhändler beschloss, ihn beim Verkauf des Gewehrs zu betrügen, war sein Schicksal besiegelt. Wie an den Tagen zuvor, als John ihn beobachtet hatte, schloss Bill den Schuppen ab, steckte den Schlüssel in seine rechte Hosentasche und ging hinüber zu seinem Wagen. Es war ein großer Pick-up, den Bill in endlosen Stunden in seiner Werkstatt in ein chromblitzendes Monster verwandelt hatte. An der hinteren Stoßstange prangte eine Südstaatenflagge. Bevor er einstieg, holte Bill aus der Seitentasche seiner Armeehose eine kleine Bürste, bückte sich nach unten und begann seine Stiefel vom Wüstensand zu reinigen.

Die erste Kugel setzte John genau in die Mitte von Bills massigem Körper. Trotz der fast 800 Meter Entfernung war die Wucht der Kugel so groß, dass der bullige Mann zur Seite gerissen wurde. Es war ein glatter Bauchschuss. Langsam rutschte der Mann zu Boden. John konnte durch sein Zielfernrohr sehen, wie der schmutzig rote Fleck auf Bills T-Shirt immer größer wurde. Bill presste eine Hand auf die

Wunde und bemühte sich verzweifelt, die Blutung zu stoppen. Mit der anderen Hand griff er nach der Stoßstange seines Wagens und versuchte sich hochzuziehen.

John spürte keinerlei Mitleid. Emotionslos verfolgte er, wie Bill sich Stück für Stück nach oben zog. Trotz der höllischen Schmerzen, die ihm der Bauchschuss bereiten musste, gelang es ihm, auf die Beine zu kommen. Den Rücken an das Fahrzeug gepresst, schob er sich langsam in Richtung Autotür. Als er den rettenden Türgriff fast erreicht hatte, setzte John den zweiten Schuss – mitten auf die Stirn. Bills Kopf wurde nach hinten gerissen und schlug gegen den Wagen. Sein Blick wurde starr. Blut sickerte aus dem Einschussloch. Langsam sackte er in die Knie und fiel nach vorne. Zweifelsohne war Bill schon tot, bevor sein Körper im Sand aufschlug. Um völlig sicherzugehen, setzte John einen weiteren Kopfschuss.

Er spürte einen eigenartigen Kitzel, als er den Toten im Sand liegen sah. Es verschaffte ihm eine unerwartete Befriedigung. Fünf Minuten später lag das Gewehr sicher im Kofferraum seines Wagens verstaut.

Der erste Schritt war getan.

Kapitel 1

»Kommt ihr klar, oder braucht ihr mich noch?«, fragte Jo und blickte in die Runde.

»Also die schmutzigen Schüsseln könntest du wenigstens noch sauber machen«, antwortete Pedro und duckte sich schnell, als ein nasses Geschirrtuch in seine Richtung geflogen kam. Wenn Not am Mann war, half Jo Weidinger beim Saubermachen, auch wenn es eigentlich nicht zu den Aufgaben eines Küchenchefs gehörte. Der Dienstag war allerdings meistens ein ruhiger Abend, so dass er sich schon früher auf seine Lokalrunde begeben konnte. Es erstaunte Jo immer wieder, wie viel Wert die Gäste darauf legten, dass er persönlich an ihren Tisch kam und ein paar unverbindliche Worte mit ihnen wechselte.

Das »Waidhaus« war der ganze Stolz des jungen Küchenchefs. Seit der Eröffnung des Restaurants vor gut drei Jahren hatte er sich mit seiner kleinen Küchenmannschaft einen erstklassigen Ruf erarbeitet. Das Waidhaus galt im Rheintal inzwischen als Geheimtipp der gehobenen Gastronomie.

Am Ende seiner Lokalrunde landete er, wie immer, am »Jägerstammtisch«. Eigentlich war es gar kein richtiger Stammtisch. Es hatte damit angefangen, dass sich zwei oder drei Jagdkameraden gelegentlich im Waidhaus zum Essen trafen. Mit der Zeit war daraus eine feste Runde geworden, die sich alle drei bis vier Wochen bei ihm traf. Obwohl sie alle deutlich älter als Jo waren, freute er sich jedes Mal darauf, denn die Jäger gaben eine lustige Truppe ab. Zum harten Kern der Runde gehörten Helmut Becker, der eine Schreinerei in Boppard betrieb, Reinfried Persch, dem ein Uhren- und Schmuckladen in St. Goar gehörte, Wilhelm Stützle, der vor knapp dreißig Jahren aus Schwaben an den Rhein gekommen war und sich eine Spenglerei aufgebaut hatte, Dr. Robert Enkmann, der leitende Oberarzt an der Klinik in Oberwesel, Norbert Haller, Apotheker in Bingen, und Rudolf Kern, der Revierförster.

Die Männer hatten bereits zwei Flaschen vom besten Riesling geleert und waren gut gelaunt.

»Schön, dass du kommst«, rief Stützle Jo zu. »Wir haben gerade eine neue Flasche aufgemacht. Da ist auch ein Gläschen für dich drin!«

Jo zögerte, aber es war schon zu spät. Der Spenglermeister hatte ihm bereits ein Glas eingeschenkt. Je länger der Abend dauerte, umso bunter wurden die Geschichten. Eine Anekdote folgte auf die nächste, und es wurde kräftig Jägerlatein gesponnen.

»Sag mal, Rudolf, wie war das noch mal mit dem Pärchen, das du neulich in deinem Revier erwischt hast?«, fragte Helmut Becker den Förster.

»Pärchen? Welches Pärchen?«, antwortete Kern und lächelte verschmitzt.

»Jetzt lass dich doch nicht bitten«, rief Reinfried Persch, der dem halbtrockenen Riesling schon tüchtig zugesprochen hatte.

»Wie ihr wisst, bin ich bei solchen Dingen immer sehr diskret.«

»Klar, wär ich auch«, rief Persch und grinste zweideutig.

»Ich war ja selber mal jung, deswegen mach ich da normalerweise einen großen Bogen drum.«

»Soso, und was war hier anders?«

»Ich komm den Weg von meinem Jagdsitz runter, da hör ich auf einmal ein Stöhnen. Es klang ein wenig wie ein brunftiger Hirsch. Kam mir komisch vor, da wollt ich nach dem Rechten schauen. Ich geh also um die kleine Hecke rum, und auf einmal leuchtet mir ein blanker Hintern entgegen.«

Kern machte eine beschreibende Handbewegung, die so drollig aussah, dass sie alle lachen mussten.

»Ich hab natürlich versucht, mich ganz still und heimlich zurückzuziehen. Dummerweise trete ich genau in dem Moment auf einen morschen Ast. Hui, das hättet ihr sehen müssen. Schnurstracks haben die beiden ihre Klamotten gepackt und sind wie die Wilde Jagd splitterfasernackt an mir vorbeigerauscht«, erklärte der Förster mit todernster Miene, während seine Jagdkameraden und Jo nicht mehr aus dem Lachen herauskamen.

»Apropos Jagd«, meinte Schreinermeister Becker, als sich die Männer wieder einigermaßen beruhigt hatten. »Wolltest du nicht schon lange mal auf eine Jagd mitkommen, Jo?«

»Würd ich gerne«, erwiderte der junge Küchenchef und zuckte bedauernd mit den Schultern. »Aber am Wochenende kann ich unmöglich weg. Da geht's bei uns im Restaurant immer rund.«

Die Jäger hatten ihn schon öfter eingeladen, bislang hatte sich Jo allerdings erfolgreich gedrückt.

»Hast du nicht immer am Montag Ruhetag?«, wollte Wilhelm Stützle wissen.

Jo nickte.

»Trifft sich doch super, die nächste Jagd findet nämlich zufällig an einem Montag statt«, rief der Spenglermeister und grinste.

»Wann denn genau?«

»In zwei Wochen.«

»Da wollt ich eigentlich nach Wiesbaden zum Einkaufen. Ich muss mir mal wieder ein paar neue Klamotten zulegen«, entgegnete Jo. Auch wenn er regelmäßig Wildbret auf den Tisch brachte, hatte er nicht wirklich Lust, beim Töten der Tiere zuzusehen.

»Papperlapapp. Klamotten kannst du auch wann anders kaufen.«

Stützle schüttelte den Kopf. »Kann doch nicht sein, dass du Chef in einem Restaurant bist, das ›Waidhaus‹ heißt, und noch nie auf einer Jagd warst!«

Die anderen Jäger nickten zustimmend und redeten so lange auf den jungen Küchenchef ein, bis er widerstrebend nachgab.

Die nächsten beiden Wochen vergingen wie im Flug. Philipp, der erste Lehrling, den Jo im Waidhaus ausgebildet hatte, war mit seiner Freundin für eine Woche nach Italien gefahren. Da Jos Küchenmannschaft sehr klein war, machte sich das Fehlen eines Mitarbeiters deutlich bemerkbar, und die anderen mussten noch eine Extra-Schippe drauflegen.

Jo hatte passend zur anstehenden Jagd Wildwochen im Waidhaus angesetzt. Neben den Klassikern wie Hirschbraten und Wildschwein in Rotweinsoße, versuchte er sich an einigen neuen Kreationen wie Hasenragout mit Steinpilz- und Pfifferlinggemüse, Gebratenem Fasan mit Linsen-Vinaigrette sowie, als besonderer Spezialität, Crepinette vom heimischen Rehrücken mit Lebkuchensauce und grünen Spinatspätzle. Die Gerichte kamen bei den Gästen sehr gut an, und das Waidhaus war durchgehend gut gebucht.

Am Tag der Treibjagd holte Rudolf Kern Jo schon früh am Morgen ab. Normalerweise nutzte der junge Küchenchef seinen freien Tag, um auszuschlafen. Unter der Woche kam er kaum je vor ein Uhr nachts ins Bett. Am nächsten Morgen musste er dann meistens schon wieder gegen sieben aufstehen – schließlich war er nicht nur fürs Kochen zuständig, sondern kümmerte sich auch um die Lieferanten, die Servicemannschaft und die kaufmännischen Belange. Noch einigermaßen müde ließ Jo sich auf den kühlen Ledersitz von Kerns Geländewagen fallen. Die Ausstattung des Wagens war spartanisch. Es gab noch nicht mal ein Autoradio – sehr zu Jos Bedauern, denn um richtig wach zu werden, hätte er gut ein paar heiße Beats gebrauchen können. Der fröhliche Begrüßungs-Beller von Kerns Drahthaar-Hündin Diana war dafür nur ein unzureichender Ersatz.

»Na, schon im Jagdfieber?«, fragte Kern und grinste, als er in Jos verschlafenes Gesicht blickte. »Auf dem Rücksitz ist eine Thermoskanne mit heißem Kaffee, da kannst du dich bedienen«, meinte er verständnisvoll und grinste wieder.

Kern hatte Jo, wie die anderen Jäger auch, schon bald das vertrauliche »Du« angeboten. Er war quasi auch Jos Vermieter, denn das Gebäude, in dem der junge Küchenchef sein Restaurant betrieb, gehörte der Forstverwaltung. Jo hatte es auf 99 Jahre Erbpacht erworben. Das »Waidhaus« war ein ehemaliges Forsthaus, das einer von Kerns Vorgängern im 19. Jahrhundert hoch über dem Rhein hatte errichten lassen. Das Haus lag direkt gegenüber der Loreley und bot eine traumhafte Aussicht hinunter auf den Fluss. Der Blick von der Terrasse auf die schroffen Felsen und das sich rheinabwärts weit öffnende Tal war atemberaubend.

Trotz oder vielleicht gerade wegen seiner einzigartigen Lage war das Haus für die Zwecke des Forstbetriebs nicht sonderlich geeignet: Es lag zu weit vom zugehörigen Forstrevier entfernt. Der zuständige Förster hatte sich bei der Errichtung wohl mehr von der damals bereits grassierenden Rheinromantik als von praktischen Erwägungen leiten lassen. Deswegen hatte die Forstverwaltung später ein neues Forsthaus mitten im Revier bauen lassen.

Das Waidhaus war lange Zeit nur noch zu Lagerzwecken genutzt worden. Im Lauf der Zeit verfiel das stattliche Gebäude immer mehr. Versuche, eine alternative Nutzung zu finden, scheiterten regelmäßig an den hohen Kosten für die Sanierung. Das Haus stand unter Denkmalschutz, und die zuständige Behörde bestand auf einer originalgetreuen Wiederherstellung, was viele potentielle Investoren abschreckte.

Als Jo ins Rheintal kam, um ein geeignetes Gebäude für sein Restaurant zu suchen, verliebte er sich auf Anhieb in den wildromantischen Charme des Hauses. Rudolf Kern war ihm bei den Konditionen für die Erbpacht sehr entgegengekommen. Auch beim Holz, das für die Restaurierung benötigt wurde, zeigte sich Kern großzügig.

Jo hatte das alte Fachwerk freilegen lassen und im Inneren auf einen Putz verzichtet, so dass die Natursteinwände den behaglichen Charakter des Hauses noch unterstrichen. Im Erdgeschoss war das Restaurant untergebracht, im ersten Stock wohnte er. Dadurch sparte er sich die morgendliche Anfahrt und konnte ein wenig länger schlafen – ein Vorteil, den Jo sehr zu schätzen wusste.

Die Tasse Kaffee schmeckte so bitter wie das frühe Aufstehen, weckte aber seine Lebensgeister.

»Wie läuft das Ganze eigentlich ab?«, wollte Jo wissen.

»Zuerst treffen sich alle am Sammelplatz. Dort gibt es eine Einweisung für die Jäger und die Treiber. Anschließend fahren wir hinüber zum Jagdrevier.«

»Ich dachte, wir gehen direkt von dort los.«

»Nein, das Revier ist ein paar Kilometer entfernt.«

Als sie am Sammelplatz ankamen, gehörten sie zu Jos Überraschung beileibe nicht zu den Ersten. Zahlreiche Jäger standen bereits in kleinen Grüppchen beieinander, unterhielten sich und tranken heißen Tee oder Kaffee. Obwohl die Sonne die letzten Tage geschienen hatte, war es so früh am Morgen noch empfindlich kalt. Der beginnende Herbst warf seine Schatten voraus.

Jo war froh, dass er unter seine Jacke einen dicken Wollpullover angezogen hatte. Die vielen Hunde beschnüffelten sich und zogen aufgeregt an ihren Leinen. Das Jagdfieber hatte sie schon gepackt. Ab und an gerieten einige der Hunde aneinander und gingen mit wütendem Gebell aufeinander los. Das sorgte wiederum für Aufregung unter ihren Besitzern, die alle Mühe hatten, die Streithähne zu trennen.

Die meisten Jäger trugen braune oder dunkelgrüne Jacken und ließen das Gewehr locker mit dem Lauf nach unten hängen. Jo staunte, was für ein breites Angebot an Jagdausrüstung es gab – es reichte vom olivgrün überzogenen Feldstecher bis hin zum mattglänzenden Flachmann mit eingraviertem Hirschgeweih. Die Treiber waren mit neonfarbenen Warnwesten in Gelb oder Orange ausgestattet, so dass sie wie ein Trupp Straßenarbeiter aussahen.

Nachdem das Gros der Jäger eingetroffen war, spielte

eine Gruppe von sechs Jagdhornbläsern ein kurzes Lied. Ihre Instrumente schienen auch noch nicht richtig wach zu sein, denn das Halali war zwar mit Begeisterung geblasen, klang aber ein wenig schräg. Die Bläser ließen sich davon jedoch nicht beirren und brachten ihr Programm mit Inbrunst zu Ende.

Danach trat der Organisator der Jagd, Hubertus Freiherr von Heusenberg, ein Hüne mit buschigen Augenbrauen und einem dunkelgrauen Rauschebart, um den Rübezahl ihn beneidet hätte, vor die Jagdgemeinde.

»Herzlich willkommen zur heutigen Jagd! Wie ich schon in der Einladung angekündigt habe, wollen wir im Revier vor dem Winter ein wenig ausdünnen. Die Wildschweine haben sich im Sommer kräftig vermehrt. Habe deswegen schon einige Beschwerden wegen Wildschaden bekommen.«

»Vielleicht hättest du sie nicht so viel füttern sollen, Hubertus«, meinte ein Jäger unter dem Gelächter der anderen.

»War ein trockener Sommer, da musste ich ein wenig zufüttern«, verteidigte sich der Freiherr. Einige der Männer grinsten. Der Adelige war bekannt dafür, dass er viel Wert auf einen großen Wildbestand in seinem Revier legte.

»Neben den Wildschweinen sind Schmalspießer und Schmalrehe zum Abschuss freigegeben. Aber dass mir keiner auf ein Muttertier oder einen kapitalen Hirsch anlegt!«

»Keine Angst, es schießt dir schon keiner deinen Zwölfender weg«, rief ein älterer Herr in einer braunen Lodenjacke dazwischen.

»Ebenfalls von der Jagd ausgenommen sind Jungtiere bis zu einem Jahr.«

Jo fragte sich, wie man das Alter eines Tieres nur vom

Aussehen her bestimmen konnte, aber die Jäger schienen damit kein Problem zu haben.

»Zum Abschluss muss ich nochmals auf ein leidiges Thema zu sprechen kommen. Die Disziplin beim Schießen. Keiner drückt ab, bevor ich das Kommando gegeben habe. Ist das klar? Und wenn ›Feuer einstellen‹ befohlen wird, möchte ich auch keinen einzigen Schuss mehr hören.«

Die Umstehenden nickten zustimmend.

»Auf der einen oder anderen Jagd wird nicht so genau darauf geachtet. Aber in meinem Revier gibt es so etwas nicht! Verstöße werden ohne Ansehen der Person geahndet. Wer sich nicht an die Anweisungen hält, muss sich vorm Jagdgericht verantworten«, warnte der Freiherr und blickte dabei so grimmig in die Runde, dass man meinen konnte, er werde jedes Vergehen eigenhändig mit dem Rohrstock ahnden.

Nach der Jagdeinweisung bliesen die Jagdhörner noch ein weiteres Lied. Jo spürte, wie die Anspannung stieg. Auf der Fahrt zum Jagdrevier nahmen sie noch zwei der Treiber mit. Kern nutzte die Gelegenheit, ihnen noch einmal die Sicherheitsvorschriften zu erläutern. Die beiden jungen Burschen hörten höflich zu, waren aber in Gedanken schon bei der Jagd und tuschelten aufgeregt miteinander.

Im Jagdgebiet angekommen, fand noch eine kurze Einweisung für die Treiber statt, danach brachen die Männer auf, um zu den ihnen zugewiesenen Positionen zu gehen. Rudolf Kern übernahm die Aufgabe des linken Flügelmannes, er war also der letzte Schütze am unteren Ende der Reihe. Die rund vierzig Jäger bildeten eine lose Kette, wobei jeweils zwischen fünf und zehn Meter zwischen den einzelnen Schützen lagen. Von der Stelle, an der die Autos geparkt wurden, ging es in gemächlichem Tempo in Richtung eines kleinen Tals, in das ein heftiger Herbststurm vor einigen Jahren eine breite Schneise geschlagen hatte. Dort sollten die Jäger auf das Wild warten.

Jo ging neben Rudolf Kern, der inzwischen sein Gewehr geladen hatte. Rechts von Jo marschierte ein schlanker, etwa vierzigjähriger Mann, der einen kleinen Brillanten im linken Ohr trug und dessen blondgefärbte Strähnen ihm immer wieder ins Gesicht fielen. Unter seiner geöffneten Jacke blitzte eine schwere Goldkette hervor, die sich deutlich von seinem bronzefarbenen Teint abhob. Aus der Runde der Jäger, die vorwiegend aus gesetzten, älteren Herren bestand, stach er deutlich hervor. Jo fragte sich unwillkürlich, was den Mann wohl in diese Runde geführt haben mochte.

Der Wald war an dieser Stelle sehr dicht. Der junge Küchenchef musste immer wieder Büschen und tief hängenden Ästen ausweichen. Als sie schon fast bei der Schneise angelangt waren, knackte es auf einmal im Gebüsch. Aus dem Unterholz brach ein Wildschwein hervor. Mit atemberaubender Geschwindigkeit schoss das Tier auf Jo zu. Es war ein mächtiger Keiler, dessen Fell schon an verschiedenen Stellen grau zu werden begann. Seine Augen waren blutunterlaufen und die gewaltigen Hauer wie Messer nach vorne gestreckt. Jo war vor Schreck wie gelähmt. Der Keiler stürzte mit rasender Geschwindigkeit auf ihn zu. In seinen Augen stand die blanke Mordlust! Aus den Augenwinkeln sah Jo, wie mehrere Gewehre in seine Richtung schwenkten. Instinktiv stellte er sich auf das Krachen eines Schusses ein. Aber der erlösende Knall blieb aus. Adrenalin durchzuckte seinen Körper. Die bedrohlichen Hauer waren schon fast über ihm. Mit einem beherzten Sprung zur Seite brachte er sich in Sicherheit. Zu seinem Glück landete er in einem Moosbett. Ein Stück weiter vorne hatten sie noch Dornenhecken passiert.

»Alles in Ordnung?«

Jo sah das besorgte Gesicht von Rudolf Kern über sich. Auch einige andere Jäger standen um ihn herum.

»Schon gut«, nuschelte er und rappelte sich auf. »Wieso hat denn keiner geschossen?«, fragte er vorwurfsvoll in die Runde.

»Geschossen wird immer nur nach vorne«, erwiderte einer der Jäger und warf einen abschätzigen Blick auf Jos Jeans und seine Sportjacke, die ihn als Jagdneuling auswiesen. »Wir wollen ja niemanden verletzen.«

»War ein ziemlicher Brummer. Den hätte eine Kugel sowieso nur gekratzt und erst richtig wütend gemacht«, meinte der Mann mit dem Brillantohrring und lachte. »Das Vieh hätte ich gerne abgeknallt.«

Jo fand die Diskussion etwas deplatziert. Der Keiler hätte ihn schließlich ernsthaft verletzen können.

»Warum hast du nicht versucht, ihn mit bloßen Händen zu fangen?«, fragte Kern und zwinkerte Jo zu, »dann hättest du auch eine Jagdtrophäe mit nach Hause nehmen können. Hätte sich bestimmt gut in deiner Gaststube gemacht.«

Die anderen lachten. In ihren Gesichtern spiegelte sich die Erleichterung darüber wider, dass nichts passiert war. Jo brachte ein schiefes Grinsen zustande. Er klopfte seine Kleidung ab und strich sich durch seine kurzen blonden Haare. Um weiteren Auseinandersetzungen mit wilden Tieren aus dem Weg zu gehen, ließ er sich einige Meter hinter die anderen zurückfallen. Sein Bedarf an Aufregungen war für den heutigen Tag jedenfalls gedeckt. Wenigstens konnte er jetzt auch eine gute Geschichte erzählen, wenn er wieder im Waidhaus am Herd stand.

Die Jäger waren inzwischen an der Schneise angelangt, die sich wie ein breites Flussbett durch den Wald zog. In der Ferne konnte man schon die Rufe und das Lärmen der Treiber hören, die mit Pfeifen und gegeneinander geschlagenen Holzstöcken versuchten, das Wild aufzuscheuchen. Der Mann mit dem Ohrring lud sein Gewehr durch und entsicherte es. Die anderen Jäger brachten sich ebenfalls in Stellung. Das Lärmen der Treiber kam immer näher, und die Spannung war nun fast mit Händen zu greifen. Während Jo gebannt auf den Wald starrte, der im blassen Morgenlicht dunkel vor ihnen lag, tauchte auf einmal, wie aus dem Nichts, ein Hase auf und schlug wilde Haken. Es war unglaublich, wie schnell er über die freie Fläche raste! Fast hatte er es ins rettende Unterholz geschafft, als eine Schrotflinte einen dumpfen Schlag machte. Das Tier wurde an den Hinterläufen zur Seite gerissen, schlug noch einen Haken und fiel dann zu Boden.

Der arme Hase, dachte Jo mitleidig. Als wäre er die Vorhut gewesen, tauchten nun in rascher Folge zwei Wildschweine auf, die mit wütendem Grunzen hervorstürzten, aber mit mehreren Schüssen niedergestreckt wurden. Danach kam ein Muffel, und schließlich brach weiter oben ein Schmalreh aus dem Wald hervor, das mit eleganten Sprüngen auf die Jäger zukam. Alle Augen wandten sich dem Tier zu, und für einen Moment herrschte atemlose Stille, bevor fast zeitgleich mehrere Schüsse krachten. Das Reh wurde getroffen, sprang noch zwei Sätze weiter, stürzte dann und blieb regungslos liegen. Genau in diesem Augenblick wurde der Mann mit dem Ohrring, der direkt in Jos

Blickfeld stand, von etwas getroffen. Es sah fast so aus, als habe er einen roten Farbbeutel ins Gesicht bekommen. Sein Kopf wurde zur Seite gerissen, er taumelte und fiel nach vorne zu Boden. Außer Jo schien niemand den Vorfall bemerkt zu haben – alle Augen waren auf das Reh gerichtet. Mit ein paar Schritten war Jo bei dem Mann und beugte sich zu ihm hinunter.

»Haben Sie sich verletzt?«, fragte er den leblos Daliegenden, drehte ihn zur Seite und zuckte zurück, als er ihm ins Gesicht sah. Oder vielmehr in das, was davon übriggeblieben war. Etwas hatte dem Mann den halben Kopf weggerissen. Die Haut hing in Fetzen herunter. Das Blut schoss in Strömen aus dem offenen Schädel und färbte den Waldboden in Sekunden dunkelrot. Jo wurde blass. Er wandte den Blick ab und musste kämpfen, um sich nicht zu übergeben. Statt eines Hilferufs brachte er nur ein Krächzen heraus. Inzwischen waren andere Jäger auf die beiden aufmerksam geworden. Schon waren zwei, drei Männer zur Stelle. Ihre Reaktion war genau dieselbe wie bei Jo – sie zuckten zurück, als wären sie von einer Peitsche getroffen worden. Niemand machte Anstalten, etwas zu unternehmen. Fassungslos starrten sie auf den Toten. Jemand rief laut »Jäger getroffen«. Schlagartig verstummten die Schüsse, die noch vereinzelt abgegeben worden waren. Immer mehr Jagdteilnehmer wurden auf die Tragödie aufmerksam. Bald stand die ganze Jagdgemeinschaft in einem losen Kreis um den Toten herum.

Jo war völlig geschockt. Rudolf Kern nahm ihn beiseite, redete beruhigend auf ihn ein und gab ihm etwas aus einem Flachmann zu trinken. Es brannte in seiner Kehle, aber Jo bemerkte es kaum. Der Anblick des vielen Blutes hatte ihn völlig aus der Bahn geworfen. Die schrecklichen Erinnerungen, die ihn nun schon so lange quälten, waren schlagartig wieder da. Er hatte Mühe, seine Gefühle unter Kontrolle zu bringen.

Ein Arzt, der sich unter den Jägern befand, beugte sich über den Toten, schüttelte aber sofort den Kopf.

Die Polizei rückte an. Über einen Waldweg rollte erst ein, dann zwei, dann eine ganze Reihe von Streifenwagen heran. Nachdem sich die Beamten einen Überblick verschafft hatten, begannen sie, die Stelle, an welcher der Tote lag, mit rot-weißen Plastikbändern abzusperren.

Etwas später traf die Kriminalpolizei ein. Der Hauptkommissar, der die Untersuchung leitete, war noch relativ jung – keine vierzig, schätzte Jo. Er war mittelgroß und schlank, das Haar akkurat gescheitelt. Sein Name lautete Torsten Wenger. Energisch ging er zu Werke. Er gab Anweisung, alle Gewehre und Flinten der Jagdteilnehmer sicherzustellen. Die Jäger murrten zwar, doch es blieb ihnen keine andere Wahl. Einer nach dem anderen musste seine Waffe abgeben. Sie wurde registriert, mit einer Kennung versehen und in ein bereitstehendes Polizeifahrzeug geladen. Mit einiger Verspätung traf der Gerichtsmediziner ein.

»Mein Bedarf an Toten ist für heute eigentlich gedeckt«, sagte Dr. Walter, als er auf den Hauptkommissar zutrat. »Komme gerade von der B9 – Verkehrsunfall. Eine Mutter und ihr zwei Jahre alter Sohn sind ums Leben gekommen. Schlimme Sache. Und was haben Sie Schönes für mich?«

»Schusswunde, wahrscheinlich ein Jagdunfall«, entgegnete Wenger und deutete in Richtung des Toten. »Wäre gut, wenn Sie sich den Leichnam ansehen und uns eine erste Einschätzung geben könnten.«

Dr. Walter nickte und ging hinüber zur Absperrung, wo

ein Streifenbeamter bereitwillig das Plastikband hochhob. Das schrecklich entstellte Gesicht schien den Arzt nicht weiter zu berühren. Er öffnete seine schwarze Tasche, die er neben sich auf den Boden gestellt hatte, streifte sich zwei dünne Gummihandschuhe über und begann den Toten vorsichtig zu untersuchen. Nach einigen Minuten war er fertig, stand auf und zog die Handschuhe wieder aus.

»Und?« Der Hauptkommissar blickte ihn gespannt an.

»Eindeutig eine Schussverletzung«, erklärte der Arzt. »Vermutlich ein Querschläger. Hat den Schädel zur Hälfte aufgerissen.«

»Sicher, dass es ein Querschläger war?«, wollte der Kriminalbeamte wissen.

»Was heißt sicher?«, erwiderte Dr. Walter lapidar. »Da ist ziemlich viel Blut und Gehirn, das sich verteilt hat. Man kann nicht sehr viel erkennen. Aber bei der Art der Verletzung gehe ich nicht von einem direkten Einschuss aus, sonst wäre das Gesicht nicht so stark in Mitleidenschaft gezogen worden. Wahrscheinlich war die Kugel verformt und hat quer eingeschlagen. Oder hat jemand eine Elefantenbüchse benutzt?« Martin Wieland, Wengers Stellvertreter, der neben den beiden stand, grinste. Der Hauptkommissar sah ihn missmutig an.

»Bis wann können Sie mit der Autopsie fertig sein?«, fragte er, ohne auf die letzte Bemerkung des Gerichtsmediziners einzugehen. Dieser zuckte mit den Schultern.

»Ich habe noch die zwei Verkehrstoten, um die ich mich kümmern muss. Vielleicht Mitte der Woche ...«, brummte er.

»Das ist zu spät«, erklärte Wenger. »Ich brauche spätestens morgen früh ein erstes Ergebnis.«

Dr. Walter warf ihm einen prüfenden Blick zu. Obwohl der Hauptkommissar noch nicht sehr lange in Koblenz war und das Kommissariat 11, das sich um die Tötungsdelikte kümmerte, erst seit einigen Monaten leitete, hatte er schon die Abteilung umorganisiert und sich mit dem halben Polizeipräsidium angelegt.

»Ich versuche mein Möglichstes«, sagte der Arzt und sah sich nach seiner Tasche um. »Aber dann schaffen Sie mir den Toten auch so schnell wie möglich in die Gerichtsmedizin.«

Wenger nickte. Gerade als er eine entsprechende Anweisung geben wollte, trat ein junger Mann auf ihn zu. Er sah ein wenig blass um die Nase aus, wirkte ansonsten aber gefasst.

»Es war kein Querschläger«, sagte er und sah den Hauptkommissar mit festem Blick an. »Der Schuss ist aus der anderen Richtung gekommen.«

Wenger musterte ihn. Der junge Mann war etwa eins achtzig groß und hatte eine sportliche Figur. Der Hauptkommissar schätzte ihn auf Ende zwanzig oder Anfang dreißig. Er schien keiner der Jäger zu sein. Jedenfalls trug er Jeans und Sportschuhe.

»Woher wollen Sie das wissen?«, fragte Wenger. »Haben Sie gesehen, wer geschossen hat?«

Der junge Mann schüttelte den Kopf.

»Wer sind Sie überhaupt – einer der Treiber?«

»Nein, mein Name ist Weidinger, ich bin Koch«, sagte Jo.

»Koch?« Der Hauptkommissar sah ihn überrascht an. »Waren Sie für die Verpflegung zuständig?«

»Nein, ich habe nur als Gast teilgenommen. Einige der Jäger haben mich eingeladen«, antwortete Jo.

»Wie kommen Sie darauf, dass es kein Querschläger gewesen ist?«, hakte Wenger nach.

»Ich hab hinter dem Mann gestanden, als er getroffen wurde. Der Schuss kam nicht von rechts, sondern von der anderen Seite.«

»Von welcher anderen Seite?«

»Na von der, wo überhaupt keine Jäger gestanden haben.«

»Woher wollen Sie das wissen? Sind Sie Ballistikexperte?« Wenger verlor langsam die Geduld.

»Weil ich es gesehen habe«, beharrte Jo.

»Gut, gehen Sie da rüber.« Wenger zeigte in Richtung eines anderen Beamten in Zivil. »Das ist Oberkommissar Wieland, erzählen Sie dem Ihre Geschichte.«

Mit diesen Worten ließ er Jo stehen. Der junge Küchenchef schüttelte den Kopf. Wenn der Schuss aus der anderen Richtung gekommen war, konnte keiner der Jäger dafür verantwortlich sein. Wenn das keine wichtige Information war!

Oberkommissar Wieland nahm Jos Personalien auf und hörte ihm geduldig zu. Als Jo an dem Punkt anlangte, an dem der Mann mit dem Ohrring getroffen wurde, zeigte er sich besonders interessiert.

»Wieso sind Sie sicher, dass es kein Querschläger war?«, wollte er wissen.

»Weil in dem Moment keiner der Jäger geschossen hat.«

»Es sind doch sehr viele Schüsse abgegeben worden«, wandte Wieland ein.

»Ja, schon«, gab Jo zu, »aber ich hatte fast die ganze Schneise im Blick. Da wurde ein Reh getroffen. Danach fiel für einige Sekunden gar kein Schuss. Erst dann hat den Mann etwas getroffen. Kurz davor habe ich ein Geräusch gehört. Es klang aber anders – mehr wie die Fehlzündung bei einem Auto. Es kam auch von weiter weg.«

Wieland musterte ihn skeptisch.

»Aus welcher Richtung?«

Jo dachte nach.

»Schwer zu sagen, es lag irgendwie in der Luft. Mehr so, wie wenn es donnert.«

»Vielleicht war es ein Echo.«

»Nein«, erwiderte Jo bestimmt. »Es war ein ganz anderes Geräusch. Außerdem kam es von links.« Er wusste selbst nicht, wie er es besser beschreiben sollte. »Sein Kopf hat nach rechts gezuckt. Es sah fast so aus, als hätte er einen Ball oder so etwas ins Gesicht bekommen.«

Wieland war unschlüssig. Einerseits klang die Geschichte reichlich verworren, andererseits machte der junge Mann auf ihn einen vernünftigen Eindruck. Vielleicht war die Kugel mehrfach abgeprallt, so dass sie aus einer anderen Richtung zu kommen schien. Wieland hatte in seiner langen Laufbahn als Kriminalbeamter schon merkwürdigere Dinge erlebt. Allerdings blieb noch dieses seltsame Geräusch, das Jo Weidinger gehört haben wollte. Vielleicht hatte er sich aber auch getäuscht. Bei so einem tragischen Ereignis war das keine Seltenheit. Wieland bedankte sich bei dem jungen Küchenchef und versprach ihm, dass sie der Sache nachgehen würden.

Rudolf Kern brachte Jo mit seinem Geländewagen nach Hause. Die ganze Fahrt über hingen die beiden ihren Gedanken nach. Als sie schon fast da waren, durchbrach Jo die Stille.

»Hast du dieses komische Geräusch eigentlich auch gehört?«

»Welches Geräusch?«

»Kurz bevor der Mann getroffen wurde, gab es eine Art Knall. Hörte sich an, wie wenn es donnert. Nur leiser.«

Der Förster schüttelte den Kopf.

»Ich hab auf das Reh geschaut. Ansonsten hab ich nichts mitbekommen.«

»Kanntest du den Mann?«

»Nicht wirklich. Hab ihn bei ein oder zwei anderen Jagden gesehen.«

»Weißt du, wie er heißt?«

»Claudio Renz.«

»Hört sich irgendwie italienisch an.«

»Sah mir nicht wie ein Italiener aus.«

»Ist er hier aus der Gegend?«

»Nein. Wenn ich mich recht erinnere, kam er aus Köln.«

»Wieso geht er denn dann bei uns auf die Jagd?«

Kern zuckte mit den Schultern.

»Wir haben einige, die von weiter her kommen. Nicht jeder hat ein eigenes Revier. Da muss man froh sein, wenn man überhaupt an einer Jagd teilnehmen darf.«

»Wer hat ihn eingeladen?«

»Keine Ahnung. Müsstest du Hubertus fragen, der war der Organisator.«

»Meinst du, er ist ein Freund von ihm?«

»Sonnenstudio und Goldkettchen? Kann mir nicht vorstellen, dass der Freiherr mit so jemand privat verkehrt.«

Am Waidhaus angekommen, verabschiedeten sie sich.

Jo ging hinauf in seine Wohnung und setzte sich in seinen Lieblingssessel, der vor dem großen Fenster im Wohnzimmer stand. Von hier aus konnte er die Schiffe beobachten, die langsam ihre Bahn auf dem Rhein zogen. Der Anblick hatte etwas Beruhigendes und half ihm dabei, sein inneres Gleichgewicht wiederzufinden.

Je mehr er darüber nachdachte, umso überzeugter wurde er, dass hier etwas nicht stimmte. Es waren mindestens zwei oder sogar drei Sekunden vergangen, in denen kein Schuss gefallen war. Erst dann hatte er das ominöse Geräusch gehört, das sich so schwer beschreiben ließ. Unmittelbar danach war Claudio Renz getroffen worden. Jo war überzeugt davon, dass es sich nicht um einen Querschläger handelte.

Wenn jedoch keiner der Jäger den tödlichen Schuss abgegeben hatte, wer war es dann gewesen?

Um sich abzulenken, ging Jo hinüber in seine Küche und machte sich ein paar belegte Brote. An seinen freien Tagen kochte er meistens nicht. Wenn er Hunger verspürte, bereitete er sich nur eine Kleinigkeit zu oder ging auswärts essen.

In seiner Wohnung gab es auch nur eine kleine, spartanisch eingerichtete Küche, deren wichtigstes Gerät die Kaffeemaschine war. Als er sich wieder in seinen Sessel gesetzt hatte und sich über seine Brote hermachen wollte, klingelte das Telefon.

Jo überlegte kurz, ob er den Anrufbeantworter rangehen lassen sollte, hob dann aber doch ab. Es war Klaus Sandner.

»Hallo, Jo. Wie geht es dir?«, wollte er wissen.

»Alles bestens«, erwiderte Jo.

»Echt? Und das, obwohl du gerade wieder über einen Toten gestolpert bist?«

»Woher weißt du das?«, fragte Jo verblüfft.

»Tja, ich bin eben gut informiert!«, meinte der Journalist und lachte.

Klaus Sandner arbeitete als stellvertretender Chefredakteur beim *Rheinischen Tagblatt*, der wichtigsten Zeitung in der Gegend. Er spielte im selben Schachclub wie Jo und kam mit seiner Frau öfter ins Waidhaus zum Essen.

»Mein Verleger, Dr. Stein, hat dich gesehen. Er hat auch an der Jagd teilgenommen. Leider war er zu weit weg und hat nicht viel mitbekommen. Deswegen dacht ich mir, ich ruf mal an und höre nach, ob du etwas Näheres weißt.«

Jo hatte den Verleger gar nicht bemerkt. Er kannte ihn auch nur flüchtig von ein paar Besuchen im Restaurant.

»Tja, ich fürchte, ich kann dir nicht viel weiterhelfen«, bedauerte er. »Der Mann wurde im Gesicht getroffen, fiel hin und war sofort tot. Kein sehr schöner Anblick.«

»Kann ich mir denken.«

Obwohl Jo die schlimmen Bilder lieber verdrängt hätte, entlockte ihm Sandner nach und nach die ganze Geschichte. Als sie bei der Stelle mit dem geheimnisvollen Geräusch angelangt waren, wurde Sandner hellhörig.

»Und du bist sicher, dass es kein Querschläger war?«, wollte er wissen.

»Absolut. Zwischen dem Einschlag und dem letzten Schuss lagen Minimum ein paar Sekunden.«

»Hm, merkwürdige Sache.«

Jo zuckte ratlos mit den Schultern.

»Wie hieß der Tote noch mal?«, hakte der Journalist nach.

»Claudio Renz.«

»Ich werd mich mal umhören. Vielleicht steckt ja doch mehr als ein Jagdunfall dahinter.«

»Halt mich auf dem Laufenden«, bat Jo.

»Was? Sag bloß, du willst schon wieder Detektiv spielen!«

Vor einiger Zeit war Philipp, Jos Lehrling, unter Mordverdacht geraten und im Gefängnis gelandet. Alle Indizien hatten gegen den jungen Mann gesprochen. Hätte Jo nicht auf eigene Faust ermittelt, wäre der wahre Täter wohl nie überführt worden.

»Nein, bestimmt nicht«, versicherte Jo. »Ich bin nur neugierig.«

»Na dann. Ich meld mich, wenn ich etwas höre.«

Da er weiter nichts tun konnte, wandte sich Jo der Menüplanung für die kommende Woche zu. Die Karte seines Restaurants bestand nur aus rund zwanzig Gerichten – schließlich sollte alles, was bei ihm auf den Tisch kam, frisch sein. Umso wichtiger war deshalb, dass er die Menüvorschläge immer wieder jahreszeitlich variierte. Diese Aufgabe machte ihm sehr viel Spaß, denn dabei konnte er seiner Kreativität freien Lauf lassen und seinen Gästen immer wieder etwas Neues bieten.

Heute fiel es Jo allerdings schwer, sich darauf zu konzentrieren. Der Tote ging ihm nicht aus dem Kopf. Zu gerne hätte er erfahren, was die Autopsie zutage brachte. Denn eines war Jo inzwischen klargeworden: Wenn es sich nicht um einen Jagdunfall handelte, gab es nur eine logische Schlussfolgerung: Mord!

Kapitel 2

Hauptkommissar Wenger wartete ungeduldig auf das Ergebnis der Autopsie. Die Polizei hatte knapp vierzig Jagdgewehre und Schrotflinten eingesammelt. Sie alle einem Schusstest zu unterziehen, hätte einen enormen Aufwand bedeutet, der die Kriminaltechniker vermutlich ein bis zwei Wochen in Anspruch genommen hätte. Deswegen war es wichtig, dass sie schnell herausfanden, um was für ein Kaliber es sich bei der tödlichen Kugel handelte und welcher der Jäger eine entsprechende Munition verwendet hatte. Mit dieser Information konnten sie den Kreis der Verdächtigen erheblich einschränken und brauchten nur einige wenige Waffen untersuchen zu lassen. Dann mussten sie nur noch überprüfen, ob es bei der Jagd zu einer Verletzung von Sicherheitsvorschriften gekommen war, und falls ja, wer dafür die Verantwortung trug. So oder so würde es schlimmstenfalls auf eine fahrlässige Tötung hinauslaufen, war sich der Hauptkommissar sicher.

Er hatte schon zweimal bei Dr. Walter angerufen, aber die Sekretärin des Gerichtsmediziners vertröstete ihn jedes Mal damit, dass Dr. Walter noch in der Pathologie sei.

So blieb Wenger nichts weiter übrig, als sich mit der Liste der möglichen »Täter« zu befassen. Er stöhnte innerlich, als er einige der Namen las: Zwei führende Unternehmer aus der Gegend, ein Landrat, zwei Bundestagsabgeordnete und sogar der Verleger des *Rheinischen Tagblatts* waren darunter. Prost Mahlzeit, wenn er gegen die alle ermitteln musste. Der Polizeipräsident hatte sich bereits bei ihm nach dem Stand der Dinge erkundigt. Anscheinend hatte sich ein guter Bekannter von Wengers oberstem Vorgesetzten über die Beschlagnahmung seines Gewehrs beschwert.

Es klopfte an der Tür und Oberkommissar Wieland steckte den Kopf herein.

»Die Überprüfung von Renz läuft. Hast du schon etwas von der Autopsie gehört?«

Wenger schüttelte den Kopf.

»Soll ich die Ballistiker beim Landeskriminalamt anrufen, ob sie uns bei der Schussanalyse unterstützen können?«, fragte Wieland.

»Hab ich schon gemacht«, erwiderte Wenger knapp. Die Kontaktpflege mit dem Landeskriminalamt betrachtete er als seinen persönlichen Verantwortungsbereich. Es war allgemein bekannt, dass Wieland gehofft hatte, selbst Leiter der Mordkommission zu werden, nachdem Wengers Vorgänger in Pension gegangen war. Der Polizeipräsident hatte sich jedoch anders entschieden und Wenger aus dem Landeskriminalamt in Mainz nach Koblenz geholt.

Für Torsten Wenger war damit ein Traum wahr geworden. Er hatte schon immer Leiter einer Mordkommission werden wollen. Die Arbeit im Landeskriminalamt war zwar sehr spannend und ermöglichte ihm Einblicke in die neueste Kriminaltechnik. Aber die Aufklärung von Mordfällen blieb für Wenger die Königsdisziplin der Kriminalistik. Eine Meinung, mit der er nicht allein stand. Deswegen gehörten solche Stellen zu den begehrtesten im Polizeidienst.

Der Polizeipräsident, der selbst noch nicht sehr lange im

Amt war, setzte voll auf moderne Ermittlungsmethoden. Er hielt nicht sehr viel von der Intuition der langjährigen Ermittler, sondern wollte, dass das volle Spektrum der neuesten Kriminaltechnik zum Einsatz kam. Zudem galt Wieland als unkonventioneller Typ, der manchmal ein wenig eigensinnig handelte, was dem Polizeipräsidenten nicht verborgen geblieben war und bei seiner Entscheidung eine Rolle gespielt haben mochte.

Nachdem Wenger seinem Stellvertreter noch einige Anweisungen gegeben hatte, wandte er sich wieder dem Fall zu. Wo blieb nur der verdammte Autopsiebericht, dachte er verärgert.

Jo war inzwischen mit der Menüplanung fertig und begann, sein Schachspiel aufzubauen, um eine Partie gegen den Computer zu spielen. Ein Schachprogramm konnte zwar einen echten Spielpartner nicht ersetzen, zum Üben und um sich in Form zu halten war es jedoch sehr gut geeignet. Er kam wegen der Arbeit im Restaurant viel zu selten dazu, mit seinen Schachkameraden aus dem Verein zu trainieren, denn die trafen sich zum Spielen meistens am Abend, wenn Jo im Waidhaus gebraucht wurde. Trotzdem gehörte er zu den besten Spielern im Verein. Seine Kameraden waren froh, wenn er wenigstens bei den Heimspielen mit dabei sein konnte. Als Jo seine Partie gerade »Sizilianisch« eröffnet hatte, klingelte das Telefon. Widerwillig ging er an den Apparat. Es war Hauptkommissar Wenger.

»Was erzählen Sie da für einen Unsinn?«, raunzte er Jo an.

»Ich weiß nicht, was Sie meinen«, entgegnete dieser überrascht.

»Gerade hat mich ein Journalist angerufen, der wissen

wollte, ob der Schuss nicht aus der anderen Richtung gekommen ist. Das kann doch nur von Ihnen stammen!«

»Mit wem ich spreche und was ich jemand erzähle, geht Sie überhaupt nichts an«, antwortete Jo.

»Ich warne Sie! Wenn Sie falsche Informationen in der Öffentlichkeit verbreiten, wird es sehr unangenehme Folgen für Sie haben! Was mischen Sie sich überhaupt in unsere Ermittlungen ein? Sie sind Zeuge. Als Staatsbürger sind Sie verpflichtet, die Wahrheit zu sagen. Fehlt uns gerade noch, dass jemand mit so einem Schwachsinn die Bevölkerung verunsichert.«

»Aber ich hab ...«

»Wir machen morgen früh am Tatort eine Schussanalyse. Da Sie der Einzige sind, der gesehen hat, wie Herr Renz getroffen wurde, brauchen wir Sie vor Ort. Wir fangen um 8 Uhr an. Seien Sie pünktlich!«

Mit diesen Worten legte der Hauptkommissar auf.

Jo kochte vor Wut. Was bildete sich dieser aufgeblasene Wichtigtuer ein? Er spielte mit dem Gedanken, am nächsten Tag einfach zu Hause zu bleiben. Nachdem er sich wieder beruhigt hatte, entschied er sich jedoch, der Anordnung des Hauptkommissars Folge zu leisten. Schließlich war er selbst neugierig, was dabei herauskam.

Hauptkommissar Wenger schüttelte missmutig den Kopf. Wenn er etwas nicht gebrauchen konnte, waren es Tatzeugen, die Gerüchte verbreiteten. Doch statt ein schlechtes Gewissen zu zeigen, hatte der Koch auch noch patzig auf seine Vorhaltungen reagiert! Es gab einfach keinen Respekt mehr vor der Kriminalpolizei, dachte Wenger und seufzte. Er hatte auch dem Journalisten, einem Klaus Sandner, eindringlich ins Gewissen geredet, die Finger von diesem Unsinn zu lassen. Es fehlte noch, dass sich das herumsprach.

Auch so hatten sie nämlich schon genug Ärger mit den Jägern. Einige hatten zu den Befragungen ihre Anwälte hinzugezogen, wodurch die Untersuchung erheblich komplizierter wurde. Die Rechtsanwälte hatten ihren Mandanten mehrheitlich zur Aussageverweigerung geraten, um sich nicht möglicherweise selbst zu belasten. Speziell, wenn sie zu denjenigen gehörten, die Schüsse abgegeben hatten – und das waren nach Lage der Dinge fast alle –, verweigerten sie sich den Ermittlungen. Zudem hatte der Polizeipräsident schon wieder angerufen, um sich nach dem Stand der Untersuchungen zu erkundigen. Wenger stand schon gehörig unter Druck, obwohl die Ermittlungen noch gar nicht richtig angefangen hatten.

Gespannt las er den Autopsiebericht, den er am späten Nachmittag endlich auf den Tisch bekam. Seine Hoffnung, einen Großteil der Waffen ausschließen zu können, erfüllte sich nicht. Ganz im Gegenteil: Das Geschoss hatte sich beim Einschlag in den Kopf aufgesplittert und war in zahllose kleine Teile zerborsten. Damit erschien es äußerst fraglich, ob sich überhaupt ein gerichtsfester Beweis würde führen lassen, aus welchem Gewehr der Schuss abgegeben worden war.

Der Lauf jeder Schusswaffe war innen mit Rillen versehen. Dadurch bekam die Kugel, die mit hoher Geschwindigkeit durch den Lauf getrieben wurde, einen Impuls mit auf den Weg, durch den sie sich enorm schnell um die eigene Achse drehte. Auf dem Weg durch den Lauf erhielt die Kugel eine Vielzahl mikroskopisch kleiner Kratzer, eine Art Signatur, die für jede Waffe einzigartig war. Voraussetzung für eine eindeutige Zuordnung war allerdings, dass die Kugel nicht verformt oder gar zersplittert war.

Wenger fluchte. Er griff zum Hörer und rief Dr. Walters Büro an. Der Gerichtsmediziner war noch mit einer anderen Autopsie zugange und ließ ausrichten, er werde sich umgehend melden, sobald er fertig sei.

Ungeduldig wartete Wenger auf den Rückruf des Pathologen. Der Autopsiebericht enthielt nur die notwendigsten Angaben: mutmaßlicher Todeszeitpunkt, Art der Verletzungen, allgemeine Angaben wie Zustand der Leiche, Gewicht, Körpergröße. Und eben die Information, dass sich die Kugel aufgrund des Splittereffekts nicht eindeutig bestimmen ließ.

Endlich meldete sich der Gerichtsmediziner.

»Nicht sehr viel, was Sie mir da geschickt haben«, sagte Wenger vorwurfsvoll.

»Ist das so?«, erwiderte Dr. Walter müde. »Ich stehe seit heute Morgen ununterbrochen am Leichentisch. Gerade haben wir noch einen mutmaßlichen Selbstmord hereinbekommen, und einer meiner Leute ist krankheitsbedingt ausgefallen. Beschweren Sie sich bei der Politik, die uns laufend Stellen kürzt.«

Wenger schwieg. In den letzten Jahren waren mehrere Gerichtsmedizinische Institute geschlossen worden. Dadurch nahm die Belastung für die verbliebenen Einrichtungen ständig zu.

»Ich weiß, Sie tun Ihr Bestes, aber ich brauche unbedingt noch zusätzliche Angaben zu dem Geschoss.«

»Tja, komische Sache. Ist mir in der Form bisher noch nicht untergekommen.«

»Was meinen Sie damit?«

»War vielleicht kein Zufall, dass die Kugel so aufgesplittert ist. Wenn Sie mich fragen, haben wir es mit einer Art Dumdum-Geschoss zu tun.«

Wenger schluckte. Dumdum-Geschosse verformten sich beim Aufprall auf den Körper und verursachten dadurch schreckliche Verletzungen. Nicht zuletzt deswegen waren sie in der Haager Landkriegsrechtsordnung international geächtet worden.

»Sind Sie sicher?«, fragte der Hauptkommissar atemlos.

»Ehrlicherweise kenne ich mich damit nicht gut genug aus. Deswegen habe ich es aus meinem Bericht rausgelassen. Wir haben die Geschosssplitter ins Labor geschickt. Vielleicht können die Jungs dort mehr damit anfangen. Wäre jedenfalls eine üble Sache, wenn so ein Teufelszeug im Umlauf ist.«

»Die Geschossbestandteile müssen sofort ins Bundeskriminalamt«, erwiderte Wenger. »Ich kenne da jemanden beim Schusswaffenerkennungsdienst des BKA, der uns bestimmt weiterhelfen kann. Ich schicke gleich jemanden, der die Geschosssplitter abholt und nach Wiesbaden fährt.«

Nach dem Telefonat mit dem Gerichtsmediziner saß Wenger noch eine Weile an seinem Schreibtisch und dachte nach. Wenn Dr. Walter mit seiner Vermutung richtiglag, ging es nicht mehr um einen Jagdunfall, sondern um Mord!

Kapitel 3

Am nächsten Morgen war Jo schon früh auf den Beinen. Nachdem er sich einen frischen Kaffee aufgebrüht hatte, blieb ihm noch ein wenig Zeit, die er damit verbrachte, seine Wohnung aufzuräumen. Gegen 7.30 Uhr machte er sich auf den Weg. Die Fahrt dauerte gut 20 Minuten. Die ganze Zeit über musste er an die Ereignisse des Vortages denken. Von der Bundesstraße bog er in einen kleinen Waldweg ein. Der Weg war ziemlich ausgefahren und der Volvo holperte durch die Schlaglöcher. Immer wieder streifte er das hohe Gras in der Mitte, was sich wie kleine Einschläge in der Karosserie anhörte. Kurz vor der Lichtung bemerkte er eine Reihe von Fahrzeugen, die rechts und links des Weges parkten.

Ein Beamter in Jeans und einem roten Pullover zog sich gerade einen weißen Overall über. Anschließend hievte er mehrere große schwarze Lederkoffer aus einem dunklen VW Kombi heraus. Ein zweiter Mann, der ebenfalls einen weißen Overall trug, half ihm dabei.

Jo stellte seinen Wagen ab und stieg aus. Er sah sich suchend um und entdeckte ein Stück weiter vorn Hauptkommissar Wenger, der in ein Gespräch mit seinem Stellvertreter und zwei weiteren Beamten vertieft war. Als Jo auf die kleine Gruppe zutrat, warf ihm Wenger nur einen kurzen Blick zu und unterhielt sich dann weiter mit seinen Kollegen. Einige Meter von ihnen entfernt schraubte eine junge Frau eine hellgelbe, rund 20 Zentimeter große Plastikkugel an ein kleines Gelenk, das an einem höhenverstellbaren Metallstab angebracht war. Die Plastikkugel war wie ein Globus mit Längs- und Querlinien überzogen und sah ein wenig wie eine dreidimensionale Zielscheibe aus.

Inzwischen waren auch die beiden Beamten in den weißen Overalls eingetroffen und packten eine Reihe von Gegenständen aus. Zum Vorschein kamen mehrere Maßbänder, eine Schieblehre, Taschenrechner, mehrere Lasermessgeräte und kleine Metallstifte, die unten spitz zuliefen, so dass man sie in den Boden stecken konnte. An ihrer Spitze waren Plastikwürfel mit fortlaufenden Nummern angebracht. Besonders interessierte sich Jo für mehrere schmale Metallröhren, die matt im Morgenlicht glänzten. Sie wurden auf die Stative geschraubt und ausgerichtet. Danach drückte einer der Männer auf einen Knopf, und wie von Geisterhand schoss aus der Spitze ein roter Laserstrahl hervor. Der Mann nickte zufrieden und knipste das Lasergerät wieder aus. Jetzt schlug Jos große Stunde.

»Stellen Sie sich genau da hin, wo Sie gestern standen«, forderte ihn Wenger auf.

Jo überlegte kurz und trat einige Schritte vor. Er maß die Entfernung zu einem Ginsterbusch in der Nähe und machte noch einen kleinen Schritt nach rechts. Dann blieb er stehen.

Einer der Männer im weißen Overall übernahm nun das Kommando.

»Sehen Sie den Plastikball auf der Stange?«, fragte er Jo.

»Ja.«

»Ist das in etwa die Höhe, in der sich der Kopf befand, als der Mann getroffen wurde?«

»Müsste hinkommen.«

»Gut. In der Mitte ist eine rote Linie, die von oben nach unten verläuft. Stellen Sie sich vor, das wäre die Mittelachse des Kopfes. Können Sie uns sagen, wie die genaue Kopfhaltung gewesen ist?«

Jo schloss die Augen und versuchte sich die Situation in Erinnerung zu rufen.

»Der Kopf war leicht schräg«, sagte er.

Der Beamte drehte die Stange ein wenig nach rechts.

Jo war damit noch nicht zufrieden und gab ihm weitere Anweisungen. Schließlich nickte er.

Der Chefballistiker trat auf die Plastikkugel zu. In der Hand hielt er ein Foto. Er blickte mehrfach zwischen der Aufnahme und der Plastikkugel hin und her. Schließlich markierte er eine Stelle auf der linken Seite mit einem schwarzen Filzstift.

Seine Mitarbeiter begannen nun, die Stative mit den Lasergeräten auf die gleiche Höhe anzupassen. Jo sah ihnen neugierig zu.

Auf einmal stand ein uniformierter Polizeibeamter neben ihm. »Hauptkommissar Wenger braucht Sie jetzt nicht mehr«, erklärte er und packte Jo am Arm.

Der junge Küchenchef wäre gerne noch dageblieben und sah ihn irritiert an. Doch ein Blick ins Gesicht des Polizisten sagte ihm, dass er es gar nicht erst zu versuchen brauchte.

Wortlos machte er kehrt und trabte neben seinem Aufpasser her, der ihn bis zu seinem Wagen brachte. Im Rückspiegel konnte Jo sehen, dass der Mann sogar wartete, bis sein Volvo hinter der nächsten Kurve verschwunden war. Kaum außerhalb der Sichtweite des Beamten, bog Jo in den nächsten Seitenweg ein und stellte den Wagen ab. Er öffnete das Handschuhfach und nahm ein Fernglas heraus. Wieso er es am Morgen eingesteckt hatte, wusste er selbst nicht. Eigentlich ging ihn dieser Fall nichts an. Er schlug sich quer durch den Wald. Immer wieder musste er dichtem Buschwerk oder querliegenden Baumstämmen ausweichen. Er achtete sorgsam darauf, auf keine Äste zu treten und keinen Lärm zu verursachen, was ihm allerdings nur leidlich gut gelang. Vielleicht sollte er wieder öfter Cowboy und Indianer spielen, dachte er und grinste.

Vorsichtig pirschte er sich an die Lichtung heran. Hinter einem dichten Busch fand er ein Versteck, von dem aus er die gesamte Schneise überblicken konnte.

Die Ballistiker in ihren weißen Overalls hatten in der Zwischenzeit mehrere Laserröhren aktiviert. Insgesamt fünf rote Strahlen durchschnitten die Landschaft. Es sah fast so aus, als wäre die Lichtung mit einem roten Gitternetz überzogen. Die Laserstrahlen begrenzten einen dreidimensionalen Korridor, der zum Tatort hin spitz zulief. Alle Laser waren nach links ausgerichtet.

Jo lächelte triumphierend. So viel zum Thema schwachsinnige Theorie!

Die Polizeibeamten hatten sich aufgeteilt und suchten abschnittsweise den Waldboden ab. Jo begann sich zu langweilen. Irgendwie hatte er sich eine Tatortanalyse spannender vorgestellt. Nach und nach bewegten sich die Polizisten immer weiter von seinem Standort weg. Nach fast einer Stunde hatten sie mehr als einen halben Kilometer zurückgelegt. Jo war froh, dass er sein Fernglas mitgenommen hatte, denn sonst hätte er wohl nicht mehr viel erkennen können. Am liebsten wäre er den Polizisten nachgeschlichen, aber er fürchtete, entdeckt zu werden.

Der Laserkorridor weitete sich mit zunehmender Entfernung stetig mehr aus, so dass die Polizisten einen immer größeren Bereich absuchen mussten. Per Funk bekamen die an den Lasergeräten verbliebenen Kriminaltechniker immer wieder Anweisungen, die Laser neu zu adjustieren. Nach einer Weile konnte Jo ein System erkennen. Jedes Mal, wenn die Erkundungsgruppe um Hauptkommissar Wenger feststellte, dass einer der Laserstrahlen auf ein Hindernis traf, untersuchten sie, ob es Spuren einer Kugel gab. Wenn dies nicht der Fall war, gab einer der Beamten eine Anweisung und der Strahl wurde leicht verschoben.

Die Minuten verrannen. Jo blickte auf seine Uhr. Er hatte Pedro zwar Bescheid gegeben, dass er später kommen würde, aber langsam musste er wirklich zurück in sein Restaurant.

Außerdem schien sich die ganze Aktion zu einem Fehlschlag zu entwickeln. Jedenfalls machten die Beamten auf Jo nicht den Eindruck, als ob sie bisher etwas gefunden hätten. Er überlegte, ob er sich auf den Rückweg machen sollte. Unschlüssig linste er durch sein Fernglas.

Einer der Ballistiker stand gerade vor einem kleinen Gebüsch, das direkt von einem der Laserstrahlen getroffen wurde. Er rief seinen Kollegen etwas zu. Auf einmal wirkten alle sehr aufgeregt. Einer nach dem anderen verschwand hinter dem Gebüsch. Zwischen den grünen Blättern sah Jo immer wieder kurz das Weiß eines Overalls aufblitzen. Er fragte sich, was die Kriminalbeamten so alarmiert haben mochte. Zwischen der kleinen Lichtung und dem Gebüsch lagen mindestens 700 Meter!

Gebannt starrte er durch sein Fernglas. Einer der Ballistiker tauchte wieder auf und begann das kleine Gebüsch mit einem rot-weißen Plastikband abzusperren. Jo schüttelte ungläubig den Kopf. Offensichtlich hatten die Beamten den Standort des Schützen gefunden!

Ein Knacken in der Nähe riss Jo aus seinen Gedanken. Erschreckt fuhr er herum. Keine zehn Meter von ihm entfernt stand ein Mann in einer abgeschabten braunen Lederjacke. Jo ließ sich augenblicklich zu Boden fallen und blieb regungslos liegen. Hoffentlich hatte der Mann ihn nicht gesehen! Jo wagte kaum zu atmen.

Der Unbekannte blieb hinter einer kleinen Hecke stehen und beobachtete die Polizisten. Vorsichtig spähte Jo zwischen den Blättern eines Holunderstrauchs hindurch, hinter dem er zu liegen gekommen war. Sein Herz pochte ihm bis zum Hals. Der Mann hielt etwas in der Hand. Jo schob einen kleinen Ast beiseite. Jetzt konnte er erkennen, worum es sich handelte. Es war ein länglicher schwarzer Koffer.

Jo schluckte. Der Mann stellte den Koffer ab und bückte sich. Jo vernahm das metallische Klicken des Kofferschlosses. Seine Nerven waren zum Zerreißen gespannt. Sollte er aufspringen und wegrennen? Sollte er laut um Hilfe rufen?

Der Mann hatte den Koffer geöffnet und zog einen langen, metallisch blinkenden Gegenstand hervor. Gerade als Jo einen Warnruf an die Polizisten ausstoßen wollte, wandte ihm der Unbekannte das Gesicht zu.

Jo biss sich auf die Lippen. Fast hätte er hysterisch aufgelacht. Es war Dieter Klein. Während Jo ihn immer noch ungläubig anstarrte, baute Klein in aller Seelenruhe sein Stativ auf. Mit geübten Handgriffen schraubte er darauf eine Kamera mit einem riesigen Teleobjektiv fest. Kurz später hörte Jo das leise Klicken der Kamera, als der Reporter begann, Fotos von den Beamten zu schießen.

Eigentlich hätte er ihn schon an seiner speckigen Lederjacke erkennen müssen, dachte Jo und schnitt eine Grimasse.

Als der Reporter seine Kamera ein wenig weiter nach vorne schob, um noch bessere Bilder zu bekommen, hörte Jo auf einmal einen Schrei. Klein fingerte hektisch an seiner Kamera herum, zog die Speicherkarte heraus und ließ sie in seine Tasche gleiten.

Keine Sekunde zu früh. Zwei Streifenbeamten bauten sich drohend vor ihm auf. Er zeigte seinen Presseausweis, was auf die Beamten augenscheinlich jedoch keinen großen Eindruck machte. Jedenfalls wurde er samt seiner Kamera abgeführt. Per Funk informierten die beiden Polizisten Hauptkommissar Wenger, der die Anweisung gab, den Journalisten erst einmal festzuhalten.

Jo konnte sich ein wenig Schadenfreude nicht verkneifen. Klein schrieb für den *Mainzer Express*, eine Boulevardzeitung, die damals sehr negativ über Philipps Fall berichtet hatte. Klein war sogar so weit gegangen, das Waidhaus in die Geschichte mit hineinzuziehen, was Jo ihm immer noch übelnahm.

Der junge Küchenchef hatte genug gesehen. Vorsichtig zog er sich zurück.

Im Restaurant wurde Jo bereits dringend erwartet. Eine Gruppe Touristen hatte sich ins Waidhaus verirrt und bevölkerte lautstark zwei große Tische. Das war ungewöhnlich, denn trotz seiner einzigartigen Lage war das Waidhaus mit seinen anspruchsvollen Gerichten den meisten Bustouristen zu teuer. Nur die Japaner ließen sich davon nicht abschrecken, und sie gehörten zu Jos dankbarsten Kunden. Sie rückten grundsätzlich in Mannschaftsstärke an und entschieden sich meist für ein ganzes Menü.

Deutsche Touristen aßen dagegen häufig einen Hirschbraten oder ein Jägerschnitzel, das Jo als Hommage an die Geschichte des Hauses auf die Karte gesetzt hatte. Dabei handelte es sich um ein hauchdünn geschnittenes Kalbsschnitzel vom Hunsrück-Rind mit Saisongemüse und gelackten Kartoffelrosen in einer leichten Rotwein-Pilz-Sauce. Auf die Sauce war Jo besonders stolz. Er hatte sie im Lauf der Zeit immer mehr verfeinert, so dass dafür inzwischen mehr als fünfzehn Zutaten zum Einsatz kamen. Ihre genaue Zusammensetzung hütete er wie ein Staatsgeheimnis.

Während seiner Abwesenheit hatte Pedro das Kommando übernommen. Auch wenn Jo ihn nicht offiziell zu seinem Stellvertreter ernannt hatte, wurde Pedro von der übrigen Mannschaft stillschweigend in dieser Rolle akzeptiert. Der junge Spanier blickte demonstrativ auf die Uhr und grinste seinen Chef an. Er war etwa in Jos Alter, aber etwas stämmiger als sein Chef und einen halben Kopf kleiner. Schuldbewusst nuschelte Jo etwas von Tatortbesichtigung und dass es leider etwas länger gedauert habe.

Nachdem das Gros der Bestellungen abgearbeitet und auch die Touristengruppe versorgt war, machte Jo sich auf seinen Rundgang durch das Restaurant. Als er die Gaststube betrat, stutzte er für einen Moment. An einem der kleinen Tische in der Ecke saß Dieter Klein und verzehrte ein Jägerschnitzel. Das schien heute der Favorit des Tages zu sein, dachte Jo säuerlich. Er investierte viel Zeit in seine Wochenkarte und die wechselnden Menüvorschläge. Deswegen enttäuschte es ihn immer, wenn die Gäste seiner Tagesempfehlung nicht folgten.

Klein bemerkte Jo und winkte ihm zu, als wären sie alte Bekannte. Ohne große Begeisterung erwiderte Jo den Gruß. Nachdem er sich mit einigen der anderen Gäste unterhalten hatte, führte ihn seine Restaurantrunde schließlich doch noch an Kleins Tisch. Der Reporter hatte ihn die ganze Zeit über nicht aus den Augen gelassen und rutschte schon nervös auf seinem Stuhl hin und her. Statt sein Essen zu genießen, hatte er es schnell hinuntergeschlungen. Das Saisongemüse lag unberührt auf seinem Teller, was ihm einen weiteren missbilligenden Blick von Jo einbrachte.

»Sehr gut, Ihr Jägerschnitzel«, meinte Klein jovial und lud Jo mit einer Handbewegung an seinen Tisch ein. Widerstrebend setzte sich Jo.

»Die Soße ist echt lecker. Was tun Sie da rein?«, fuhr Klein fort. »Allerdings hätte ich statt der Kartoffeln lieber Pommes frites dazu gegessen, die passen auch besser zum Schnitzel«, sagte der Reporter und grinste.

Schnitzel mit Pommes! Was glaubte dieser Idiot denn, wo er hier war? In einer Imbissbude? Am liebsten hätte Jo ihm einen tiefgekühlten Sack seiner heißgeliebten Pommes um die Ohren gehauen.

»Schön, dass es Ihnen geschmeckt hat. Wo Sie doch extra aus Mainz herübergekommen sind.«

»Ich hatte etwas in der Gegend zu erledigen. Da dacht ich mir, schau doch mal wieder beim Herrn Weidinger vorbei. Dort isst man immer so gut.«

Klein war bisher lediglich ein einziges Mal im Waidhaus gewesen, und das nur, um ihn über Philipp auszuhorchen.

»Und, waren Ihre Recherchen erfolgreich?«, fragte Jo und freute sich, dass Klein ein säuerliches Gesicht machte.

»Ganz okay«, erwiderte der Reporter schnell. »Aber ganz

etwas anderes. Mir ist zu Ohren gekommen, dass Sie Augenzeuge bei der gestrigen Schießerei gewesen sind.«

»Schießerei? Was für eine Schießerei?«

»Na, die Sache bei dieser Jagd.«

»Ach so, Sie meinen den Unfall. Tja, ich fürchte, da kann ich nicht viel beitragen.«

»Haben Sie den Toten gesehen?«

»Ja.«

»Wie sah sein Gesicht aus? Soll ziemlich entstellt gewesen sein.«

Jo zuckte mit den Schultern. »Kann ich nicht sagen. Er fiel mit dem Gesicht voraus auf den Boden.«

»Aber bestimmt haben die ihn umgedreht. Sie müssen doch etwas gesehen haben.«

Der junge Küchenchef hatte nicht die Absicht, seine Eindrücke mit Klein zu teilen, und schüttelte bedauernd den Kopf.

Der Reporter machte ein enttäuschtes Gesicht.

»Wissen Sie, ob jemand Fotos gemacht hat? Ich meine, ein Fotohandy hat doch heute praktisch jeder in der Tasche.«

Ein Mensch war getötet worden, und dieser schmierige Schreiberling interessierte sich nur dafür, möglichst sensationelle Bilder in die Hand zu bekommen.

»Ich kann Ihnen da nicht weiterhelfen«, erklärte Jo kühl.

Klein sah missmutig drein. Zuerst entdeckte ihn die Polizei, und dieser Weidinger wusste anscheinend auch nichts. Der Reporter ließ sich die Rechnung bringen und war einige Minuten später verschwunden.

Nachdem sich die letzten Mittagsgäste auf den Nachhauseweg gemacht hatten, ging Jo nach oben in seine Wohnung. Die Küchenmannschaft musste erst um fünf Uhr wieder für die Vorbereitung des Abendessens antreten. Da alle in der Nähe wohnten, konnten sie in der Zwischenzeit nach Hause fahren.

Jo machte es sich in seinem Sessel bequem. Der Himmel hatte sich eingetrübt, und graue Wolken zogen über die Loreley.

Obwohl Jo sich mit Schusswaffen nicht sehr gut auskannte, fiel es ihm immer noch schwer, zu glauben, dass der Mörder so weit entfernt gewesen sein sollte. Selbst ein guter Schütze konnte doch allenfalls auf zwei- oder dreihundert Meter einen Menschen treffen. Aber vielleicht hatten die Polizisten sich auch geirrt. So oder so, er musste sich ein eigenes Bild vom Tatort machen.

Am nächsten Morgen machte Jo sich schon um kurz nach sieben Uhr auf den Weg. Er stellte seinen Wagen etwas weiter entfernt ab und ging die letzten paar hundert Meter zu Fuß. Er wusste nicht, ob die Polizei ihre Untersuchungen bereits abgeschlossen hatte, und wollte vermeiden, Wenger oder einem seiner Leute in die Arme zu laufen.

Über Nacht hatte es kräftig geregnet. Es roch nach Herbstlaub und frischem Moos. In der Nähe der Schneise sah er sich vorsichtig um. Alles lag friedlich und verlassen da. Nur ein paar der weiß-roten Absperrbänder, die träge im Wind flatterten, erinnerten daran, dass hier vor zwei Tagen ein Mensch erschossen worden war. Zügig marschierte Jo in Richtung der Absperrung, welche die Polizisten gestern um das kleine Gebüsch gezogen hatten. Als er dort angelangt war, wurden seine Schritte zögerlicher. Langsam ging er um das Gebüsch herum. Dahinter lag ein kleiner Pfad, über den man zu der Schneise gelangte. Das Gebüsch war durch ein dichtes Blätterwerk vor Blicken geschützt. Nur an einer Stelle öffnete es sich etwas. Jo spähte durch die Blätter, konnte aber nicht viel erkennen.

Nach kurzem Zögern bückte er sich und kroch hinein. Nasse Blätter streiften sein Gesicht und kitzelten ihn in der Nase. Im Inneren hatte jemand die Äste nach oben ausgedünnt, so dass eine Art Höhle entstanden war. In seiner Kindheit hatten seine Freunde und er ähnliche Verstecke im Wald angelegt. Am Boden gab es eine kleine Mulde. Er beugte sich nach vorn und glitt in sie hinein. Die Mulde war unerwartet breit, so dass man bequem darin liegen konnte. Durch ein kleines Sichtfenster, das jemand mit einer Heckenschere angelegt haben musste, konnte man fast die gesamte Schneise überblicken. Ein kalter Schauer lief ihm über den Rücken.

Jo zog sein Fernglas heraus und richtete den Blick auf die Stelle, an der er selbst vor zwei Tagen gestanden hatte. Kein Baum oder Busch versperrte die Sicht.

Mit einem Mal verspürte er einen eigenartigen Nervenkitzel. Er stellte sich vor, wie der Schütze sein Zielfernrohr die Reihe der Jäger entlanggleiten ließ. Einem nach dem anderen sah er ins Gesicht. Ein Gefühl der Macht und der absoluten Überlegenheit durchströmte ihn. Nur eine kleine Bewegung mit seinem Zeigefinger … und peng!

Erschreckt fuhr er hoch. Was war nur in ihn gefahren? War es ein Echo dessen, was der Schütze gespürt hatte? Oder spielte ihm nur seine überhitzte Fantasie einen Streich?

Er schauderte. Auf einmal fühlte er sich in der kleinen Höhle eingeschlossen und bekam Platzangst. Hektisch drehte er sich um und kroch aus dem Gebüsch heraus. Dabei blieb er mit dem Pullover, der unter seiner Jacke hervorlugte, an einem Ast hängen und hätte sich fast ein Loch hineingerissen.

Als er wieder vor dem Gebüsch stand, schloss er die Augen und atmete tief durch. Ein und aus ... Langsam entspannte er sich. Als er die Augen wieder öffnete, blickte er nach oben. Es hatte aufgeklart, und der Mond stand genau über ihm. Er leuchtete wie eine große Silberscheibe und hob sich strahlend vom Blau des Morgenhimmels ab.

Während er den Mond betrachtete, fragte er sich, warum jemand ausgerechnet hier auf Claudio Renz gewartet hatte.

Kapitel 4

Hauptkommissar Wenger saß wie immer schon früh an seinem Schreibtisch. Die Pressestelle des Präsidiums stellte jeden Morgen eine Mappe zusammen, in der die wichtigsten Artikel über die laufenden Fälle gesammelt und ausgewertet wurden. Abgesehen von ein paar Nachzüglern war der tödliche Jagdunfall für die Presse kein Thema mehr. Dass die Polizei inzwischen von Mord ausging, war bisher nicht nach draußen gedrungen. Wenger schaltete seinen Computer ein und begann, einen Plan für die weiteren Ermittlungen im Fall Renz herunterzuschreiben. Als er mitten bei der Arbeit war, klingelte das Telefon. Seine Sekretärin kam meistens erst gegen 9 Uhr, so dass er selbst an den Apparat gehen musste.

»Wenger«, sagte er missmutig.

»Hier ist Weidinger.«

»Wer?«

»Jo Weidinger, ich bin Zeuge im Fall des toten Jägers.«

»Was wollen Sie?«

»Ich war nochmals am Tatort. Dabei ist mir ein Gedanke gekommen.«

»Sie waren wo?«

Jo war sich auf einmal nicht mehr sicher, ob es eine gute Idee gewesen war, den Hauptkommissar anzurufen.

»Nun, ich hatte das Gefühl ... also ich denke, wir haben es

mit einem Profikiller zu tun. Ich meine, er war ja mindestens 700 Meter entfernt ...«

»Woher wissen Sie das? Haben Sie uns beobachtet?«

»Äh, ich hab so was gehört ...«

Jo geriet ins Stocken.

»Ein Profikiller? Ihre Fantasie möchte ich haben.« Der Hauptkommissar lachte spöttisch. »Und was, wenn der Todesschütze einfach nur in einem Schützenverein war? Oder vielleicht handelt es sich ja doch um einen Querschläger. Ich habe mich inzwischen über Sie erkundigt. Mag sein, dass Sie vor einiger Zeit bei der Aufklärung eines Kriminalfalls geholfen haben und mit viel Glück auf den richtigen Täter gestoßen sind. Das macht Sie aber nicht zu einem neuen Sherlock Holmes. Sie sind ein Amateur, der einen einmaligen Zufallstreffer gelandet hat. Es gibt ein schönes Sprichwort. Es stammt sogar aus Ihrer Branche. Es lautet: Zu viele Köche verderben den Brei. Bleiben Sie in Ihrer Küche und braten Sie Schnitzel oder was Sie da sonst tun, und überlassen Sie die Lösung des Falls der Polizei.«

Mit diesen Worten legte er auf.

Jo saß mit hochrotem Kopf am Telefon. Was hatte ihn nur geritten, den Hauptkommissar anzurufen? Er schüttelte den Kopf. War auf jeden Fall das letzte Mal, dass er der Polizei einen Hinweis gab, schwor er sich. Am besten kümmerte er sich wirklich nicht mehr um Dinge, die ihn nichts angingen. Trotzdem ließ ihn der Gedanke nicht los. Der Täter musste auf jeden Fall ein Scharfschütze sein. Was, wenn es sich wirklich um einen Auftragsmörder handelte? Wenn die Polizei nicht schnell eine Fahndung auslöste, war der Mann vielleicht auf Nimmerwiedersehen verschwunden!

Hauptkommissar Wenger schüttelte den Kopf. Unfassbar, dass sich dieser Koch einbildete, er könne der Polizei bei der Lösung des Falles behilflich sein.

Der Abschlussbericht der Schussanalyse lag noch nicht vor, aber die Wahrscheinlichkeit, dass es sich um einen Querschläger handelte, war nach Meinung der Spezialisten verschwindend gering. Dafür hätte die Kugel mehrere Male abgelenkt werden müssen – und zwar jedes Mal von einem harten Gegenstand, wie einem Stein oder Felsen. Bei der Arbeit mit den Lasergeräten waren sie aber auf keine entsprechenden Hindernisse gestoßen.

Die Analyse wies vielmehr auf einen geraden Schuss hin, der aus sehr großer Entfernung gekommen sein musste – nach Ansicht der Ballistiker aus über 750 Metern! Während seiner Zeit beim Landeskriminalamt hatte Wenger für einige Monate beim kriminaltechnischen Institut des Bundeskriminalamts hospitiert. Das BKA verfügte über eine der weltweit besten Einrichtungen dieser Art. Allein dort arbeiteten 270 Spezialisten, die das ganze Spektrum kriminaltechnischer Methoden abdeckten – von der Bestimmung von Fingerabdrücken über die Suche nach mikroskopisch kleinen Fasern an Tatorten bis hin zu modernsten gentechnischen Analysen, bei denen schon winzige Mengen an Körperflüssigkeiten oder Hautpartikeln ausreichten, um eine exakte Täterbestimmung vorzunehmen.

Der Schusswaffenerkennungsdienst gehörte mit seinen über dreißig Mitarbeitern zu den größten Abteilungen des BKA und erfreute sich eines erstklassigen Rufs. Polizeibehörden, Staatsanwaltschaften und Gerichte aus aller Welt vertrauten auf die hervorragenden Kenntnisse der Experten und legten ihnen ihre kniffligsten Fälle vor.

Wenger zweifelte deshalb keine Sekunde, dass die Ballistikexperten richtiglagen. Trotzdem blieb er vorsichtig. Bis ein endgültiges Ergebnis vorlag, wurde die Untersuchung der Jagdwaffen fortgesetzt.

Auch wenn Wenger Jo etwas anderes erzählt hatte, ging die Polizei sehr wohl von einem Profi aus. Für diese Annahme sprach außer den Fertigkeiten als Scharfschütze, dass sie keinerlei Spuren gefunden hatten: keine Geschosshülse, keine Zigarettenkippen, keine Kaugummipapierchen, einfach nichts.

Nachdem die Spurensicherung am Tatort abgeschlossen war, forderte Wenger noch am gleichen Tag eine Hundertschaft der Bereitschaftspolizei an, welche die Umgebung durchkämmte – ohne Erfolg.

Einige hundert Meter von dem Gebüsch entfernt fanden sich Abdrücke von Motorradreifen. Obwohl die Reifenspuren aufgrund der unterschiedlichen Profile von verschiedenen Motorrädern stammen mussten, wurden vorsorglich Gipsabdrücke angefertigt.

Bei Jo ging es mit den Nachforschungen zu dem Fall nur zögerlich voran. In der Herbstzeit war das Waidhaus oft ausgebucht, und das Fehlen von Philipp machte sich deutlich bemerkbar. Wenn das Restaurant voll besetzt war, wurde jede Hand gebraucht, denn für so viele Gäste war seine Küchenmannschaft eigentlich zu klein. Anton, ein Spätaussiedler aus Kasachstan, hatte in seiner Heimat als Schweißer gearbeitet, fand aber in Deutschland keine Arbeit in seinem Beruf und schlug sich daher mit Gelegenheitsarbeiten durch. Als Jo damals das Waidhaus hatte restaurieren lassen, war Anton als Handwerker mit dabei gewesen. Da es auch nach

Eröffnung des Restaurants noch kleinere Reparaturen am Haus gab, hatte er Anton stundenweise engagiert. Er redete zwar nicht sehr viel, war aber sehr geschickt mit den Händen und packte ohne viel Federlesens überall mit an, wo er gebraucht wurde. Das imponierte Jo so, dass er sich nach einiger Zeit dazu entschloss, Anton eine feste Stelle als Tellerwäscher anzubieten. Mit der Zeit hatte der gelernte Schweißer sich zum Salat- und Gemüsemann hochgearbeitet und half auch schon mal auf anderen Posten aus, wenn es nötig war.

Karl-Heinz hatte ursprünglich Metzger gelernt. Auf Dauer war ihm die harte Arbeit im Schlachthof aber zu eintönig gewesen. Deswegen hatte er mit Ende dreißig umgesattelt und noch eine Lehre als Koch angeschlossen. Da er aufgrund seiner früheren Tätigkeit besonders gut mit dem Messer umgehen konnte, kümmerte er sich meistens um Fisch und Fleisch. Er war ein Genießer und aß für sein Leben gern, was man seiner Körperfülle auch ansah. Wenn Pedro ihn deswegen manchmal aufzog, lachte Karl-Heinz nur. Er fand, dass Jo, Pedro und Philipp für Köche viel zu dünn waren und damit keine gute Werbung für das Waidhaus darstellten. Er war ein eher bedächtiger Arbeiter. Wenn es richtig hektisch wurde, fiel es ihm schwer, das Tempo mitzugehen. Damit blieb in den Stoßzeiten viel an Pedro, Ute und Jo hängen. Pedro war ein talentierter Koch: schnell, präzise und mit einem treffsicheren Geschmackssinn ausgestattet. Wenn es richtig hoch herging, lief der dunkelhaarige Spanier zur Bestform auf, wobei er jedoch gelegentlich dazu neigte, sich das Leben ein wenig leicht zu machen. Natürlich konnte man bei einer komplizierten Sauce ein oder zwei Zutaten weglassen – der Unterschied fiel ohnehin kaum einem Gast auf.

Doch für Jo war das undenkbar. Schließlich legte der Gast für ein Menü eine gehörige Stange Geld auf den Tisch. Da konnte er mit Recht verlangen, dass die Küche immer ihr Bestes gab.

Ute dagegen war in jeder Hinsicht mustergültig. Trotz ihrer knapp sechzig Jahre war sie agil, und sie packte ohne viel Federlesens mit an. Wie Pedro war sie von Beginn an im Waidhaus mit dabei. Sie und ihr Mann hatten in Oberwesel fast dreißig Jahre eine Pension betrieben, in der Jo während der Bauarbeiten einige Monate gewohnt hatte. Kurz bevor er das Restaurant eröffnete, starb Utes Mann völlig überraschend an einem Herzinfarkt – ein schwerer Schlag für sie. Ute hatte sich in der Pension vor allem um die Küche und die Betreuung der Gäste gekümmert, während ihr Mann für alle organisatorischen Belange zuständig gewesen war: Zimmerreservierungen, Reparaturen, Buchhaltung. Schweren Herzens hatte sie sich dazu entschlossen, die Pension aufzugeben. Da stand sie nun, ohne Mann und ohne eine Aufgabe. Doch weil sie gern ihre Zeit mit Menschen verbrachte und hervorragend kochen konnte, hatte Jo sie spontan gefragt, ob sie nicht bei ihm in der Küche arbeiten wolle. Obwohl sie über keine klassische Kochausbildung verfügte und sich hinter dem Herd alles selbst erarbeitet hatte, hätte Jo sie nicht für zwei ausgelernte Gesellen eingetauscht. Sie hätte zweifelsohne das Zeug zur Sterneköchin gehabt, wenn ihr die Pension ein wenig mehr Zeit gelassen hätte, ihr Talent weiterzuentwickeln. Ihre verschmitzte Art und ihr hintergründiger Humor taten ein Übriges: Wenn Jo der Kopf des Waidhauses war, so verkörperte Ute seine Seele.

Trotz der vielen Arbeit versuchte Jo in seinen spärlich bemessenen Pausen immer ein paar Minuten im Internet zu recherchieren. Zum Thema Scharfschützen gab es umfangreiche Informationen. Sie reichten von Beschreibungen der Ausbildung und der Ausrüstung bis hin zu Erfahrungsberichten von Scharfschützen bei Kampfeinsätzen.

Er druckte sich Dutzende Seiten aus und las teilweise bis spät in die Nacht. Zu seiner großen Überraschung konnten Scharfschützen sogar Ziele bis zu einem Kilometer Entfernung treffen – allerdings nur, wenn das Ziel sich nicht bewegte. Jo fragte sich, wie viele Profikiller es wohl gab, die über eine derartige Ausbildung verfügten. Und wie kam man an so jemanden heran? Man konnte ja schlecht eine Anzeige aufgeben, nach dem Motto: »Profikiller gesucht – Scharfschütze bevorzugt.« Der junge Küchenchef schüttelte den Kopf. So würde er dem Täter kaum auf die Spur kommen. Er musste mehr über den Toten in Erfahrung bringen. Spontan griff er zum Hörer.

»Kern.«

»Hallo Rudolf, hier ist Jo.«

»Ah, Jo, wie geht es dir? Hast du den Schock einigermaßen verkraftet?«

»Geht so.«

»War wirklich kein schöner Anblick.«

Für einen Moment schwiegen beide.

»Hast du inzwischen mehr über diesen Renz gehört?«, fragte Jo.

»Nein. Hab seit der Jagd noch niemanden getroffen. Aber wieso interessierst du dich dafür?«

»Na ja, wenn jemand direkt vor einem ums Leben kommt, macht man sich doch Gedanken. Wer war der Mann? Wie geht es seiner Familie ...?«

»Am besten sprichst du mit Hubertus. Der müsste dir am ehesten etwas dazu sagen können.«

»Meinst du, ich kann ihn einfach so anrufen?«

Kern lachte.

»Da wirst du wenig Glück haben. Der Freiherr telefoniert nicht gerne. Hält das Ganze für modernen Firlefanz. Aber warum kommst du nicht morgen zum Kaffee bei uns vorbei? Wie es der Zufall so will, wird Hubertus auch da sein. Er wollte mit mir nämlich über ein paar Holzfällarbeiten in seinem Wald sprechen.«

»Und da würde ich nicht stören?«

»Von mir aus nicht. Du musst halt damit rechnen, dass es in erster Linie um Holz geht.«

»Damit komme ich schon klar«, sagte Jo und grinste.

Am nächsten Tag war das Waidhaus wieder gut besucht. Eine Gruppe Geschäftsleute aus Düsseldorf hatte sich angesagt und orderte ein großes Menü mit sieben Gängen. Normalerweise freute sich Jo über derartige Bestellungen, gaben sie doch der Küche die Möglichkeit, ihr ganzes Können unter Beweis zu stellen. Zudem bedeutete es einen ansehnlichen Zusatzumsatz, zumal sich die Geschäftsleute auch beim Wein nicht knauserig zeigten. Das Menü zog sich hin, und als sie endlich in der Küche fertig waren, war es schon fast drei Uhr. In Windeseile zog Jo sich um und machte sich auf den Weg zum Forsthaus. Als er dort eintraf, saßen Kern und Hubertus von Heusenberg schon am Tisch und waren mitten im Gespräch.

»Gut, dass du endlich kommst«, meinte der Förster und grinste. »Wir haben schon fast den ganzen Kuchen aufgegessen.«

»Unsinn«, sagte seine Frau Ruth. »Es ist für alle genug da. Außerdem habe ich auch noch Aprikosenstreusel gebacken.« Sie brachte Jo ein großes Stück Schwarzwälder Kirschtorte und schenkte ihm Kaffee ein. Dann ließ sie die Männer alleine.

»Haben Sie schon etwas Neues zu dem Fall gehört?«, fragte Jo den Adeligen.

»Nein. Ich will auch nichts davon hören. Dieser unverschämte Polizeibeamte hat mir mein Jagdgewehr immer noch nicht zurückgegeben. Dabei habe ich gar nicht damit geschossen.« Hubertus von Heusenberg schüttelte grimmig den Kopf.

»Alle Sicherheitsvorschriften wurden strengstens eingehalten. Eine Frechheit zu behaupten, einer von uns wäre für den Tod von diesem Renz verantwortlich.«

»Kannten Sie den Toten?«

»Nein.«

»Aber ich dachte, Sie wären der Organisator der Jagd gewesen.«

»Deswegen muss ich doch nicht von jedem gleich die Lebensgeschichte kennen.«

»Nein, natürlich nicht«, versicherte Jo. »Aber wie kam er dann überhaupt auf die Einladungsliste?«

»Den hat Ferdinand angeschleppt.«

»Welcher Ferdinand?«

»Ferdinand Kohlmann«, schaltete Kern sich ein.

»Ich wusste gar nicht, dass der auch Jäger ist«, sagte der junge Küchenchef überrascht. Ferdinand Kohlmann war der Inhaber einer Werbeagentur, die ihren Sitz in Bingen hatte. Er kam öfter mit Geschäftspartnern und Kunden ins Waidhaus, so dass Jo ihn recht gut kannte.

»Er hat ein eigenes Revier im Hunsrück und veranstaltet mindestens zwei Jagden im Jahr«, erläuterte der Förster.

»Ich hab ihn gar nicht gesehen«, wandte Jo ein.

»Musste kurzfristig wegen eines eiligen Auftrags absagen und halst mir diesen halbseidenen Renz auf«, knurrte der Freiherr.

»Wieso halbseiden? Was machte er denn beruflich?«

»Keine Ahnung. Kann jedenfalls nichts Gescheites gewesen sein. Bei welcher vernünftigen Arbeit kann man mit Ohrring und Goldkettchen herumlaufen«, schnaubte der Freiherr verächtlich. Jo, der als Jungkoch selbst für eine Weile einen Brillanten im Ohr getragen hatte, zog es vor, die letzte Bemerkung des Adeligen unkommentiert zu lassen.

Die beiden Älteren wechselten das Thema und kamen wieder auf Holz zu sprechen. Sowie es die Höflichkeit erlaubte, verabschiedete sich Jo und fuhr zurück zum Waidhaus. Dort angekommen, griff er zum Hörer und rief bei Ferdinand Kohlmann an.

»Jo, welche Freude! Wie geht es dir?«, rief der Agenturbesitzer überschwänglich.

»Ganz gut«, nuschelte der Angesprochene.

»Was verschafft mir die Ehre deines Anrufs? Willst du endlich eine Werbekampagne für dein Restaurant starten? Ich hätte ein paar gute Ideen. Da kannst du dich vor Gästen nicht mehr retten.«

»Nee, lass mal, Ferdinand. Wir sind auch so gut ausgelastet.«

»Schade. Wenn du es dir anders überlegst, ruf mich an. Dann basteln wir ein Logo und ein Motto für dich. Was hältst du von ›Waidhaus – die kulinarische Perle des Rheintals‹?«

»Hm. Müsste man mal drüber nachdenken«, meinte Jo ausweichend, der den Spruch etwas schwülstig fand. »Aber weswegen ich anrufe – ich hab gehört, Claudio Renz war ein Freund von dir?«

»Freund wäre zu viel gesagt. War ein Kunde von mir. Was für eine schreckliche Tragödie. Kommt extra aus Köln angefahren, und dann so was.«

»Kanntest du ihn gut?«

»Wie man seine Kunden halt so kennt. Wir haben ein paar Werbeaktionen für ihn gemacht.«

»In was für einer Branche war er denn tätig?«

»Unterhaltung. Betrieb eine Großraumdiskothek in der Nähe von Köln. Vor ein paar Jahren hat er zusätzlich einen Gebrauchtwagenhandel aufgemacht. Aber dafür hat er eine andere Agentur mit der Werbung beauftragt.«

»Stimmt es, dass du ihn zu der Jagd eingeladen hast?«

»Eingeladen wäre zu viel gesagt. Ich war ja nicht der Veranstalter. Claudio war ein begeisterter Jäger. Hat mich vor einiger Zeit gefragt, ob ich ihm eine Einladung zur Treibjagd beschaffen kann. Da habe ich bei Hubertus ein gutes Wort für ihn eingelegt. Schon tragisch, da tust du jemand einen Gefallen, und dann passiert so ein Unglück.« Kohlmanns Stimme klang fassungslos. »Aber wieso interessierst du dich für ihn?«, wollte der Agenturchef wissen.

»Ich stand direkt hinter Renz, als es passiert ist.«

»Wirklich? Wusste gar nicht, dass du auf die Jagd gehst.«

»Mach ich auch nicht. Die Jungs von meinem Jägerstammtisch haben mich eingeladen.«

»Renz soll ziemlich übel ausgesehen haben.«

»Stimmt«, erwiderte Jo kurz angebunden. »Was ich dich fragen wollte – hast du zufällig seine Adresse?«

»Sicher. Wofür brauchst du die denn?«

»Na ja, da ich praktisch direkt dabei gewesen bin, als

er starb, wollte ich seiner Familie eine Beileidskarte schicken.«

»Finde ich eine noble Geste von dir«, sagte Kohlmann und blätterte in seinem Notizbuch.

»Ah, da haben wir ihn.« Der Agenturchef diktierte Jo die Adresse.

»Weißt du, ob Renz verheiratet war?«

»Geschieden, glaube ich. Hatte aber eine Freundin, wenn ich mich recht erinnere. Hab sie nur einmal gesehen. Verdammt attraktives Luder.«

Kapitel 5

Die nächsten Tage brachten Jo viel Arbeit im Restaurant. Der Salat wurde nicht rechtzeitig geliefert, und sie mussten bei den Beilagen improvisieren. An den beiden folgenden Tagen statteten ihm gleich mehrere Weinlieferanten einen Besuch ab, und der junge Küchenchef machte eine Verkostung nach der anderen. Die Menüplanung für die nächste Woche musste geschrieben werden, und die Eingangspost auf seinem alten Eichenholzschreibtisch im Büro begann sich schon wieder in bedenkliche Höhen zu stapeln. Jo hasste es, sich mit dem Papierkram zu beschäftigen – Lieferscheine prüfen, Rechnungen begleichen, Belege zum Steuerberater schicken ... meist drückte er sich vor dieser Arbeit so lange, bis es nicht mehr anders ging.

Am Montag schlief Jo aus, frühstückte in Ruhe und packte dann seinen Rucksack für einen Ausflug. Er fuhr mit seinem Volvo Kombi über Biebernheim zur A61 und bog in Richtung Koblenz auf die Autobahn ein. Am Kreuz Meckenheim wechselte er auf die A565 in Richtung Bonn und fuhr dann weiter nach Köln. Die Adresse von Renz lag in Marienburg, im Süden der Stadt. Jo war zwar schon einige Male in Köln gewesen, aber noch nie in Marienburg. Bewundernd betrachtete er die vielen Villen und großen Gärten vor den Häusern. Wenn Renz sich eine Wohnung oder gar ein Haus in dieser

Gegend leisten konnte, mussten seine Geschäfte sehr gut gelaufen sein, dachte Jo. Er bog in eine ruhige Seitenstraße ab und parkte den Wagen. Dann stieg er aus und sah sich um. Ein feudales Anwesen reihte sich an das andere.

»Zu wem wollen Sie denn?«, fragte ihn eine ältere Dame, die vor einem gepflegten Haus aus der Gründerzeit Blätter zusammenrechte. Sie hatte kurzgeschnittene graue Haare und eine spitze Nase.

»Zu Renz«, antwortete Jo.

Die ältere Dame musterte ihn neugierig von oben bis unten.

»Sind Sie von der Polizei?«, fragte sie unvermittelt.

»Sehe ich so aus?«, gab er zurück.

Die ältere Dame zuckte mit den Schultern.

»Für jemand von der Kriminalpolizei scheinen Sie mir noch recht jung.«

»Ich kann Ihnen versichern, dass ich meine Ausbildung vollständig durchlaufen habe«, erwiderte Jo und grinste.

»Was wollen Sie denn hier? Ihre Kollegen haben doch schon zweimal mit der jungen Dame gesprochen.«

Der missbilligende Ton, als sie die Worte »junge Dame« aussprach, war unüberhörbar.

»Es gibt noch ein paar Fragen.«

»Ich habe gehört, es soll gar kein Jagdunfall gewesen sein«, meinte die ältere Dame spitz.

»Darüber kann ich nicht sprechen«, erklärte Jo förmlich.

»Wenn Sie mich fragen, hat es etwas mit Drogen zu tun.«

»Mit Drogen? Wie kommen Sie darauf?«

Sie zuckte wieder mit den Schultern.

»Weiß doch jeder, dass in Diskotheken Drogen verkauft werden. Ich habe neulich einen Beitrag dazu im Fernsehen gesehen. Extase, oder wie das Zeug heißt. Da können die jungen Menschen die ganze Nacht durchtanzen, ohne müde zu werden.« Sie schüttelte den Kopf.

»Und dann diese großen amerikanischen Autos, mit denen Herr Renz immer herumgefahren ist. Die haben so einen schrecklichen Lärm gemacht. Ein anständiger Mensch fährt keine solchen Autos.«

Jo musste ein Grinsen unterdrücken. Sehr beliebt schien Renz in der Nachbarschaft nicht gewesen zu sein.

»Da ist seine Freundin«, flüsterte die ältere Dame und deutete auf eine junge Frau, die gerade aus der Tür der Villa von gegenüber getreten war. Sie trug einen roten Minirock, schwarze Netzstrümpfe und ein enges Top.

»So läuft man hier in unsrer Gegend doch nicht im Alltag herum«, sagte Jos Gesprächspartnerin streng.

Die junge Frau war inzwischen beim Postkasten angekommen und öffnete ihn.

»Der Herr ist von der Polizei und möchte zu Ihnen«, rief die ältere Dame zu ihr hinüber.

Die junge Frau warf Jo einen erstaunten Blick zu. Spätestens jetzt hätte er das Missverständnis aufklären können, aber was konnte er dafür, wenn man ihn fälschlicherweise für einen Polizeibeamten hielt? Trotzdem war ihm etwas mulmig zumute, als er auf die junge Frau zutrat. Er wollte sich gar nicht ausmalen, wie Wenger reagieren würde, sollte er es herausfinden. Schnell schob er den Gedanken beiseite.

»Was wollen Sie? Ich hab doch schon alles Ihren Kollegen erzählt«, sagte die Frau im Minirock. Aus der Nähe sah sie etwas älter aus, Jo schätzte sie auf Mitte zwanzig. Obwohl sie offensichtlich nur die Post hereinholen wollte, war sie perfekt geschminkt.

»Es sind noch ein paar Fragen aufgetaucht.«

»Also schön«, gab sie nach. »Sind Sie von der Kripo Köln?«

»Ich komme aus Koblenz«, antwortete Jo.

»Da war doch auch schon jemand da.«

»Sie meinen Hauptkommissar Wenger?«

»Genau den. Unangenehmer Typ.«

Während Jo ihr ins Haus folgte, konnte er nicht umhin, den eleganten Hüftschwung und die hochhackigen Schuhe der jungen Frau zu bewundern.

Das Haus war mit allem erdenklichen Luxus ausgestattet. Durch eine riesige Eingangshalle mit teuren Möbeln, aufwändig gearbeitetem Marmor und einem riesigen Kristalllüster ging es ins Wohnzimmer. Renz schien ein Faible für die Farbe Gold gehabt zu haben, denn neben vergoldeten Stehlampen und einem riesigen goldgerahmten Spiegel, der über dem Sofa hing, war auch der Eingang in einer Goldfarbe gestrichen, was aufgrund der protzigen Hässlichkeit schon fast wieder Stil hatte.

»Mein Name ist Weidinger«, sagte Jo und streckte ihr die Hand hin.

Etwas zögerlich reichte sie ihm ihre. Sie fühlte sich kalt an.

»Lucy Steilmann«, stellte sie sich vor. Sie nahm auf dem roten Stilsofa Platz und bot Jo mit einer Handbewegung den Sessel an.

»Sie sind die Lebensgefährtin des Verstorbenen?«

»Freundin«, erwiderte sie knapp.

»Wie lange waren Sie mit Herrn Renz zusammen?«

Jo bemühte sich, wie ein Polizeibeamter zu wirken.

»Seit ungefähr vier Monaten«, antwortete die junge Frau. »Aber warum muss ich das alles noch mal beantworten?«

»Tut mir leid. Ist für unsere Unterlagen erforderlich«, sagte Jo und zuckte bedauernd mit den Schultern. Die junge Frau blickte ihn etwas unwillig an.

»Wie haben Sie sich kennengelernt?«

»In der Diskothek. Ich arbeite da als Tänzerin. Er hat mich unter zwölf Bewerberinnen ausgewählt«, erklärte sie stolz. »Jeder denkt immer, man wackelt nur mit dem Hintern und hüpft ein wenig herum. Aber so ist es nicht. Man muss wirklich tanzen können. »

»Sie haben ihn also zum ersten Mal bei Ihrem Vorstellungsgespräch getroffen?«

»Nee, kein Gespräch. Es war ein Vortanzen.«

»Aha.«

»Claudio hat die Go-go-Tänzerinnen immer selber ausgewählt. Da hängt viel dran. Ohne uns ist nämlich die Stimmung mau. Keine Stimmung, keine Gäste, wie Claudio immer sagt.«

Bei diesen Worten brach sie unvermittelt in Tränen aus. Jo wusste nicht, was er tun sollte. Nach kurzer Überlegung reichte er ihr ein Taschentuch. Sie nickte dankbar und tupfte sich damit die Augen ab.

»Im Lauf der Zeit wurde also mehr aus Ihrer Arbeitsbeziehung.«

»Claudio hat mich zu einem Wochenendtrip nach Paris eingeladen. Danach waren wir zusammen.«

»Wann war das?«

»Zwei Wochen später.«

Jo sah sie ungläubig an.

»Claudio fackelte nicht lange, wenn er etwas wollte. Und ich auch nicht«, erklärte sie trotzig.

»Wann sind Sie bei ihm eingezogen?«

»Hab ich doch gesagt, nach zwei Wochen.«

»Ähm, gut. Wie ging es danach weiter?«

»Wie weiter?«

»Sie haben doch bestimmt nicht weiter als Go-go-Girl getanzt.«

»Warum denn nicht?«

»Hat es Herrn Renz nicht gestört?«

»Warum hätte es ihn stören sollen?«

»Na ja, immerhin wurden Sie jeden Abend von Hunderten von Männern angestarrt.«

»Claudio wusste, dass ich ihn liebe. Außerdem war er ja immer dabei.«

»Vielleicht schildern Sie mir mal, wie Ihr Tagesablauf so war.«

»Claudio ist meistens früh aufgestanden und ins Autohaus gefahren. Hat ziemlich viel Arbeit gemacht.«

»Welche Wagen hat er verkauft?«

»Gebrauchte Amerikaner, hauptsächlich. Mustangs und Corvettes, aber auch Cadillacs, wenn jemand so was wollte.«

»Keine Neuwagen?«

»War Claudio zu aufwendig. Er hatte keine Lust, die Schlitten aus Amerika rüberzuschippern.«

»Sie waren dort aber nicht tätig?«

»Nee, ich bin Tänzerin. Büroarbeit ist nicht mein Ding.«

»Herr Renz fuhr also ins Autohaus. Und was machten Sie in der Zeit?«

»Hab mich erst mal ausgeschlafen. War mir echt schleierhaft, wie Claudio das hinbekommen hat. Wir sind ja selten vor drei oder vier aus der Diskothek gekommen. Ich hätte da nicht um neun Uhr schon wieder im Autohaus stehen können.«

Sie schüttelte den Kopf.

»Danach fahre ich ins Fitnessstudio und trainiere.«

»Jeden Tag?«

»Klar, man muss in Form bleiben. Die Konkurrenz schläft nicht. Danach treffe ich mich mit Freundinnen in der Stadt. Wir quatschen oder gehen ins Kino. Oder zum Shopping. Im Sommer bin ich auch viel auf der Terrasse und sonne mich.

Gegen sieben fahre ich in die Diskothek, und wir essen zusammen.

Dann bereite ich mich auf meinen Auftritt vor. Nach der Show haben Claudio und ich meistens noch einen Absacker an der Bar getrunken. Anschließend sind wir nach Hause gefahren.«

»Sie haben Herrn Renz also erst am Abend wieder gesehen.«

»Ja, ab und an habe ich auch mal im Autohaus vorbeigeschaut. Aber Claudio mochte es nicht sehr, wenn ich da war. Hat gemeint, das lenkt die Kunden zu sehr ab. Außerdem hatte er immer ziemlich viel um die Ohren. War viel unterwegs. Autos ankaufen, Probefahrten machen und so. Meistens hat er mir Geld gegeben und mich zum Shopping geschickt. Er war nämlich sehr großzügig.«

Ein wehmütiges Lächeln glitt über ihre Lippen.

»Wissen Sie, mit wem er seine Geschäfte gemacht hat?«

»Ganz unterschiedlich, glaube ich, je nachdem, wer ihm 'nen Wagen angeboten hat oder einen Schlitten kaufen wollte.«

Sie zuckte mit den Schultern.

»Übers Geschäftliche hat Claudio nie viel erzählt. Hat mich auch nicht interessiert.«

Sie schlug ihre langen Beine übereinander. Dabei rutschte ihr Minirock etwas nach oben.

»Er hatte also keine festen Geschäftspartner?«

»Nee, das hätte nur Stress gegeben. Claudio hatte bei allem sehr klare Vorstellungen. Der hätte sich von niemand dreinreden lassen.«

Jo runzelte die Stirn. Irgendwie kam ihm das Gespräch mit der jungen Dame etwas unergiebig vor.

»Hatte er Feinde?«

Lucy Steilmann sah Jo ratlos an.

»Gab es Leute, mit denen er sich gestritten hat?«

»Manchmal gab es Zoff, wenn jemand Mist gebaut hat, oder so. Oder wenn der Umsatz nicht gestimmt hat. Dann hat Claudio Dampf gemacht. Aber das ist doch normal, oder?«

»Wissen Sie, ob Herr Renz schon einmal verheiratet war?«

»Keine Ahnung.«

»Sie haben ihn nicht gefragt?«

»Er hat nichts über frühere Beziehungen erzählt, und es hat mich auch nicht interessiert.«

Jo fragte sich, worüber die beiden sich überhaupt unterhalten hatten. Aber wenn man sie in ihrem engen Top, mit den langen Beinen und dem kurzen Rock auf der Couch sitzen sah, hatten vermutlich andere Aspekte in ihrer Beziehung im Vordergrund gestanden.

»Was das Thema Jagd angeht ...«

Kaum hatte er das Wort ausgesprochen, brach die junge Frau wieder in Tränen aus. Er ließ ihr Zeit, bis sie sich gefangen hatte.

»Seit wann hatte Herr Renz einen Jagdschein?«

»Weiß nicht, schon länger.«

»Ging er oft auf die Jagd?«

»Hin und wieder, wenn er eingeladen wurde. Er hatte ja kein eigenes Revier.«

»Diese Jagd jetzt – wie kam es zu der Einladung?«

»Sein Werbefuzzi hat ihn angerufen und gemeint, da wäre ein Platz frei, ob er nicht Lust hätte. Am Montag hat die Disko zu. Deswegen hat Claudio spontan zugesagt.«

»Wer wusste noch davon?«

»Niemand. Claudio hat bei seinen Freunden nicht viel über die Jagd erzählt. Die meisten fanden, dass es ein Alte-Leute-Hobby ist. Außerdem ist Tiereabschießen nicht sehr populär. Wenigstens nicht unter jungen Leuten.«

Jo waren die Fragen ausgegangen, und er sah sie ratlos an. Als er schon aufstehen und sich verabschieden wollte, merkte er, dass Lucy Steilmann noch etwas auf der Seele lag. Unsicher rutschte sie auf dem Sofa hin und her.

»Muss ich jetzt eigentlich ausziehen?«, fragte sie.

Jo hatte nicht den leisesten Schimmer.

»Solange nicht feststeht, wer die Erben sind, können Sie sicher noch hier bleiben«, meinte er großzügig. »Wissen Sie, ob Herr Renz ein Testament gemacht hat?«

»Warum hätte er das tun sollen?«, antwortete sie, »er war doch noch so jung.«

»Sie wissen also nicht, wer seine Erben sind?«

Sie schüttelte den Kopf und brach wieder in Tränen aus.

Es war in der Tat eine interessante Frage, ob es ein Testament gab und wer die gesetzlichen Erben des Diskothekenbesitzers waren.

Auf dem Rückweg ließ Jo sich das Gespräch noch einmal durch den Kopf gehen. Für einen kurzen Augenblick spielte er mit dem Gedanken, ob Lucy Steilmann vielleicht die Auftraggeberin des Mordes war. Junge Frau tötet älteren Geliebten. Gute Geschichte, allerdings fehlte ihr das Motiv. Die beiden waren nicht verheiratet, und sie würde vermutlich nichts erben. Denn selbst wenn es ein Testament gab, hatte Renz sie vermutlich nach der kurzen Zeit, die sie erst zusammen waren, kaum darin bedacht. Außerdem hatte sie auf Jo einen reichlich naiven Eindruck gemacht. Kaum vorstellbar, dass sie einen Profikiller beauftragt hatte. Eines kam ihm allerdings merkwürdig vor. Wenn Renz erst kurz vor der Jagd eingeladen worden war und niemandem etwas erzählt hatte, woher wusste der Mörder davon? Den Unterstand musste er schließlich schon ein paar Tage vorher angelegt haben.

So oder so, er benötigte dringend noch mehr Informationen über das Umfeld des Toten. Die Voreingenommenheit der Nachbarin von Renz beruhte zwar auf einem negativen Klischeebild – doch Gebrauchtwagenhandel und Großraumdiskothek waren durchaus ein geschäftliches Umfeld, in dem sich vielleicht auch Kriminelle tummelten.

Zurück im Waidhaus griff Jo zum Hörer.

»Hallo, Jo«, rief Klaus Sandner fröhlich. »Was gibt es Neues bei deinen Ermittlungen?«

»Wie kommst du darauf, dass ich ermittle?«

»Ich kenn dich doch.« Der Journalist grinste. »Außerdem hab ich über eine gute Quelle gehört, dass die Polizei inzwischen von Mord ausgeht.«

»Hab ich ja gleich gesagt. Aber da wir schon davon sprechen. Ich bräuchte noch mehr Informationen über den Toten.«

»Was heißt denn mehr? Was hast du denn schon herausgefunden?«

Jo biss sich auf die Lippen. Bei Sandner musste man wirklich auf jedes Wort achten.

»Er hat eine Großraumdisko und einen Gebrauchtwagenhandel betrieben. Und er hat damit anscheinend ziemlich viel Geld verdient. Jedenfalls hat er sehr feudal gewohnt.«

»Du bist bei ihm in Köln vorbeigefahren?«

»Ja.«

»Hut ab. Ich wünschte mir, die Jungs und Mädels bei mir in der Redaktion würden sich auch so reinhängen. Was hast du sonst noch erfahren?«

»Seine Freundin meinte, er hatte keine Geschäftspartner und keine Feinde.«

»Du hast mit seiner Freundin gesprochen?«

»Warum denn nicht?«

»Und weil du so schöne blaue Augen hast, hat sie dich einfach so ins Haus gelassen?«

»Kann sein, dass sie glaubte, ich bin von der Polizei.«

»Mensch, Jo, sei bloß vorsichtig. Wenn Wenger das herausfindet, reißt er dir den Kopf ab.«

»Ich hab nicht gesagt, dass ich von der Polizei bin«, verteidigte sich Jo. »Was kann ich dafür, wenn mich jemand fälschlicherweise dafür hält?«

Sandner schüttelte den Kopf.

»Wie auch immer. Vielleicht gab es Neider, oder jemand wollte seine Geschäfte übernehmen«, mutmaßte Jo. »Kennst du zufällig jemanden, der sich in der Kölner Szene gut auskennt?«

»Da würde mir schon jemand einfallen.«

»Und?«

»Du solltest deine Nase da nicht noch tiefer reinstecken.«

»Komm schon, Klaus!«

»Also schön. Ich werd mich mal umhören. Aber ich versprech nichts, okay?«

»Klar.«

Während Jos Ermittlungen langsam Fahrt aufnahmen, war auch die Polizei nicht untätig geblieben. Die Untersuchung der Gewehre, die bei der Jagd zum Einsatz gekommen waren, stand kurz vor dem Abschluss. 36 der 38 benutzten Jagdwaffen waren schusstechnisch erfasst und katalogisiert worden. Alles, was noch fehlte, war ein Geschoss, mit dem man sie abgleichen konnte. Auch wenn die Polizei nicht mehr von einem Jagdunfall ausging, hätte man damit wenigstens die Jagdteilnehmer endgültig entlasten können.

Das Telefon klingelte. Wengers Sekretärin war gerade zum Mittagessen gegangen. Deshalb griff er selbst zum Hörer.

»Hallo, Herr Wenger, hier spricht Robert Kaufmann.«

Der Hauptkommissar brauchte einen Moment, um sich von seiner Überraschung zu erholen. Der Mann war eine Legende! Dass der Leiter des Schusswaffen-Erkennungsdienstes des Bundeskriminalamts persönlich bei ihm anrief, war eine große Ehre.

»Wir haben die Geschossteile analysiert, die Sie rübergeschickt haben. Hat uns ziemliche Kopfschmerzen bereitet.«

Er machte eine kleine Pause.

»Ich fürchte, es war kein Zufall, dass die Kugel aufgesplittert ist. Sieht so aus, als hätten wir es mit einem Dumdum-Geschoss zu tun.«

»Deformationsmunition ist doch streng verboten!«

»Scheint Ihren Schützen nicht gestört zu haben.«

»Wer stellt denn heute noch so ein Teufelszeug her?«

»Jedenfalls kein Hobbybastler. Wir haben es mit einem Hohlmantelgeschoss aus einem modernen Verbundstoff zu tun. Die Kugel stammt offensichtlich aus einer industriellen Serienproduktion.«

Er machte wieder eine kurze Pause.

»Wenn Sie mich fragen, kommt das Ding aus den USA.«

»Sind Sie sicher?«

Kaufmann lachte.

»Die Amerikaner bestreiten es natürlich. Wer würde schon einen Verstoß gegen die Haager Landkriegsordnung zugeben? Es gibt aber seit einiger Zeit Gerüchte, dass die Amis solche Geschosse für ihre Spezialeinheiten produzieren lassen.«

»Können Sie mehr darüber in Erfahrung bringen?«

»Schwierig. Aber ich werde mich umhören. Ein Kollege in den USA ist mir noch einen Gefallen schuldig.«

»Kann man so eine Kugel auch mit einem normalen Jagdgewehr verschießen?«

»Nein. Das Geschoss wurde aus einem Scharfschützengewehr Kaliber 7,62 abgegeben. Ich schicke Ihnen in Kürze unseren vollständigen Bericht.«

»Gibt es eine Möglichkeit, in Deutschland an diese Munition heranzukommen?«, wollte Wenger wissen.

»In Amerika soll es dafür einen Schwarzmarkt geben. Angeblich sind die Bürgerwehren ganz heiß auf das Zeug, weil die Kugeln so schön große Löcher reißen. In Deutschland ist bisher kein polizeilich registrierter Fund bekannt. Aber wenn Sie genug Zeit und Geld aufwenden, lässt sich auf dem Schwarzmarkt in Amsterdam praktisch alles beschaffen.

Eines ist jedenfalls klar: Wer so eine Munition verwendet,

schießt, um zu töten. Außerdem hat der Kerl nur einen einzigen Schuss abgegeben.«

Wenger hörte Kaufmann in seinen Unterlagen blättern.

»Die genaue Schussentfernung beträgt 782 Meter. Das schafft nur ein Profi mit einer Spezialausbildung.«

»Hm, können ja nicht viele sein.«

»Die Bundeswehr hat mit dem G22 erst seit einigen Jahren wieder ein richtiges Scharfschützengewehr. Die Eingangsvoraussetzungen für den Scharfschützenlehrgang sind extrem hoch. Ich denke nicht, dass ihn mehr als ein paar hundert Mann durchlaufen haben. Allerdings könnte der Täter auch aus dem Ausland stammen. In Russland sind nach dem Ende des Kalten Krieges viele ehemalige Mitglieder der Spezialkräfte arbeitslos geworden und haben sich neue Betätigungsfelder gesucht. Und dann haben Sie noch die Leute vom Balkan. Während des Krieges sind viele Männer zu Scharfschützen ausgebildet worden – von allen drei Kriegsparteien. Prinzipiell kommt da jeder als Täter in Frage.«

Schöne Aussichten, dachte Wenger und schüttelte den Kopf.

»Eine Frage hätte ich noch«, sagte er. »Meinen Sie, man kann trotz der Zersplitterung der Kugel eine eindeutige Zuordnung vornehmen?«

Kaufmann überlegte.

»Schwierig«, antwortete er schließlich. »Wir haben ein Programm entwickelt, mit dem wir einzelne Splitter dreidimensional am Computer erfassen und virtuell in eine Kugel einpassen können. Mit so vielen Splittern haben wir es allerdings noch nie zu tun gehabt.«

»Aber es wäre möglich?«

»Bringen Sie mir das Gewehr. Dann sehen wir weiter.«

Kapitel 6

Die neue Woche brachte dem Waidhaus eine Entspannung an der Personalfront – Philipp war wieder zurück. Das Wetter hatte es gut mit seiner Freundin und ihm gemeint, er war braungebrannt und strotzte vor Energie. Mit seinem rotblonden Haarschopf und den Sommersprossen sah er zwar immer noch eher aus wie ein großer Junge als wie ein junger Erwachsener, aber seit er ausgelernt hatte, packte er bei der Arbeit noch mehr mit an als vorher. Das machte Jo sehr stolz.

Zwei Tage später meldete sich Klaus Sandner zurück.

»Und?«, fragte Jo.

»Du hast Glück. Der Name Renz sagt meinem Kontakt etwas.«

»Cool. Hast du seine Nummer für mich?«

»Wer sagt denn, dass ich dich mit ihm sprechen lasse?«

»Komm schon! Ich hab dir doch auch erzählt, was ich bisher rausgefunden hab.«

»Ist nicht so einfach. Und am Telefon läuft da schon mal gar nichts.«

»Wieso denn das?«, fragte der junge Küchenchef irritiert.

Sandner lachte.

»Liest du nicht die Zeitung? Wer traut heute noch dem Telefon?«

»Wer ist denn dein Kontakt?«

»Das erzähle ich dir noch. Du hast aber Glück. Er ist gerade in Frankfurt und fährt morgen mit dem Zug zurück nach Köln. Hat sich bereit erklärt, in Koblenz einen Zwischenstopp zu machen und sich mit uns zu treffen.«

»Super, wann und wo?«

»Am besten, du kommst um drei bei mir in der Redaktion vorbei. Wir starten dann von dort aus.«

Am nächsten Tag konnte es Jo kaum erwarten, bis sie endlich mit dem Mittagsservice fertig waren. Kurz nach zwei holte er den Volvo aus der Garage und fuhr hinunter nach St. Goar. Dort bog er auf die B9 in Richtung Koblenz ein. Die Sonne war herausgekommen und tauchte die Hänge in ein mildes Nachmittagslicht. Obwohl er die Strecke schon oft gefahren war, bewunderte er wieder einmal die Vielfalt der mittelalterlichen Burgen, die sich in rascher Folge aneinanderreihten. Er kam vorbei an der Burg Katz, gefolgt von der stolzen Festung Rheinfels und der Burg Maus. Nach den »Feindlichen Brüdern«, den Burgen Sterrenberg und Liebenstein, die ganz eng beieinander lagen, passierte er zuletzt noch die Marksburg. Sie gehörte zu seinen Lieblingsfestungen, nicht zuletzt deshalb, weil es sich dabei um eine der wenigen, nahezu im Originalzustand erhaltenen Höhenburgen im Rheintal handelte.

Das Verlagsgebäude des *Rheinischen Tagblatts* lag in einem Industriegebiet im Norden der Stadt.

»Ich kann immer noch nicht glauben, dass ich dich zu diesem Termin mitnehme«, sagte Klaus Sandner, als er zu Jo in den Wagen stieg.

»Bisher hast du doch ganz gut von mir profitiert«, gab dieser zurück.

»Na ja.«

Der junge Küchenchef hatte den Wagen inzwischen gewendet und fuhr zurück ins Stadtzentrum.

»Wer ist denn nun dein geheimnisvoller Kontakt, der nicht am Telefon reden will?«, fragte er.

»Sein Name ist Toni Feldmann. Er war zusammen mit mir auf der Journalistenschule. Hat danach Karriere gemacht und als Enthüllungsjournalist für ein großes Nachrichtenmagazin gearbeitet. Vor knapp zehn Jahren verließ ihn seine Frau. Hat ihn ziemlich aus der Bahn geworfen. Er hat zur Flasche gegriffen und seinen Job verloren. Danach ging es ihm ein paar Jahre ziemlich dreckig. Musste sich als freier Journalist über Wasser halten und sich von Auftrag zu Auftrag hangeln. Inzwischen ist er wieder zurück auf der Erfolgsspur und schreibt als freier Autor Enthüllungsbücher. Wirklich gut. Stand sogar kürzlich auf der Bestsellerliste ganz oben.«

»Und woher kennt er Claudio Renz?«

»Toni wollte es mir am Telefon nicht sagen. Aber ich weiß, dass er im Moment an einem Buch über den Kölner Klüngel arbeitet.«

Sie waren inzwischen am Bahnhof angelangt. Jo stellte den Wagen in einem Parkhaus schräg gegenüber ab. In einer Nebenstraße befand sich das Café, in dem sie mit Feldmann verabredet waren. Am Eingang sah sich Sandner kurz um, dann grinste er und winkte einem Mann zu, der sich in die hintere Ecke gesetzt hatte, von wo aus er den ganzen Raum überblicken konnte. Nachdem sie sich per Handschlag begrüßt hatten, setzten sie sich. Wenn er zur gleichen Zeit an der Journalistenschule gewesen war wie Klaus Sandner, musste Feldmann Anfang vierzig sein. Er sah allerdings deutlich älter aus. Seine dunklen Haare waren schon an vielen Stellen grau, und tiefe Furchen hatten sich in sein Gesicht gegraben. Er musterte Jo mit wachen Augen.

»Das ist also dein neuer Kriminalreporter«, sagte der Enthüllungsjournalist mit spöttischem Unterton.

»Mein Name ist Weidinger«, sagte Jo und hielt Feldmann die Hand hin. Dieser grinste und schüttelte sie.

»Du solltest ihn nicht unterschätzen. Er hat erst vor kurzem einen Mordfall aufgeklärt«, meinte Sandner.

»Ich weiß. Ich hab deine Geschichte darüber gelesen.«

»Echt? Du liest das *Rheinische Tagblatt*?«

»Nicht jeden Tag, aber ab und zu schon.«

Sandner lächelte stolz.

»Sie kannten Claudio Renz?«, schaltete sich Jo in das Gespräch ein.

»Lassen Sie es mich so formulieren: Ich hab von ihm gehört.«

»Was war er für ein Mensch?«

Feldmann zuckte mit den Schultern.

»Wieso interessieren Sie sich für seine Ermordung?«, fragte er unvermittelt.

Jo zögerte. »Weil ich es nicht in Ordnung finde, dass jemand einen Menschen vor meinen Augen erschießt«, sagte er schließlich.

Der Enthüllungsjournalist sah ihn nachdenklich an. »Was wollen Sie wissen?«

»Wieso hatte er einen italienischen Vornamen?«

»Ah«, rief Feldmann und grinste. »Sie denken, er hatte Verbindungen zur Mafia? Da kann ich Sie beruhigen. Claudio Renz war Halbitaliener: Der Vater stammte aus dem Ruhrpott, die Mutter aus Norditalien. Er ist in Bottrop aufgewachsen und hat eine Lehre als Feinmechaniker absolviert.«

Jo warf dem Journalisten einen überraschten Blick zu.

»War ihm auf Dauer wohl zu langweilig. Mit Mitte zwanzig hat er angefangen, Motto-Partys zu organisieren. Lief anscheinend recht gut. Jedenfalls hatte er mit Anfang dreißig genug Geld beisammen, um eine eigene Diskothek zu eröffnen. Der Gebrauchtwagenhandel kam erst später hinzu.«

»Passt nicht gerade gut zusammen«, meinte Jo.

Feldmann zuckte mit den Schultern. »Renz war sehr umtriebig. Er besorgte zuerst nur gebrauchte Sportwagen für Freunde und Bekannte. Später hat er günstig ein pleitegegangenes Autohaus übernommen.«

»Hatte er Partner oder Leute, die ihm Geld für seine Unternehmen geliehen haben?«

»Nicht, dass ich wüsste. Renz hatte den Ruf, dass er sich nicht viel von anderen sagen ließ.«

»Gab es Verbindungen zur Unterwelt?«, fragte Klaus Sandner.

»Unterwelt? So etwas haben wir in Köln gar nicht. Hier gibt es nur Ehrenmänner ohne Fehl und Tadel«, entgegnete der Enthüllungsjournalist und grinste schief.

»Wär ja ganz was Neues«, brummte Sandner.

Feldmann lachte. »Soweit ich weiß, hatte er ein paar Mal Probleme mit der Steuer. Aber das kommt hier öfter vor. Hat wohl einen Teil der Getränkeumsätze in der Disko an der Kasse vorbeilaufen lassen. Auch beim Gebrauchtwagenhandel gab es einige Ungereimtheiten. Mehrfach wurden Autos teuer angekauft und konnten nur mit Verlust weiterveräußert werden. Schien den Behörden verdächtig.«

»Kam es zu einer Anklage?«

»Renz hat sich einen guten Anwalt genommen und konnte in beiden Fällen seinen Kopf aus der Schlinge ziehen. Musste zwar eine hohe Strafe bezahlen, aber das war's.«

»Was ist mit Schutzgelderpressung?«, fragte Jo.

»Ich seh schon, Sie hängen an Ihrer Mafiatheorie«, antwortete Feldmann. »In der Hinsicht sind wir in Köln sauber. Jedenfalls würde es mich sehr wundern, wenn er Schutzgeld bezahlt hätte. So was spricht sich schnell rum.«

»Eine Nachbarin von Renz deutete etwas in Richtung Drogen an.«

Feldmann lachte wieder. »So stellt Lieschen Müller sich das vor. Aber wer in seiner Diskothek Drogenhandel duldet, dem entziehen sie selbst in Köln die Lizenz.« Er schüttelte den Kopf.

»Was denkt man denn in der Szene über den Mord?«

»Mord? Das Wort nimmt hier niemand in den Mund. Die Leute gehen von einem Jagdunfall aus.«

»Apropos. Wie kam Renz überhaupt zur Jagd? Er sah ja nicht gerade wie ein typischer Jäger aus.«

»Er hat darüber nicht viel geredet. War wohl reiner Zufall. Einer seiner Lieferanten hat ihn eingeladen. Hat ihm anscheinend so viel Spaß gemacht, dass er selber den Jagdschein gemacht hat.«

»Ist er auf viele Jagden gegangen?«

»Keine Ahnung.«

»Wenn Sie eine Vermutung äußern müssten ...?«

»Ist nicht mein Metier. Ich recherchiere Fakten. Spekulationen überlasse ich anderen.«

Etwas ratlos blickte Jo den Enthüllungsjournalisten an.

»Nicht den Kopf hängen lassen«, munterte Feldmann ihn auf. »Falls ich noch was in der Sache hören sollte, melde ich mich bei euch.«

»Echt? Find ich klasse!«, antwortete Jo und reichte dem Journalisten seine Karte. Dieser warf einen Blick darauf und grinste.

»Sie sind wirklich Koch? Als Klaus mir das erzählte, dachte ich zuerst, er nimmt mich auf den Arm.«

»Er kocht ganz ausgezeichnet. Kann ihn dir aus eigener Erfahrung nur wärmstens empfehlen«, schwärmte Sandner.

»Sie sind jederzeit herzlich eingeladen«, fügte Jo hinzu.

»Vielleicht komme ich vorbei, wenn ich mal in der Nähe bin«, sagte Feldmann.

»Haben Sie auch eine Karte?«, fragte der junge Küchenchef. Nach kurzer Überlegung erfüllte der Enthüllungsjournalist ihm seinen Wunsch.

»Aber wenn du etwas hörst, rufst du natürlich bei mir an«, wandte Sandner ein.

»Klar. Ich weiß doch, was sich gehört.«

Nachdem Jo Klaus Sandner wieder am Verlagsgebäude abgesetzt hatte, fuhr er zurück zum Waidhaus. Die ganze Fahrt über dachte er darüber nach, wie er das Gespräch mit Feldmann bewerten sollte. Bei ihm hörte es sich so an, als sei Renz ein weitgehend unbeschriebenes Blatt gewesen. Wenn dem so war, rückte zwangsläufig wieder das private Umfeld von Renz in den Mittelpunkt. Dumm nur, dass er nicht wusste, wer das Vermögen erbte. Vielleicht konnte Sandner hier mehr herausfinden.

Während Jo noch darüber nachgrübelte, gingen die Ermittlungen der Polizei mit unvermindertem Einsatz weiter.

»Wie sieht es mit dem Dossier über Renz aus?«, fragte Hauptkommissar Wenger und sah seinen Stellvertreter herausfordernd an.

»Fast fertig«, nuschelte Wieland. »Bekommst du heute Nachmittag.«

»Und?«

Wieland seufzte. Warum forderte Wenger ein Dossier an, wenn er doch alles erzählt haben wollte?

»Claudio Renz. Alter 42 Jahre. Keine Vorstrafen. Allerdings hat die Steuer zweimal gegen ihn ermittelt.«

»Kannst du überspringen. Hab ich schon in der Akte gesehen.«

»Möglicherweise gibt es Verbindungen zur ukrainischen Autoschiebermafia.«

»Woher hast du das?«

»Von den Kollegen in Köln.«

»Wieso weiß ich davon nichts?«

»Kam gerade erst rein.«

»Und wieso rufen die nicht bei mir an?«

»Du warst bei Dr. Doldinger. Da hat das Sekretariat das Telefonat an mich durchgestellt.«

»Schon gut. Worum geht es dabei?«

»Die Kollegen vom Dezernat für schwere Diebstähle observieren seit einigen Wochen eine Bande, die Luxuslimousinen klaut und nach Osteuropa verschiebt. Zwei der führenden Mitglieder verkehrten regelmäßig in der Diskothek von Renz.«

Wenger ballte die Faust. Endlich eine heiße Spur.

»Kannte er die beiden?«

»Scheint ein paar Mal mit ihnen geredet zu haben.«

»Worüber?«

»Aufgrund der lauten Musik war es unmöglich, die Gespräche abzuhören. Sie waren wohl auch immer nur sehr kurz.«

»Hat Renz die beiden noch woanders getroffen?«

»Nicht, solange sie observiert wurden.«

»Die Kollegen vom K14 sollen sich die Bücher von Renz genau ansehen. Wenn er in illegale Geschäfte verwickelt war, muss es irgendwo eine Spur geben. Schließlich muss er das Geld ja wieder in den legalen Kreislauf eingeschleust haben.«

»Hab ich schon veranlasst.«

»Okay, ich werde mit dem Landeskriminalamt telefonieren. Ich kenne jemand aus dem Dezernat für organisierte Kriminalität. Die sollen ihre V-Leute in der Autoschieberszene auf den Fall ansetzen. Vielleicht können wir damit die Verbindung zu den Ukrainern erhärten.«

Wieland nickte.

»Noch eins, Martin.«

»Ja?«

»Ich habe in dem Fall eine strikte Nachrichtensperre verhängt. Kein Wort zu einem Journalisten, verstanden?«

»Ich rede ohnehin nie mit denen«, sagte Wieland, ohne eine Miene zu verziehen.

Jo war sich immer noch unschlüssig, wie er in Sachen Renz weiter vorgehen sollte. Irgendwie fehlten ihm in dem Fall die konkreten Anknüpfungspunkte. Um sich abzulenken, setzte er im Waidhaus eine »Gourmet-Woche« an. Dafür hatte er sich etwas ganz Besonderes ausgedacht: Er wollte jeden Tag ein Menü anbieten, das von einem berühmten Sternekoch inspiriert war – quasi eine Art Hommage. Den Anfang machte er mit einem Menü »Bocusien«, das sich an Paul Bocuse, dem Altmeister der französischen Küche, orientierte. An den folgenden Tagen gab es Ente al'Orange im Stil von Eckhard Witzigmann, Medaillons vom Wildhasen à la Harald Wohlfahrt und Lammrücken nach Philippe Dorange. Die Menüs basierten allesamt auf bekannten Rezepten des jeweiligen Kochs. Jo wollte sie jedoch nicht möglichst detailgetreu nachkochen, sondern versuchte, die Rezepte mit einer eigenen Note zu versehen.

Die Idee schlug ein wie eine Bombe. Obwohl er auch sonst regelmäßig Komplimente für seine Kreationen bekam, waren die Reaktionen der Gäste überwältigend. Jo platzte fast vor Stolz. Die »Gourmet-Woche« sprach sich in Windeseile herum, und innerhalb kürzester Zeit gingen so viele Reservierungswünsche ein, dass sie die Tische dreimal hätten vergeben können. Die ganze Mannschaft arbeitete bis an den Rand der Erschöpfung. Trotzdem gelang es Jo nicht, den Mord an Claudio Renz aus seinen Gedanken zu verbannen.

Kapitel 7

Hauptkommissar Wenger brannte der Fall ebenfalls unter den Nägeln. Inzwischen lagen die ersten Erkenntnisse der V-Leute vor. In der Szene kursierten Gerüchte, Claudio Renz sei in die Fänge der kroatischen Wettmafia geraten. Es wurde gemunkelt, Renz habe beim Wettpaten von Köln mit einer halben Million Euro in der Kreide gestanden.

Lag hier der Schlüssel zu seiner Ermordung? Hatte er sich geweigert, seine Schulden zurückzuzahlen, und war deswegen öffentlich hingerichtet worden – quasi als Warnung für andere Schuldner? Oder hatte er hinter dem Rücken seiner kroatischen Freunde versucht, eigene illegale Geschäfte zu machen, und war deswegen ins Fadenkreuz geraten?

Wenger entschloss sich dazu, die Flucht nach vorn anzutreten und eine Pressekonferenz anzusetzen. Wenn Renz von einem Profikiller ermordet worden war, hatte der Mann ihn und seine Lebensumstände zuvor sicher eingehend ausspioniert. Außerdem musste er sich im Vorfeld der Jagd sehr genau über die Umgebung informiert haben. Vielleicht war er dabei jemandem aufgefallen.

Jo saß an seinem Schreibtisch und arbeitete die Post ab. Er hatte wieder einmal eine Mahnung erhalten, weil die Rechnung eines Lieferanten in seinem Eingangsstapel verloren gegangen war. Jo ärgerte sich jedes Mal über sich selbst, wenn so etwas passierte. Zum x-ten Mal nahm er sich vor, seine Post taggleich abzuarbeiten. Meistens hielt der gute Vorsatz jedoch nur für kurze Zeit.

Jo füllte im Waidhaus alle wichtigen Funktionen selbst aus – er war Küchenchef, Chef de Restaurant und kümmerte sich auch um den Weinvorrat. Am liebsten hätte er jemanden eingestellt, der als Sommelier den Weinkeller beaufsichtigte und ihm die Arbeit mit den Lieferanten abnahm, der zusätzlich das Restaurant leitete und idealerweise auch den Papierkram erledigen konnte.

Das Waidhaus hatte sich nach einer etwas holprigen Anfangsphase inzwischen etabliert und warf stattliche Gewinne ab. Die Finanzierung einer zusätzlichen Stelle wäre daher kein Problem gewesen. Das Dumme war nur, dass Jo so viel um die Ohren hatte, dass er nie dazu kam, sich ernsthaft um die Besetzung der Stelle zu kümmern. Als er den letzten Brief abgearbeitet hatte, klingelte das Telefon. Es war Klaus Sandner.

»Und, wie läuft's?«, fragte der Journalist.

»Geht so. Ich sitze hier und erledige den Papierkram. Da ist es bei dir bestimmt spannender.«

»Schön wär's«, erwiderte Sandner und lachte. »Eigentlich hocke ich nur den ganzen Tag am Schreibtisch, lese Artikel und korrigiere die Zeichensetzung!«

»Tja, wir sind wohl beide arme Schweine.«

»Da hast du recht«, meinte Sandner und grinste, »aber weshalb ich dich anrufe: Wenger hat gerade eine Pressekonferenz gegeben. Er hat mitgeteilt, dass es kein Jagdunfall war!«

Jo ballte die Faust.

»Schon ulkig, wenn ich daran denke, wie Wenger mich in

den Senkel gestellt hat, als ich ihn mit deiner These konfrontiert habe«, sagte Sandner und schüttelte den Kopf.

»Wie geht es jetzt weiter?«, wollte Jo wissen.

»Die Polizei sucht nach Zeugen, die verdächtige Personen in der Nähe von Renz' Villa und am Tatort gesehen haben.«

»Hat er etwas zum Motiv gesagt?«

»Da war Wenger sehr schmallippig. Gerüchteweise soll Renz aber Verbindungen ins kriminelle Milieu gehabt haben. Wahrscheinlich liegt da der Grund für seine Ermordung.«

»Ist das sicher? Also, dass die Polizei das glaubt?«

»Die Quelle, die es mir erzählt hat, ist normalerweise zuverlässig.«

»Ich weiß nicht so recht.«

»Wieso denn das?«

»Wegen des Gesprächs mit deinem Freund Toni. Schien mir nicht so, als ob es da einen kriminellen Hintergrund gäbe.«

»Würde ich nicht überbewerten. Toni ist zwar gut vernetzt, aber er hat sich doch gar nicht richtig mit dem Fall befasst. Die Polizei ist da bestimmt viel näher dran.«

»Da wir gerade davon sprechen – hat Toni sich schon bei dir gemeldet?«

»Warum sollte er?«

»Er wollte sich doch wegen Renz weiter umhören.«

»Nee, hast du falsch verstanden. Wenn er zufällig auf etwas stößt, lässt er es uns wissen. Der ist im Moment mit ganz anderen Recherchen beschäftigt.«

»Vielleicht sollten wir ihn anrufen.«

»Wenn Toni etwas nicht leiden kann, dann, wenn ihn

jemand unter Druck setzt. Versprich mir, dass du ihn nicht auf eigene Faust kontaktierst.«

»Ja, schon gut«, brummte Jo enttäuscht.

Die nächsten Tage ließen Jo wenig Zeit zum Grübeln. Nach dem großen Erfolg der »Gourmet-Woche« entschied er sich dafür, eine »Rheinische Woche« hinterherzuschieben. Statt der französischen Haute Cuisine setzte er einige regionale Spezialitäten auf die Karte, wobei er jedes Gericht wiederum mit einer individuellen Note versah. Jo freute sich immer, wenn er die Gäste mit einer besonderen Zubereitungsart überraschen konnte. Dabei legte er Wert darauf, nur beste Zutaten aus der Region zu verwenden. Im Lauf der Zeit hatte er sich ein Netz von Lieferanten aufgebaut, die ihn zuverlässig versorgten, bei denen er sich aber auch darauf verlassen konnte, dass die Lebensmittel ökologisch und in allerbester Qualität erzeugt wurden.

Am Freitag bekam er Besuch von Freddi Wouters, einem seiner Weinlieferanten. Freddi war Holländer, lebte allerdings schon lange in Deutschland. Er hatte ursprünglich bei einer Bank gearbeitet, was ihm jedoch schnell langweilig geworden war. Kurz entschlossen hatte er sein Hobby, den Wein, zu seinem Hauptberuf gemacht. Er reiste viel in Frankreich und Spanien herum und besuchte kleine Weingüter, die von ambitionierten jungen Winzern geführt wurden. Obwohl sie erstklassige Weine erzeugten, waren sie meist noch nicht so bekannt und verkauften ihre Weine zu erschwinglichen Preisen. Auf diese Weise konnte er seinen Kunden immer wieder Schnäppchen anbieten. Oder wie Freddi zu sagen pflegte: »Was Weine angeht, bin ich ein Trüffelschwein, ich suche so lange, bis ich die besten gefunden habe.«

Die besondere Liebe des Holländers galt dem spanischen Wein. Jo, der französische und italienische Weine bevorzugte, zeigte sich immer zurückhaltend, wenn Freddi ihn wieder einmal von einem seiner Spanier überzeugen wollte. Diesmal wurde er allerdings schwach. Der holländische Weinhändler hatte einen spanischen Jungwinzer aufgetan, der schon bei regionalen Weinmessen in Andalusien und Kastilien Auszeichnungen gewonnen hatte und sich anschickte, in die erste Garde der spanischen Winzer aufzusteigen. Sein im Holzfass gereifter Crianza, ein trockener Rotwein, war ein Gedicht. Die Veilchen-Aromen, gepaart mit dem Geschmack von Johannisbeeren und einem Hauch von Vanille schlugen Jo sofort in den Bann. Dazu weckte der Geruch nach Sandelholz und Hyazinthen die Sehnsucht nach einem lauschigen Abend am Meer. Der Wein würde hervorragend zu Hechtklößchen mit Knoblauchöl oder Lammkarree mit Gewürzsauce passen.

Jo musste sich zurückhalten, um sich seine Begeisterung nicht anmerken zu lassen. Freddi liebte bunte Krawatten und ausgefallene Wildlederschuhe, mit denen er eher wie ein Barbesitzer als ein Weinhändler aussah. Er hatte immer einen kessen Spruch auf den Lippen, und man konnte herrlich mit ihm herumblödeln. Wenn es allerdings ums Geschäft ging, konnte er ein knallharter Verhandlungspartner sein. Sie feilschten eine Weile um Mengen und Preise, wurden sich schließlich aber doch handelseinig: Jo kaufte 100 Flaschen zu einem Stückpreis von zwanzig Euro.

Am Abend stand unerwartet eine Gruppe Japaner vor dem Waidhaus. Das Restaurant war fast ausgebucht, und Jo wollte die Gruppe eigentlich abweisen, aber der Reiseleiter, Herr Miamoto, bestand darauf, bei ihm zu speisen. »Eine gute Bekannter von mir hat uns empfohle Ihre Restauration. Ist exzellenter Kenner von deutsche Küche. Hat gesagt, wann besuche Loreley und wolle rheinische Spezialitäte koste, müsse gehe zu Herrn Weidinger. Ist große Künstler.«

Bei diesen Worten verbeugte sich Herr Miamoto würdevoll. Jo musste sich auf die Lippen beißen, um nicht laut herauszulachen. Der Japaner hatte seine Bitte so drollig vorgetragen, dass der junge Küchenchef es nicht übers Herz brachte, ihn mit seiner Gruppe wieder wegzuschicken. Auch wenn Klara, seine Chefbedienung, die Augen verdrehte und den Kopf schüttelte, bat Jo sie, noch zusätzlich Stühle aus dem Nebengebäude zu holen. Dort befand sich ein großer Saal, den Jo ursprünglich für Veranstaltungen eingerichtet hatte, den sie bislang aber kaum nutzten. Die japanischen Gäste mussten an ihren beiden Tischen eng zusammenrücken, was sie aber nicht zu stören schien. Ganz im Gegenteil – sie lachten viel, unterhielten sich angeregt und verbeugten sich bei jedem neuen Gang artig vor den Bedienungen.

Die unerwartet große Gästezahl bedeutete für die ganze Mannschaft, dass sie noch zwei Gänge höher schalten mussten. In der Küche arbeiteten sie im Akkord, und auch die Bedienungen kamen kaum mit den Bestellungen hinterher.

Obwohl der ein oder andere ein wenig länger als sonst auf sein Essen warten musste, schafften sie es, alle Teller zügig an den Tisch zu bringen. Die Japaner waren begeistert, und Herr Miamoto bestand darauf, sich persönlich bei den Köchen zu bedanken. Eigentlich ließen sie nie Gäste in die Küche, aber diesmal machte Jo eine Ausnahme.

Es war ein Bild für die Götter – der kleine Japaner drückte jedem feierlich die Hand und verbeugte sich. Da standen sie nun, Ute, Karl-Heinz, Pedro, Philipp und Anton. Die sonst blütenweiße Kochmontur voller Spritzer und Flecken, müde, abgekämpft, ein wenig verlegen, aber unendlich stolz auf ihre Arbeit.

Herr Miamoto drückte jedem ein großzügiges Trinkgeld in die Hand und verabschiedete sich mit einer erneuten tiefen Verbeugung.

Als Jo später todmüde ins Bett fiel, dachte er nur noch an eines: schlafen.

Kapitel 8

Er lag bewegungslos am Boden und atmete langsam ein und aus. Obwohl der Mond hell über den Baumwipfeln leuchtete, wusste er, dass er in seinem Tarnanzug praktisch unsichtbar war. Als er das erste Mal einen Scharfschützen in seinem Ghillie-Anzug gesehen hatte, war ein spöttisches Lächeln über seine Lippen geglitten. Mit den herunterhängenden grünen und braunen Streifen sah der Mann aus wie eine wandelnde Gartenhecke und nicht wie ein Elitesoldat.

Aber das Lachen war ihm schnell vergangen, als sie kurz darauf bei einem ihrer Übungsmärsche in einen Hinterhalt gerieten und aus kürzester Entfernung unter Feuer kamen. Die feindlichen Schützen lagen keine zwei Meter von ihnen entfernt auf dem Boden, aber sie bemerkten sie erst, als die Platzpatronen neben ihnen knallten.

Scharfschützen verwandten viel Zeit darauf, ihren Tarnanzug zu vervollkommnen. Dabei fertigte jeder Soldat seinen Ghillie-Anzug selbst an – aus einem Tarnnetz und Jutestoff. Er wurde allerdings nie fertig – immer wieder musste man ihn an die besonderen Geländegegebenheiten oder die jahreszeitlich bedingten Farbveränderungen der Blätter und Sträucher anpassen.

Tarnung.

Du musst auf deine Tarnung achten.

Er hatte die Stimme seines Ausbilders noch im Ohr.

Und man durfte sich nicht bewegen.

Denn die beste Tarnung nützte nichts, wenn der Feind eine Bewegung wahrnahm.

Schon die kleinste Regung konnte das Ende bedeuten.

Immer wieder hatte er das Anschleichen geübt. Manchmal dauerte es mehr als drei Stunden, um sich hundert Meter nach vorne zu robben.

Am anstrengendsten war das Liegen in völliger Bewegungslosigkeit.

Eine Stunde den Feind zu beobachten, ohne sich auch nur kratzen zu können, war eine Tortur.

Durch das fahle Grün seines Nachtsichtgerätes zeichnete sich schemenhaft das Gesicht eines Mannes ab.

Er beobachtete ihn schon seit Wochen.

Der Mann funktionierte wie ein Schweizer Uhrwerk – jeden Mittwoch und Freitag, pünktlich um 22 Uhr, kam er über einen kleinen Waldweg anmarschiert, das Gewehr mit dem Lauf nach unten über der Schulter hängend, den Jagdhut tief ins Gesicht gezogen. Auf dem Rücken trug er einen kleinen Rucksack, in dem sich eine Thermoskanne, ein Flachmann und eine kleine Plastikbox mit einem belegten Brot befanden.

Er erklomm die Leiter zu seinem Hochsitz, wobei er vorsichtig einen Fuß vor den anderen setzte. Oben angekommen, stellte er sein Gewehr in die Ecke, schnallte seinen Rucksack ab und holte seine Thermoskanne heraus. Gemächlich schraubte er den Deckel ab und goss sich eine Tasse ein.

Er zog sein Fernglas heraus und legte sich auf die Lauer.

Der Hochsitz bot einen freien Blick über ein großes Feld, durch das sich mehrere Hecken zogen. Gegenüber lag ein ausgedehntes Waldstück, das sich in eine Lichtung öffnete, auf der sich eine Futterkrippe befand. Darauf richtete der Jäger seine Aufmerksamkeit.

Doch selbst wenn er seinen Blick weiter nach rechts gewandt hätte, zu einer kleinen dunklen Hecke, die sich einige hundert Meter von ihm entfernt am Waldrand erstreckte, hätte er dort nichts bemerkt.

Gegen 23 Uhr holte der Jäger die kleine Plastikbox aus dem Rucksack und öffnete sie. Er biss in sein Brötchen.

Nachdem er seine Mahlzeit verzehrt hatte, genehmigte er sich einen Schluck aus dem Flachmann. Danach verstaute er ihn sorgfältig wieder in seinem Rucksack.

Er lehnte sich zurück und schloss die Augen. Das machte er immer, nachdem er seinen Schnaps getrunken hatte.

Das Fadenkreuz des Zielfernrohrs wanderte langsam zwischen seine geschlossenen Augen.

Langsam ein- und ausatmen ... ein- und ausatmen.

Er spürte, wie sein Puls nur noch ganz langsam schlug.

Man durfte nie die Ruhe verlieren.

Ein- und ausatmen.

Er spürte ein Kribbeln.

Es war dieses eigenartige Gefühl der Macht.

Während er in seinem Versteck lag und sein Opfer beobachtete, stieg die Spannung in ihm immer weiter an.

Der Mann war ahnungslos. Trotz seines Gewehrs, das in Griffweite stand, war er ihm völlig ausgeliefert.

Jeder seiner Bewegungen, jedem Blick, den er in die Nacht richtete, folgte das Zielfernrohr mit tödlicher Präzision.

Das Kribbeln wurde immer stärker.

Das Gefühl der Macht steigerte sich fast zu einem Rausch.

Er krümmte den Finger ein wenig und konnte den Widerstand des Abzugs spüren.

Nur noch ein kleiner Tick. Ein winzig kleiner Tick.

Zwischen Leben und Tod.

Der Mann öffnete die Augen. In dem Moment drückte er ab. Das metallische Klicken, als der Bolzen in die leere Kammer schlug, war kaum zu hören.

Trotzdem erschien es ihm wie ein Donnerschlag.

Er wusste, dass die Kugel genau zwischen den Augen des Mannes eingeschlagen hätte.

Er war der Herr über Leben und Tod!

Der Mann auf dem Hochsitz hatte inzwischen seine Position verändert. Er beugte sich ein wenig nach vorne, schob seinen Hut nach hinten und kratzte sich an der Stirn. Danach strich er sich mit zwei Fingern über sein kleines Bärtchen.

Langsam bewegte sich der unscheinbare kleine Hügel in den Schatten des Waldes zurück.

Nur noch fünf Tage bis Vollmond ...

Das Wochenende brachte wieder viel Arbeit für Jo und seine kleine Küchenmannschaft. Am Samstagabend war eine Hochzeitsgesellschaft zu Gast.

Die Braut stammte aus Bingen, der Bräutigam kam aus Südfrankreich. Um ihn und seine weit angereisten Verwandten dafür zu entschädigen, dass sie nicht im Süden am Meer feierten, orderte die Braut ein französisches Menü, wobei sie Jo alle Freiheiten ließ. Einerseits freute er sich darüber, denn so konnte er seiner Kreativität freien Lauf lassen. Andererseits lag nun die gesamte Verantwortung auf seinen Schultern.

Während seiner Ausbildung zum Koch auf einem großen Kreuzfahrtschiff hatte Jo Köche aus aller Welt kennengelernt. Jean-Philippe, ein Franzose aus dem Perigord, der ihm viel über die französische Küche beigebracht hatte, hatte ihm einmal den Unterschied zwischen Deutschen und Franzosen so erklärt: »Wenn man bei euch in Deutschland bei einem guten Restaurant auf den Parkplatz guckt, findet man nur Luxusschlitten«, sagte er und untermalte seine Aussage mit einer weitausholenden Geste. »Wenn du in Frankreich bei einem Sterne-Restaurant auf den Hof schaust, siehst du dagegen jede Menge Kleinwagen. Das kommt daher, weil in Deutschland nur die Reichen in ein gutes Restaurant gehen. Die anderen sparen am Essen, um sich ein Auto zu kaufen, das sie sich eigentlich nicht leisten können. In Frankreich ist es umgekehrt: Wir kaufen unser Auto lieber eine Nummer kleiner, dafür können wir öfter in ein gutes Restaurant gehen.« Jean-Philippe zuckte mit den Schultern. »Ihr Deutschen seid einfach verrückt!«

Jo lachte herzlich über die Theorie des Franzosen, aber nach den paar Jahren, in denen er nun selbst ein Restaurant führte, und auch bei einigen Reisen durch das Elsass und das Burgund hatte er sie oftmals bestätigt gefunden.

Jo schwankte, ob er der Hochzeitsgesellschaft ein Menü aus der Provence anbieten sollte, der Heimat des Bräutigams. Als Alternative konnte er ein Menü mit Gängen aus verschiedenen Regionen Frankreichs zusammenstellen – eine Art kulinarischer Tour de France. Natürlich wäre es klüger gewesen, seinen französischen Gästen Gerichte vorzusetzen, die sie nicht so gut kannten. Aber sein Ehrgeiz trieb Jo dazu, provenzalische Gerichte auf den Tisch zu bringen. Zur Eröffnung gab es Blätterteigküchlein mit Tomaten und ausgebackenen Zucchiniblüten, gefolgt von marinierten Kalmaren und warmem Ziegenkäse auf grünen Salatblättern mit feinen Kräutern. Zur Auflockerung plante er danach ein Orangen-Champagner-Sorbet. Der Hauptgang war zweigeteilt – zuerst servierten sie als Fischgericht eine frische Seequappe mit schwarzer Olivenkruste und anschließend, als Fleischgang, zartrosa gebratenes Lammfilet auf einem Gemüsebett an Petersiliekartöffelchen. Den Abschluss des Menüs bildeten eine Käseplatte mit südfranzösischen Spezialitäten sowie gratinierter Pfirsich-Honigkuchen mit Feigen-Ingwer-Eis.

Der unbestrittene Höhepunkt war jedoch die Bouillabaisse, die Jo vor den Fischgang setzte. Ursprünglich handelte es sich dabei um ein einfaches Gericht der Marseiller Fischer, die nach der anstrengenden Arbeit auf ihren Kuttern am Strand einen Topf mit verdünntem Meerwasser über einem Holzfeuer aufsetzten und die unverkäuflichen Reste ihres Tagesfangs zusammen mit frischen Kräutern kochten. Wenn die Fische und Meeresfrüchte fertig waren, wurden sie auf Brotscheiben angerichtet und mit der Brühe übergossen. Inzwischen war eine echte Bouillabaisse jedoch eine zeit- und kostenintensive Angelegenheit. Für den wahren Kenner mussten mindestens acht verschiedene Fischsorten enthalten sein, um die richtige Geschmacksfülle hinzubekommen, wobei insbesondere der Rascasse, der Drachenkopf, auf keinen Fall fehlen durfte.

Jo spitzte mit bangem Blick immer wieder in die Gaststube. Doch soweit er sehen konnte, schien es den Franzosen zu schmecken.

Nach dem Dessert nahm der Vater des Bräutigams ihn beiseite. »Eigentlisch wollte isch nischt nach Deutschland kommen, denn eine Hochzeit mit Kraut und Würschtel ist nischt gerade nach meinem Geschmack«, sagte er mit einem Augenzwinkern und grinste, »aber das Menü war auf jeden Fall die Reise wert. Du bist ein größär Künstlär. Deine Bouillabaisse …!« Der Franzose schnalzte mit der Zunge und verzog das Gesicht zu einer Genießermiene. »Isch habe außerhalb von Frankreich noch nie so eine gute Fischsuppe gegessen«, erklärte er und klopfte dem jungen Küchenchef anerkennend auf die Schulter.

Den restlichen Abend schwebte Jo quasi durch die Küche. Pedro und Philipp feixten, was doch so ein kleines Kompliment von einem Franzosen für eine Wirkung auf ihren Chef hatte. Aber Jo focht das nicht an. Es waren Tage wie dieser, weswegen er Koch geworden war!

Am Montag war Jo schon früh auf den Beinen. Nachdem er mit seinem Mountainbike eine Runde durch die Weinberge gedreht hatte, setzte er sich an den Schreibtisch, suchte die Karte von Toni Feldmann heraus und griff zum Hörer. Es tutete einige Male, und Jo wollte fast schon wieder auflegen, als jemand abhob.

»Ja?«

»Herr Feldmann?«

»Wer will das wissen?«

»Jo Weidinger.«

»Ah, der junge Nachwuchskriminalreporter.«

»Ich wollte nachhören, ob Sie schon etwas Neues in Erfahrung bringen konnten.«

»Wüsste nicht, dass ich irgendwelche Zusagen gemacht hätte.«

»Nein, das nicht, aber ich dachte ...«

»Weiß Klaus von diesem Telefonat?«

»Nein. Er hat mir sogar ausdrücklich verboten, Sie anzurufen.«

Feldmann lachte.

»Wenigstens sind Sie ehrlich. Sie haben Glück. Heute Nachmittag treffe ich einen meiner Informanten. Er kannte Claudio Renz im Gegensatz zu mir persönlich. Vielleicht weiß er etwas.«

Jo schwieg für einen Moment.

»Vielleicht könnte ich auch ...«

»Nein. Ich werde Sie nicht zu dem Treffen mitnehmen.«

»Ich bin ganz brav und höre nur zu.«

»Wie stellen Sie sich unsere Arbeit eigentlich vor? Meinen Sie, man kann zu einem vertraulichen Treffen einfach eine Horde Leute mitbringen? Es dauert Jahre, solche Kontakte aufzubauen.«

»Und Sie können keine Ausnahme machen? Fragen Sie Ihren Kontakt doch, vielleicht hat er nichts dagegen.«

Feldmann seufzte.

»Klaus hat mich gewarnt, dass Sie ein richtiger Quälgeist sein können.«

Er machte eine kleine Pause.

»Eins muss man Ihnen lassen, Sie sind wirklich hartnäckig.« In Feldmanns Stimme klang echte Anerkennung mit. »Also schön, ich werde ihn fragen. Aber wenn er nicht will, gibt es keine weitere Diskussion.«

»Kein Thema.«

Jo blieb in seinem Büro sitzen und wartete gespannt auf den Rückruf. Eine halbe Stunde später meldete Feldmann sich wieder.

»Er macht es.«

»Super!«

»Es läuft nach ganz genau definierten Regeln, verstanden?

Sie können ihm vier oder fünf Fragen stellen. Nicht mehr. Wenn Sie merken, dass er bei einer Sache nichts sagen will, lassen Sie es darauf beruhen. Drängen Sie ihn nicht und setzen Sie ihn nicht unter Druck.«

»Okay, wie heißt der Mann?«

»Noch eine Regel: keine Namen. Er spricht mit Ihnen auf der Basis völliger Anonymität.«

»Kein Problem.«

»Nennen Sie ihm auch nicht Ihren Namen. Ich habe ihm erzählt, dass Sie Reporter sind und über den Fall Renz schreiben. Das genügt.«

»Kriege ich hin.«

»Haben Sie Klaus etwas gesagt?«

»Bisher nicht.«

»Dann belassen Sie, es dabei. Wir können dort nicht zu dritt antanzen. Wenn Klaus hinterher sauer ist, ist es Ihr Problem.«

»Okay.«

»Eins noch – bringen Sie Bargeld mit.«

»Wofür denn das?«

»Meinen Sie, ein Informant arbeitet umsonst?«

Erst jetzt wurde Jo bewusst, worauf er sich einließ. Vermutlich traf er sich mit einem Kriminellen!

»Kennen Sie das Old Irish Pub am Rhein unten?«

»Das finde ich schon.«

»Wir sehen uns dort um zwei.«

»Aber das ist ja schon in drei Stunden!«

»Tja, dann geben Sie besser mal Gas.«

Obwohl Jo nach der anstrengenden Woche viel lieber einen faulen Tag in seinem Sessel mit einem guten Buch verbracht hätte, suchte er die Adresse des Old Irish Pub im Internet heraus. Mit ein paar belegten Broten als Wegzehrung machte er sich auf den Weg nach Köln. Dank seines Navigationssystems fand er die Kneipe problemlos und parkte in der Nähe. Toni Feldmann und sein geheimnisvoller Informant saßen im hinteren Teil des Pubs und hatten beide ein Glas dunkles Bier vor sich stehen. Als der Enthüllungsjournalist Jo bemerkte, flüsterte er dem Mann neben sich kurz etwas zu, worauf dieser geistesabwesend nickte. Seine ganze Aufmerksamkeit galt einem Glücksspielautomaten, dessen bunte Räder sich munter drehten. Feldmann stand auf und kam auf Jo zu.

»Ich muss noch kurz etwas mit Ihnen besprechen«, sagte Feldmann und ging mit Jo nach draußen. Vor der Eingangstür blieb er stehen.

»Mein Kontakt ist gut drauf. Er hat Geld gewonnen und fühlt sich gerade wie der König der Welt.«

»Ist er spielsüchtig?«

»Vielleicht ein bisschen«, antwortete der Journalist und lächelte schief.

»Kann man ihm trauen?«

»Er kommt aus dem Milieu. Da muss man immer vorsichtig sein. Im Großen und Ganzen hat aber immer alles gestimmt, was er mir erzählt hat.«

»Hat er denn die Geschichte gekauft, dass ich Journalist bin?«

»Ja. Aber letztlich wäre ihm ohnehin egal, was Sie machen. Hauptsache, Sie sind nicht von der Polizei.«

»Wie läuft es mit dem Geld?«

»Überlassen Sie das mir. Sonst zieht er Sie über den Tisch. Wie viel haben Sie dabei.«

»Ein paar Hundert.«

»Na, Ihnen ist Ihr Hobby ja einiges wert. So viel werden wir nicht brauchen. Geben Sie mir achtzig Euro.«

Jo gab ihm das Geld und folgte dem Journalisten zurück in die Kneipe.

Wortlos setzten sie sich an den Tisch.

»Ist er das?«, fragte der Mann, ohne Jo direkt anzusehen. Feldmann nickte. Der Informant fuhr sich kurz mit der Hand durch seine fettigen Haare. Er war Mitte dreißig, trug eine abgewetzte Lederjacke und machte insgesamt einen ungepflegten Eindruck.

»Sie interessieren sich also für Claudio?« Zum ersten Mal sah er den jungen Küchenchef direkt an. Dieser nickte.

»Üble Sache. Hieß zuerst, er ist bei einem Jagdunfall draufgegangen. Hab aber inzwischen läuten hören, dass er von einem Scharfschützen ausgeknipst worden ist.«

»Davon geht die Polizei aus«, antwortete Jo.

»Pff, die Bullen, was wissen die schon?«, meinte der Informant verächtlich. »Was ist für mich drin, wenn ich dir was über Claudio sage?«

»Ein Zwanziger«, sagte Feldmann und reichte ihm unauffällig einen Schein. Schnell ließ der Mann den in seiner Jackentasche verschwinden. »Weiß nicht, ob mir für die paar Kröten viel einfällt.«

»Woher kannten Sie Claudio Renz?«, wollte Jo wissen.

»Hab 'ne Zeitlang in seiner Disko gearbeitet. Ich war nämlich mal Barmann.« Ein kurzes Lächeln huschte über sein Gesicht. »Cooler Typ. Muss man auch sein, wenn man 'ne Disko leitet.«

»Hatte er Partner oder irgendwelche sonstigen Geldgeber?«

»Nee. Claudio hätte keinen Bock gehabt, für jemand anderen die Arbeit zu machen. Der war mehr der Cheftyp.«

»Gab es mal Ärger?«

»Klar, dauernd. Die Türsteher mussten fast jeden Abend jemand rausschmeißen. Irgendeiner hat immer versucht, die Tänzerinnen anzutatschen. Da verstand Claudio keinen Spaß.«

»Ich meine mit der Polizei.«

»Nicht, dass ich wüsste. Die Steuerfahndung war ein paar Mal da. Aber das hat Claudio so geregelt. Warte mal kurz ...«

Der Informant war aufgestanden und warf eine Münze in den Spielautomaten. Dann setzte er sich wieder.

»Wie sieht es aus mit Drogen?«

»Hm, jetzt geht's aber ans Eingemachte«, sagte er, ohne Jo dabei anzusehen. Seine Aufmerksamkeit war auf den Spielautomaten gerichtet. Sie warteten, aber der Mann schwieg.

»Wir können auch über was anderes sprechen, wenn Ihnen die Frage unangenehm ist«, schlug Jo vor.

»Nö, wieso? Ich bin nur wie die bunte Maschine da drüben«, antwortete der Informant und grinste. »Man muss mich füttern.«

Ein weiterer Geldschein wanderte über den Tisch.

»Da lief gar nichts. Ein Kumpel hat mal versucht, Ecstasy auf der Toilette zu verticken. Flog schneller raus, als er gucken konnte. Hatte danach Hausverbot. War allgemein bekannt, dass Claudio da keinen Spaß versteht.«

»Hatte er Feinde?«

»Natürlich waren die Jungs, die rausgeschmissen wurden, nicht begeistert, aber die haben sich an den Türstehern abgearbeitet. An Claudio kamen die gar nicht ran.«

»Wie lief es mit dem Gebrauchtwagenhandel?«

»War meines Erachtens mehr ein Hobby. Claudio fuhr selber gerne aufgemotzte Amerikaner. Als er merkte, da geht was, hat er daraus ein Geschäft gemacht. Die Hauptknete kam aber immer über die Disko rein.«

»Was vermutet man in der Szene, wer hinter dem Mord stecken könnte?«

Es gab erneut eine Pause, und Feldmann steckte ihm einen weiteren Geldschein zu.

»Da schwirren einige Gerüchte rum. Ein paar Leute behaupten, Claudio hätte mit osteuropäischen Autoknackern Geschäfte gemacht, und da wäre was schiefgegangen. Jemand anderes hat mir erzählt, Claudio hätte Schulden bei den Kroaten gehabt, und die hätten ihn deswegen kaltgemacht.«

Der Mann schüttelte den Kopf. »Alles Kappes. Diese Gerüchte gibt es erst, seit raus ist, dass er abgeknallt wurde. Davor hab ich nie was davon gehört. Da wollen sich nur ein paar Dummschwätzer wichtigmachen. Zumal ich gehört hab, dass die Polizei gut Kohle für solche Tipps rauslegt.« Er grinste wieder.

»Aber wenn seine Ermordung keinen kriminellen Hintergrund hat, wer ist dann dafür verantwortlich?«

Der Informant zuckte mit den Schultern. »Vielleicht 'ne Verwechslung, und die wollten jemand anderen erwischen. Oder was Privates.«

»Sie meinen, seine Freundin steckt dahinter?«

»Lucy?« Der Mann lachte. »Die kann doch nicht bis fünf zählen. Nee, vielleicht jemand, der scharf auf seine Kohle war.«

»Hatte er Familie?«

»Hab nie jemand in der Disko gesehen. Geschwister hatte er jedenfalls keine, und die Eltern sind, soweit ich weiß, auch schon beide tot.«

Feldmann bedeutete Jo, dass er zum Ende kommen sollte. Der junge Küchenchef hatte auch keine weiteren Fragen mehr. Feldmann begleitete ihn nach draußen und gab ihm den letzten Zwanziger zurück.

»Und, zufrieden?«, wollte der Journalist wissen.

»Nicht wirklich«, erwiderte Jo. »Jetzt bin ich auch nicht schlauer als vorher.«

»Sehe ich anders«, sagte Feldmann. »Immerhin können Sie jetzt einige Ermittlungsstränge ausschließen. Gibt nichts Ärgerlicheres, als wenn man sich ewig auf eine Spur konzentriert, die dann im Sand verläuft.«

»Stimmt. Vielen Dank für Ihre Hilfe.«

»Schon okay, Sie sind mir aber mindestens ein Essen schuldig.«

»Jederzeit gerne«, antwortete Jo und grinste. »Wir haben immer von Dienstag bis Sonntag geöffnet.«

Wieder im Waidhaus zurück, rief er Klaus Sandner an und beichtete ihm seinen Ausflug nach Köln.

»Du hast hinter meinem Rücken mit Toni gesprochen? Finde ich echt scheiße von dir.«

»Tut mir leid«, entschuldigte sich Jo kleinlaut. »Ich war neugierig, und dann ging alles so schnell mit dem Termin.«

»Du hattest keine fünf Minuten, um mich zu informieren?«

»Wärst du denn überhaupt verfügbar gewesen?«

»Lenk nicht vom Thema ab. Toni ist mein Kontakt.«

»Ich mach's auch nicht wieder.«

»Ja, weil ich dich das nächste Mal gar nicht mehr zu so einem Treffen mitnehme.«

Um seinen Freund etwas zu besänftigen, gab Jo ihm einen ausführlichen Bericht über das Gespräch mit dem Informanten.

»Tja, scheint außer Spesen tatsächlich nicht viel bei dem Trip rumgekommen zu sein«, sagte Sandner etwas versöhnlicher.

»Hast du eine Möglichkeit, an das Testament von Renz ranzukommen?«

»Keine Chance. Falls es überhaupt eines gibt. Wenn er keine näheren Verwandten hatte, muss das Nachlassgericht erst einmal Nachforschungen über mögliche Erben anstellen. Das kann dauern.«

»Und wenn sie niemanden finden?«

»Dann fällt sein Vermögen an den Staat.«

Nach dem Telefonat machte sich Jo eine Kleinigkeit zum Essen, setzte sich dann in seinen Sessel, blickte hinunter auf den Fluss und hing seinen Gedanken nach. Es hatte aufgeklart, und der Mond leuchtete hell wie eine runde Scheibe über dem Rheintal. Vollmond, dachte Jo noch, dann schlummerte er ein. Als er wieder aufwachte, war es schon fast Mitternacht. Er ärgerte sich, dass er nicht direkt ins Bett gegangen war, und tapste müde in Richtung Schlafzimmer.

Kapitel 9

Günther Heismann warf einen Blick in seinen Korb und seufzte. Ein paar kümmerliche Maronen und Pfifferlinge bedeckten gerade so den Boden. Kein einziger Steinpilz, dachte er enttäuscht. Dabei hatte er schon an drei »sicheren« Stellen nachgesehen, an denen er sonst immer fündig wurde. Offensichtlich war ihm jemand zuvorgekommen!

Es begann leicht zu nieseln, und Heismann stapfte missmutig einen kleinen Waldweg entlang, den Blick weiter auf das dichte Unterholz gerichtet. Hinter einem kleinen Buschwerk sah er etwas Braunes hervorspitzen. Schnell bahnte er sich den Weg durchs Gestrüpp. Ein Lächeln glitt über sein Gesicht. Vor ihm ragte ein großer, schön gewachsener Steinpilz aus dem Boden. Vorsichtig, um das Wurzelwerk nicht zu beschädigen, schnitt Heismann den Pilz heraus. Viel war es nicht, aber für eine kleine, gemischte Pilzpfanne würde es reichen.

Er richtete sich auf und bemerkte einen Jäger in einer dunkelgrünen Jacke, der zusammengesunken auf seinem Hochsitz saß. Der Hut war ihm ins Gesicht gerutscht. Es sah aus, als sei der Mann eingeschlafen. Als er näher an den Hochsitz herantrat, kamen Heismann Zweifel. Der Mann saß eigenartig zusammengekrümmt auf seinem Sitz.

»Hallo? Alles in Ordnung?«, rief Heismann und rüttelte an der Leiter.

Der Mann zeigte keine Reaktion. Unschlüssig spähte der Pilzsammler nach oben. Schließlich stellte er seinen Korb ab und stieg vorsichtig zu dem Jäger hinauf.

Als er oben angelangt war, hatte sich der Mann immer noch nicht bewegt.

Sein Gewehr stand in der Ecke. Daneben lag ein Rucksack. Vorsichtig trat Heismann auf den Jäger zu und klopfte ihm auf die Schulter.

Auf einmal rutschte der Mann zur Seite. Der Hut fiel zu Boden und Heismann blickte auf den Hinterkopf des Jägers. Entsetzt schrie er auf, fuhr herum und schlitterte die Leiter hinunter.

Hauptkommissar Wenger zeigte seinen Ausweis. Bereitwillig trat der Streifenbeamte beiseite. Er war so schnell es ging von Mainz herübergekommen, wo er an einer Konferenz des Landeskriminalamts teilgenommen hatte. Oberkommissar Wieland wartete bereits auf ihn.

»Wie sieht's aus?«, fragte Wenger seinen Stellvertreter und blickte nach oben, wo mehrere weiße Overalls zu sehen waren.

»Schlecht«, entgegnete Wieland und kratzte sich am Kinn. »Auf dem scheiß Hochsitz ist es so eng, dass die Spurensicherung nicht gescheit arbeiten kann.«

»Haben sie schon was gefunden?«

Wieland zuckte mit den Schultern.

»Du kennst doch Bohrmann. Er hat alle anderen runtergescheucht. Jetzt hockt er schon fast eine Stunde mit seinen Leuten droben auf dem Hochsitz und hat noch kein Wort gesagt.«

»Warst du selbst schon oben?«

»Klar, ich war ja Gott sei Dank vor Bohrmann da.«

Die leichte Spitze war nicht zu überhören. Wieland wäre auch gern zu der Konferenz gefahren, aber Wenger hatte ihm gesagt, dass einer von ihnen im Büro bleiben müsse – für alle Fälle.

»Wer hat den Toten gefunden?«, fragte der Hauptkommissar, ohne darauf einzugehen.

Wieland zog seinen Notizblock heraus und blätterte darin. »Ein gewisser Günther Heismann – ein pensionierter Bahnbeamter, der in der Nähe Pilze gesammelt hat. Hatte den Eindruck, dass es dem Jäger nicht gutgeht. Deswegen ist er hochgestiegen. Danach ist er panisch geworden. Wäre fast überfahren worden, als er ein Auto anhalten wollte. Der Fahrer hat die Polizeiinspektion in Bingen alarmiert. Die Kollegen von dort trafen als Erste hier ein und haben den Tatort abgesperrt. Der Streifenbeamte, der als Erster oben war, meinte, dass jemand dem Mann den Hinterkopf mit einer Axt gespalten hat«, sagte Wieland kopfschüttelnd. »Aber da hat der junge Kollege nicht genau genug hingesehen. Das halbe Gehirn hängt in seinem Hut.« Er machte eine kleine Pause. »Wenn du mich fragst, hat unser Scharfschütze wieder zugeschlagen.«

Wenger sah ihn an, ohne mit der Wimper zu zucken. »Ich glaube nicht, dass wir es mit demselben Täter zu tun haben«, erwiderte er kühl. »Bei Renz deutet alles auf einen Auftragsmörder hin. Wir sollten keine voreiligen Schlüsse ziehen, solange wir noch nicht einmal die genaue Todesursache kennen.«

Wieland grinste schief.

»Ist Dr. Walter schon alarmiert?«

Der Oberkommissar nickte.

»Hab vor einer halben Stunde mit ihm telefoniert. Er müsste eigentlich jeden Moment da sein.«

»Konrad, wie sieht es aus?«, rief Wenger nach oben.

Es dauerte einen kurzen Moment, bevor Bohrmanns verknautschtes Gesicht auftauchte. »Wenn uns nicht alle zehn Sekunden jemand stören würde, wären wir vielleicht schon fertig«, knurrte der Leiter der Spurensicherung zurück. »Ich brauche noch fünf Minuten.«

Wenger nickte ungeduldig.

»Habt ihr den Zeugen schon vernommen, der den Toten gefunden hat?«, wollte er wissen. Wieland schüttelte den Kopf.

»Der Mann steht unter Schock. Er hat eine Beruhigungsspritze bekommen und wurde anschließend zur Beobachtung ins Krankenhaus eingeliefert. Ich werde ihn mir am Nachmittag vornehmen.«

Gerade als Konrad Bohrmann vom Hochsitz herunterstieg, traf Dr. Walter ein.

»Schon wieder ein toter Jäger?« Der Gerichtsmediziner schüttelte den Kopf. »Scheint in letzter Zeit zur Gewohnheit zu werden.«

Wieland grinste. Dr. Walter und er verstanden sich sehr gut. Die gleiche beschissene Art von Humor, dachte Wenger und schnitt eine Grimasse.

Bohrmann trat auf die kleine Gruppe zu.

»Und?« Der Hauptkommissar sah ihn fragend an.

»Nicht viel«, erwiderte Bohrmann trocken. »Es hat heute Morgen etwas geregnet. Zum Glück haben wir noch ein paar Blutspritzer gefunden. Allerdings nicht sehr viele. Ein Kampf hat dort oben jedenfalls nicht stattgefunden.«

»Selbstmord?«

»Das Gewehr stand friedlich in der Ecke. Außerdem war es nicht geladen.«

Wenger stutzte. »Wer geht denn mit einem ungeladenen Gewehr auf die Jagd?«

Bohrmann zuckte mit den Schultern. »Mein Vetter ist Jäger. Der schießt fast nie etwas. Ist aber trotzdem bald jeden zweiten Tag draußen.«

»Warum nimmt er das Gewehr dann überhaupt mit?«

»Jägerstolz. Ohne Flinte geht der Waidmann nicht auf die Pirsch.«

»Habt ihr Papiere gefunden?«

Bohrmann nickte und reichte ihm eine lederne Brieftasche – eine teure Marke, wie Wenger bemerkte. Er öffnete sie und zog einen Personalausweis heraus.

»Jürgen Scholtz«, las er laut vor. In einem der Seitenfächer fanden sich Visitenkarten. Danach war der Tote Leiter der Verkaufsniederlassung eines großen Autoherstellers für hochwertige Limousinen in Mainz.

Teure Autos! Wenn es da nicht eine Querverbindung zu Claudio Renz gab!

»Sonst noch etwas?«, fragte der Hauptkommissar. Bohrmann schüttelte den Kopf. Seine Mitarbeiter waren inzwischen ebenfalls von dem Hochsitz heruntergestiegen. Sie trugen verschiedene Gegenstände, die sie in Plastikfolien eingewickelt hatten – das Gewehr, eine Thermoskanne und einen kleinen Flachmann.

»Ich schick dir meinen Bericht so schnell wie möglich«, versprach Bohrmann und verabschiedete sich.

»Sie sind an der Reihe«, sagte Wenger zu Dr. Walter. »Wenn es Sie nicht stört, komme ich mit nach oben.«

Der Blick, den der Gerichtsmediziner dem Hauptkommissar zuwarf, sprach Bände. Trotzdem nickte er. Er wollte keinen Streit mit Wenger.

Als sie auf dem engen Hochsitz standen und auf den Toten blickten, zeigte sich, dass Bohrmann recht gehabt hatte. Es gab kaum Blutspritzer, geschweige denn andere auffällige Spuren. Dr. Walter stellte seine schwarze Tasche neben sich ab, öffnete sie und zog ein Paar dünne Gummihandschuhe heraus, die er sich überstreifte. Er beugte sich zu dem Toten hinunter und betrachtete die Wunde am Hinterkopf. Wenger konnte verstehen, dass der Zeuge, der den Mann gefunden hatte, unter Schock stand. Die Schädeldecke war aufgeplatzt und das Gehirn hing zur Hälfte heraus. Obwohl Wenger während seiner Laufbahn schon einige Tote gesehen hatte, spürte er, wie sich sein Magen zusammenzog. Schnell blickte er zur Seite.

Dr. Walter grinste, blieb aber ansonsten völlig ungerührt. Sorgfältig betrachtete der Gerichtsmediziner den Toten von allen Seiten. Danach drehte er ihn vorsichtig, so dass sie sein Gesicht sehen konnten.

Es war ein Mann in den mittleren Jahren, höchstens Ende vierzig. Seine leeren Augen schienen sie mit einem vorwurfsvollen Blick anzustarren. Auf der Stirn des Toten klaffte ein kleines, dunkelrotes Loch, aus dem ein wenig Blut gesickert war. Dr. Walter beugte sich hinunter und sah sich das Einschussloch aus der Nähe an.

»Was meinen Sie?«, wollte Wenger wissen, als der Gerichtsmediziner seine Untersuchung beendet hatte.

»Genaues kann ich natürlich erst nach der Autopsie sagen, aber ich glaube, es handelt sich um den gleichen Geschosstyp wie bei dem Toten auf der Jagd vor vier Wochen. Wie hieß er noch mal?«

»Claudio Renz«, antwortete Wenger automatisch.

»In letzter Zeit kann ich mir einfach keine Namen mehr merken«, sagte Dr. Walter und schüttelte betrübt den Kopf. »Ich glaube, ich werde alt.«

Wenger ließ die letzte Bemerkung des Gerichtsmediziners unkommentiert.

»Ich fürchte, ich kann hier weiter nichts tun«, erklärte Dr. Walter. »Wenn der Täter wieder aus so großer Entfernung wie beim letzten Mal geschossen hat, werden wir hier oben keine Spuren finden.«

»Meinen Sie, es lässt sich feststellen, ob der Schuss aus derselben Waffe abgegeben worden ist?«

Dr. Walter zuckte mit den Schultern. »Schwer zu sagen. Wenn das Geschoss genauso stark zersplittert ist, dürfte ein gerichtsverwertbarer Beweis sehr schwierig werden.«

Wenger nickte. Am liebsten hätte er laut geflucht. Sein erster großer Mordfall, und die Sache lief alles andere als nach Plan. Unten angekommen, griff er zum Handy und rief in der Schussanalyse des Landeskriminalamtes an. Sie mussten so schnell wie möglich prüfen, von wo aus der Schuss abgegeben worden war.

Jo saß an seinem großen Schreibtisch und betrachtete den Stapel an Rechnungen, Lieferscheinen und Bestellzetteln, der sich schon wieder angesammelt hatte.

Sie waren ausnahmsweise sehr früh mit dem Mittagessen fertig geworden, so dass er bis zum Abendessen drei Stunden freihatte. Zeit genug, um sich mit dem Papierkram zu beschäftigen. Seufzend griff er nach der ersten Rechnung.

Das Telefon klingelte. Froh, dass er noch einen Aufschub bekam, griff er zum Hörer.

Es war Klaus Sandner.

»Ein weiterer Jäger ist erschossen worden.«

»Was?«

Fast wäre Jo der Hörer aus der Hand gefallen.

»Hallo ... bist du noch da?«

»Wer ist es?«, fragte Jo atemlos.

»Der Mann heißt Jürgen Scholtz. Er leitete die Niederlassung einer großen Autofirma in Mainz.«

»Gibt es schon Details?«

»Nicht viele. Ist anscheinend genauso abgelaufen wie beim letzten Mal: ein einziger Schuss, direkt in die Stirn, abgegeben aus großer Entfernung. Der Mann war sofort tot.«

»Wo hat der Mord stattgefunden?«

»In einem Waldstück zwischen Bingen und Rheinböllen.«

»Kennst du die genaue Stelle?«

»Klar, unser Mann aus Bingen ist schon auf dem Weg dorthin.«

»Kannst du mir eine Beschreibung geben?«

»Warum sollte ich?«

»Komm schon, Klaus.«

»Was willst du denn dort? Mit diesem Mord hast du doch nun wirklich nichts zu tun.«

»Ich will mir nur ein Bild vor Ort machen.«

Sandner seufzte.

»Also schön«, gab er nach und diktierte Jo die Wegbeschreibung.

Hauptkommissar Wenger starrte missmutig auf die Spezialisten mit den Lasergeräten. Da sie nicht genau wussten, in welche Richtung der Tote geschaut hatte, als er von der tödlichen Kugel getroffen worden war, erwies sich die Aufgabe als ungleich schwieriger als beim letzten Mal. Um überhaupt einen Startpunkt zu finden, hatten die Ballistiker das Sichtfeld auf einen 90-Grad-Winkel eingegrenzt. Bei einer Schussentfernung von mehreren hundert Metern folgte daraus, dass sie ein Gebiet von mehreren Quadratkilometern absuchen mussten. Die Ballistiker vermuteten, dass aus dem Waldstück schräg gegenüber geschossen worden war. Das schränkte die Suche wenigstens etwas ein. Eine Hundertschaft der Bereitschaftspolizei durchkämmte bereits seit einer Stunde das fragliche Gelände. Wenger setzte jedoch keine große Hoffnung darauf. Wenn der Schütze sich einfach hinter einen Busch gelegt hatte, ohne eine Mulde auszuheben, war es praktisch unmöglich, die genaue Stelle zu finden, von der aus er geschossen hatte – jedenfalls, wenn er keine Spuren hinterlassen hatte.

Einer von Wengers Mitarbeitern hatte inzwischen ein umfangreiches Dossier über Scharfschützen angefertigt. Daher wusste der Hauptkommissar, dass ein Scharfschütze mit seinem perfekt an das Gelände angepassten Tarnanzug praktisch nicht zu entdecken war. Trotzdem musste er mit seiner Ausrüstung irgendwie zum Tatort gelangt sein. Vielleicht war er dabei von jemandem gesehen worden.

Die Schussanalyse hatte inzwischen ihre Arbeit beendet, und die Männer verluden ihre großen schwarzen Koffer in ihren grauen Minibus. Der Chefballistiker trat auf Wenger zu.

»Sieht schlecht aus«, sagte er und zuckte bedauernd mit den Schultern. »Er könnte von überall her geschossen haben.«

»Am wahrscheinlichsten ist, dass er sich in dem Waldstück da drüben versteckt hat. Ich habe den Einsatzleiter der Bereitschaftspolizei schon informiert, dass sie in dem Abschnitt besonders intensiv suchen sollen.

Sind die Kollegen mit Metalldetektoren ausgerüstet?«

Wenger nickte. Trotzdem setzte er darauf keine großen Hoffnungen. Kaum anzunehmen, dass der Mörder diesmal eine Hülse am Tatort zurückgelassen hatte.

Jo lag auf einer kleinen Anhöhe hinter einem Busch und spähte durch sein Fernglas. Er hatte die Absperrungen der Polizei umgangen und sich einen hervorragenden Beobachtungsposten gesucht. Von hier aus hatte er einen vollständigen Überblick. Der Jagdsitz, auf dem der Tote gesessen haben musste, stand an einem kleinen Waldstück. Davor lag ein großes Feld, das an ein gegenüberliegendes Waldstück grenzte. Aus den Aktivitäten der Suchmannschaft schlussfolgerte Jo, dass der Mörder von dort aus geschossen haben musste. Er schätzte, dass die Entfernung dazwischen gut fünfhundert Meter betrug. Etwas weniger als beim letzten Mord, aber Jo hegte nicht den geringsten Zweifel, dass es sich um denselben Täter handelte. Mehrfach hatte er Wenger mit seinem Feldstecher ins Visier genommen. Der frustrierte Gesichtsausdruck des Beamten sprach Bände. Offensichtlich hatten sie den genauen Standort des Schützen noch nicht finden können.

Langsam robbte sich Jo von seinem Beobachtungsposten zurück nach hinten. Er hatte genug gesehen. Auf dem Weg zurück zu seinem Restaurant kreisten seine Gedanken nur um eine Frage: Wie hingen die beiden Morde miteinander zusammen?

Genau dieselbe Frage beschäftigte auch die Polizei. Die Überprüfung des Toten lief bereits. Oberkommissar Wieland war ins Büro zurückgefahren und kümmerte sich selbst darum. Dass der Mann die Niederlassung eines großen Herstellers von Oberklassewagen geleitet hatte, passte für Wenger perfekt ins Bild. Jährlich wurden in Deutschland an die dreißigtausend Luxusfahrzeuge gestohlen – in erster Linie große Limousinen, aber auch teure Gelände- und Sportwagen.

Dabei kam es erstaunlich häufig vor, dass die Besitzer der Fahrzeuge beim Diebstahl mitwirkten. Sie erhielten zehn Prozent des Fahrzeugwertes in bar und gaben dafür den Dieben den Schüssel. Ein lukratives Geschäft für beide Seiten: Der Besitzer bekam den Neuwert des Fahrzeugs ersetzt, und die Diebe mussten nicht die komplizierten Sicherheitseinrichtungen knacken. Ohne Elektronik funktionierte in einem modernen Auto überhaupt nichts, man konnte es nicht einmal anlassen. Die Hersteller unternahmen große Anstrengungen, ihre Fahrzeuge besser gegen Diebstähle zu schützen. Wenn es den Autoknackern nicht gelang, die Sicherheitssoftware zu dekodieren, konnten sie praktisch mit dem Fahrzeug nichts anfangen. In letzter Zeit waren allerdings viele Autos gestohlen worden, bei denen eine Mitwirkung der Besitzer mit an Sicherheit grenzender Wahrscheinlichkeit ausgeschlossen werden konnte. Politiker, Wirtschaftsbosse und andere Prominente gehörten zu den Opfern. Bei dieser Klientel war es schwer vorstellbar, dass sie wegen ein paar tausend Euro ihre Karriere oder sogar einen Aufenthalt im Gefängnis riskierten. In Tübingen gab es eine Sonderkommission der Kriminalpolizei, die sich bundesweit mit dem Diebstahl von Luxusfahrzeugen beschäftigte. Wenger wollte mit den Kollegen Kontakt aufnehmen, sobald er wieder im Büro war.

Jo saß an seinem Schreibtisch und war frustriert. Obwohl er schon so viel Zeit und Mühe in den Fall gesteckt hatte, fehlten ihm die Anhaltspunkte, um seine Ermittlungen weiter voranzutreiben. Am folgenden Tag rief er wieder einmal bei Klaus Sandner an.

»Was gibt es Neues?«, wollte er von dem Journalisten wissen.

»Eigentlich nichts«, antwortete Sandner. »Die Ermittler gehen weiter davon aus, dass es sich um einen Profikiller handelt, der die Männer gezielt ausgeschaltet hat.«

»Und warum trifft es ausgerechnet immer Jäger?«, fragte Jo mit einer gehörigen Portion Skepsis in der Stimme.

»Reiner Zufall. Gab dem Mörder allerdings die Möglichkeit, ihnen in Ruhe aufzulauern.«

»Steht schon fest, dass die zwei mit derselben Waffe getötet wurden?«

»In beiden Fällen ist das Geschoss so stark zersplittert, dass sie es nicht genau sagen können. Die Ermittlungsgruppe hat jedoch keine Zweifel, dass sie es mit ein und demselben Täter zu tun haben«, erklärte Sandner.

»Trotzdem, irgendwie ergibt das alles für mich keinen Sinn. Was sollten ein Filialleiter einer Autofirma in Mainz und ein Diskobesitzer in Köln gemeinsam haben?«

»Na ja, so unplausibel finde ich die Theorie der Polizei nicht. Scholtz verkaufte Luxuslimousinen, Renz war Gebrauchtwagenhändler – mit einem, sagen wir mal, zweifelhaften Ruf. Anscheinend hatte Renz doch Verbindungen nach Osteuropa.«

»Der Informant von Toni Feldmann war sich sicher, dass es nicht so ist«, wandte Jo ein.

»Wie auch immer, die Polizei vermutet, dass Renz in seinem Autohaus gestohlene Autos hat umspritzen lassen.«

»Kannst du mehr Informationen über diesen Scholtz beschaffen?«, bat Jo.

»Bin ich schon dran.«

Jo wusste selbst nicht so genau, weswegen er der Theorie von Wenger keinen rechten Glauben schenkte. Vielleicht lag es daran, dass er den Beamten nicht leiden konnte. So oder so, er musste sich ein eigenes Bild von diesem Scholtz machen. Er schlug den Namen im Telefonbuch nach. Offensichtlich war Scholtz verheiratet gewesen. Jedenfalls war er zusammen mit seiner Frau Monika gelistet. Und zum Glück fand sich dort auch die Adresse. In seiner Nachmittagspause fuhr Jo hinüber nach Mainz. Der Unterschied zu Claudio Renz hätte nicht größer sein können. Während der verstorbene Diskothekenbesitzer in einer feudalen Villa in einem Nobelviertel von Köln residiert hatte, wohnte Jürgen Scholtz in einer unauffälligen Reihenhaussiedlung in Mainz-Laubenheim. Jo parkte seinen Wagen und näherte sich dem Haus zu Fuß.

In dem Garten davor bemerkte er eine Frau. Sie kniete auf dem Boden und grub ein kleines Blumenbeet um. Unschlüssig blieb Jo stehen. Die Frau sah zu ihm hoch. Sie war Anfang dreißig und hatte ihre braunen, schulterlangen Haare zu einem Pferdeschwanz gebunden. Als er ihr in die Augen sah, bemerkte er, dass sie vor kurzem geweint hatte.

»Sind Sie Monika Scholtz?«

Sie nickte und stand auf.

»Ich wollte Ihnen mein Beileid ausdrücken«, sagte Jo.

Die junge Frau musterte ihn misstrauisch.

»Kennen wir uns?«, fragte sie und trat zögerlich auf ihn zu.

»Nein. Mein Name ist Weidinger. Ich bin Journalist.«

»Und was wollen Sie hier?«

»Mit Ihnen über Ihren Mann sprechen.«

»Ich gebe keine Interviews. Lassen Sie uns in Ruhe.« Ihre Augen füllten sich mit Tränen. »Wissen Sie eigentlich, wie man sich fühlt, wenn ein Familienangehöriger ermordet wird?«, schluchzte sie.

Jo wurde blass. »Ich glaube schon«, erwiderte er mit rauer Stimme.

Sie hielt einen Augenblick inne und sah ihm in die Augen. Etwas in seinem Blick schien sie nachdenklich zu machen.

»Bitte gehen Sie«, sagte sie schließlich.

»Ich kann absolut verstehen, dass Sie nicht mit mir sprechen wollen. Aber die Polizei mutmaßt, Ihr Mann könnte in dubiose Aktivitäten verwickelt gewesen sein, und da ...«

»Was?« Sie starrte ihn fassungslos an. »Das ist eine infame Unterstellung. Mein Mann war ein durch und durch anständiger Mensch.« Die Trauer war aus ihrem Gesicht gewichen und hatte Wut Platz gemacht.

»Ich glaube Ihnen«, beschwichtigte Jo sie. »Deswegen will ich Ihre Sicht hören und nicht ungeprüft etwas von der Polizei übernehmen.«

Die junge Frau kämpfte mit sich. Dann nickte sie.

»Kommen Sie mit«, sagte sie mit tonloser Stimme.

Jo folgte ihr ins Haus.

Dort war der Kontrast zur Villa von Renz noch größer.

Auf eine kleine Diele folgte ein kleines Wohnzimmer – beide Räume waren jedoch sehr geschmackvoll eingerichtet und trugen unverkennbar die Handschrift einer Frau. Mit einer knappen Handbewegung lud Monika Scholtz ihn ein, Platz zu nehmen.

»Was haben Sie da vor dem Haus gemeint?«, fragte sie ihn.

»Es gab vor vier Wochen einen weiteren Toten. Er kam auf ähnliche Weise um wie Ihr Mann. Haben Sie davon gehört?«

Sie nickte. »Die Polizei hat mich gefragt, ob Jürgen und ich den Mann kannten.«

»War es so?«

Sie schüttelte den Kopf.

»Sind Sie sicher?«

»Absolut. Mein Mann hatte nicht viele Bekannte.«

»Vielleicht hat er ihn getroffen, als Sie nicht dabei waren.«

»Wenn er ihn gekannt hätte, wüsste ich davon. Jürgen hatte vor mir keine Geheimnisse. Wie hieß der andere Mann noch mal?«

»Sein Name war Claudio Renz. Er besaß eine Diskothek und einen Gebrauchtwagenhandel in Köln.«

»Nie von ihm gehört.«

»Die Polizei scheint zu glauben, dass es eine Verbindung zu Ihrem Mann gab.«

Sie schüttelte unwillig den Kopf.

»Vielleicht hat Ihr Mann ihn auf einer Reise kennengelernt.«

»Ausgeschlossen. Jürgen ist nicht viel verreist – und schon gar nicht nach Köln. Wenn, dann fuhr er nach Stuttgart in die Zentrale seiner Firma. Oder ab und zu in die Schweiz.«

»In die Schweiz?« Jo sah sie erstaunt an.

»Mein Mann war Spezialist für den Aufbau neuer Filialen. Die Firma wollte in der Schweiz expandieren. Deswegen hat er dort mit seinem Fachwissen geholfen.«

»War Ihr Mann ein Diskogänger?«

»Disko?« Sie lachte verächtlich. »Mein Mann wäre in drei Jahren fünfzig geworden. Was hätte er in einer Diskothek machen sollen? Mit den Teenies herumhüpfen?

Was immer die Polizei für abstruse Mutmaßungen anstellt, es ist völliger Unsinn.«

»Hatte er mit Gebrauchtwagen zu tun?«

»Natürlich. Mein Mann hat ein Autohaus geleitet.«

»Ich meine privat.«

Sie schüttelte den Kopf. »Er hatte früher mal einen Oldtimer. An dem hat er immer herumgeschraubt. Aber als die Kinder kamen, hat er ihn verkauft, um mehr Zeit für die Familie zu haben.« Bei diesen Worten brach sie in Tränen aus.

Jo ließ ihr Zeit. »War Ihr Mann in letzter Zeit in Osteuropa?«

Die junge Frau starrte ihn fassungslos an. Mit einem Mal brach es aus ihr heraus: »Hören Sie mir eigentlich zu? Mein Mann hatte nichts mit irgendwelchen kriminellen Aktivitäten zu tun! Er war ein liebevoller Ehemann und Familienvater. Das war alles, was ihn interessiert hat. Er kannte keine halbseidenen Figuren und hatte nichts mit gestohlenen Autos zu tun. Er hat morgens die Kinder in die Schule gebracht, ist danach zur Arbeit gefahren und kam abends direkt nach Hause. Er hatte keine Feinde und wurde auch nicht bedroht. Wenn Sie oder die Polizei jetzt versuchen wollen, das Andenken meines Mannes in den Schmutz zu ziehen, werden Sie mich noch kennenlernen!«

Genauso schnell wie ihre Wut gekommen war, schien sie auch schon wieder verraucht.

»Gehen Sie jetzt«, sagte sie und stand abrupt auf.

»Ich weiß, wie schwer es für Sie und Ihre Familie sein muss«, erwiderte Jo mit rauer Stimme. »Wie viele Kinder haben Sie?«

Ihre Hände krampften sich ineinander. »Zwei Mädchen. Sie sind im Augenblick bei meiner Mutter.«

Sie fing wieder an zu weinen. Jo sah sie hilflos an. Die Verzweiflung der jungen Frau berührte ihn zutiefst. Wortlos folgte er ihr zur Tür. Er wollte ihr zum Abschied die Hand geben, aber sie schüttelte nur den Kopf.

Jo war froh, dass im Waidhaus ziemlicher Trubel herrschte. Die Begegnung mit Monika Scholtz hatte ihn mitgenommen. Sie hatte ihn aber auch darin bestärkt, dass er den Mörder unbedingt finden musste. Die Routinearbeit am Herd half ihm dabei, sein inneres Gleichgewicht wiederzufinden.

Gegen sieben Uhr steckte Klara, seine Chefbedienung, den Kopf in die Küche.

»Ein gewisser Klaus Sandner hat nach dir gefragt.«

»Er hat im Restaurant angerufen?«, fragte Jo überrascht.

»Nein. Sitzt in der Gaststube. Hat ein Drei-Gänge-Menü bestellt.«

»Geh ruhig«, meinte Pedro und grinste. »Ist ja nicht so, dass wir nicht auch ohne dich auskommen würden.«

»Warum hast du nicht vorher angerufen?«, sagte Jo vorwurfsvoll, als er sich zu Sandner an den Tisch setzte. »Dann hätte ich was Besonderes für dich gezaubert.«

»Och, mariniertes Filet vom Bentheimer Bioschwein mit Steinpilzhaube auf hausgemachten Chili-Haselnuss-Spätzle hört sich für mich speziell genug an«, erwiderte der Journalist und grinste.

»Welchem Umstand verdanke ich deinen überraschenden Besuch?«

»Ich hatte dienstlich in Wiesbaden zu tun. Mein Termin war etwas früher zu Ende, und da dachte ich, schau doch wieder mal bei Jo vorbei.«

»Du bist selbstverständlich eingeladen.«

»Zu freundlich. Als Ausgleich dafür habe ich dir die gewünschten Informationen über Jürgen Scholtz mitgebracht.«

»Lass hören.«

»Nicht sehr spektakulär. Scholtz war ein absoluter Vorzeigebürger. Keine Vorstrafen, keine sonstigen Auffälligkeiten. Kam ursprünglich aus Schwaben. Nach einer Lehre in einem Autohaus ist er zu einem großen Autohersteller gewechselt, wo er gut rumgekommen ist. Startete als Niederlassungsleiter in Albstadt-Ebingen, dann ging's weiter nach Heilbronn und Stuttgart und dann ab ins Ausland – Dubai, Qatar und sogar Taiwan. In Mainz ist er anscheinend zufällig gelandet. Sein Vorgänger ist an einem Herzinfarkt gestorben.«

»Familienstand?«

»Nach der Scheidung von seiner ersten Frau hat er ziemlich schnell wieder geheiratet. Lebte mit seiner zweiten Frau und zwei Kindern zurückgezogen in Mainz-Laubenheim. Außer der Jagd hatte er anscheinend keine Hobbys.«

»Irgendwelche Verbindungen zu Renz?«

»Keine bekannten. Sieht man mal von den Mutmaßungen der Polizei ab.«

»Wo kriegst du eigentlich solche Informationen her?«

Der Journalist grinste. »Tja, wir haben eben unsere Verbindungen.«

Für einen Augenblick überlegte Jo, ob er Sandner von seinem Besuch bei der Frau des Toten erzählen sollte. Aber wenn Sandner hörte, dass sich Jo als Journalist ausgegeben hatte, würde er bestimmt wieder an die Decke gehen.

»Klingt mir alles nicht nach einem kriminellen Hintergrund.«

»Soso, und was ist deine Theorie für die beiden Morde?«

»Im Moment fällt mir leider keine ein.«

»Tja, dann müssen wir die Lösung wohl deinem Freund Wenger überlassen.«

Sie wechselten das Thema und kamen auf ihren nächsten Schachwettkampf zu sprechen. Jo leistete Sandner noch Gesellschaft, bis er fertig gegessen hatte, und brachte ihn dann zu seinem Wagen.

»Ach, fast hätte ich es vergessen. Ich hab dir noch ein Geschenk mitgebracht.«

Sandner reichte Jo ein kleines Paket. Es war in Geschenkpapier eingewickelt.

»Meine Frau wollte, dass ich ihr den neuesten Krimi von Nele Neuhaus mitbringe. Deswegen war ich noch schnell in der Buchhandlung. Beim Rausgehen ist mir ein Buch aufgefallen, da musste ich gleich an dich denken. Dachte mir, das ist genau das Richtige für dich.«

Jo bedankte sich. Er kam allerdings nicht dazu, das Päckchen zu öffnen, denn durch seine kleine Auszeit war die Küche nun landunter, und sie hatten alle Hände voll zu tun, den Abendservice rechtzeitig fertig zu bekommen.

Kapitel 10

Jo stand hinter Philipp und blickte ihm über die Schulter. Obwohl der Junge sich nach außen cool gab, konnte Jo seine Anspannung spüren. Es war das erste Mal, dass er alleine eine Soße abschmecken durfte. Der Hirschrücken mit Rotweinsoße und hausgemachten Schupfnudeln passte hervorragend zur herbstlichen Jagdsaison. Hirsch gehörte zum Edelsten, was die heimische Küche zu bieten hatte. Seine Qualität entfaltete das Hirschfleisch am besten, wenn man es nur kurz anbriet. Dann war es innen zartrosa, wunderbar saftig und verströmte einen leichten Duft nach Pinien. Sorgfältig schnitt Karl-Heinz zwei Scheiben ab und drapierte sie auf dem Teller vor Philipp. Ute hatte sich um die Beilagen gekümmert. Die Schupfnudeln sahen goldgelb aus, mit einem leichten Braunschimmer, dazu gab es glasierte Karotten und frische Zucchini.

Das Rezept für die Soße hatte Jo selbst entwickelt. Der Hirschrücken wurde am Vortag in einem Liter Rotwein mariniert. Dabei war es wichtig, einen gerbstoffreichen Wein, wie einen guten Bordeaux, zu verwenden. Danach wurden Zwiebeln, Karotten, Sellerie, Wacholderbeeren, Gewürznelken, ein wenig Zimt, Rosmarin und Lorbeerblätter beigegeben. Am nächsten Tag nahm man das Fleisch heraus und passierte die Marinade durch ein Sieb. Das Gemüse der Marinade wurde in Erdnussöl angebraten, anschließend kam das Fleisch wieder dazu, das in einer separaten Pfanne einige Minuten kräftig angebraten worden war. Nun musste man nur noch Zucker, ein kleines Stück Zartbitterschokolade sowie ein paar Spritzer Zitrone zugeben, mit Cognac und Marsala ablöschen und flambieren. Dann wurde wieder Rotwein nachgegossen, der über mehr als eine Stunde auf kleiner Flamme reduziert wurde.

Die Erstellung einer Sauce war die Königsdisziplin: Jede Nuance musste stimmen, sonst verlor das ganze Gericht seine Balance. Deswegen lag die Verantwortung für die Zubereitung und das Abschmecken der Soßen normalerweise bei Jo selbst oder bei Pedro.

Philipp schlürfte die Sauce vorsichtig von seinem Probierlöffel. Das hörte sich zwar nicht sehr appetitlich an, aber nur so wurden alle Rezeptoren im Mund erreicht.

Der Junge sah einen Moment gedankenverloren auf seinen Löffel, gab noch eine Prise Salz und Pfeffer in die Sauce hinein und probierte erneut.

Er fügte noch einen Minispritzer Portwein hinzu, dann blickte er erwartungsfroh hinüber zu Jo.

»Fertig?«, wollte dieser wissen.

Philipp nickte.

»Du willst nicht noch mal probieren?«

Der Junge schüttelte den Kopf.

Jo griff zu einem sauberen Löffel, schöpfte ein wenig Sauce und schnupperte daran. Pedro schnappte sich ebenfalls einen Löffel. Das wollte er sich nicht entgehen lassen. Es war auch für Jo und Pedro ein großer Moment – schließlich hatten sich vor allem die beiden um die Ausbildung von Philipp gekümmert. Pedro wackelte bedenklich mit dem Kopf und blickte fragend zu Jo. Dieser zuckte mit den Schultern und probierte einen zweiten Löffel. Auch Pedro machte einen weiteren Geschmackstest.

»Stimmt was nicht?« Philipp sah sie ungeduldig an. Er wurde immer nervöser. »Was fehlt denn noch?«, fragte er unsicher.

»Hm«, meinte Pedro, »also ich weiß nicht. Kommt mir ziemlich stark gesalzen vor und etwas pfeffrig.«

Jo nickte und machte ein sorgenvolles Gesicht. »Ein Schuss mehr Cognac hätte auch hineingehört.«

»Stimmt«, erwiderte Pedro. »Gut, für unsere Gäste hier langt es zwar nicht ganz, aber mein Cousin Ramon ist im Moment beim Zivildienst – Essen auf Rädern. Den kann ich anrufen. Da gibt es heute Hirschgulasch, vielleicht kann er es da mit unterrühren«, fügte der Spanier hinzu und verzog dabei keine Miene.

Philipp starrte ihn fassungslos an. Als sie sein Gesicht sahen, konnten Jo und Pedro nicht mehr an sich halten und prusteten laut los. Die Spannung löste sich, und alle mussten herzhaft lachen. Bis auf Philipp – er brauchte eine Sekunde, bevor er realisierte, dass die beiden ihn auf den Arm genommen hatten. Jo goss die Sauce über das Fleisch, reichte den Teller hinüber zu Klara, der Chefbedienung, und nickte ihr zu. Natürlich hatte auch sie sich Philipps großen Moment nicht entgehen lassen.

»Ihr Schweine!«, rief Philipp und schlug mit einem Küchentuch nach Pedro, der sich schnell hinter Ute in Sicherheit brachte.

»Boah, seid ihr fies!« Philipp konnte sich immer noch nicht beruhigen. Er warf Jo einen vorwurfsvollen Blick zu. Der klopfte ihm auf die Schulter und grinste. So war es nun mal in einer Küche, da ging es manchmal kernig zu. Jo hatte am Morgen ganz spontan beschlossen, Philipp zum ersten Mal in seinem Leben als Koch die alleinige Verantwortung für die Sauce zu übertragen. Die Küche im Waidhaus war stark auf ihn selbst zugeschnitten. Einerseits hätte Jo am liebsten keinen Teller aus der Küche gelassen, den er nicht selbst abgeschmeckt hatte, andererseits wusste er aber auch, dass er seinen Mitarbeitern Vertrauen entgegenbringen musste.

Pedro war zwar bei der Zusammenstellung von neuen Gerichten oder der Verfeinerung einer Sauce nicht so kreativ wie Jo, aber er konnte inzwischen jedes Gericht auf den Punkt genauso hinzaubern wie sein Chef – wenn er sich Mühe gab. Es war für Jo ein hartes Stück Arbeit gewesen, den jungen Spanier an dieses Niveau heranzuführen. Pedro brachte zwar das notwendige Talent mit, aber er war bei seinen vorherigen Stellen immer schlank durchgekommen und hatte es sich oft einfach gemacht. Getreu dem Motto, warum sich übermäßig anstrengen, wenn die meisten Gäste den Unterschied sowieso nicht merken. Erst bei Jo hatte er gelernt, dass es die Grundvoraussetzung für eine gute Küche ist, immer das Beste zu geben und jeden Tag eine gleich hohe Qualität auf den Tisch zu bringen.

Philipp dagegen war vom ersten Tag an mit sehr viel Ehrgeiz bei der Sache gewesen. Natürlich musste er noch sehr viel lernen, aber seit er seine Lehre beendet hatte und als Geselle im Waidhaus arbeitete, hatte er große Fortschritte gemacht. Dass er nun auch Saucen zubereiten durfte, sollte eine Anerkennung für seine Leistungen sein.

Jo war mit dem Ergebnis sehr zufrieden. Sicher, ein oder zwei Nuancen hatten noch gefehlt, aber das war eine Frage der Erfahrung. Es war jedenfalls nah genug am Optimum, dass er nicht eingreifen und nachwürzen musste. Jedenfalls nicht an einem Tag wie heute. In den nächsten Wochen würde es seine Aufgabe sein, Philipp in vielen kleinen Schritten an die perfekte Umsetzung heranzuführen. Aber er zweifelte nicht, dass der Junge das Zeug dazu hatte.

Die Ermittlungen der Polizei liefen inzwischen auf vollen Touren. Die Autopsie bestätigte die Vermutung von Dr. Walter. Es handelte sich um den gleichen Geschosstyp, mit dem auch Claudio Renz getötet worden war.

Die Kugel war wieder stark aufgesplittert, so dass die Kriminaltechniker des Landeskriminalamts nicht genau bestimmen konnten, ob der Schuss aus demselben Gewehr abgegeben worden war. Hauptkommissar Wenger fluchte, als er davon hörte. Er weigerte sich, das Ergebnis zu akzeptieren, und ordnete an, die Geschosssplitter zum Bundeskriminalamt zu schicken. Vielleicht konnten die Spezialisten dort mehr herausfinden! Er rief persönlich bei Robert Kaufmann, dem Leiter der Schussanalyse des Bundeskriminalamts, an, erfuhr aber zu seiner Enttäuschung, dass der Waffenexperte dienstlich im Ausland weilte.

»Herr Kaufmann muss doch erreichbar sein, verdammt!«, herrschte er die Sekretärin im BKA an.

»Selbstverständlich, aber nur in dringenden Notfällen«, erwiderte sie.

»Was meinen Sie denn, weshalb ich sonst anrufe?«, brüllte Wenger.

»Das behaupten immer alle«, meinte die Sekretärin schnippisch, ohne sich im Geringsten von ihm einschüchtern zu lassen. »Wenn er sich das nächste Mal meldet, werde ich Herrn Kaufmann wissen lassen, dass Sie angerufen haben. Er kann selbst entscheiden, ob er Sie zurückrufen will.«

Wütend knallte Wenger den Hörer auf die Gabel. Über einen Kollegen beim BKA erfuhr er, dass Kaufmann sich in Kabul aufhielt. Wenger hatte mit einem halben Ohr in den Nachrichten mitbekommen, dass bei einem Angriff von Freischärlern eine Patrouille ins Kreuzfeuer geraten war. Dabei waren zwei Soldaten ums Leben gekommen. Das Verteidigungsministerium stand wegen des Vorfalls gehörig unter Druck. Die Feldjäger hatten die Unterstützung des Bundeskriminalamts angefordert, und das hatte seinen besten Mann nach Afghanistan geschickt.

Auch wenn es Wengers Naturell widersprach – er musste sich in Geduld üben.

Für Jo war es ein anstrengender Tag gewesen. Er war müde und trotzdem noch aufgedreht. So war es oft – nach der ganzen Hektik und dem Stress in der Küche brauchte er immer eine Weile, um herunterzukommen. Er machte sich einen Tee und setzte sich ins Wohnzimmer. Er hatte schon die Fernbedienung in der Hand, als sein Blick auf ein kleines Päckchen fiel – das Geschenk von Klaus Sandner. Er hatte am Tag zuvor keine Zeit mehr gefunden, es zu öffnen, und hatte es dort auf den Tisch gelegt.

Er riss das Papier auf und warf einen Blick auf das Buch. Der Titel lautete: »Meine Jagd auf die brutalsten Serienkiller der USA«. Es war von einem US-Profiler geschrieben, der maßgeblich am Aufbau einer Spezialeinheit des FBI zur Verhaltenspsychologie von Serienmördern mitgewirkt hatte. Vorne hatte Sandner eine kleine Widmung hineingeschrieben: »Für den Fall, dass du dich in deinem Lieblingshobby fortbilden möchtest.«

Jo grinste. Er blätterte ein wenig durch das Buch und überflog einige Passagen. Der Beamte berichtete darin über seinen beruflichen und privaten Werdegang. Ausführlich beschrieb er die Begegnungen mit bekannten Massenmördern, die in verschiedenen Hochsicherheitsgefängnissen der USA einsaßen und vom FBI zu ihren Taten, ihrer Vorgehensweise und ihren Motiven befragt worden waren. Die Beschreibungen der teilweise grauenerregenden Verstümmelungen, welche die Täter ihren Opfern zufügten, brachten Jo zum Schaudern. An einer Stelle stutzte er jedoch. Dieser Fall zog ihn so in seinen Bann, dass er alles um sich herum vergaß. Nach einer Weile merkte er, dass sein Tee kalt geworden war. Er griff zum Telefon.

»Sandner.«

»Hier ist Jo«, sagte er atemlos.

»Du klingst ja ganz aufgeregt.«

»Ich habe gerade dein Buch gelesen.«

»Welches Buch?«

»Na das, was du mir gestern mitgebracht hast.«

»Ach so, die Geschichte von dem Profiler. Gut, nicht? Hätte allerdings gereicht, wenn du dich morgen bedankt hättest.«

Jo sah auf die Uhr. Es war fast ein Uhr morgens.

»Sorry«, sagte er verlegen. »Ich hab gar nicht gemerkt, dass es schon so spät ist.«

»Du hast Glück, dass ich überhaupt noch wach bin.«

Jo machte eine kleine Pause.

»Wir haben es mit einem Serienkiller zu tun!«, platzte er unvermittelt heraus.

»Was?«, fragte der Journalist verblüfft.

»In den USA gab es einen ähnlichen Fall. Da hat jemand wahllos auf unschuldige Passanten geschossen. Der Kerl hat über Wochen die ganze Region um Boston herum in Angst und Schrecken versetzt. Hat fast fünfzehn Menschen getötet, bevor sie ihn erwischt haben.«

»Ein Serienkiller? Scheint mir etwas weit hergeholt.«

»Es passt alles«, beharrte Jo. »Die beiden kannten sich nicht und hatten auch sonst nichts gemeinsam!«

Jo lief es eiskalt den Rücken herunter, als er daran dachte, wie leicht es ihn selbst hätte treffen können. Schließlich hatte er keine fünf Meter von Renz entfernt gestanden!

»Jetzt mach mal halblang. Wir sind doch nicht in den USA. Serienkiller kommen bei uns ganz selten vor.«

Jo schüttelte den Kopf.

»Ich hatte schon die ganze Zeit das Gefühl, dass da etwas nicht zusammenpasst. Scholtz war ein biederer Familienvater. Wieso hätte auf den jemand einen Profikiller ansetzen sollen? Und Renz kannte er auch nicht!«

»Du verrennst dich da in was. Ich glaube, ich hätte dir besser einen Liebesroman schenken sollen. Am besten haust du dich aufs Ohr und schläfst erst mal 'ne Nacht darüber. Morgen sieht die Welt schon wieder ganz anders aus.«

»Guck es dir wenigstens mal an. Der Typ ist als Boston-Sniper bekannt geworden.«

»Ich geh jetzt schlafen. Und das solltest du auch tun.«

Jo versuchte dem Ratschlag seines Freundes zu folgen, aber er konnte nicht zur Ruhe kommen. Die Möglichkeit, dass ein Serienkiller da draußen sein Unwesen trieb und vielleicht schon auf sein nächstes Opfer lauerte, raubte ihm buchstäblich den Schlaf.

Obwohl Jo keine erholsame Nacht hinter sich hatte, war er schon früh auf. Noch bevor er hinunter ins Restaurant ging, las er das Buch des US-Profilers in einem Rutsch zu Ende. Am Nachmittag nutzte er die Pause und fuhr mit dem Wagen nach Wiesbaden. Dort ging er in die größte Buchhandlung am Platz und fragte nach Literatur zum Thema Serienmörder. Zu seiner Überraschung gab es ein breites Angebot. Das sogenannte »Profiling«, die Kunst der Erstellung von Täterprofilen, hatte in den Vereinigten Staaten ihren Anfang genommen, kam inzwischen aber auch in Europa zum Einsatz. Er las ein wenig in verschiedene Bücher hinein und entschied sich schließlich für ein Buch über Serienmorde in Deutschland, das ein Kriminalkommissar aus Hamburg geschrieben hatte, sowie für das kürzlich erschienene Werk einer Schweizer Kriminalpsychologin, die als ausgewiesene Expertin in Europa galt.

Zu Hause angekommen, legte Jo die Bücher erst einmal beiseite und zog sein Fahrrad-Outfit an. Im Laufe der Zeit hatte er sich verschiedene Routen im Rheintal zurechtgelegt. Manche Weinbergwege waren so steil, dass man sich mühselig den Hang hochquälen musste. Dafür erfüllte es ihn stets mit tiefer Befriedigung, wenn er es geschafft hatte und nassgeschwitzt oben ankam.

Als er sein Fahrrad aus dem Schuppen schob, warf er einen zweifelnden Blick hinauf zum Himmel. Der hatte sich zugezogen, und es sah nach Regen aus. Jo entschied sich für eine kurze Runde. Also fuhr er durch Urbar in Richtung Oberwesel und bog nach Niederburg ab. Hinter dem Ort radelte er durch ein Waldstück und schlug sich dann querfeldein wieder zurück zum Waidhaus durch. Eine kluge Entscheidung, denn kurz nachdem er wieder auf den kiesbedeckten Hof gerollt war, begann es zu regnen. Da das Restaurant fast ausgebucht war, wurde es an dem Abend ziemlich spät, so dass Jo keinerlei Lust mehr verspürte, etwas zu lesen. Todmüde fiel er ins Bett.

Am nächsten Morgen fuhr Hauptkommissar Wenger hinüber nach Mainz. Nachdem er bereits mit der Witwe von Jürgen Scholtz gesprochen hatte, wollte er nun einen Kollegen des Ermordeten befragen. Das Autohaus lag in einem Industrieviertel am Stadtrand. Der Stellvertreter von Scholtz erklärte ihm, dass viele Mitarbeiter auf die Nachricht vom Tod ihres Chefs geschockt reagiert hätten.

»Ist nicht einfach, in so einer Situation den Laden zusammenzuhalten. Aber deswegen sind Sie sicherlich nicht hier«, meinte Frank Keller, der stellvertretende Niederlassungsleiter, lakonisch. Er machte auf Wenger einen sehr gefassten Eindruck.

»Wie war Herr Scholtz als Chef?«, fragte der Hauptkommissar und sah den jungen Mann aufmerksam an. Er schätzte ihn auf höchstens fünfunddreißig.

»Ruhiger Typ. Hat den Laden laufen lassen und mir in mein Verantwortungsgebiet nicht viel hineingeredet.«

»Hatten Sie auch privat mit ihm Kontakt?«

»Nein. Er hatte ja eine recht junge Frau und kleine Kinder. Ich bin Single und viel unterwegs.«

»Sie haben nie mal zusammen nach der Arbeit ein Bier getrunken? Oder sind mit Kollegen in die Diskothek gegangen?«

»Disko?« Keller lachte. »Wäre nichts für Scholtz gewesen.«

Wenger nickte.

»Lassen Sie uns aufs Geschäftliche kommen – wie lief es da?«

»Ganz okay.«

Etwas an der Art, wie der junge Mann den Satz aussprach, machte Wenger stutzig.

»Es hätte also besser sein können?«

»Geschäftsgeheimnis, darüber kann ich leider nichts sagen«, erklärte der junge Mann und lächelte bedauernd.

»Es geht hier um eine Mordermittlung. Die wollen Sie doch nicht behindern, oder?«

»Nein, natürlich nicht«, antwortete Keller schnell. »Ich will aber auch keinen Ärger mit meinen Vorgesetzten bekommen.«

»Sie müssen keine Angst haben. Ich werde mir nichts notieren.«

»Also schön«, gab Keller nach. »Die Zentrale war mit den Verkaufszahlen nicht zufrieden. Deswegen haben sie mich geschickt. Ich sollte ein wenig Schwung in den Laden bringen.«

»Gab es für den sinkenden Absatz Gründe?«

Keller zuckte mit den Schultern.

»Scholtz war noch ein Verkäufer vom alten Schlag. In der Vergangenheit lief das Geschäft fast von alleine. Aber die Konkurrenz schläft nicht.«

»Hatte er Geldprobleme?«

»Wer hat die nicht?«, entgegnete Keller und grinste. Er wurde allerdings gleich wieder ernst, als er Wengers Blick bemerkte. »Nein, ich glaube nicht, dass er größere Geldsorgen hatte. Soweit ich es beurteilen kann, hatten Jürgen und seine Familie keinen aufwendigen Lebensstil. Das Haus ist nichts Besonderes, und im Urlaub sind sie meistens zu Hause geblieben oder mal nach Italien gefahren.«

»Gab es sonst Auffälligkeiten?«

»In welcher Hinsicht?«

»Ganz allgemein. Wurden zum Beispiel besonders viele Fahrzeuge an bestimmte Kunden verkauft, oder gab es viele Diebstähle im Kundenkreis ...?«

»Davon weiß ich nichts«, sagte Keller. »Um das Thema Diebstähle kümmern wir uns aber nicht vor Ort. Das macht die Zentrale. Wenn Sie dazu etwas wissen wollen, müssen Sie dort bei unserer Corporate-Security-Abteilung nachfragen.«

Wieder im Büro, klemmte sich Wenger an den Hörer und machte einige Telefonate. Er sprach mit dem Leiter der Sonderkommission »Luxuslimousinen« in Tübingen. Von der Witwe hatte er erfahren, dass Scholtz einige Male dienstlich in der Schweiz gewesen war. Das hatte Wenger sofort alarmiert. Vielleicht war sein bescheidenes Leben in Deutschland nur Tarnung und er unterhielt ein geheimes Konto im Ausland. Wenger hatte daher ein Rechtshilfeersuchen an die Schweizer Polizei in Gang gesetzt. Recherchen im Ausland waren meist langwierig und führten selten zu einem greifbaren Ergebnis. Speziell die Schweizer Behörden zeigten sich meist sehr zugeknöpft, wenn es um Bankauskünfte ging. Hier ging es jedoch um zwei Morde und eventuelle Verbindungen zur organisierten Kriminalität. Wenger hoffte, dass die Schweizer Polizei deswegen kooperativer sein würde. Gegenüber der Öffentlichkeit entschied Wenger sich dafür, die beiden Fälle als getrennt darzustellen. Bei einer kurzen Pressekonferenz bügelte er weitgehend alle Fragen ab. Offiziell ermittelte die Polizei in alle Richtungen, konkrete Verdachtsmomente auf einen Zusammenhang lägen nicht vor. Bezüglich des Deformationsgeschosses hatte Wenger eine Nachrichtensperre verhängt. Der Fall der beiden erschossenen Jäger erregte zwar Aufmerksamkeit und führte zu einiger Berichterstattung, aber aufgrund der strikten Nachrichtensperre sickerte wenig nach draußen durch.

Kapitel 11

Jo fand nach der Arbeit endlich Zeit, sich mit den beiden Büchern zu befassen, die er sich in Wiesbaden gekauft hatte. Das Buch des deutschen Kommissars war ähnlich aufgebaut wie das des US-Profilers. Es beschrieb die Morde von deutschen Serientätern, ließ jedoch ähnlich wie das Buch des FBI-Agenten offen, mit welchen Methoden die Polizei ihnen auf die Spur zu kommen suchte.

Das dritte Buch war aus Jos Sicht das beste. Die Autorin war eine bekannte Kriminalpsychologin aus der Schweiz namens Tatjana Meyer. Im Gegensatz zu den anderen beiden Büchern reihte sie nicht einfach eine Vielzahl von Taten aneinander, sondern konzentrierte sich auf einige wenige Fälle, die sie ausführlich beschrieb. Relativ weit hinten in ihrem Buch stieß Jo auf den Fall eines Mörders, der besonders vom Zyklus des Mondes beeinflusst war und bevorzugt in den Tagen um den Vollmond herum auf Menschenjagd ging. Eigenartig, dachte Jo. Wenn es nicht so ernst gewesen wäre, hätte er fast schmunzeln müssen – Vollmond, wie verrückt musste jemand sein, wenn das bei seinen Morden eine Rolle spielte? Während er noch darüber sinnierte, durchzuckte ihn auf einmal ein Gedanke. Aufgeregt suchte er nach seinem Terminkalender. Wo war das blöde Ding nur? Als er ihn endlich gefunden hatte, glitt sein Blick hektisch zwischen den einzelnen Tagen hin und her.

Am nächsten Morgen klingelte das Telefon der Mordkommission in Koblenz schon sehr früh.

»Wieland«, brummte der Oberkommissar, der gerade erst eingetroffen war.

»Hier ist Jo Weidinger, ich war Zeuge im Mordfall Renz.«

»Ich erinnere mich.«

»Ich rufe wegen des zweiten Toten an.«

»Wieso? Waren Sie da auch dabei?«, fragte der Beamte spöttisch.

Jo ließ sich davon nicht beirren.

»Die beiden Morde hängen zusammen«, sagte er ernst.

Wieland seufzte.

»Nur weil beide Jäger waren? Das muss gar nichts heißen.«

»Sie verstehen nicht. Wir haben es mit einem Serienmörder zu tun.«

»Ein Serienmörder? Wie kommen Sie denn da drauf?«

»Er hat die beiden völlig willkürlich ausgewählt. Zwischen beiden Opfern gibt es keinerlei Zusammenhang. Oder haben Sie einen gefunden?«

»Sie glauben doch nicht ernsthaft, dass ich unsere Ermittlungsarbeit mit Ihnen diskutiere!«

»Brauchen Sie auch nicht. Ich weiß, dass ich recht habe.«

»Unsinn«, sagte der Beamte verärgert. »Sie spekulieren doch nur herum.«

»In den USA gab es einen ähnlich gelagerten Fall. Dort hat ein Heckenschütze auch wahllos Menschen ermordet.«

»Soso.«

»Ist Ihnen aufgefallen, dass beide Morde in der Vollmondnacht stattgefunden haben?«

»Was?«

»Es gibt Täter, für die spielt so etwas eine Rolle.«

»Sie wollen mir verklickern, dass der Typ im Rhythmus des Mondzyklus mordet?« Wieland lachte ungläubig.

»Sie müssen die Öffentlichkeit warnen«, forderte Jo.

»Ihre Fantasie in allen Ehren, Herr Weidinger, aber wir haben Wichtigeres zu tun. Und Ihnen kann ich nur raten, sich aus der Sache herauszuhalten.«

Mit diesen Worten legte der Beamte auf.

Hauptkommissar Wenger hatte gerade den jüngsten Bericht des Glücksspieldezernats auf den Tisch bekommen. Ein Zeuge, der selbst illegale Spielclubs besuchte, hatte gegenüber einem verdeckten Ermittler der Polizei ausgesagt, dass Renz hohe Summen beim Glücksspiel verloren und mit einer großen Stange Geld bei der kroatischen Wettmafia in der Kreide gestanden hatte. Trotz intensiver Ermittlungen hatte sich diese Behauptung bisher nicht erhärten lassen. Auch eine engere Verbindung zu den ukrainischen Autoknackern ließ sich bisher nicht nachweisen. Die Akten wuchsen beständig, aber statt einer Lösung näher zu kommen, taten sich immer neue Fragen auf. Eine Verbindung zu Jürgen Scholtz hatten sie ebenfalls noch nicht gefunden. Wenger telefonierte mit dem Leiter der Sonderkommission »Luxuslimousinen«. Er bat die Kollegen, zu überprüfen, ob es im Einzugsgebiet der Niederlassung von Jürgen Scholtz Auffälligkeiten gab. Das Ergebnis der Nachforschung fiel allerdings enttäuschend aus. Die Zahl der Diebstähle von Fahrzeugen, die über die Niederlassung in Mainz verkauft worden waren, lag sogar niedriger als im Bundesdurchschnitt.

»Könnte es sein, dass Scholtz über die Adressen von Kunden aus anderen Verkaufsgebieten verfügte?«, wollte Wenger von Franz Etz wissen, der die Sonderkommission leitete.

»Die einzelnen Filialen stehen in einem scharfen Wettbewerb. Da gibt keiner Kundeninfos an einen Kollegen«, erklärte der Diebstahlspezialist.

»Wie sieht es mit Schlüsselmustern aus?«

Etz schüttelte den Kopf.

»Ist alles zentralisiert. Wenn ein Schlüssel verloren geht, muss ein neuer aus der Zentrale angefordert werden.«

Wenger überlegte.

»Die Sicherheitssoftware, mit der die Fahrzeuge gesichert sind, müsste doch für Autoknacker interessant sein.«

Etz grinste schief.

»Absolut. Dafür würde ein Syndikat bestimmt mehrere hunderttausend Euro bezahlen.«

Wenger pfiff durch die Zähne. »Was, wenn Scholtz Zugang zu diesen Daten hatte?«, wollte er von Etz wissen.

»Die Hersteller wissen natürlich, wie wichtig diese Codes sind, und schützen sie entsprechend. Diese Abteilungen sind wie eine Festung: Kameras, Sicherheitsschleuse, Wachleute. Da kommt keiner einfach so hinein. Kann mir nicht vorstellen, dass ein einfacher Filialleiter da Zugang hatte.«

Wenger machte ein langes Gesicht. Er rief seinen Stellvertreter zu sich ins Büro und besprach mit ihm den aktuellen Stand der Ermittlungen. Oberkommissar Wieland sollte den Lebenslauf von Scholtz überprüfen und feststellen, ob er einmal mit den Sicherheitseinrichtungen der Fahrzeuge befasst gewesen war.

»Was, wenn nicht?«, fragte Wieland.

Wenger sah ihn verständnislos an.

»Was machen wir, wenn es keine Verbindung zwischen den beiden Toten gibt?«

Der Hauptkommissar warf seinem Stellvertreter einen scharfen Blick zu.

»Willst du unsere Ermittlungsarbeit in Frage stellen?«, fragte er gefährlich leise.

»Nein«, versicherte Wieland schnell. »Ich meine nur, wir haben zwar ein paar Indizien, aber bisher keinen Beweis, dass es zwischen den beiden Opfern einen Zusammenhang gibt.«

»Du glaubst also, es ist alles ein Zufall: zwei professionelle Killer, die beide über ein Scharfschützengewehr und diese Spezialmunition verfügen und die völlig unabhängig voneinander Leute abknallen?«

»Nein, natürlich nicht«, gab Wieland zurück. »Vielleicht haben wir es mit einem Psychopathen zu tun, der wahllos auf Menschen schießt.«

»Ein Psychopath? Von wem hast du dir denn diese Idee einblasen lassen – von deinem Friseur?«, ätzte Wenger.

»Wenn ich ehrlich bin, hat mich Jo Weidinger angerufen«, antwortete Wieland. »Er vermutet, wir hätten es mit einem Serienkiller zu tun.«

»Du vertraust auf die Intuition eines Kochs?«

»Nein. Aber wir dürfen uns nicht auf einen einzigen Ermittlungsstrang verengen. Warum lassen wir nicht einen Fallanalytiker einen Blick daraufwerfen. Ich kenne da jemanden beim LKA in Mainz, Bernd Zöller. Mit dem haben wir in der Vergangenheit gute Erfahrungen gemacht.«

»Du hast es ja selbst gesagt – bisher wissen wir nicht einmal, ob beide Kugeln aus demselben Gewehr abgegeben worden sind. Das müssen wir zuerst klären. Danach entscheiden wir, ob wir der Ermittlung eine neue Richtung geben. Ob wir dann einen Fallanalytiker brauchen, wird sich zeigen. Jetzt möchte ich, dass du tust, was ich dir aufgetragen habe, und den Lebenslauf von Scholtz überprüfst«, sagte der Hauptkommissar kühl.

»Wie du meinst«, erwiderte Wieland und erhob sich.

Jo saß an seinem großen Schreibtisch und starrte nachdenklich auf ein Blatt Papier, das vor ihm lag. Nachdem selbst Oberkommissar Wieland, der damals einen viel aufgeschlosseneren Eindruck auf ihn gemacht hatte als sein Vorgesetzter, seiner Idee keinen Glauben schenken wollte, blieb ihm gar nichts anderes übrig, als weiter auf eigene Faust zu ermitteln. Schließlich rückte die nächste Vollmondnacht unerbittlich näher! Jo hatte die wenigen Hinweise in eine Art Täterprofil umgesetzt. Er ging davon aus, dass es sich um einen Einzeltäter handelte, männlich, Alter circa 25 bis 35 Jahre. Ein Einzelgänger, der nicht viele soziale Kontakte pflegte. Wahrscheinlich noch zu Hause lebend oder in einer kleinen Wohnung. Auf jeden Fall ohne Frau oder feste Freundin. Überdurchschnittliche Intelligenz. In einer festen Beschäftigung, allerdings ohne große Karriereschritte – keine Führungsverantwortung. Nach außen ein ruhiger, unauffälliger Typ, der allerdings zu cholerischen Ausbrüchen neigte, wenn er provoziert wurde. Vermutlich seelischer, vielleicht auch körperlicher Missbrauch in der Kindheit.

Das Profil basierte im Wesentlichen auf der amerikanischen Methode. Jo hatte sich bei seinem Täterprofil an ähnlich gelagerten Fällen in den USA orientiert. Der Versuch, es nach der europäischen Methode zu ergänzen, war nicht sehr erfolgreich gewesen. Deutsche Fallanalytiker arbeiteten im

Prinzip ähnlich wie normale Polizeibeamte. Das Profil ergab sich wesentlich stärker aus den konkreten Tatumständen als bei den amerikanischen Kollegen, die einem sehr schematischen Ansatz folgten.

Die beiden Tatorte waren relativ abgelegen und konnten nicht mit einem öffentlichen Verkehrsmittel erreicht werden. Der Täter musste also Zugang zu einem Auto oder einem Motorrad haben. Jo tippte auf ein Auto. Ein Motorradfahrer, der mit einer so großen Tasche unterwegs war, dass er darin ein Scharfschützengewehr verstecken konnte, würde sicher auffallen.

Der Mann musste die jeweiligen Waldstücke genau kennen: Handelte es sich vielleicht um einen Waldarbeiter oder einen Förster?

Jo musste an Rudolf Kern denken und verwarf den Gedanken schnell wieder. Warum sollte ein Förster wahllos Jäger erschießen? Wenn man ehrlich war, konnte jeder ein bestimmtes Waldstück ausspionieren – als einfacher Wanderer oder Pilzsammler fiel man nicht auf.

Interessanter war schon die Frage, ob der Täter die beiden Opfer willkürlich ausgesucht hatte oder ob es ein bestimmtes Muster gab. Wenn der Vollmond für den Mörder eine entscheidende Rolle spielte, musste er sicherstellen, dass er in dieser Nacht ein entsprechendes Opfer fand. Wie machte er das? Spionierte er seine Opfer vorher aus und kannte ihre Gewohnheiten, oder fuhr er die ganze Nacht ziellos im Wald herum, bis er auf einen Jäger stieß?

Zumindest beim ersten Mord musste er über Insiderwissen verfügt haben, denn wie hätte er sonst von der Jagd erfahren haben sollen? Das stand schließlich nicht in der Zeitung. Wer hatte ihm davon erzählt? Einer der Jäger? Einer der Treiber? Oder war er am Ende selbst Jäger und hatte deshalb davon gehört?

Ein weiterer wichtiger Punkt waren die außergewöhnlichen Fähigkeiten des Mannes als Scharfschütze. Wo hatte er sie erlernt? Bei der Bundeswehr? Oder doch bei der Polizei? Vielleicht handelte es sich aber auch um einen amerikanischen Soldaten, der in Deutschland stationiert war. Je mehr Jo sich mit den Umständen der Taten beschäftigte, umso zahlreicher wurden die Fragen. Er beneidete die Polizei um ihre Möglichkeiten. Wie konnte er als Laie nur mehr über den Fall herausfinden? Er beschloss, demnächst noch einmal einen Vorstoß bei Klaus Sandner zu machen. Vielleicht konnte der Journalist ihm noch einige Hintergrundinformationen zu den beiden Toten besorgen.

Hauptkommissar Wenger beschäftigten ganz andere Probleme. Die Überprüfung, ob Jürgen Scholtz bei einer Schweizer Bank ein Konto unterhalten hatte, war im Sande verlaufen. Der Verdacht, er könnte in die Weitergabe von Sicherheitscodes verwickelt gewesen sein, ließ sich ebenfalls nicht beweisen.

Die Kontobewegungen des Vertriebsmanagers waren im Detail überprüft worden – keine großen Einzahlungen, keine großen Abhebungen. Alle Überweisungen ließen sich schlüssig nachvollziehen. Man konnte es drehen und wenden, wie man wollte: Entweder war Scholtz extrem clever gewesen, oder – und das war nach Lage der Dinge der naheliegendere Schluss – er war in keinerlei kriminelle Machenschaften verwickelt gewesen. Damit rückte zwangsläufig wieder die Frage in den Mittelpunkt, wieso er dann ermordet worden war.

Wenger fluchte. Gerade als er überlegte, was er als Nächstes unternehmen sollte, klingelte das Telefon. Er ging an den Apparat und hörte zuerst nur ein Rauschen.

»Hallo? Mit wem spreche ich?«, fragte er.

»Hier ist Kaufmann«, erwiderte sein Gesprächspartner mit etwas Verzögerung. »Ich habe gehört, Sie wollten mich sprechen?«

»Wo sind Sie? Immer noch in Kabul?«, wollte Wenger wissen.

»Ja, deswegen ist die Verbindung auch so schlecht. Ich spreche über Satellitentelefon. Ich habe gehört, Sie haben uns Geschosssplitter geschickt, die denen aus dem ersten Fall ähneln?«

»Ich brauche dringend eine Bestätigung, ob die Schüsse aus demselben Gewehr abgegeben worden sind. Die Techniker sagen mir, dass keine eindeutige Zuordnung möglich ist. Sie sind meine letzte Hoffnung!«

Es rauschte wieder in der Leitung.

»Wir sind hier fast fertig«, sagte Kaufmann. »Ich fliege in zwei Tagen zurück nach Frankfurt. Wenn ich wieder im Büro bin, kümmere ich mich um Ihren Fall. Ich habe da eine Idee, die Ihnen vielleicht weiterhelfen könnte.«

Wenger hätte viel dafür gegeben, mehr darüber zu erfahren, aber das Rauschen wurde so stark, dass der Ballistiker kaum mehr zu verstehen war, und so beendeten sie das Gespräch.

Die Nachforschungen bei Claudio Renz hatten ebenfalls keine großen Neuigkeiten zutage gebracht. So schwer es ihm fiel, er konnte sich der Erkenntnis nicht verschließen, dass die Ermittlungen in einer Sackgasse steckten.

Bei Jos Privatermittlung lief es nicht besser. Das Waidhaus hielt ihn ziemlich auf Trab. Eine der Bedienungen war beim Fensterputzen zu Hause von der Leiter gefallen und hatte sich den linken Knöchel gebrochen. Die Service-Mannschaft war nach dem Weggang einer festen Kraft im Sommer ohnehin geschwächt, und Jo musste sich mit Aushilfen durchschlagen, was der Qualität des Services nicht zuträglich war. Ohne große Begeisterung sah er sich mehrere Kandidatinnen an, von denen ihn aber keine wirklich überzeugte. Während er sich durch die Bewerbungsschreiben quälte, wünschte er sich wieder einmal, er hätte endlich die Zeit, sich um die Einstellung eines zupackenden Service-Chefs zu kümmern, der ihn bei der täglichen Routine entlasten konnte. Schließlich entschied er sich für eine Bewerberin, die noch die besten Referenzen vorweisen konnte, auch wenn sie nicht viel Erfahrung besaß und erst seit einiger Zeit in der Gastronomie beschäftigt war.

Am Samstagnachmittag fand er Zeit für einen Anruf bei Klaus Sandner.

»Hast du dich inzwischen wieder beruhigt?«, wollte der Journalist wissen.

»Warum sollte ich?«

»Du bist also immer noch von deiner Serienmördertheorie überzeugt.«

»Klar. Oder hast du etwas anderes gehört?«

»Meine Quelle bei der Polizei ist auffallend schweigsam. Wahrscheinlich haben sie nichts Neues.«

»Mir ist noch etwas aufgefallen. Die beiden Morde haben jeweils in der Vollmondnacht stattgefunden.«

»Und?«

»Ich glaube, er mordet genau in dem Rhythmus.«

»Ist nicht dein Ernst.«

»Doch.«

»Weißt du eigentlich, wie schräg sich das anhört?«

»Hat mir Oberkommissar Wieland auch gesagt.«

»Du hast bei der Polizei angerufen?«, fragte der Journalist ungläubig.

»Was hätte ich denn machen sollen? Der letzte Mord ist zweieinhalb Wochen her. Wenn ich recht habe, schlägt er in gut einer Woche wieder zu.«

»Dein kriminalistisches Gespür in allen Ehren. Aber das scheint mir arg weit hergeholt zu sein.«

»Ich werde jedenfalls nicht tatenlos rumsitzen und auf den nächsten Mord warten. Kannst du mir noch mehr Informationen über die Lebensgewohnheiten von Renz und Scholtz besorgen?«

»Ich wüsste nicht, wofür.«

Jo war enttäuscht. Wie sollte er den nächsten Mord verhindern, wenn nicht einmal Sandner ihm glaubte?

Am Montag rief Hauptkommissar Wenger Oberkommissar Wieland in sein Büro. Ohne weiter auf ihr letztes Gespräch einzugehen, gab er ihm den Auftrag, die Fallanalytiker des Landeskriminalamts einzuschalten. Wieland konnte sich ein spöttisches Lächeln nicht verkneifen.

Am Mittwoch meldete sich Robert Kaufmann. Er war inzwischen aus Kabul zurückgekehrt und hatte seinen Bericht über den Zwischenfall in Afghanistan abgeschlossen.

»Ich habe mir Ihr Problem näher angesehen«, sagte Kaufmann. »Die beiden Geschosse sind unterschiedlich aufgeplatzt, so dass man an der Art der Splitterung keine Ähnlichkeiten nachweisen kann.«

»Sie sagten doch, es gibt vielleicht eine Möglichkeit«, warf Wenger ein.

»Haben Sie schon mal ein 3D-Puzzle gemacht? Ist nichts anderes. Das Dumme ist nur, dass wir Dutzende von teilweise winzig kleinen Einzelteilen haben. Wenn Sie das von Hand zusammensetzen wollen, sitzen Sie wahrscheinlich Jahre dran.«

Er machte eine kleine Pause.

»Vor einiger Zeit hatten wir einen Fall, bei dem eine Kugel durch einen Produktionsfehler einen minimalen Riss aufwies. Als sie auf einen Knochen geprallt ist, wurde sie in mehrere Stücke gerissen. Im ersten Moment sah es so aus, als wäre eine Zuordnung nicht möglich. Wir haben die Kugel dreidimensional eingescannt und am Computer digital rekonstruiert. Durch eine traditionelle Schussanalyse mit der mutmaßlichen Tatwaffe erhielten wir eine unbeschädigte Kugel aus der Waffe, die wir ebenfalls im Computer erfasst haben. Anschließend haben wir die beiden Kugeln virtuell übereinandergelegt. Damit konnten wir einen gerichtsverwertbaren Beweis erbringen.«

»Und dieses innovative Verfahren könnten wir auch in unserem Fall anwenden?«, fragte Wenger.

»Das Programm haben unsere Computerexperten selbst geschrieben. Wir müssen sehen, ob wir es so weiterentwickeln können, dass es auch bei Ihren Kugeln anwendbar ist. Ich will Ihnen keine allzu großen Hoffnungen machen, aber wir tun unser Bestes.«

Wenger bedankte sich und legte auf. Wenigstens gab es einen Hoffnungsschimmer. Denn nichts war schlimmer, als wenn sie einen mutmaßlichen Täter ermittelten, vielleicht sogar die Tatwaffe bei ihm fanden, ihn aber am Ende laufen lassen mussten, weil die Spuren nicht für eine Verurteilung ausreichten.

Einige Tage später rief Jo erneut bei Klaus Sandner an.

»Hast du schon was Neues von der Polizei gehört?«, wollte er von dem Journalisten wissen.

»Nö, hab's aber auch nicht versucht.«

»Vielleicht gibt es neue Ermittlungsansätze.«

»Willst du mir noch mal deine Geschichte vom Serienkiller unterjubeln?«

»Vielleicht ermitteln sie jetzt in diese Richtung«, beharrte Jo. »Frag wenigstens nach. Kostet doch nichts.«

Sandner schüttelte den Kopf und seufzte.

»Wenn's für deinen Seelenfrieden erforderlich ist«, brummte er. »Aber mach dich nicht verrückt damit. Am Ende bist du nur enttäuscht.«

»Ich wär froh, wenn ich mich irren würde!«, erklärte Jo ernst. »Am Donnerstag ist Vollmond. Der Mond spielt im Seelenleben mancher Menschen eine große Rolle. Hast du gewusst, dass sich das englische Wort für verrückt, ›lunatic‹, von Luna, der Göttin des Mondes, ableitet?«

»Danke. Ich hab den Film *Mondsüchtig* auch gesehen«, antwortete Sandner spöttisch.

»Könntest du es mit deinem Gewissen vereinbaren, wenn noch jemand getötet wird? Du solltest etwas darüber in eurer Zeitung bringen.«

»Ist nicht dein Ernst, oder?«, entgegnete Sandner. »Ich kann doch nicht etwas von einem Serienkiller schreiben, nur weil du irgendwelche Ahnungen hast.«

»Und wenn ich recht habe?«

»Keine Chance. Mein Chefredakteur würde mich einweisen lassen, wenn ich ihm mit so einer dünnen Geschichte komme.«

Jo machte ein langes Gesicht.

»Aber du rufst Wenger an, versprochen?«

»Ja, du Quälgeist«, seufzte Sandner. Nachdem sich der Journalist verabschiedet hatte, saß Jo noch eine Weile an seinem Schreibtisch und starrte ins Leere.

Noch vier Tage bis Vollmond.

Kapitel 12

Hauptkommissar Wenger lauschte gebannt. Ausführlich schilderte Kaufmann ihm, wie sie das Programm verändert hatten und welche komplexen Algorithmen sie dafür programmieren mussten.

»Hat es geklappt?«, fragte er ungeduldig.

Kaufmann lachte. Er genoss es, seinen Kollegen auf die Folter zu spannen.

»Ich denke schon«, erwiderte er. »Es ist uns zwar nur gelungen, rund 90 Prozent der beiden Geschosse zu rekonstruieren, aber das Ergebnis ist eindeutig. Die Teile der Kugeln, die wir übereinanderlegen können, stimmen vollständig überein. Die Wahrscheinlichkeit, dass so eine Übereinstimmung mit einem Geschoss aus einem anderen Gewehr besteht, liegt bei eins zu einer Million. Ich glaube, dass wir damit vor jedem Gericht bestehen können.«

Wenger ballte die Faust.

»Sie sind ein Genie«, rief er anerkennend.

»Dafür sind wir da«, sagte Kaufmann gönnerhaft. »Bringen Sie mir die Waffe, und wir nageln den Kerl fest.«

Die letzte Bemerkung versetzte Wenger einen deutlichen Dämpfer. Zwar lag nun der Beweis vor, dass sie es nur mit einem Mörder zu tun hatten, aber bezüglich seiner Identität tappten sie nach wie vor völlig im Dunkeln. Gerade als Wenger zum Hörer greifen wollte, um Oberkommissar Wieland zu informieren, klopfte es und sein Stellvertreter steckte den Kopf zur Tür herein.

»Hast du eine Minute?«

Wenger nickte und bedeutete Wieland, sich zu setzen. Dann informierte er seinen Kollegen darüber, was er von Kaufmann erfahren hatte.

»Sehr schön!«, meinte Wieland. »Passt zur Einschätzung der Fallanalytiker. Ich habe eben mit Bernd Zöller gesprochen. Er geht davon aus, dass wir es mit hoher Wahrscheinlichkeit mit einem Serienkiller zu tun haben. Und zwar mit einem von der gefährlichsten Sorte. Zöller meint, er wird so lange weitermorden, bis wir ihn gefasst haben. Oder bis er bei der Festnahme ums Leben kommt.«

Wenger musterte seinen Stellvertreter mit kühlem Gesichtsausdruck. Es musste für Wieland eine große Genugtuung sein, dass er mit seiner Vermutung richtiggelegen hatte.

»Hat Zöller schon eine Idee, nach wem wir suchen müssen?«

»Er meint, dass die Faktenlage viel zu dünn ist, um ein konkretes Bild des Täters zu bekommen.«

»Hat die geografische Analyse etwas ergeben?«

Wieland schüttelte den Kopf.

»Das Analyseprogramm hat als wahrscheinlichste Wohnregionen den Hunsrück, Wiesbaden und die Region um Koblenz ausgeworfen. Allerdings mit keiner sehr hohen Relation.«

»Was sagt Zöller zu der Frage, wieso der Mann so gut schießen kann?«

»Er vermutet einen militärischen Hintergrund oder einen ehemaligen Polizisten.«

»Du willst mich wohl auf den Arm nehmen!«

»Nein, bei so etwas mache ich keine Späße. Du kannst ja selbst mit ihm sprechen, wenn du mir nicht glaubst.«

»Schon gut. Ein ehemaliger Kollege! Hätte uns gerade noch gefehlt! Hat Zöller eine Idee, woher die Waffe stammen könnte?«

»*Niente.*«

Wieland lernte seit einigen Jahren Italienisch und versuchte immer wieder mit seinen Sprachkenntnissen anzugeben. Eine Angewohnheit, die seinem Vorgesetzten gehörig auf die Nerven ging.

»Irgendetwas zum Motiv?«

»Er hat ein paar Ideen, wollte sich dazu aber noch nicht aus dem Fenster lehnen. Er will noch zwei Kollegen hinzuziehen und alle Akten erneut gründlich durchsehen. Das LKA gibt dem Fall höchste Priorität.«

»Eine Frage noch – wie schätzt Zöller die Vollmondsache ein?«

Wieland zuckte mit den Schultern.

»Damit konnte er nicht viel anfangen. Er meint, dass bei manchen Tätern der Vollmond tatsächlich eine Rolle spielt, aber es ist selten so, dass es immer genau der eine Tag sein muss. Der Kerl könnte auch ein oder zwei Tage vor oder nach dem Termin zuschlagen.«

»Wir können also weder genau eingrenzen, wo er zuschlagen wird, noch haben wir eine Garantie, dass es in oder um die Vollmondnacht passieren wird.«

»So sieht's aus. Trotzdem bin ich der Meinung, wir sollten die Presse informieren.«

»Du willst damit an die Öffentlichkeit gehen?« Wenger schüttelte den Kopf. »Was haben wir denn in der Hand? Ein paar vage Vermutungen der Fallanalytiker! Auch wenn es im

Moment nicht danach aussieht, vielleicht finden wir noch eine Verbindung von Scholtz ins kriminelle Milieu. Willst du es verantworten, dass wir bei einer derart dünnen Beweislage eine Massenpanik auslösen?«

»Wir können die Vermutung sehr vorsichtig formulieren«, verteidigte sich Wieland.

»Die Presse würde sich wie ein Rudel ausgehungerter Wölfe auf die Geschichte stürzen. Die würden ein Schlagzeilengewitter veranstalten, dass sich nachher niemand mehr auf die Straße traut. Und was, wenn sich anschließend herausstellt, dass es gar nicht stimmt – stehst du dann dafür gerade?«, fragte Wenger und sah seinen Stellvertreter herausfordernd an.

Wieland schwieg.

»Ja, die Verantwortung willst du natürlich nicht übernehmen«, meinte er und lachte höhnisch. »Aber wenn es dich beruhigt – ich werde damit zum Polizeipräsidenten gehen und den Fall mit ihm besprechen. Wir werden ja sehen, wie er sich entscheidet.«

»Wie du meinst«, sagte Wieland und verließ grußlos den Raum.

Wenger griff zu seinem Kalender. Donnerstag war Vollmond. Noch drei Tage.

Er griff zum Hörer und ließ sich einen Termin beim Polizeipräsidenten geben.

Auch Jo kämpfte mit Problemen. Ein Gast hatte sich beschwert, dass seine Fischsuppe nur lauwarm serviert worden war. Es hatte sich herausgestellt, dass die neue Bedienung, als sie schon mit dem Tablett auf dem Weg in die Gaststube war, noch dringend zur Toilette musste. Die zwei

Minuten hatten ausgereicht, dass die Suppe nicht mehr mit der optimalen Temperatur an den Tisch kam. Jo, der normalerweise nicht dazu neigte, seine Angestellten anzuschreien, war darüber so wütend, dass er der neuen Servicekraft einen gehörigen Anpfiff verpasste, worauf die junge Frau Rotz und Wasser heulte und für den restlichen Tag überhaupt nicht mehr zu gebrauchen war. Wenn er endlich einen Chef de Service einstellen würde, müsste er sich nicht mehr selbst mit derartigen Problemen herumschlagen, dachte Jo missmutig. Warum fiel es ihm manchmal so schwer, Nägel mit Köpfen zu machen? Um sich selbst zu beweisen, dass es auch anders ging, stürzte er sich am Nachmittag voller Elan auf die Abarbeitung des Papierkrams. Als er seine Arbeit beendet hatte und selbstzufrieden auf seinen leeren Schreibtisch blickte, klingelte das Telefon.

Es war Klaus Sandner.

»Mein Kontakt aus der Ermittlungsgruppe hat sich wieder gemeldet. Es gibt aufregende Neuigkeiten«, platzte der Journalist heraus. »Es steht jetzt fest, dass die Morde auf das Konto eines einzigen Täters gehen. Jedenfalls sind beide Schüsse aus derselben Waffe abgegeben worden.«

»Ich dachte, das wäre sowieso klar gewesen«, erwiderte Jo.

»Nein, war bisher nur eine Vermutung. Was aber viel wichtiger ist – sie haben keine Verbindung zwischen den beiden Toten nachweisen können. Deswegen hat die Polizei die Profiler vom Landeskriminalamt mit einbezogen. Und stell dir vor, die gehen davon aus, dass es sich tatsächlich um einen Serienkiller handeln könnte.«

Jo ballte die Faust.

»Das müsst ihr in eurer nächsten Ausgabe bringen!«, rief er aufgeregt. »Hast du schon mit Wenger gesprochen?«

»Hab ich mir für heute Nachmittag vorgenommen. Ich wollte nur, dass du es als Erster erfährst.«

»Versprich mir, dass du etwas bringst«, forderte Jo seinen Freund auf.

»Jetzt rufe ich erst einmal bei der Polizei an und lass mir eine offizielle Antwort geben. Dann sehen wir weiter.«

»Halt mich auf dem Laufenden!«, bat Jo.

»Ist doch klar«, versicherte ihm der Journalist.

Am Abend fand wieder einmal ein Jägerstammtisch im Waidhaus statt. Jo setzte sich nach seiner Lokalrunde mit dazu. Wie immer wurden ausführlich die neuesten Geschichten aus der Gegend diskutiert. Nach einer Weile kam Reinfried Persch auf den Tod von Renz zu sprechen.

»Ich hab gleich gewusst, dass es kein Jäger gewesen ist«, erklärte der Uhrmachermeister zufrieden. »Ein Querschläger kann doch gar nicht so nach hinten abprallen.«

Die Runde nickte zustimmend.

»Der Kerl hatte einen Gebrauchtwagenhandel, bestimmt ging es um geklaute Autos«, vermutete Schreinermeister Becker. »Wahrscheinlich hat er sich mit den falschen Leuten angelegt. Wenn ihr mich fragt, fasst man die Kriminellen heutzutage viel zu sehr mit Samthandschuhen an. Statt zu Sozialstunden und Kuschelknast, würde ich einen Ersttäter zu harter Zwangsarbeit verurteilen. Dann wird er schon nicht mehr rückfällig.«

Jo, der bei Philipp erlebt hatte, wie schnell man unschuldig hinter Gittern landen konnte, lag eine Antwort auf der Zunge, aber er hielt sich zurück. Die Männer spekulierten weiter darüber, was wohl der Hintergrund für die Tat gewesen sein könnte.

»Es steckt etwas anderes dahinter«, erklärte Jo unvermittelt.

Schlagartig waren alle Augen auf ihn gerichtet. Er fühlte sich unwohl. Doch er konnte jetzt nicht mehr zurück.

»Ich glaube, wir haben es mit einem Serienkiller zu tun.«

Ungläubig starrten die Männer ihn an.

»Offensichtlich hat er es besonders auf Jäger abgesehen.«

Am Tisch herrschte atemloses Schweigen. Rudolf Kern fing sich als Erster wieder.

»Wie kommst du denn auf diese Vermutung?«

»Beide Tote waren Jäger.«

»Wieso denn zwei?«, fragte Becker dazwischen.

»Ihr habt bestimmt von dem zweiten toten Jäger aus Mainz gehört.«

»Hat die Polizei nicht verlautbart, dass die beiden Fälle nicht zusammenhängen?«

»Das haben sie gesagt. Aber es stimmt nicht. Inzwischen steht fest, dass beide mit derselben Waffe erschossen wurden.«

»Hast du deinen Verdacht der Polizei gemeldet?«, wollte Reinfried Persch wissen.

Jo nickte.

»Denen geht es wie euch«, sagte er und lächelte gequält. »Die glauben mir nicht. Trotzdem würde ich mich wohler fühlen, wenn keiner von euch übermorgen draußen ist.«

»Wieso denn ausgerechnet übermorgen?«, fragte der Revierförster.

»Beide Morde wurden in der Vollmondnacht bzw. am Morgen danach begangen.«

Die Männer starrten den jungen Küchenchef immer noch ungläubig an. Schließlich lächelte Rudolf Kern und meinte:

»Um mich musst du dir keine Sorgen machen. Meine Frau und ich fahren nach Wiesbaden und gehen ins Theater. Da liegt sie mir schon seit Monaten mit in den Ohren.«

Nachdem Kern den Anfang gemacht hatte, rückten reihum auch die anderen mit ihren Plänen heraus. Dr. Enkmann hatte Dienst im Krankenhaus, Schreinermeister Becker wollte sich mit seinem Bruder und ein paar Freunden zum Skat treffen, und Uhrmacher Persch musste dienstlich nach Frankfurt, wo an dem Tag eine Schmuckmesse stattfand.

Spenglermeister Stützle berichtete freimütig: »Ich werd den Abend in meinem Hobbykeller verbringen. Meine Frau hat eine Freundin eingeladen, die geht mir immer ziemlich auf den Senkel. Sie hat eine Stimme wie ein Nebelhorn und babbelt ohne Unterlass. Es ist so schlimm, dass ich davon Kopfweh kriege. Deswegen hat meine Frau mir erlaubt, dass ich mich in meinen Hobbykeller zurückziehen darf.«

Stützle machte dabei ein so verschmitztes Gesicht, dass sie alle lachen mussten. Schließlich blieb nur noch der Apotheker in ihrer Runde, Norbert Haller.

»Wolltest du nicht zum Ansitzen, Norbert?«, fragte ihn Kern.

»Hab mich anders entschieden«, antwortete Haller, vermied es allerdings, dem Förster in die Augen zu sehen. »Meine Frau wollte nach Wiesbaden zum Einkaufen, da werde ich wohl mitfahren«, schob er hinterher.

Sie wechselten das Thema. So recht wollte jedoch keine Stimmung mehr aufkommen, und die Runde löste sich rasch auf.

Am nächsten Tag fiel es Jo sehr schwer, sich auf die Arbeit zu konzentrieren. Ständig lauschte er mit einem Ohr in Richtung Telefon. Er war so in Gedanken, dass er beinahe eine Rotbrasse versalzen hätte. Pedro warf Ute einen fragenden Blick zu, aber diese zuckte nur mit den Schultern.

Jos Geduld wurde auf eine harte Probe gestellt. Am frühen Nachmittag meldete sich Sandner endlich.

»Bringt ihr morgen etwas?«, fragte Jo.

Sandner druckste ein wenig herum. »Ich fürchte nicht«, sagte er schließlich. »Ich hab mit Wenger gesprochen. Hat ihn wohl auf dem falschen Fuß erwischt. Jedenfalls ist er sehr wütend geworden. Er hat mich angeschrien und gedroht, rechtlich gegen uns vorzugehen, wenn wir etwas berichten.«

»Und von so etwas lasst ihr euch einschüchtern?«, empörte sich Jo.

»Nein, natürlich nicht«, antwortete Sandner, »selbstverständlich habe ich trotzdem etwas geschrieben und habe es meinem Chef gezeigt. Dummerweise hat sich der Polizeipräsident von Koblenz direkt an unseren Verleger gewandt. Die beiden kennen sich persönlich. Normalerweise lässt Dr. Stein uns im journalistischen Bereich völlig freie Hand. In diesem Fall hat er uns aber gebeten, unsere Recherchen noch einmal sehr gründlich zu prüfen.«

Sandner klang sehr kleinlaut. »Und leider war es meinem Chef am Ende zu heiß.«

»Ich fasse es nicht«, erwiderte Jo. »Du weißt, dass da draußen ein Wahnsinniger herumläuft und demnächst wieder zuschlägt, und du willst die Öffentlichkeit nicht warnen?«

»Vielleicht bringen wir ja noch was«, versuchte Sandner ihn zu beschwichtigen, »das entscheidet sich im Lauf des Tages.«

Jo schüttelte den Kopf.

»Hör zu, Klaus. Du bist ein guter Freund und hast mir in der Vergangenheit viel geholfen. Aber wenn ihr die Öffentlichkeit nicht warnt, muss ich mir jemand anderen suchen. Dieter Klein vom *Mainzer Express* wäre bestimmt ganz heiß auf die Geschichte.«

»Das kannst du nicht machen!«, protestierte Sandner. »Ich habe dir das alles nur unter dem Siegel der Verschwiegenheit erzählt.«

»Ihr lasst mir keine Wahl. Wenn ihr für morgen nichts bringt, werde ich es tun«, drohte Jo und legte auf.

Das Telefon klingelte sofort wieder, aber er hob nicht ab. Er wusste, dass es unfair war, Sandner so unter Druck zu setzen. Doch er konnte nicht tatenlos dasitzen und warten, bis es den nächsten Toten gab.

Zwei Stunden später rief Jo von sich aus wieder bei Sandner an.

»Ich sollte eigentlich gar nicht mehr mit dir sprechen«, sagte der Journalist statt einer Begrüßung. »Weißt du überhaupt, in was für eine Lage du mich bringst?«

»Tut mir leid.«

»Hast du schon mit dem *Mainzer Express* gesprochen?«

»Nein«, erwiderte Jo kleinlaut.

»Die ganze Angelegenheit kocht ziemlich hoch. Der Polizeipräsident hat mehrfach mit Dr. Stein gesprochen. Er versucht ihm ins Gewissen zu reden, dass wir nichts bringen. Die Polizei sagt, wir würden den Täter damit warnen und die Ermittlungsarbeit massiv behindern. Sie haben Dr. Stein zugesagt, dass sie die Jäger über den Jagdverband davor warnen wollen, in den nächsten Tagen rauszugehen. Aber die Polizei will um jeden Preis eine Massenpanik vermeiden.«

»Was werdet ihr tun?«, fragte Jo ruhig.

Sandner zögerte.

»Okay, ich gebe dir noch eine Information, aber du musst mir versprechen, dass du darüber mit keinem anderen Journalisten redest.«

»Du hast mein Ehrenwort.«

»Ich habe aus dem Ermittlerteam gehört, dass der Täter bei seinen beiden Anschlägen Dumdum-Geschosse verwendet hat.«

»Was?«

»Das sind Geschosse, die nach dem Auftreffen auf den Körper aufplatzen. Deswegen gab es bei den beiden Toten auch so schlimme Verletzungen.«

»So was müsst ihr doch veröffentlichen!«, rief Jo aus. »Die Jäger zu informieren ist ja schön und gut – aber was ist, wenn er sein Muster verändert und stattdessen einen Spaziergänger erschießt? Oder ein Kind beim Spielen!«

»Unser Verleger kann die Bedenken der Polizei verstehen, aber er lässt uns freie Hand. Wenn mein Chefredakteur und ich meinen, wir sollten die Öffentlichkeit informieren, wird er unsere Entscheidung nicht in Frage stellen.«

»Und was werdet ihr tun?«

»Wir werden es bringen.«

»Klasse!«, rief Jo, »ich hoffe, du bist mir wegen der Sache nicht böse.«

»Darüber sprechen wir noch«, erwiderte Sandner trocken, »glaub ja nicht, dass das mit einem Abendessen auf deine Kosten erledigt ist.«

Jo lachte erleichtert.

»Du kannst gerne so oft du willst umsonst bei mir essen«, sagte er großzügig. »Eine Frage hätte ich aber noch«, fügte er nach kurzem Überlegen hinzu.

»Ja?«

»Woher bekommt er diese Dumdum-Geschosse?«

»Die Polizei weiß es auch nicht. Es handelt sich nicht um selbstgemachte Kugeln, sondern um Hightech-Geschosse, die angeblich von den Amerikanern für ihre Spezialeinheiten hergestellt werden.«

Für Jo war das Telefonat mit Sandner wie eine Befreiung. Am nächsten Morgen konnte er es gar nicht erwarten, bis Fridolin Bauer, der Postbote, ihm seine Zeitung brachte. Das Waidhaus lag etwas abseits, so dass sich der Zeitungsausträger die Anfahrt sparte und Jo mit der Lieferung per Post vorliebnehmen musste. Gegen 9 Uhr hörte er endlich Fridolins alten VW-Bus knattern. Er winkte Jo zu, als dieser herauskam, um die Post zu holen.

Achtlos warf Jo die Briefe und Rechnungen auf den Schreibtisch und stürzte sich auf die Zeitung. Der Bericht über die beiden Morde prangte groß auf der ersten Seite. Die Überschrift lautete: »Serienmörder im Rheintal? Polizei warnt Jäger«.

In dem Artikel wurde ausführlich der aktuelle Stand der Ermittlungen wiedergegeben. Dabei erhielt die Tatsache, dass es sich um ein Dumdum-Geschoss handelte, ein besonderes Gewicht. Der Artikel endete mit den Worten: »Es steht noch nicht endgültig fest, ob es sich tatsächlich um einen Serienmörder handelt. Die Polizei schließt auch die Möglichkeit nicht aus, dass zwischen den Opfern eine bislang noch nicht bekannte Verbindung besteht. Trotzdem haben die Ermittlungsbehörden die Jäger über ihre Verbände aufgefordert, in nächster Zeit besonders vorsichtig zu sein und sich insbesondere nicht nachts allein im Wald aufzuhalten.«

Zu Jos Enttäuschung stand nirgends etwas davon, dass der Täter immer bei Vollmond zugeschlagen hatte. Er konnte nicht verstehen, dass diese wichtige Information nicht in dem Artikel enthalten war.

Da Jo wusste, dass Sandner um diese Zeit meist noch nicht in der Redaktion war, rief er kurz entschlossen bei ihm zu Hause an. Der Anschluss war belegt.

Er versuchte es erneut, aber es dauerte fast eine halbe Stunde, bis er endlich ein Freizeichen hörte. Wider Erwarten ging Klaus Sandner nicht selbst an den Apparat, sondern seine Frau. Jo kannte Erika Sandner von einigen Besuchen im Restaurant. Sie wechselten ein paar unverbindliche Worte, bevor sie meinte, er wolle sicher ihren Mann sprechen, und den Hörer an diesen weiterreichte.

»Ich nehme heute keine Beschwerden mehr entgegen«, erklärte Sandner trocken.

»Hauptkommissar Wenger und ich haben uns gerade eine halbe Stunde lang am Telefon angeschrien. Mein Bedarf an Ärger ist für heute gedeckt.«

»Was wollte er denn?«, fragte Jo überrascht.

»Na, was wohl! Er hat mir einen Vortrag gehalten über die Verantwortungslosigkeit einer skrupellosen Presse, der es nur um Sensation und Auflage geht. Dann hat er mich noch wissen lassen, dass ich mit meinem Artikel die Ermittlungen behindere und Menschenleben gefährde.«

»So ein Unsinn!«, rief Jo empört. »Ihr habt genau das Richtige getan.«

»Wenigstens einer, der glücklich ist«, meinte Sandner. »Mein Chefredakteur hat nämlich einen Anruf vom Polizeipräsidenten erhalten. War auch kein Vergnügen. Aber du hast bestimmt nicht nur angerufen, um mir zu gratulieren.«

»Hm, eigentlich schon, aber wo ich dich schon mal dran habe – warum habt ihr nichts vom Vollmond geschrieben?«

Sandner seufzte.

»Dem einen ist es zu viel, dem anderen zu wenig. Anscheinend können wir es niemandem recht machen. Nach unserem gestrigen Telefonat habe ich noch einmal mit meinem Kontakt bei der Polizei gesprochen. Er hat mir dringend davon abgeraten, über den Zusammenhang mit dem Vollmond zu schreiben. Erstens ist die Polizei noch gar nicht sicher, ob es sich dabei nicht einfach um einen Zufall handelt. Zum Zweiten wollte er vermeiden, dass wir ein falsches Signal setzen. Sonst denken alle, sie müssen sich nur am Tag des Vollmonds aus der Schusslinie halten und an allen anderen Tagen besteht keine Gefahr. So ist es aber nicht. Selbst wenn der Vollmond für den Täter eine Rolle spielt, könnte er jederzeit ein oder zwei Tage davor oder danach zuschlagen.«

»Macht Sinn«, räumte Jo ein. »Lass dich von Wenger nicht einschüchtern. Der Mann ist ein Idiot.«

»Trotzdem haben wir uns mit der Geschichte ziemlich weit aus dem Fenster gelehnt. Sollte sich rausstellen, dass wir damit falschliegen, können wir unsere journalistische Glaubwürdigkeit in die Tonne treten.«

Obwohl Jo nach dem Erscheinen des Artikels hätte zufrieden sein können, gelang es ihm nicht, den Gedanken an einen möglicherweise bevorstehenden Mordanschlag von sich wegzuschieben. Er war so fahrig, dass Ute ihn nach dem Mittagessen beiseitenahm.

»Was ist eigentlich mit dir los, mein Junge?«, wollte sie wissen.

Als er von dem Kreuzfahrtschiff, auf dem er den Beruf

des Kochs erlernt hatte und auf dem er zuletzt als stellvertretender Küchenchef tätig gewesen war, abgeheuert hatte und ins Rheintal gekommen war, um sich mit einem Restaurant selbständig zu machen, hatte er bei Ute in ihrer Pension ein Zimmer bezogen. Durch ihre herzliche Art und ihren hintergründigen Humor hatten die beiden schnell einen Draht zueinander gefunden. Ute hatte ihm am Anfang auch viel mit ihren Kontakten zu Handwerkern oder Behörden geholfen. Seit damals war sie so etwas wie eine mütterliche Freundin für ihn.

»Alles gut, wieso?«

»Du bist den ganzen Tag so unruhig.«

»Das täuscht«, wiegelte er ab.

Ute schien ihm nicht recht zu glauben, ließ die Sache aber auf sich beruhen. Am Abend fiel es Jo schwer, einzuschlafen. Er wälzte sich lange hin und her, bevor er endlich in einen unruhigen Schlaf fiel.

Blut.

Um ihn herum war alles voller Blut.

Seine Hände, seine Arme, sein weißes Hemd, alles war blutüberströmt. Er wollte schreien, sich umdrehen, weglaufen, aber er war wie gelähmt. Die Beine versagten ihm den Dienst, und aus seinem Hals kam nur ein Krächzen. Panik stieg in ihm auf.

In diesem Moment erwachte Jo. Er brauchte einen Moment, um sich zu orientieren, und strich mit zitternden Händen über die Bettdecke. Sie war makellos weiß. Nirgends fand sich eine Spur von Blut. Alles war in Ordnung. Er war zu Hause. In seinem Bett.

Er stöhnte. Der Traum, der ihn nun schon seit vielen Jahren quälte, hatte ihn mit einer so fieberhaften Intensität überfallen wie seit Jahren nicht mehr.

Früher hatte ihn der Traum jede Woche einmal aus dem Schlaf gerissen. Er war danach meist so aufgewühlt gewesen, dass er die restliche Nacht kein Auge mehr zutun konnte. In den letzten drei Jahren hatte sich die Situation gebessert. Nur noch gelegentlich kamen die Erinnerungen hoch und quälten ihn. Er wischte sich den Schweiß von der Stirn, machte seine Yogaübungen und zwang sich, langsam ein- und auszuatmen.

Ein und aus ... Er atmete ruhig weiter und konzentrierte sich auf seinen Körper: zuerst auf die Beine, dann auf den Bauch, auf die Arme ... und einige Minuten später war er wieder eingeschlafen.

Am Morgen stand Jo früh auf und schwang sich auf sein Fahrrad. Es war ein kalter Herbstmorgen, dichter Frühnebel hing noch über den Rheinhöhen, und die Sonne hatte Mühe, durch die Schwaden zu dringen. Trotz seiner Thermojacke fröstelte Jo. Er musste kräftig in die Pedale treten, damit ihm ein wenig wärmer wurde. Er hatte sich eine besonders schwere Strecke ausgesucht, die ihn immer wieder vom Rhein über steile Weinbergwege nach oben führte und anschließend erneut in einer kurzen, rasanten Abfahrt hinunter, bevor der nächste Anstieg auf ihn wartete. Als er zum Waidhaus zurückkam, war er verschwitzt und ausgepowert. Dennoch fühlte er sich wacher und lebendiger. Die blasse Sonne tauchte die Loreley in ein seltsam unwirkliches Licht, und die schroffen Felsen ragten bedrohlich aus dem Nebelmeer hervor. Für einen Augenblick fühlte er sich, als wäre er in einer mittelalterlichen Traumwelt gelandet.

Es waren diese faszinierenden Augenblicke, die zahllosen unterschiedlichen Gesichter, mit denen die Loreley ihn jeden Morgen begrüßte, die das Leben im Waidhaus für ihn so einzigartig machten.

Unten auf der Straße, die sich an den Felsen entlangzog, hupte ein Motorrad und riss Jo aus seiner Träumerei. Das Restaurant war heute bis auf den letzten Platz ausgebucht, so dass ihm keine Zeit zum Grübeln blieb. Voller Elan stürzte er sich auf die Arbeit und dachte nicht mehr an den Vollmond, der heute Abend hell leuchtend über dem Waidhaus stehen würde.

Kapitel 13

Manfred Güttler saß in seinem Keller und packte seinen Rucksack. Morgen war sein sechzigster Geburtstag, doch der lautstarke Streit mit seinem Sohn hatte ihm gründlich die Vorfreude verdorben. Patrik hatte ihn angeschrien und ihm am Ende die Tür vor der Nase zugeschlagen. Dabei wollte er nur das Beste für den Jungen!

Bundeswehr! Noch dazu als Mannschaftsdienstgrad! Wenn er sich wenigstens als Offizier verpflichten würde. Dann könnte er bei der Bundeswehr studieren. Aber Mannschaftsdienstgrad – da verlor er volle vier Jahre und konnte ein Studium gleich in den Wind schreiben. Güttler schüttelte den Kopf.

Patrik war immer ein anständiger Junge gewesen – ruhig, zurückhaltend, folgsam. Doch seit er bei der Bundeswehr war, hatte er sich verändert. Auf einmal ging er viel aus, kam spät nach Hause und feierte mit seinen Kameraden wilde Partys. Güttler redete ihm immer wieder ins Gewissen, aber der Junge wollte nicht hören. Er antwortete frech, er sei jetzt erwachsen und wisse schon selber, was gut für ihn sei.

Güttler hatte getobt, er hatte gebrüllt, aber es half nichts. Der Junge zog sich immer mehr zurück. Seine Frau und er kamen gar nicht mehr richtig an ihn heran.

Güttler war an der Schule, an der er unterrichtete, für seine Wutausbrüche gefürchtet. Er galt als Lehrer vom alten

Schlag, der mit eiserner Härte auf Disziplin und Ordnung achtete. Umso mehr schmerzte es ihn, dass ausgerechnet sein eigener Sohn ihm keinen Respekt erwies.

Er hatte von seinem Sohn verlangt, die Verpflichtung sofort rückgängig zu machen, aber dieser weigerte sich. Güttlers Frau machte sich deswegen riesige Sorgen. Mit einer Karriere bei der Bundeswehr hätte sie sich vielleicht noch abfinden können, aber dass ihr Sohn ausgerechnet zu den Spezialeinheiten wollte, machte sie hysterisch. Sie befürchtete, Patrik könnte schon in kürzester Zeit in Afghanistan oder in einem anderen Krisenherd der Welt landen, wo er jeden Tag sein Leben riskierte.

Güttler schob die Gedanken an Patrik beiseite. In dieser Angelegenheit war das letzte Wort noch nicht gesprochen. Er war sich sicher, dass er seinen Sohn noch zur Räson bringen würde.

Eigentlich hatte er den Hirschbock erst am Freitag schießen wollen. Einen Tag vor seiner großen Geburtstagsfeier am Samstag, zu der alle seine Jagdkameraden eingeladen waren. Einen Sechzehnender hatte hier in der Gegend schon lange niemand mehr geschossen. Der Neid der ganzen Jagdgemeinde würde ihm sicher sein. Aber nach dem Streit mit Patrik wollte er sich mit dem Abschuss selbst belohnen. Sorgfältig packte er die Munition in seinen Rucksack. Er hatte in den letzten Wochen mehrfach auf der Schießbahn des örtlichen Schützenvereins geübt, denn diesen Hirsch wollte er auf keinen Fall verfehlen.

Hauptkommissar Wenger saß zusammen mit Oberkommissar Wieland in seinem Büro und koordinierte den Einsatz. Wenger war immer noch derart wütend, dass es ihm schwerfiel, normal mit seinem Stellvertreter zu sprechen. Er verdächtigte Wieland, der Maulwurf zu sein, der die Presse über den aktuellen Stand der Ermittlungen unterrichtet hatte. Dummerweise konnte er ihm nichts nachweisen, sonst hätte er schon längst ein Disziplinarverfahren gegen seinen Untergebenen eingeleitet. Von jetzt an würde er ihn scharf im Auge behalten. Jeder machte einmal einen Fehler. Er musste nur abwarten.

Im Augenblick gab es allerdings Wichtigeres zu tun. Die Fallanalytiker hatten in ihrem Bericht noch einmal nachgelegt. Sie gaben der Serientätervariante eine achtzigprozentige Wahrscheinlichkeit und legten der Ermittlungsgruppe dringend nahe, sich auf einen weiteren Anschlag vorzubereiten. Unglücklicherweise lieferte die geografische Analyse immer noch keine vernünftigen Ergebnisse. Der Täter konnte in einem riesigen Gebiet zuschlagen. Durch den verflixten Zeitungsartikel von Klaus Sandner, der seinen Beitrag trotz heftiger Einwände der Polizei veröffentlicht hatte, war der Täter nun vorgewarnt und hatte seine Vorgehensweise möglicherweise verändert.

Wenger stand dem geplanten Einsatz ohnehin skeptisch gegenüber. Er hing immer noch an seiner Theorie, dass es eine Verbindung zwischen den beiden Toten gab und sie es mit einem professionellen Killer zu tun hatten.

Ganz anders dagegen Wieland – er war Feuer und Flamme. Am liebsten hätte er den halben Hunsrück abgeriegelt. Der Polizeipräsident hatte ihnen aber nur eine Hundertschaft der Bereitschaftspolizei genehmigt. Auch der angeforderte Hubschrauber stand nur in Reserve. Im Fall der Fälle würde er wahrscheinlich viel zu lange brauchen, um von Koblenz ins Einsatzgebiet zu fliegen. Wenger und Wieland diskutierten lange hin und her, wie sie ihre Leute postieren sollten.

Wieland wollte die Beamten über ein weites Gebiet verteilen, um möglichst schnell vor Ort sein zu können – wo auch immer der Täter zuschlagen mochte.

Wenger dagegen tendierte eher zu einer Schwerpunktbildung an den wichtigen Verkehrsknotenpunkten, um möglichst schnell eine Ringfahndung auslösen zu können. In beiden Fällen war der Täter vermutlich über die Autobahn zu den Tatorten gelangt. Wenger wollte daher entlang der A61 verschiedene Teams in Zivil platzieren, die an Tank- und Raststellen den Verkehr beobachten sollten. Dazu wollte er in beiden Richtungen Kontrollpunkte errichten, jeweils zwei im Süden und zwei im Norden des möglichen Tatraums. Die Einsatzgruppen sollten als normale Verkehrskontrolle getarnt werden.

Am Ende einigten sich die beiden auf einen Kompromiss: Der Großteil der Mannschaft wurde nach Wengers Vorstellungen aufgestellt. Die restlichen Beamten, die dafür nicht benötigt wurden, durfte Wieland über den Hunsrück verteilen. Als sich die beiden den endgültigen Einsatzplan auf der Karte ansahen, wurde ihnen schmerzlich bewusst, wie dünn das Netz der Polizei war. Trotzdem war es ein enormer Aufwand – wenn man bedachte, dass sie vielleicht nur einem Hirngespinst hinterherjagten.

Manfred Güttler saß in seinem Hobbykeller und bastelte an seiner Eisenbahn herum. Nachdem er seine Jagdausrüstung zusammengepackt hatte, wollte er eigentlich nach oben gehen und noch einmal mit seinem Sohn sprechen. Doch zu seinem Ärger hörte er kurz darauf Patriks Motorrad davonknattern. Statt sich bei seinem Vater zu entschuldigen, zog er es vor, mit seinen Freunden in einer Kneipe abzuhängen.

Güttler spürte, wie seine Wut zurückkehrte. Missmutig reparierte er eine kleine Dampflokomotive, bei der die Stromabnehmer nicht mehr richtig funktionierten. Früher hatten seine Söhne und er stundenlang hier unten bei der Eisenbahn verbracht. Heute interessierte sich keiner von ihnen mehr für die Anlage. Auch Roman nicht, sein jüngerer Sohn, der zwar noch zur Schule ging, aber inzwischen auch schon ein ziemlich selbständiges Leben führte. Seit zwei Jahren gehörte er der Theatergruppe des Gymnasiums an und verbrachte fast jede freie Minute in der Theaterwerkstatt, wo er mit seinen Freunden an der Adaption von Stücken schrieb oder bei der Fertigstellung von Kulissen und anderen Theaterutensilien half. Dass er so viel Zeit mit der Theatergruppe verbrachte, war seinem Vater ein Dorn im Auge. Das hätte gerade noch gefehlt, dachte Güttler grimmig – der eine Sohn Feldwebel bei der Bundeswehr und der andere ein mittelloser Schauspieler, der von einem Provinztheater zum nächsten tingelte.

Am späten Nachmittag packte Güttler seine Ausrüstung zusammen und verstaute sie in seinem Geländewagen. Der Lada war in die Jahre gekommen, er rostete schon an einigen Stellen, und der hellgrüne Lack wirkte stumpf und abgenutzt. Doch der Motor des Russen zeigte sich unverwüstlich.

Güttler ging zurück ins Haus und suchte nach seiner Frau. Er rief nach ihr, aber niemand antwortete. Auf dem Küchentisch fand er einen handgeschriebenen Zettel: »Bin bei Elfriede – spätestens zum Abendessen wieder zurück.«

Güttler schüttelte den Kopf. Es war der Tag vor seinem Sechzigsten, und alle ließen ihn allein.

»Ich nicht. Bin auf der Jagd. Komme erst spät wieder. Warte nicht auf mich«, schrieb er unter ihre Zeilen. Es sollte sein großer Abend werden, und jetzt konnte er die Vorfreude darüber noch nicht einmal mit seiner Frau teilen, dachte er mürrisch und schüttelte den Kopf.

Auf seinem Jagdsitz angekommen, genehmigte er sich erst einmal einen Schnaps. Danach wickelte er sich eine Decke um die Füße und holte sein Fernglas aus dem Rucksack. Der Hirschbock, den er nun schon so viele Jahre in seinem Revier gehegt hatte, war ein misstrauisches altes Tier. Während andere Hirsche immer zur selben Zeit an die Tränke und den Futtertrog kamen, konnte man bei dem Sechzehnender nie sicher sein. Manchmal betrat er die kleine Lichtung schon während der Abenddämmerung, das Geweih majestätisch hochgereckt, um etwaigen Konkurrenten schon auf den ersten Blick seine überlegene Stellung zu demonstrieren, manchmal kam er erst spätabends. Immer wachsam und mit ständigen Blicken nach rechts und nach links. An manchen Abenden ließ er sich gar nicht sehen. Es war fast so, als könne er die Anwesenheit des Jägers spüren.

Aber Güttler ließ sich davon nicht abschrecken. Die letzten drei Wochen hatte er fast jeden Tag auf der Lauer gelegen. Seine Frau wurde zunehmend ungehaltener, da er kaum mehr einen Abend zu Hause verbrachte, aber er wollte den alten Hirschbock auf keinen Fall verpassen. Nicht auszudenken, wenn es mit dem Abschuss nicht vor der Geburtstagsfeier klappte!

Im Lauf seiner Beobachtungen war schließlich doch ein gewisses Muster erkennbar geworden. Der Sechzehnender tauchte bevorzugt zu drei Zeitpunkten auf: zu Beginn der

Abenddämmerung, zwischen halb zehn und halb elf oder kurz vor Mitternacht.

Es war eine sternenklare Nacht, und die Temperatur hatte angezogen. Güttler fröstelte ein wenig. Er zog die Decke enger um sich. Wenn er Pech hatte, würde es ein langer Abend werden. Das Gewehr lag griffbereit neben ihm. Er hatte es sorgfältig geladen und gesichert. Die Minuten verrannen. Langsam wurde Güttler unruhig. Der Abend war ideal. Der Mond stand hell leuchtend am Himmel und tauchte das Waldstück vor ihm in ein fahles Licht.

Gegen halb elf spürte Güttler, dass er müde wurde. Die Kälte war ihm inzwischen in alle Glieder gekrochen. Er wünschte, der alte Hirschbock möge endlich auftauchen.

Sein Kopf wurde schwer und schwerer, und immer wieder fielen ihm die Augenlider zu.

Mit einem Mal schreckte er hoch. Er hatte ein Knacken gehört – als wäre jemand auf einen alten Ast getreten. Augenblicklich war Güttler hellwach. Er spähte durch sein Fernglas und suchte die gesamte Lichtung ab – nichts. Eine Wolke zog am Himmel vorbei. Schlagartig wurde es dunkel, fast so, als hätte jemand einen Vorhang vorgezogen. Mit einem Mal hatte Güttler das Gefühl, dass er beobachtet wurde. Er hätte nicht sagen können, wieso, aber es war fast körperlich spürbar. Nervös lauschte er in die Nacht. Wieder hörte er ein Knacken im Wald. Diesmal klang es deutlich näher.

Schlagartig befiel ihn ein Gefühl des Unbehagens. Angespannt spähte er durch sein Fernglas und suchte den Waldrand ab. Wegen der plötzlichen Dunkelheit konnte er jedoch nichts erkennen. Am Tag zuvor hatte er in der Zeitung gelesen, dass die beiden kürzlich zu Tode gekommenen Jäger von ein und demselben Mann erschossen worden waren. Angeblich gab es eine Warnung der Polizei an die Jagdverbände, dass ihre Mitglieder nicht mehr nachts allein auf die Pirsch gehen sollten. Mit Güttler hatte niemand Kontakt aufgenommen. Er hätte einer entsprechenden Warnung auch wenig Beachtung geschenkt. Die beiden Anschläge hatten schließlich im Hunsrück und am Rhein stattgefunden und nicht im Taunus, wo sich Güttlers Jagdrevier befand.

Die Wolke zog vorbei, der Mond kam wieder zum Vorschein und beleuchtete die Lichtung vor ihm. Güttler schüttelte den Kopf. Die Geräusche der Nacht konnten manchmal selbst einen erfahrenen Jäger aus der Ruhe bringen. Alles Unsinn, schalt er sich selbst. Er hörte wieder etwas knacken – und auf einmal war er da! Majestätisch glänzten die spitzen Enden im fahlen Mondlicht. Mit einer schnellen Handbewegung griff Güttler nach seinem Gewehr und brachte es in Anschlag. Durch das Zielfernrohr beobachtete er jede Bewegung des kapitalen Hirschbocks. Misstrauisch wandte das erfahrene Tier den Kopf nach rechts und links. Es schnupperte in alle Richtungen, bevor es langsam auf die Futterstelle zustrebte. Als der Hirsch vor dem verführerisch duftenden Heu stand, wandte er nochmals den Kopf nach beiden Seiten.

Dann begann er zu fressen.

Güttlers Nerven waren jetzt zum Zerreißen gespannt. Langsam drückte er den Sicherungshebel seines Gewehrs nach unten. Er war so auf den anstehenden Schuss konzentriert, dass er alles um sich herum vergaß. Die Lichtung verschwamm vor seinen Augen. Er sah nur noch den Kopf des Hirsches im Fadenkreuz seines Zielfernrohrs. Langsam hob das Tier sein massiges Haupt und sah ihm direkt in die Augen. In dem Moment drückte er ab.

»Blattschuss!«, durchzuckte es ihn freudig. Er blickte über den Lauf des Gewehres hinweg auf das Tier, das vor dem Futtertrog tödlich getroffen zusammenbrach. Was für ein Schuss! Ein warmes Glücksgefühl breitete sich in seinem Körper aus.

Es war Manfred Güttlers letzte Empfindung. Die Kugel, die seine rechte Schläfe durchschlug und ihm den halben Kopf wegriss, spürte er schon nicht mehr. Sein Körper rutschte zur Seite und fiel auf den Boden des Jagdsitzes.

Er war auf der Stelle tot.

Jo schreckte aus dem Schlaf hoch und lauschte in die Nacht hinaus. Es kam ihm so vor, als habe er draußen ein Geräusch gehört. Ein eigenartiges Gefühl, dass etwas nicht in Ordnung war, beschlich ihn. Angespannt lauschte er in die Dunkelheit. Doch es war nichts zu hören. Schließlich drehte er sich um und versuchte weiterzuschlafen.

Hauptkommissar Wenger sah müde auf die Digitaluhr, die auf seinem Schreibtisch stand. Zwei Uhr morgens. Das Rot der Leuchtdioden tanzte vor seinen Augen. Er wünschte sich, er könnte endlich ins Bett gehen.

»Gibt es etwas Neues?«, fragte er Oberkommissar Wieland, der den Kontakt zum Einsatzleiter der Bereitschaftspolizei hielt.

»Die Kollegen haben inzwischen mehr als vierhundert Fahrzeuge kontrolliert. Bisher fünf alkoholisierte Fahrer, drei abgelaufene ASU-Plaketten und zweimal Verdacht auf Drogenkonsum. Das ist alles. Keine Verdächtigen, keine Scharfschützengewehre.«

»Was tut sich bei deinen Posten im Hunsrück?«

»Auch nichts.«

Wenger war klammheimlich schadenfroh. Seine Autobahnkontrollen hatten zwar nicht viel eingebracht, aber Wielands Wachposten erwiesen sich als totaler Reinfall.

Jetzt, in den frühen Morgenstunden, erschien ihm die ganze Aktion noch unsinniger als zuvor. Wie hatten sie nur glauben können, der Täter würde wieder in einer Vollmondnacht zuschlagen? Nach dem Artikel im *Rheinischen Tagblatt* müsste er ja völlig verrückt sein, es auch nur zu versuchen.

»Ich denke, wir können abbrechen«, sagte er zu seinem Stellvertreter. »Oder glaubst du, dass noch irgendwelche Jäger unterwegs sind, die wir schützen müssten?«

Wieland schüttelte den Kopf.

»Machen wir Schluss. Trotzdem war es einen Versuch wert!«

»Wenn du meinst«, sagte Wenger. »Ich seh dich dann morgen früh im Büro.«

Den letzten Seitenhieb konnte er sich nicht verkneifen. Wieland war ein ausgesprochener Morgenmuffel, der kaum je vor 9 Uhr im Büro auftauchte.

Nach der extralangen Schicht würde es ihm doppelt schwerfallen.

Kapitel 14

Trotz der Schrecksekunde gegen Mitternacht hatte Jo sehr gut geschlafen. Er wachte früh auf und schaltete das Radio ein. Gespannt wartete er auf die Morgennachrichten. Zu seiner Erleichterung gab es keine besonderen Meldungen. Am liebsten hätte er trotzdem direkt bei Klaus Sandner angerufen. Doch aus Erfahrung wusste er, dass der Journalist meist erst gegen halb zehn in der Redaktion auftauchte. Eigentlich hätte Jo sich ruhig zurücklehnen können. Schließlich hatte er alles in seiner Macht Stehende getan, um die Öffentlichkeit zu warnen. Dennoch war er seltsam angespannt. Er spürte regelrecht, dass etwas in der Luft lag.

Um sich abzulenken, beschloss er, eine Runde auf dem Fahrrad zu drehen. Als er die Fensterläden aufklappte, verhieß der Blick nach draußen allerdings nichts Gutes. Dicke Nebelschwaden hingen über dem Rheintal. Das Waidhaus schien wie von einem riesigen weißen Kissen eingehüllt. Man konnte kaum fünfzig Meter weit sehen. Widerwillig gab Jo seinen Plan auf. Bei derart schlechter Sicht mit dem Fahrrad über die kleinen Sträßchen zu kurven, wäre lebensgefährlich gewesen, denn viele Pendler rasten am frühen Morgen auch bei dichtem Nebel mit nahezu unverminderter Geschwindigkeit in Richtung Autobahn. Da konnte man als Fahrradfahrer schnell unter die Räder kommen oder auf einem Kühler landen. Stattdessen beschloss Jo, ein heißes Bad zu nehmen. Dazu war er schon ewig nicht mehr gekommen. Er drehte die Musik auf – Billy Cliff, »It's gonna be a bright sunshiny day«. Das brauchte er jetzt! Irgendwo musste er auch noch sein Quietscheentchen haben, dachte er und grinste. Er hatte es einmal für eine Freundin gekauft – in Hongkong. Aus irgendeinem unerfindlichen Grund stand sie total auf Enten. Unglücklicherweise hatte Jo vergessen, es ihr zu geben, und kurze Zeit später war die Beziehung auseinandergegangen.

So war es häufig auf dem Kreuzfahrtschiff gewesen. Die Leute kamen schnell zusammen, trennten sich aber auch schnell wieder. Offiziell waren Liebschaften unter Crew-Mitgliedern verboten, doch in der Praxis war das natürlich illusorisch. Deshalb drückten die Vorgesetzten ein Auge zu, solange es keinen Ärger gab und das Arbeitsklima nicht durch Beziehungskonflikte vergiftetet wurde. Schließlich ließ sich auch die eine oder andere Führungskraft gelegentlich auf ein Techtelmechtel ein.

Hauptkommissar Wenger blickte auf das Telefon auf seinem Schreibtisch und wartete. Obwohl er erst gegen 3 Uhr morgens ins Bett gekommen war, saß er schon wieder um 8 Uhr in seinem Büro. Er hatte der Einsatzzentrale den Auftrag gegeben, ihn über alle Vorgänge zu unterrichten, die an diesem Morgen hereinkamen. Insbesondere wollte er über jede Vermisstenanzeige informiert werden.

Gegen 9 Uhr legte ihm seine Sekretärin den Pressespiegel auf den Tisch. Er blätterte die ersten paar Seiten durch. Auf Seite drei blieb er hängen.

»Serientäter im Rheintal – hat die Polizei die Öffentlichkeit belogen?«

Der Artikel im *Mainzer Express* trieb Wenger die Zornesröte ins Gesicht. Der Autor, ein gewisser Dieter Klein, hatte in den letzten beiden Tagen mehrfach versucht, ihn zu erreichen, aber Wenger hatte sich verleugnen lassen. Nach dem Artikel im *Rheinischen Tagblatt* verspürte er wenig Neigung, die Spekulationen weiter anzuheizen. Die Quittung dafür lag nun vor ihm: »Ein skandalöser Vorgang spielt sich gegenwärtig in der Koblenzer Polizeidirektion ab. Zwei ungeklärte Morde liegen auf den Schreibtischen der Kriminalbeamten. Nach nunmehr zwei Monaten intensiver Ermittlungsarbeit gibt es immer noch keine heiße Spur. Doch nun die überraschende Wende – während die Polizei die Öffentlichkeit noch in dem Glauben lässt, es handle sich um Jagdunfälle bzw. um nicht miteinander zusammenhängende Einzelfälle, geht sie mittlerweile intern davon aus, dass sie es mit einem gefährlichen Serienkiller zu tun hat.

Nach exklusiven Recherchen des *Mainzer Express* hat die Polizei die Jägerschaft im Rheintal und im Hunsrück davor gewarnt, allein in den Wald zu gehen. Das Vorgehen der Polizei kann man nur als skandalös bezeichnen. Statt ihr Wissen sofort an die Öffentlichkeit zu geben, mauern die zuständigen Verantwortlichen und setzen die ahnungslose Bevölkerung einer großen Gefahr aus. Der Leiter der zuständigen Sonderkommission, Hauptkommissar Wenger, weigerte sich trotz zahlloser Versuche, mit dem *Mainzer Express* über den Fall zu sprechen. Dabei weiß er genau, dass der Täter jederzeit seine Vorgehensweise ändern könnte. Mögen die ersten beiden Opfer auch Jäger gewesen sein, schon morgen kann es jeden von uns treffen – Spaziergänger, Wanderer, Pilzsammler – und vielleicht sogar Kinder, die mit ihren Kameraden im Wald spielen.

Doch Sie müssen sich keine Sorgen machen. Der *Mainzer Express* hat sich des Falles angenommen und wird nicht eher ruhen, bis alle Fakten auf dem Tisch liegen. Das sind wir unseren Lesern schuldig.«

Hauptkommissar Wenger musste sich zusammenreißen, um nicht gegen seinen Schreibtisch zu treten. Was erlaubte sich dieser hergelaufene Schreiberling!

Wutentbrannt griff er zum Hörer und telefonierte mit der Pressestelle.

»Haben Sie den Artikel im *Mainzer Express* gelesen?«, fragte er Fritz Kasper, den Leiter der Öffentlichkeitsarbeit.

»Natürlich.«

»Und, was gedenken Sie dagegen zu unternehmen?«

»Ist alles durch die Meinungsfreiheit gedeckt.«

»Sie wollen diesem Schreiberling so etwas durchgehen lassen?«, schrie Wenger.

»Auch wenn es uns nicht gefällt – solange Klein keine unwahren Tatsachen behauptet, können wir gar nichts dagegen machen.«

»Ist das Ihre Arbeitsauffassung, abwarten und Tee trinken?«

»Ich habe Ihnen mehrfach geraten, wenigstens kurz mit Klein zu sprechen. Sie wollten ja nicht. Das haben wir jetzt davon.«

»Ach, jetzt bin auch noch ich schuld? Nur weil Sie die Presse nicht im Griff haben!«

Wenger knallte den Hörer auf die Gabel. Während er noch wütend auf den Apparat starrte, klingelte es. Es war die Sekretärin des Polizeipräsidenten.

»Dr. Doldinger würde Sie gerne sprechen, wenn es sich kurzfristig einrichten lässt«, flötete sie ins Telefon.

Hauptkommissar Wengers Stimmung fiel auf den Nullpunkt.

»Ich komme«, gab er knapp zurück.

Was für ein Scheißtag, dachte er und machte sich auf den Weg in den vierten Stock.

Zu seinem Erstaunen schien Dr. Doldinger aufgeräumter Stimmung zu sein. Er ließ sich von Wenger auf den neuesten Stand bringen und hörte sich in Ruhe das Ergebnis des nächtlichen Einsatzes an.

»Gibt es schon Hinweise, ob der Mann wieder zugeschlagen hat?«, wollte Doldinger wissen.

Wenger verneinte.

»Aber wir sind selbstverständlich in erhöhter Alarmbereitschaft«, fügte er hinzu. »Ich habe angeordnet, dass ich sofort über alle Vermisstenanzeigen und alle ungewöhnlichen Vorgänge informiert werde. Bisher Fehlanzeige.«

Der Polizeipräsident nickte.

»Ich habe mir die Ermittlungsakten angesehen. Ich denke, dass Sie bisher alles richtig gemacht haben. Nach dem Artikel heute müssen wir allerdings sehr vorsichtig sein. Kennen Sie diesen Dieter Klein?«

Wenger schüttelte den Kopf.

»Ist vielleicht ein Fehler. Treffen Sie sich doch mal mit dem Mann! Sie müssen ihm ja nicht viel erzählen. Manchmal hilft schon ein Gespräch. Entspannt die Atmosphäre, und der Journalist hat das Gefühl, dass wir ihn ernst nehmen.«

Wenger schluckte. Lieber hätte er sich den kleinen Finger abgeschnitten, als sich mit Klein an einen Tisch zu setzen. Trotzdem nickte er tapfer.

»Sehr schön«, sagte Doldinger zufrieden. »Sie werden

sehen, das klappt schon. Ich selbst habe mit einer aufgeschlossenen Art gegenüber Journalisten gute Erfahrungen gemacht«, erklärte er gönnerhaft.

»Eines noch«, sagte er, als Wenger sich schon erheben wollte. »Brauchen Sie mehr Leute? Ich könnte Ihnen drei zusätzliche Beamte aus der Fahndung zuteilen.«

Wenger war unschlüssig. Fast die ganze Kriminalabteilung arbeitete schon an dem Fall. Da es kaum neue Spuren gab, konnte man im Moment nicht viel zusätzlich tun. Trotzdem nickte er und bedankte sich. Er wollte nicht, dass Doldinger den Eindruck gewann, es werde nicht alles Menschenmögliche getan, um den Fall schnell aufzuklären.

»Gut. Ich werde das veranlassen. Der Fall hat allerhöchste Priorität!«, sagte der Polizeipräsident feierlich.

Als Wenger zurück zu seinem Büro ging, lief ihm Oberkommissar Wieland über den Weg. Wenger sah auf die Uhr. Es war halb zehn.

»Es gibt einen vermissten Jäger«, erklärte Wieland atemlos. »Drüben im Taunus.«

»Seit wann weißt du das?«, fragte Wenger irritiert.

»Kam gerade rein«, nuschelte sein Stellvertreter. »Ich war auf dem Weg zu dir, um dich zu informieren.«

»Seit wann wird der Mann vermisst? Ist schon eine Suche eingeleitet worden?«

Wieland zuckte mit den Schultern.

»Keine Ahnung. Bin ja gerade erst gekommen. Die Kollegen der Polizeiinspektion in Taunusstein haben die Ermittlungen übernommen.«

»Ich brauche sofort den Dienststellenleiter«, rief Wenger und stürmte in sein Büro.

Wieland schüttelte den Kopf. Zuerst war Wenger skeptisch, ob die ganze Theorie mit dem Serientäter überhaupt stimmte, und jetzt machte er auf einmal eine riesige Hektik.

Peter Schleicher, der Dienststellenleiter in Taunusstein, war ein erfahrener Beamter. Er teilte Wenger mit, die Frau des vermissten Jägers habe schon in aller Herrgottsfrühe angerufen. Sie sei völlig aufgelöst gewesen.

»Was hat sie gesagt?«, wollte der Hauptkommissar wissen.

»Nicht viel«, erwiderte Schleicher trocken. »Die meiste Zeit hat sie nur geheult. Die Frau war regelrecht hysterisch. Soweit ich es verstanden habe, hat ihr Mann einen Sechzehnender in seinem Revier, den er schon seit Wochen intensiv beobachtet. Den wollte er erlegen.«

»Seit wann wird der Mann vermisst?«, hakte Wenger nach.

»Wie gesagt, seit heute Morgen. Die Frau ist aufgewacht, aber ihr Mann lag nicht neben ihr. Das Bett war unberührt. Da ist sie nervös geworden und hat bei uns angerufen.«

»Hat sie versucht, ihn auf seinem Handy zu erreichen?«

»Der Mann hat kein Mobiltelefon. Er ist Lehrer und hält von diesem ganzen modernen Firlefanz nicht viel.«

»Firlefanz?«

»Ja, so hat sie es gesagt«, meinte Schleicher und biss in sein Frühstücksbrötchen.

»Was haben Sie bisher in der Sache unternommen?«, fragte Wenger.

»Na, nichts.«

»Nichts? Sie haben nicht sofort einen Streifenwagen losgeschickt, um den Mann zu suchen?«

»Warum sollte ich?«, erwiderte Schleicher seelenruhig. »Als Kriminaler sollten Sie am besten wissen, dass wir Personen erst nach 24 Stunden als vermisst ansehen. Vielleicht hat er seinen Sechzehnender abgeschossen und ist danach mit ein paar Jagdkameraden einen heben gegangen. Die Jungs haben einen über den Durst getrunken, und der Mann ist dort über Nacht geblieben. Wahrscheinlich taucht er in der nächsten halben Stunde verkatert bei seiner Gattin auf und hält ihr ein riesiges Hirschgeweih unter die Nase. Warum interessieren Sie sich eigentlich dafür?«

Wenger wurde wütend.

»Wir hatten zwei erschossene Jäger in den letzten beiden Monaten. Klingelt da etwas bei Ihnen?«

»Natürlich!«, antwortete Schleicher beleidigt. »Wir leben ja nicht hinter dem Mond. Soweit ich weiß, steht aber noch gar nicht fest, ob es zwischen den beiden Morden einen Zusammenhang gibt. Und falls doch – Ihre Taten haben sich im Hunsrück und am Rhein abgespielt. Glauben Sie wirklich, Ihr Jägermörder treibt sich jetzt bei uns rum? Scheint mir arg weit hergeholt.«

»Jetzt hören Sie mir mal genau zu«, fuhr Wenger den Dienststellenleiter an. »Dieser Fall hat höchste Priorität, und wir werden verdammt noch mal jeder noch so kleinen Spur nachgehen! Wenn Sie sich nicht mit Ihren Leuten den Arsch am Schreibtisch platt sitzen würden, wüssten wir vielleicht schon mehr. Sie schicken jetzt sofort einen Streifenwagen los und überprüfen, ob der vermisste Jäger noch auf seinem Jagdsitz hockt. In spätestens einer halben Stunde will ich eine Meldung von Ihnen, verstanden?«

Schleicher wollte noch etwas erwidern, aber Wenger hatte schon aufgelegt.

»Aufgeblasener Wichtigtuer!« Schleicher schüttelte den Kopf. Sein Stellvertreter sah ihn fragend an.

»Gibt es schon was Neues wegen des vermissten Jägers?«, wollte Schleicher wissen.

»Nö, du hast doch gesagt, wir warten erst mal ab, vielleicht taucht er ja wieder auf. Was ist denn los?«

»Hab gerade mit Hauptkommissar Wenger von der Kripo in Koblenz telefoniert. Der hat zwei ungeklärte Morde an Jägern auf dem Tisch, und jetzt geht ihm der Arsch auf Grundeis. Ruf mal bei Fred und Martin durch. Die sollen bei der Frau vorbeifahren und prüfen, ob der Mann wieder da ist. Wenn nicht, sollen sie sich erklären lassen, wo er seinen Jagdsitz hat, und da mal nachschauen.«

Schleicher schüttelte den Kopf. Als ob sie hier nur rumsitzen und Däumchen drehen würden. Er hatte zwei offene Stellen, und seine Kollegen schoben Überstunden ohne Ende. Außerdem musste an jeder Ecke gespart werden, nur damit die Kripo mehr Geld bekam, um teure Gentests durchzuführen und sich die neueste Ausrüstung zu kaufen. Seine Leute mussten dagegen sogar ihre Schutzwesten selbst bezahlen, wenn sie nicht ein tonnenschweres Standardmodell tragen wollten. Da musste er sich von so einem Schreibtischhengst wirklich nicht blöd anmachen lassen!

Hauptkommissar Wenger saß wie auf glühenden Kohlen. Nicht auszudenken, wenn der Täter wirklich im Taunus zugeschlagen hatte, während sie mit hundert Beamten im Hunsrück im Einsatz gewesen waren. Er bat seine Sekretärin, ihm einen Kaffee zu bringen, und ging noch einmal das Täterprofil durch, das die Fallanalytiker geschickt hatten.

Gegen 10 Uhr klingelte das Telefon.

»Der Dienststellenleiter aus Taunusstein will Sie dringend sprechen«, sagte seine Sekretärin.

»Stellen Sie durch.«

»Hier ist Schleicher.«

»Und?«, rief Wenger aufgeregt.

Der Dienststellenleiter räusperte sich. »Meine Leute haben den Mann gefunden. Er ist tot. Sieht ziemlich übel aus. Soweit ich über Funk gehört habe, hat ihm anscheinend jemand den Schädel eingeschlagen.«

»Ihre Leute sollen nichts anfassen. Ich bin unterwegs.«

Auf dem Weg nach unten in die Tiefgarage telefonierte er mit Dr. Walter und informierte ihn über den Todesfall.

»Ich will, dass Sie sofort in den Taunus fahren.«

»Taunus? Ist doch gar nicht unser Zuständigkeitsgebiet«, wandte der Gerichtsmediziner ein. »Außerdem habe ich hier zwei Obduktionen auf dem Tisch. Es kostet mich mindestens den halben Tag, wenn ich jetzt nach Hessen fahre.«

»Wir müssen wissen, ob es derselbe Täter ist. Sie sind der Einzige, der die Art der Verletzung genau kennt. Ich will, dass Sie sich den Toten ansehen.«

»Also schön«, gab Walter nach. »Aber wenn ich hinterher Beschwerden kriege, dass wir mit unseren Obduktionen nicht nachkommen, sprechen Sie mit meinem Chef.«

Wieland wartete schon unten beim Wagen.

»Und – kommt er?«

Wenger nickte und steckte sein Handy ein. Während der Fahrt blickte Wieland ein paar Mal hinüber zu seinem Chef. Wenger wirkte blass und angespannt. Ja, so ein Fall konnte an den Nerven zehren, dachte Wieland und grinste. Jetzt machte sich Wengers fehlende Erfahrung in Mordfällen bemerkbar. Moderne Ermittlungsmethoden waren das eine, aber mit kriminalistischem Gespür rechtzeitig auf die richtige Karte zu setzen, war etwas ganz anderes. Wenn sich herausstellte, dass der Tote im Taunus auf das Konto desselben Täters ging, mussten sie endgültig die Ermittlungen neu ausrichten. Und der Druck auf die Ermittlungsgruppe würde immens zunehmen. Nichts verunsicherte die Bevölkerung mehr als ein gemeingefährlicher Serientäter, der in der Gegend sein Unwesen trieb.

Es standen ihnen anstrengende Wochen bevor.

Jo legte die Füße hoch und griff nach der Zeitung. Er hatte sich ausnahmsweise den *Mainzer Express* besorgt. Nach seinen schlechten Erfahrungen mit dem Boulevardblatt hatte er sich zwar geschworen, nie wieder ein Exemplar zu kaufen. Seine Neugier hatte allerdings wieder einmal gesiegt. Aufmerksam las er sich den Artikel von Dieter Klein durch und konnte sich dabei ein boshaftes Lächeln nicht verkneifen. Nicht, dass er die Art und Weise, wie Klein die Angelegenheit darstellte, gutgeheißen hätte. Aber Wenger hatte ihn wie einen dummen Schuljungen behandelt, und es geschah ihm recht, dass er jetzt öffentlich abgewatscht wurde. Und bei aller Sensationsmache – Klein war der Einzige, der die Bevölkerung wirklich alarmiert hatte.

Zufrieden biss er in sein Croissant. Er hatte es dick mit Utes leckerer, selbstgemachter Erdbeermarmelade bestrichen. Jo fragte sich oft, wann Ute Zeit fand, Marmelade einzukochen. Schließlich arbeitete sie Vollzeit im Waidhaus, engagierte sich in der Kirchengemeinde und war ein aktives Mitglied im Karnevalsverein. Doch Jahr für Jahr versorgte sie die gesamte Mannschaft im Waidhaus mit Erdbeermarmelade, Pflaumenmarmelade und manchmal sogar mit selbstgemachtem Himbeergelee. Als er sich gerade daranmachte, sein zweites Croissant anzuknabbern, meldete sich Klaus Sandner.

»Er hat wieder zugeschlagen.«

Jos Magen krampfte sich zusammen.

»Wann?«

»Heute Nacht.«

»Wo?«

»Drüben im Taunus. Ich hab drei Leute auf den Fall angesetzt. Das wird jetzt eine ganz große Geschichte.«

»Wen hat es getroffen?«

»Wieder einen Jäger. Mehr weiß ich noch nicht. Ich wollte nur, dass du es nicht aus dem Radio erfährst. Ohne dich hätten wir unseren Artikel wahrscheinlich gar nicht gebracht.«

»Ja ... hat nur nichts geholfen«, antwortete Jo niedergeschlagen.

Für einen Moment schwiegen beide.

»Wir haben alles Menschenmögliche getan«, sagte Sandner. »Wir können uns ja nicht selbst im Wald auf die Lauer legen. Das ist Aufgabe der Polizei.«

»Ich weiß nicht«, meinte Jo. »Vielleicht hätte man die Öffentlichkeit breit informieren müssen – übers Radio und übers Fernsehen.«

»Auf so einer dünnen Faktenbasis?«

»Wo genau ist der Mann erschossen worden?«

»Warum willst du das wissen?«

»Nur so.«

»Lass die Finger von der Sache«, riet Sandner ihm. »Du hast dich schon mehr mit dem Fall beschäftigt, als dir guttut. Die Polizei wird ihre Ermittlungen bestimmt nochmals deutlich ausweiten. Was willst du denn da als Einzelner ausrichten?«

»Bitte, Klaus, sag mir wo.«

»Also schön«, gab Sandner nach. Er legte den Hörer beiseite. Jo konnte ein Murmeln im Hintergrund vernehmen. Dann war Sandner wieder am Apparat.

»In einem kleinen Waldstück in der Nähe von Taunusstein. Du musst durch den Ort durch und bis Wingsbach fahren. Hinter Wingsbach kommt nach ein bis zwei Kilometern ein kleiner Waldweg rechts rein. Bis zum Tatort ist es von dort aus nur noch ein Katzensprung. Wenn du überhaupt so weit kommst. Bestimmt hat die Polizei das Gebiet großräumig abgesperrt.«

Jo bedankte sich. Er ging in seine kleine Küche hinüber und goss den Tee weg. Das Croissant wickelte er in Frischhaltefolie und legte es in den Kühlschrank. Er wusste, dass es jetzt besser für ihn wäre, wenn er sich auf sein Fahrrad schwingen und so lange radeln würde, bis er völlig ausgepumpt war. Aber das konnte er nicht. Es war wie ein innerer Zwang.

Er brühte sich einen frischen Tee auf und füllte ihn in eine Thermosflasche. Zusammen mit einer Wolldecke und einem Fernglas packte er sie in seinen Rucksack. Im Wohnzimmer suchte er seinen Straßenatlas heraus und sah nach, wie er am besten zu dem kleinen Waldstück gelangte, das Sandner ihm beschrieben hatte. Danach rief er bei Pedro an und informierte ihn, dass er später kommen werde und sie mit den Vorbereitungen fürs Mittagessen ohne ihn anfangen sollten.

Als er in der Nähe des Wäldchens ankam, musste er feststellen, dass am Straßenrand schon eine ganze Reihe von Fahrzeugen geparkt war. Ein Polizist in Uniform winkte ihm aufgeregt zu, er solle weiterfahren. Überall liefen Schaulustige herum.

Jo fuhr ein paar hundert Meter weiter und stellte den Volvo am Straßenrand ab. Er folgte einem jungen Paar, das in zwei identische rote Windjacken gekleidet war, in den Wald. Nach einigen Minuten stießen sie auf einen schmalen Pfad, der sie geradewegs zu einer Polizeisperre führte. Die Beamten hatten das Areal weiträumig mit weiß-rotem Plastikband abgesperrt.

Weiter vorne standen ein Krankenwagen und ein dunkler, länglicher Kombi – der Leichenwagen. Außerdem konnte man die Blaulichter von mindestens einem halben Dutzend Polizeifahrzeugen ausmachen. Den Jagdsitz selbst konnte man von Jos Position aus nicht sehen. Es war neblig und kalt, und mit einem Mal fragte sich Jo, was er hier überhaupt suchte.

Hauptkommissar Wenger stand mit seinem Kollegen von der Mordkommission aus Wiesbaden zusammen. Offiziell fiel die Tat in deren Zuständigkeit, aber Hauptkommissar Pleister, der Leiter des Kommissariats, und Wenger waren sich schnell einig geworden: Vorbehaltlich der Zustimmung ihrer beiden Vorgesetzten sollte die Federführung in dem Fall bei den Kollegen in Koblenz liegen. Schließlich arbeiteten sie schon seit zwei Monaten an dem Fall. Gespannt warteten die beiden auf das Urteil des Gerichtsmediziners. Dr. Walter war eine halbe Stunde nach Wenger am Tatort eingetroffen und sah sich oben auf dem Hochsitz den Toten an. Währenddessen durchkämmten bereits mehrere Hundertschaften der Bereitschaftspolizei jeden Zentimeter in der Umgebung. Zusätzlich waren zwei Hundestaffeln im Einsatz.

»Und?«, fragte Wenger, als Dr. Walter auf sie zutrat.

»Eindeutig. Man kann mit bloßem Auge zwei Splitter des Geschosses erkennen. Es ist der gleiche Typ von Kugel, der auch in den anderen beiden Fällen verwendet wurde.«

Pleister schüttelte den Kopf.

»Üble Sache«, sagte er zu Wenger gewandt. »Tötet er wirklich jedes Mal genau am Tag des Vollmonds?«

Wenger nickte.

»Der Kerl muss völlig durchgeknallt sein. Ich bin jetzt seit zwanzig Jahren dabei und habe schon einige Verrückte vor mir sitzen gehabt. Aber dass jemand nach dem Kalender mordet, ist mir noch nicht untergekommen.«

»Vielleicht ist es eine Art Werwolf, der nur herauskommt, wenn der Vollmond ruft«, sagte Wieland und grinste.

Wenger warf ihm einen giftigen Blick zu. Pleister lachte.

»Gut, dass wir die Hundestaffel angefordert haben. Die Fährte eines Werwolfs sollte leicht zu finden sein.«

Wenger fand das Ganze gar nicht lustig. Er hatte schon die Schlagzeilen des nächsten Tages vor Augen.

»Hat der Tote wirklich noch den Hirsch erlegt?«, wechselte er das Thema.

Pleister war mit seinen Leuten schon eine Stunde vor Wenger eingetroffen und hatte die Ermittlungen am Tatort übernommen.

»Davon gehen wir aus. Güttler muss einen Schuss aus seinem Gewehr abgegeben haben. Jedenfalls fehlt im Magazin eine Kugel. Endgültige Klarheit haben wir allerdings erst, wenn die Kugel aus dem Kopf des Tieres in der Schussanalyse mit dem Gewehr des Opfers abgeglichen worden ist.«

»Der Täter hat also abgewartet, bis Güttler den Sechzehnender getötet hat, bevor er auf ihn geschossen hat?«

»So sieht es aus«, bestätigte Pleister.

»Gibt es schon etwas von den Ballistikern?«, wollte Wenger wissen. Er hatte die Spezialisten des Landeskriminalamtes mit ihren großen schwarzen Koffern bemerkt.

»Leider nicht. Wegen des verdammten Nebels funktionieren die Laser nicht richtig. Wenn wir Pech haben, dauert es noch Tage, bis wir klare Sicht bekommen.«

Wenger fluchte.

»Wie sieht es mit sonstigen Spuren aus?«

»Bisher nichts. Auf zwei Waldwegen in der Nähe haben wir Reifenspuren gefunden. Dem Anschein nach Motorradspuren, allerdings von zwei verschiedenen Maschinen. Die Spurensicherung kümmert sich bereits darum.«

»Am ersten Tatort haben wir ebenfalls Spuren von Motorradreifen gefunden. Wir sollten so schnell wie möglich einen Abgleich vornehmen«, sagte Wenger.

»Gute Idee. Allerdings fahren hier alle möglichen Spinner mit ihren Motorrädern und Quads herum. Es wäre wie ein Sechser im Lotto, wenn wir da eine Übereinstimmung finden würden.«

Wenger nickte. Trotzdem mussten sie jeder noch so kleinen Spur nachgehen. Wie hatten die Fallanalytiker so schön in ihrem Bericht geschrieben: Es besteht die Gefahr, dass der Mann immer weiter mordet.

Jo Weidinger war inzwischen wieder im Waidhaus angelangt. Den Abstecher nach Hessen hätte er sich sparen können. Von der Absperrung aus hatte er nicht einmal den Tatort vernünftig gesehen. Zumindest hatte er sich jedoch ein Bild von der Gegend machen können. Es gab mehrere Straßen, die zu dem Waldstück führten. Der Täter konnte sowohl über die A3 als auch über die A66 angefahren sein. Wieso hatte er sich gerade diese Ecke ausgesucht? Fuhr er planlos durch die Gegend und suchte nach Hochsitzen, die regelmäßig genutzt wurden und die er ausspähen konnte? Und warum lag der Tatort diesmal weiter entfernt? Hatte er im Taunus zugeschlagen, weil er damit rechnete, dass die Jäger im Hunsrück und am Rhein vorsichtiger sein würden?

Wenigstens konnte er nun nicht mehr im gleichen Rhythmus weitermorden. Denn in der nächsten Vollmondnacht würde er wohl kaum mehr einen Jäger im Wald antreffen, dafür würde Dieter Klein schon sorgen! Außerdem stürzten sich nun bestimmt auch die überregionalen Medien auf den Fall. Ein Scharfschütze, der kaltblütig aus dem Hinterhalt mordete, der Gruseleffekt der Vollmondnacht und die Tatsache, dass ein unbekannter Serienkiller da draußen auf sein nächstes Opfer lauerte, waren ein gefundenes Fressen für die Journalisten.

Jo fröstelte. Die neblige Kälte war durch alle seine Kleidungsstücke gekrochen, und der heiße Tee hatte nur kurzfristig dagegen geholfen. Hoffentlich bekam er keine Erkältung, dachte er. Zum Glück war es in der Küche schön warm. Es kam nicht oft vor, dass Jo zu spät kam. Um die verlorene Zeit aufzuholen, stürzte sich der junge Küchenchef voller Elan in die Arbeit.

Als er spät am Abend hinauf in seine Wohnung ging, fröstelte er wieder. Er drehte die Heizung auf und setzte sich mit einer Wolldecke vor die Flimmerkiste. Normalerweise sah er nicht viel fern, aber er wollte sich noch ein wenig ablenken, bevor er ins Bett ging. Der neuerliche Mord hatte ihn mehr aus dem Gleichgewicht gebracht, als er gedacht hätte. Lustlos zappte er zwischen den Kanälen hin und her.

Schließlich blieb er bei einem alten Western hängen. John Wayne und Robert Mitchum, in einer Paraderolle als versoffener Sheriff, räumten in ihrer Stadt mit einigen üblen Burschen auf. Das war genau das Richtige: klare Frontlinien und am Ende siegten die Guten!

Kapitel 15

Am nächsten Morgen fuhr Jo hinüber nach St. Goar. Über Nacht hatte es aufgeklart, und der Mond glänzte hell am Morgenhimmel. Es würde ein herrlicher Tag werden – kalt, aber dafür mit einer traumhaften Fernsicht über die Hänge. Auf dem Rhein herrschte trotz der frühen Stunde schon reger Verkehr. Jo liebte es, den Schiffen zuzusehen. Sie schienen ganz sanft über das Wasser zu gleiten, aber wenn man mit dem Fahrrad am Flussufer neben ihnen herfuhr, merkte man, wie schnell sie tatsächlich waren.

Am Kiosk kaufte er zwei überregionale Zeitungen und den *Mainzer Express*. Zwei Sündenfälle hintereinander, dachte er säuerlich. Wenn er nicht aufpasste, wurde er noch zum treuesten Leser von Dieter Klein.

Zurück im Waidhaus, las er sich zuerst die Artikel in den überregionalen Blättern durch. Die eine Zeitung schrieb, dass es einen dritten Mord gegeben habe und die Polizei sich inzwischen ernsthaft mit der Möglichkeit auseinandersetze, es könnte sich um einen Serientäter handeln. Das andere Blatt hob hervor, dass der Täter bisher jedes Mal bei Vollmond zugeschlagen habe. Jo hatte gehofft, dass die überregionalen Zeitungen dem Fall mehr Aufmerksamkeit schenken würden. Schließlich war nicht ausgeschlossen, dass der Täter beim nächsten Mal in einer ganz anderen Gegend zuschlug. Je mehr Menschen darüber lasen, umso besser.

Beim *Mainzer Express* konnte dagegen von mangelnder Aufmerksamkeit keine Rede sein. Das Boulevardblatt brachte die Geschichte auf der Titelseite. Sie war mit einem unscharfen Foto illustriert, das einen Jägersitz zeigte, um den zahllose Polizisten und andere Helfer herumstanden. Anscheinend hatte Klein es wieder einmal geschafft, sich an der Polizeiabsperrung vorbeizumogeln.

»Irrer Mondschein-Killer schlägt wieder zu! Brutaler Mord im Taunus«, lautete die Schlagzeile. Darunter folgte ein reißerischer Artikel: »Am späten Donnerstagabend hat der unheimliche Mondschein-Killer wieder zugeschlagen! Das Opfer, der beliebte Lehrer Manfred G., saß nichtsahnend auf seinem Jägersitz und beobachtete das Wild in seinem Revier. Völlig aus dem Nichts trifft ihn eine Kugel. Das Geschoss reißt dem Opfer den halben Schädel weg. Der erfahrene Jäger hat keine Chance – tödlich getroffen sinkt er zu Boden.

Doch das Schreckliche ist: Es handelt sich nicht um den ersten Mord des unheimlichen Killers. Schon zweimal hat der Unbekannte zugeschlagen – vor zwei Monaten in der Nähe von Oberwesel am Rhein, bei einer Treibjagd, an der sechzig Waidmänner teilnahmen. Das Opfer damals: Claudio R., ein Diskothekenbesitzer aus der Nähe von Köln. Der zweite Mord – exakt vier Wochen später in der Nähe von Bingen am Rhein. Diesmal fällt dem Täter ein erfolgreicher Automanager zum Opfer: Jürgen S., der eine Frau und zwei kleine Kinder hinterlässt. Doch das Verrückteste an der ganzen Mordserie – der Täter schlägt immer bei Vollmond zu!

Was treibt diesen brutalen Mörder hinaus in die Dunkelheit? Und wieso hat die Polizei die Öffentlichkeit nicht ausreichend gewarnt? Hätte der Mord an Manfred G. verhindert werden können?

Fragen, auf die unsere Polizei rasch eine Antwort geben muss. Denn eines steht fest – der Countdown bis zur nächsten Vollmondnacht läuft. Der *Mainzer Express* rät allen Bürgern, die Wälder vorerst zu meiden und alles Verdächtige sofort der Polizei zu melden.«

Jo schüttelte den Kopf. Widerlich, wie Klein den Fall ausschlachtete. Eines musste man ihm allerdings zugutehalten. Drastischer konnte man vor der Gefahr nicht warnen.

Nach dem reißerischen Artikel im *Mainzer Express* las sich die Berichterstattung im *Rheinischen Tagblatt* angenehm sachlich. Klaus Sandner und seine Kollegen hatten der Mordserie eine ganze Seite gewidmet – allerdings ohne Bilder. Der Stil war nüchtern und dennoch informativ. Detailliert wurden die Tatorte und die Vorgehensweise des Täters beschrieben. Dazu gab es einen kleinen Kasten zum Phänomen des Serienmörders und einige spektakuläre Fälle aus der Vergangenheit.

Damit wurde die Mordserie in die richtige Perspektive gerückt. Es handelte sich um einen gefährlichen Täter, der vermutlich wieder zuschlagen würde, aber zu Panik bestand kein Anlass.

Hauptkommissar Wenger war mit der Berichterstattung weniger zufrieden. Ihm wäre es am liebsten gewesen, er hätte weiter eine strikte Nachrichtensperre verhängen können. Doch daran war nicht zu denken. In der Pressestelle klingelte das Telefon unentwegt, und Fritz Kasper drängte darauf, endlich eine große Pressekonferenz abzuhalten. Speziell der Artikel im *Mainzer Express* hatte in der Bevölkerung für große Unruhe gesorgt. Wenger war dem Rat seines Vorgesetzten gefolgt und hatte mit Dieter Klein telefoniert – offenbar mit einigem Erfolg. Zumindest hatte Klein sich diesmal mit Kritik an der Arbeit der Polizei zurückgehalten.

Die Ermittlungen liefen inzwischen auf Hochtouren. Polizeipräsident Doldinger hatte der Ermittlungsgruppe drei weitere Beamte zugeteilt. Dazu arbeitete Karl Pleister mit seiner gesamten Mannschaft an dem Fall. Wenger und sein Wiesbadener Kollege waren übereingekommen, sich die Ermittlungen an den Tatorten aufzuteilen. Pleister kümmerte sich um den Fall bei Wingsbach, Wenger konzentrierte sich mit seinen Leuten auf die beiden anderen Morde. Neue Erkenntnisse sollten auf täglicher Basis ausgetauscht werden.

Entscheidende Bedeutung kam der Mitarbeit der Bevölkerung zu. Daher sperrte sich Wenger auch nicht mehr gegen eine Pressekonferenz. Obwohl er von Zeugenbeobachtungen generell nicht sehr viel hielt – sie waren im besten Falle ungenau und vage, häufig aber auch schlichtweg falsch –, kam Wenger diesmal nicht um einen öffentlichen Aufruf herum. Irgendjemandem musste der Täter beim Auskundschaften der Tatorte doch aufgefallen sein!

Auch Jo ließ der Fall nicht los. Nach dem Mittagessen setzte er sich an seinen Computer und surfte im Internet. Er suchte nach zusätzlichen Informationen über Serienmörder und ihre Vorgehensweise. Irgendeinen Anhaltspunkt, wie man dem Täter auf die Spur kommen konnte, musste es doch geben!

Bei seiner Recherche stieß er auf den Internetauftritt von Tatjana Meyer. Die Schweizer Kriminalpsychologin präsentierte sich mit einer umfangreichen Seite im Netz, samt großem Foto von sich selbst, Hinweisen zu ihren Büchern und mit Informationen über spektakuläre Fälle, bei deren Aufklärung sie mitgearbeitet hatte. In der Rubrik »Termine« fand Jo die Ankündigung eines Vortrags. Am kommenden Montag trat Tatjana Meyer im Rahmen einer Vorlesungsreihe zum Thema Kriminalpsychologie in Köln auf. Jo war sofort Feuer und Flamme. Den Vortrag musste er sich unbedingt anhören! Vielleicht ergab sich sogar die Möglichkeit zu einem Gespräch mit der Kriminalpsychologin. Während er noch darüber nachdachte, wie er es am besten bewerkstelligen konnte, kam ihm eine Idee.

Klaus Sandner saß an seinem Schreibtisch und las sich den Artikel eines jungen Kollegen durch. Die halbe Redaktion war ausgeschwärmt, um weitere Details zu der Mordserie zusammenzutragen. Im Nachhinein war Sandner froh, dass er dem Drängen von Jo Weidinger nachgegeben und den Artikel trotz des Widerstands der Polizei veröffentlicht hatte. Dr. Stein, der Verleger des *Rheinischen Tagblatts*, hatte es sich nicht nehmen lassen, ihm persönlich zu gratulieren. Früher war die Herausgabe einer regionalen Zeitung wie eine Lizenz zum Gelddrucken gewesen. Doch die lukrative Nische kam immer mehr unter Druck. Neue Gratiszeitungen, die sich ausschließlich über Werbung und bezahlte Beiträge finanzierten, wuchsen zu Wettbewerbern heran. Gleichzeitig sorgte das Internet für zusätzlichen wirtschaftlichen Druck. Umso wichtiger war es für die Zeitung, ihre angestammten Abonnenten bei der Stange zu halten. Das ging nur über ein gutes, selbst recherchiertes Informationsangebot aus der Region. So zynisch es klang, eine Mordserie war eine erstklassige Gelegenheit, sich durch fundierte Hintergrundberichte von der Billigkonkurrenz aus dem Internet und den Anzeigenblättern abzuheben. Vielleicht ließ sich damit sogar der eine oder andere neue Abonnent gewinnen. Das Telefon klingelte. Seine Sekretärin teilte ihm mit, dass ein gewisser Jo Weidinger ihn sprechen wolle. Sandner seufzte.

»Was gibt's? Ich hab nicht viel Zeit«, sagte er.

»Dann mache ich es kurz«, antwortete Jo. »Ich hätte eine Idee für eine gute Geschichte in eurer Zeitung. Warum macht ihr kein Interview mit Tatjana Meyer? Sie ist eine der besten Kriminalpsychologinnen in Europa.«

»Hm, hört sich interessant an. Wie kommst du gerade auf die?«, fragte Sandner neugierig.

»Sie tritt am Montag in einer Woche bei einer Veranstaltung in Köln auf. Vielleicht hat sie davor oder danach Zeit, euch ein Interview zu geben.«

»Klasse Idee!«, rief Sandner anerkennend. »Vielen Dank für den Hinweis. Im Übrigen lautet meine Antwort allerdings nein.«

»Bitte?«, fragte Jo irritiert.

»Ist doch bestimmt deine nächste Frage – ob ich dich mitnehme, wenn es mit dem Interview klappt.«

»Was du immer gleich denkst«, meinte Jo lahm. »Aber weil wir gerade darüber reden – was spricht dagegen, mich mitzunehmen? Immerhin war es meine Idee. Ich bin ganz brav und trage sogar deine Tasche, wenn du möchtest.«

Sandner seufzte.

»Weißt du eigentlich, was du da von mir verlangst? Wenn mein Chefredakteur erfährt, dass ich dich laufend mit Informationen versorge, reißt er mir den Kopf ab. Ich kann dich nicht auch noch zu offiziellen Interviews unserer Zeitung mitnehmen!«

»Bekommt doch keiner mit«, wandte Jo ein.

»So geht es nicht, Jo. Wir sind eine Zeitung und kein ausgelagerter Schreibtisch deiner Hobbydetektei.«

»Bitte, Klaus. Du würdest mir einen Riesengefallen tun. Außerdem habe ich euch auch schon einige Male geholfen.«

Sandner schüttelte resigniert den Kopf.

»Ich denk drüber nach. Wir müssen überhaupt erst mal sehen, ob die gute Frau mit uns sprechen will.«

»Das klappt bestimmt!«, rief Jo zuversichtlich.

Anfang der Woche folgte die lang erwartete Pressekonferenz der Polizei. Der Medienauflauf war gewaltig. Gleich mehrere Fernsehsender rückten mit Reportern und Kamerateams an. Der regionale Sender berichtete sogar live vom Ort des Geschehens. Die Pressekonferenz fand um 14 Uhr statt, so dass Jo sie im Fernsehen mitverfolgen konnte. Wenger kam mit einigen Minuten Verspätung. Der Hauptkommissar versuchte sich kühl und überlegen zu geben, doch er konnte seine Nervosität nicht verbergen. Er schilderte kurz das Vorgehen des Täters: ein gezielter Schuss, aus großer Entfernung, ohne direkten Kontakt zum Opfer. Danach beschrieb er ausführlich die Tatorte. Ein jüngerer Kollege zeigte jeweils eine Karte, auf der markante Punkte eingezeichnet waren: der Tatort selbst, aber auch die Autobahnen, die in der Nähe verliefen, und die Straßen, die unmittelbar zum Ort des Geschehens führten.

»Wir gehen davon aus, dass der Täter über genaue Ortskenntnisse verfügt«, führte Wenger aus. »Diese könnten zum einen daher rühren, dass er in der Nähe der Tatorte gewohnt hat oder noch wohnt, beziehungsweise, dass er in der Nähe der Tatorte gearbeitet hat oder noch arbeitet. Vermutlich hat der Täter seine späteren Opfer intensiv beobachtet. Vielleicht ist er dabei jemandem aufgefallen.«

Wenger richtete seinen Blick direkt in die Kamera.

»Wenn Sie sich in den Wochen vor den Mordanschlägen in den fraglichen Waldgebieten aufgehalten haben und Ihnen dabei etwas aufgefallen ist, wenden Sie sich bitte umgehend an die Kriminalpolizei in Koblenz oder jede andere Polizeidienststelle. Bitte geben Sie diese Aufforderung auch in Ihrem Freundes- und Bekanntenkreis weiter. Insbesondere Personen, die sich häufig im Wald aufhalten, könnten uns mit sachdienlichen Hinweisen helfen. Dazu gehören sowohl Menschen, die beruflich im Wald tätig sind, wie Waldarbeiter, Forstbeamte oder Landwirte, aber auch Personen, die einem entsprechenden Hobby nachgehen – Jäger, Wanderer oder Pilzsammler. Jeder noch so kleine Hinweis kann sich als entscheidend herausstellen. Scheuen Sie sich also nicht, auf uns zuzukommen. Für sachdienliche Hinweise, die zur Festnahme des Täters führen, ist in diesem Fall eine besonders hohe Belohnung von insgesamt 10 000 Euro ausgesetzt.«

Hauptkommissar Wenger machte Anstalten, die Pressekonferenz zu beenden, was allerdings zu einem Sturm der Entrüstung unter den anwesenden Journalisten führte. Widerwillig nahm er wieder Platz und erklärte sich bereit, noch einige Fragen zu beantworten. Unglücklicherweise blieb die Kamera immer auf Wenger gerichtet, so dass Jo nicht sehen konnte, von wem die jeweilige Frage kam.

»Gibt es schon ein konkretes Profil des Täters?«, wollte ein Journalist wissen.

Wenger schüttelte den Kopf.

»Der Mann hat bisher praktisch keine Spuren an den Tatorten hinterlassen. Es gibt natürlich eine Reihe von Anhaltspunkten, denen wir nachgehen, aber ein Täterprofil wollen wir zum gegenwärtigen Zeitpunkt nicht veröffentlichen.«

»Die Polizei ist aber sicher, dass es sich um einen männlichen Täter handelt?«, fragte eine Journalistin.

»Die Erfahrungen der Vergangenheit legen diesen Schluss nahe. Anschläge mit Schusswaffen werden fast ausschließlich von Männern begangen.«

»Wird der Täter wieder morden?«, rief jemand von hinten.

Wenger stutzte kurz.

»Darauf gibt es gegenwärtig keine konkreten Hinweise, wir können es aber auch nicht mit Sicherheit ausschließen.«

»Was hat es mit dem Vollmond auf sich? Wieso mordet er immer gerade zu diesem Termin?«, fragte ein anderer Journalist.

»Diesbezüglich gibt es noch keine abschließende Einschätzung. Es wäre jedoch falsch anzunehmen, dass der Täter im gleichen Rhythmus weitermordet und nur in Vollmondnächten Gefahr besteht. Er könnte durchaus einige Tage davor oder danach zuschlagen. Es besteht auch die Möglichkeit, dass er abtaucht und es mehrere Monate ruhig bleibt. Die zeitliche Abfolge ist zwar auffällig, es könnte sich dabei aber auch um einen reinen Zufall handeln.«

»Wird es wieder einen Jäger treffen?«

»Bisher hatte er es ausschließlich auf Jäger abgesehen. Es besteht jedoch durchaus die Möglichkeit, dass er sein Anschlagsmuster verändern könnte.«

Ein älterer Mann, der neben Wenger Platz genommen hatte, schaltete sich in das Gespräch ein.

»Wir müssen langsam zum Ende kommen. Bitte noch zwei Fragen. Hauptkommissar Wenger muss gleich zu einem Termin.«

Wieder gab es heftige Proteste. Mehrere Journalisten riefen durcheinander. Schließlich übertönte ein Reporter seine Kollegen. »Wenn ich Sie recht verstehe, kann es also jeden treffen. Was tut die Polizei, um die Bevölkerung zu schützen?«

»Zu Panik besteht kein Anlass«, erwiderte Wenger. »Die Polizei hat eine Reihe von Vorsichtsmaßnahmen getroffen.«

»Welcher Art sind diese Maßnahmen?«, hakte der Journalist nach.

»Darüber können wir aus ermittlungstaktischen Gründen keine Angaben machen«, antwortete der Hauptkommissar. Er warf dem älteren Mann neben sich einen kurzen Blick zu.

»Vielen Dank für Ihr Kommen«, sagte dieser. »Bitte haben Sie Verständnis dafür, wenn wir an dieser Stelle abbrechen müssen.«

Wieder hagelte es Proteste. Wenger war schon aufgestanden und bahnte sich den Weg in Richtung Ausgang. Dabei wurde er von zahlreichen Journalisten bedrängt.

In dem Moment schaltete der Sender zurück ins Studio. Ein Moderator fasste noch einmal die wichtigsten Aussagen zusammen und erneuerte den Aufruf an die Bevölkerung, sich mit Hinweisen an die Polizei zu wenden.

Jo schaltete den Apparat aus. Er hatte sich mehr von der Pressekonferenz erwartet. Die Frage, die ihn am meisten beschäftigte, war, ob die Polizei wirklich nicht mehr wusste. Wieso erwähnte sie die Dumdum-Geschosse nicht, die der Täter verwendete? Das war doch ein wichtiger Hinweis!

Am Donnerstag meldete sich Klaus Sandner.

»Und? Klappt es?«, fragte Jo gespannt.

»Ja. Frau Meyer hat sich bereit erklärt, mir im Anschluss an ihren Vortrag ein kurzes Interview zu geben.«

»Super!«, rief der junge Küchenchef begeistert. »Wann wollen wir uns treffen?«

»Nicht so schnell«, wandte Sandner ein. »Ich habe nicht gesagt, dass ich dich mitnehme.«

»Was?«, fragte Jo pikiert. »Es war meine Idee!«

Sandner zögerte.

»Also schön«, gab er nach. »Du musst mir allerdings zwei Dinge versprechen: Erstens: kein Wort zu irgendjemand darüber. Und zweitens: Du hörst bei dem Interview nur zu. Du stellst keine Fragen. Ist das klar?«

»Ja, schon gut«, brummte Jo.

Am Wochenende nutzte Jo jede freie Minute, um noch einmal seine Recherchen zum Thema Serienmörder durchzugehen. Er surfte intensiv im Internet und überarbeitete sein Täterprofil. Am Montagvormittag schrieb er sich eine Liste mit Fragen auf. Natürlich nicht, um sie in dem Interview zu stellen. Das hatte er Klaus Sandner ja versprochen. Aber vielleicht ergab sich vor oder nach dem Vortrag eine Gelegenheit, separat mit der Kriminalpsychologin zu sprechen. Da es für Sandner ein großer Umweg gewesen wäre, Jo im Waidhaus abzuholen, hatten sie vereinbart, mit Jos Volvo zu fahren. Pünktlich um 12 Uhr wartete Jo vor dem Verlagsgebäude.

Sandner verspätete sich um einige Minuten. Er machte einen gehetzten Eindruck, als er sich in den Sitz neben Jo fallen ließ.

»Stress?«

Der Journalist nickte, während er in ein Wurstbrötchen biss, das er sich in der Kantine geholt hatte. »Eigentlich habe ich gar keine Zeit für das Interview«, nuschelte er zur Erklärung zwischen zwei Bissen. »Ich komme ja nicht einmal zum Mittagessen. Ein Automatenbrötchen, das ist alles, wozu es reicht.«

Jo schüttelte missbilligend den Kopf.

Sandner bemerkte seinen Blick und musste lachen. »Guck nicht so böse. Automatenbrötchen hört sich schlimmer an, als es ist. Die holen die Brötchen frisch vom Bäcker und belegen sie direkt in der Kantine. Die sind wirklich ganz okay, bekommst du beim Metzger auch nicht besser.«

»Trotzdem solltest du dir wenigstens eine halbe Stunde Zeit für das Mittagessen nehmen. Da reicht ein leichter Business Lunch, ein paar Nudeln mit frischen Tomaten und ein wenig Basilikum. Kann man sich in null Komma nix selbst zubereiten. Ihr habt doch bestimmt eine kleine Küche bei euch im Verlag. Auf Dauer ist es nicht gesund für den Magen, wenn man nur zwischen Tür und Angel etwas in sich hineinstopft.«

»Du hörst dich schon an wie meine Frau«, gab Sandner zurück und grinste. »Mach dir mal um meinen Magen keine Sorgen. Der hält eine Menge aus.«

»Ich meine es ja nur gut mit dir«, sagte Jo mit beleidigtem Unterton.

»Ja, Papa. Ab morgen esse ich ganz gesund.«

Jo musste lachen. Geschah ihm recht. Er sollte einem erwachsenen Mann keine Vorträge halten. Aber gesunde Ernährung war nun einmal eines seiner Lieblingsthemen. Er wunderte sich immer wieder, wie viele Menschen fast nur noch mit Fertigprodukten kochten. Die waren entgegen der allgemeinen Einschätzung gar nicht so billig. Und sie warm zu machen, dauerte fast genauso lange, wie wenn man sich ein paar Nudeln mit etwas Gemüse kochte. Außerdem schmeckten sie widerlich nach künstlichen Aromen und Geschmacksverstärkern.

Der Vortrag von Tatjana Meyer begann erst um 15 Uhr, so dass ihnen ausreichend Zeit blieb. Bis sie sich allerdings durch Köln gekämpft und einen Parkplatz gefunden hatten, waren schnell zweieinhalb Stunden vergangen. Sandner kramte in seinen Unterlagen nach der Raumnummer im Universitätsgebäude. Obwohl es in der Nähe des Eingangs eine Übersichtstafel gab, verliefen sie sich. Eine hübsche Studentin erklärte sich schließlich bereit, sie zu dem Saal zu bringen.

»Studierst du auch Psychologie?«, fragte sie Jo mit kokettem Augenaufschlag.

Dieser fühlte sich geschmeichelt. Er wurde oft ein paar Jahre jünger geschätzt.

»Nee«, warf Sandner ein und grinste, »mein Freund kennt sich allenfalls ein wenig mit Küchenpsychologie aus.«

Die Studentin stutzte und lachte dann.

»Ich heiße Franziska«, sagte sie zu Jo und strahlte ihn an.

»Du willst Psychologin werden?«, fragte dieser, um seine Verlegenheit zu überspielen.

»Ja«, erwiderte sie fröhlich.

»Dann hörst du dir bestimmt auch den Vortrag von Tatjana Meyer an.«

»Nö«, meinte sie. »Kriminalpsychologie ist mir zu gruselig. Ich spezialisiere mich auf Kinderpsychologie.«

»Voilà«, rief Franziska. »Da wären wir. Ich komme nicht mit rein. Aber vielleicht seid ihr ja später noch in der Cafeteria? Ich bin da gegen fünf mit zwei Freundinnen verabredet. Vielleicht habt ihr auch Lust auf einen Kaffee oder Tee?«

Sie sah Jo erwartungsvoll an.

»Ja, vielleicht«, entgegnete dieser. »Vielen Dank, dass du uns hergebracht hast.«

»Hab ich gern gemacht«, flötete sie und zwinkerte Jo zu, bevor sie um die Ecke verschwand.

Der Saal fasste rund zweihundert Personen und war schon fast voll. Mit viel Glück ergatterten sie zwei leere Plätze in der ersten Reihe. Fast wie in der Schule, dachte Jo. Vorne will niemand sitzen.

Einige Minuten später betrat ein älterer, untersetzter Herr den Raum, und hinter ihm folgte Tatjana Meyer. Jo erkannte sie sofort wieder, denn sie sah genauso aus wie auf dem Bild auf ihrer Internetseite. Sie trug ein dunkelgraues Kostüm und eine hellblaue Bluse. Für eine Frau war sie ungewöhnlich groß, und ihre dunklen Haare hatte sie streng nach hinten gekämmt und zusammengebunden. Jo schätzte sie auf Mitte fünfzig.

Der untersetzte Herr, offensichtlich der Dekan der Fakultät, stellte sie als eine der führenden europäischen Expertinnen vor, die mit ihrer Arbeit bahnbrechende Forschungsergebnisse auf dem Gebiet der Forensischen Psychiatrie geliefert habe.

Meyer trat ans Pult und warf einen Blick in die Runde. An ihrem ganzen Habitus konnte man erkennen, wie sehr sie von sich eingenommen war. Zur Einführung erzählte sie, wie sie einmal einen überführten Mörder in einem Schweizer Hochsicherheitsgefängnis besucht habe, der sechs Frauen vergewaltigt und getötet hatte. »Ich stand damals noch ganz am Anfang meiner Karriere«, erläuterte sie. »Es war sozusagen eine ›Ehre‹ für mich, dass der Mann überhaupt mit mir sprach. Ich komme also in die Zelle, habe meinen Fragenkatalog und meinen Stift bereit und setze mich ihm gegenüber. Ich habe sofort gespürt, dass er mich betrachtet wie ein Stück Schlachtvieh. Ständig starrte er mich mit seinen stechenden Augen an. Dabei wanderte sein Blick immer wieder hinunter zu meinem Hals. Wie sie sich vorstellen können, habe ich mich extrem unwohl gefühlt. Trotzdem habe ich mit dem Interview weitergemacht. Sie müssen sich eines bewusst machen. Wenn Sie als forensische Psychologen arbeiten wollen, haben Sie es mit den gefährlichsten Verbrechern zu tun. Wenn Sie sich da kein dickes Fell zulegen, können Sie in dem Beruf nicht überleben.«

Mit weit ausschweifenden Gesten reihte Meyer eine Geschichte an die andere. Dazu warf sie immer wieder Dias an die Wand. Eines zeigte einen Pferdetorso, den ein späterer Mörder fachgerecht ausgeweidet hatte. Angewidert wandte Jo den Blick ab. Schon folgten die nächsten Geschichten. Besonders ein Fall schien es Meyer angetan zu haben. Ein Münzhändler, der sein Geschäft in der Züricher Altstadt betrieb, wurde im Esszimmer seiner Wohnung, die sich über dem Laden befand, in einem Meer von Blumen aufgefunden – fachgerecht zerteilt und in fünf Pakete verschnürt. Lediglich das Herz des Mannes fehlte. Vermutlich hatte es der Täter aufgegessen. Fast genüsslich gab Tatjana Meyer die Details zum Besten.

Doch das Schlimmste kam noch. Ohne Vorwarnung zeigte sie das Bild einer Familie, die von einem Psychopathen grausam abgeschlachtet worden war. Der Täter hatte die Opfer im Schlaf überfallen und wie besessen auf sie eingestochen. Überall war Blut, auf dem Boden, auf den Laken, sogar die Wand war über und über bespritzt.

Als Jo das Bild sah, wurde er schlagartig blass. Er spürte

eine Beklemmung, die ihm den Atem raubte. Das Bedürfnis aufzuspringen und wegzulaufen wurde übermächtig. Gleichzeitig war er wie gelähmt und konnte den Blick nicht abwenden. Schließlich gelang es ihm doch. Er sah hinüber zu dem Pult, an dem die Kriminalpsychologin stand. Jo bemerkte, dass sie ihn direkt ansah.

Sofort wandte er seinen Blick ab.

»Geht es dir nicht gut?«, flüsterte Sandner besorgt. »Willst du an die frische Luft?«

Jo schüttelte den Kopf. Langsam kehrte wieder Farbe in sein Gesicht zurück. Dem restlichen Vortrag folgte er nur noch oberflächlich. Dabei atmete er tief ein und aus.

Nach dem Vortrag trat Sandner auf Tatjana Meyer zu und stellte sich vor. Der Dekan führte sie zu einem kleinen Büro, das die Universität Meyer für das Interview zur Verfügung stellte. Sandner stellte Jo als Volontär vor.

»Wie hat Ihnen denn mein Vortrag gefallen?«, fragte Tatjana Meyer und sah die beiden beifallheischend an.

»Sehr interessant«, sagte Sandner. »Vielleicht etwas zu blutrünstig.«

Die Kriminalpsychologin lächelte triumphierend.

»Den Vorwurf höre ich oft«, sagte sie selbstgefällig, »aber das ist der Kern des Problems: Um einen Mörder zu fangen, müssen Sie ihn verstehen. Und um ihn zu verstehen, müssen Sie sich mit seinen Taten beschäftigen. Diese Taten sind nun einmal blutig. Wenn Sie davor angewidert die Augen schließen, können Sie sich nicht in seine Welt hineinversetzen.«

Sie machte eine Pause und warf ihnen einen herausfordernden Blick zu. »Jeder Student, der schon bei den Bildern ein flaues Gefühl bekommt, ist für den Beruf des Kriminalpsychologen nicht geeignet. Besser, er findet das während meines Vortrags heraus, und nicht erst, wenn er an seinem ersten Tatort steht.«

Sandner nickte.

»Können Sie unseren Lesern beschreiben, wie Sie bei der Tatortanalyse vorgehen?«

»Nein«, erwiderte Meyer rundheraus. »Ich kann Ihnen gerne erzählen, was ich mache. Aber ich werde Ihnen nicht erklären, wie ich es mache. Das darf ich gar nicht. Schließlich wollen wir den Tätern keine Hinweise geben, worauf wir achten.«

»Gut. Wie sind Sie eigentlich Kriminalpsychologin geworden?«

»Ich habe Psychologie an den Universitäten in Zürich und Boston studiert. Danach habe ich als klinische Psychologin an einem kleinen Krankenhaus im Kanton Uri gearbeitet. Dort hatte ich viel mit Vergewaltigungsopfern zu tun. Schlimme Sache. Die Frauen waren schwer traumatisiert. Ich habe darüber nachgedacht, wie man derartige Taten verhindern kann, und habe begonnen, mich mit den Tätern und ihren Motiven zu befassen. Ich belegte nebenher Kurse über Kriminalpsychologie und wechselte nach einer Weile zur Kantonspolizei nach Basel. Die Schweizer Polizei schickte mich in die USA, wo ich Gelegenheit hatte, die Methoden der Spezialeinheiten des FBI zu studieren. Tja, anscheinend habe ich meine Arbeit nicht schlecht gemacht. Jedenfalls wurde ich zunehmend zu spektakulären Mordserien hinzugezogen. Zuerst nur in der Schweiz, später auch im angrenzenden europäischen Ausland.«

Das Gespräch plätscherte dahin, und Jo fand, dass Sandner der Kriminalpsychologin viel zu viel Raum zur Selbstdarstellung ließ. Schließlich hielt er es nicht mehr aus und platzte dazwischen. »Wie stehen Sie eigentlich zu Vorwürfen, dass der amerikanische Ermittlungsansatz methodisch veraltet ist?« Jo sah die Kriminalpsychologin herausfordernd an.

»Mein Mitarbeiter hat es nicht so gemeint«, versuchte Sandner zu beschwichtigen.

Meyer tat seinen Einwand mit einer Handbewegung ab. »Lassen Sie nur. Die Frage Ihres jungen Kollegen ist berechtigt.« Sie musterte Jo aufmerksam. »Sie mögen mich nicht«, stellte sie fest.

Jo hielt ihrem Blick stand.

Tatjana Meyer lächelte zufrieden. »Um auf Ihre Frage einzugehen: Ja, ich bin eine Anhängerin des amerikanischen Ermittlungsansatzes. Mein Kollege und Freund, Doug Cramer, hat die Behavioral Science Unit des FBI in den siebziger Jahren aufgebaut. Zu einer Zeit, als die Einbeziehung verhaltenspsychologischer Fragen in der Polizeiarbeit noch ein absolutes Novum darstellte. Das Crime Classification Manual, welches das FBI auf Basis zahlreicher Fallanalysen entwickelt hat, ist einzigartig auf der Welt. 112 FBI-Beamte haben an der Erstellung mitgewirkt. Mag sein, dass es seine Schwächen hat. Aber es ist immer noch das beste Instrument, das uns für diese Art von Verbrechen zur Verfügung steht.«

»Ist es nicht Kaffeesatzleserei, wenn man glaubt, aus der Art der Tatausführung auf den Typ und die Farbe des Autos zu schließen, das der Täter fährt?«

Meyer zuckte mit den Schultern. »Ich teile nicht alle Überlegungen meiner amerikanischen Kollegen. Alle Elemente, die in ein Profil einfließen, basieren jedoch auf konkreten Erfahrungswerten. Ich gebe den Kritikern insoweit recht, dass man die Erfahrungen aus Amerika nicht eins zu eins auf Europa übertragen darf. Deswegen habe ich bei meiner Methode auch sehr viel stärker individuelle Tatmerkmale miteinbezogen. Im Vordergrund stehen die Einzelheiten, und es ist die Aufgabe des Polizeipsychologen, sie zu einem Gesamtbild zusammenzuführen.«

»Wenn Sie uns schon nicht erläutern können, wie Sie im Einzelnen vorgehen, vielleicht können Sie uns wenigstens anhand eines Beispiels zeigen, zu welchen Schlussfolgerungen Sie kommen. Betrachten wir es als ein Spiel.«

»Was schwebt Ihnen dabei vor, junger Mann?«

»Vielleicht haben Sie schon davon gehört: Gegenwärtig treibt ein Serienmörder in Deutschland sein Unwesen. Er hat schon drei Menschen erschossen.«

»Selbstverständlich«, sagte Meyer herablassend. »Allerdings kenne ich keine Details«, fügte sie schnell hinzu. »Man hat mich diesbezüglich nicht angesprochen. Die deutsche Polizei hat ihre eigenen Profiler und greift nicht auf ausländische Experten zurück.«

»Umso besser, dann können Sie sich ja frei äußern«, erwiderte Jo. »Obwohl Sie uns vermutlich sowieso nicht viel sagen können. Es gibt in dem Fall praktisch keinerlei Spuren.«

Die Kriminalpsychologin lächelte abschätzig. »Auch bei wenigen Spuren kann ein erfahrener Profiler Rückschlüsse ziehen«, belehrte sie Jo.

»Ich möchte aber nicht, dass das in Ihrem Artikel erscheint«, sagte sie zu Klaus Sandner gewandt. Dieser nickte zustimmend. Was sollte er auch anderes machen?

»Am besten erzählen Sie mir erst einmal, was Sie über den Fall wissen«, forderte Meyer Jo auf.

Punkt für Punkt breitete dieser alles vor der Kriminalpsychologin aus, was er über die drei Morde in Erfahrung gebracht hatte. Meyer lehnte sich auf ihrem Stuhl zurück, schloss die Augen und hörte zu. Ab und zu stellte sie eine Frage, wenn ihr etwas unklar erschien. Als Jo fertig war, saß Meyer weiter schweigend da. Schließlich öffnete sie die Augen und sah Jo an. »Ist das alles?«

Jo nickte.

»Wirklich nicht sehr viel. Ich hoffe, dass die Polizei mehr als Sie herausgefunden hat, denn sonst dürfte es sehr schwer werden, den Täter zu fassen. Allerdings teile ich Ihre Einschätzung nicht, dass es keine Spuren gibt. Es gibt sogar eine ganze Reihe davon. Diese sind nur nicht so offensichtlich, dass sie einem ins Auge springen. Ich denke, dass die deutschen Kollegen eine Fülle von Punkten haben, an denen sie ansetzen können.«

Klaus Sandner und Jo sahen Meyer erwartungsvoll an. Diese genoss sichtlich die Aufmerksamkeit.

»Wenn Sie in meinem Vortrag aufgepasst haben, wissen Sie, wie Sie vorgehen müssen. Am Anfang steht immer die Frage, wie der Mann mordet. Dadurch können wir sehr viel über ihn lernen. Er tötet aus sehr großer Entfernung. Das sagt uns zweierlei: Er verfügt über außergewöhnliche Fähigkeiten als Schütze. Und er scheut sich, seinen Opfern Auge in Auge gegenüberzutreten. Er verbringt viele Stunden in seinem Versteck, und doch hinterlässt er keinerlei Spuren: keine Patronenhülsen, keinen Kaugummi, keine Zigarettenkippen. Das lässt darauf schließen, dass Ihr Mann sehr diszipliniert ist, vielleicht sogar pedantisch. Er bereitet sich akribisch vor, kontrolliert jeden Schritt zweimal. Sein Verhalten scheint mir schon fast zwanghaft.

Zwei der Tatorte liegen eng beieinander. Der dritte ist weiter entfernt. Das könnte darauf hindeuten, dass er zu den ersten beiden Orten eine persönliche Verbindung hat. Vielleicht hat er dort gewohnt, vielleicht hat er in der Nähe gearbeitet. Den dritten Tatort hat er bewusst in einiger Entfernung gewählt. Er vermutete, dass die Polizei das ursprüngliche Gebiet überwachen würde, und ist in eine andere Region ausgewichen. Das spricht für Intelligenz und Planung.«

»Warum erschießt er nur Jäger?«, fragte Jo in eine kleine Denkpause der Psychologin hinein.

»Ein interessanter Aspekt: die Wahl der Opfer. Es kann sein, dass er generell einen Hass auf Uniformträger hat.«

»Uniformträger?«, fragte Jo ungläubig. »Die Jäger waren doch alle Zivilsten!«

»Vordergründig ja, aber die grüne Tracht ist auch so etwas wie eine Uniform. Alle drei Toten waren bewaffnet, als sie erschossen wurden. Das scheint im Ritual des Täters eine wichtige Rolle zu spielen. Anscheinend gibt es ihm ein Gefühl von Macht und Überlegenheit, wenn er auf Personen schießt, die sich zumindest theoretisch verteidigen könnten. Es kann aber auch eine ganz andere Erklärung geben. Vielleicht verbindet den Täter eine negative Erfahrung mit einem Jäger. Möglicherweise ein Missbrauch in der Kindheit? Denkbar wäre auch eine Form von Zurückweisung. Der Mann könnte davon besessen sein, den Jagdschein zu erwerben, ist aber schon mehrfach durch die Jägerprüfung gefallen – verbunden mit Hohn und Spott durch seine Jagdkameraden. Auf jeden Fall ist er ein Mensch, der sehr viel Wut und Hass mit sich herumträgt. Dieser Hass sucht ein Ventil.«

»Wieso mordet er nur bei Vollmond?«

»Ebenfalls ein hochgradig interessanter Aspekt. Die Nacht des Vollmonds hat die Menschen schon immer stark fasziniert. Viele können bei Vollmond nicht gut schlafen. In alten germanischen Sagen heißt es, die wilde Jagd sei an hellen Vollmondnächten durch die Wälder gezogen.«

Meyer machte eine kleine Pause. »Wussten Sie, dass sich das englische Wort für verrückt, ›lunatic‹, von ›luna‹, dem lateinischen Wort für die Göttin des Mondes, ableitet? Der Täter sieht sich vermutlich als einsamen Jäger, als gefährliches Raubtier, das nachts herauskommt und erbarmungslos zuschlägt«, fuhr Meyer fort. »Dass er sich jedes Mal auf den Tag genau daran hält, spricht für ein hohes Maß an psychischer Störung. Oder für einen extrem zwanghaften Charakter. Wahrscheinlich beides.«

Meyer wirkte sehr nachdenklich. »Ein interessanter Fall. Jedenfalls ist mir in meiner bisherigen Laufbahn noch kein Täter untergekommen, der sich so akribisch an einen Zeitplan hält.«

»Was würden Sie tun, wenn Sie den Täter fangen wollten und nur begrenzte Ressourcen zur Verfügung hätten?«

»Jede Polizeiermittlung muss Prioritäten setzen. Auch bei den größten Mordfällen stehen nicht unbegrenzte Personalkapazitäten zur Verfügung.«

Die oberlehrerhafte Art der Frau ging Jo mehr und mehr auf die Nerven.

»Wenn ich jedoch – im übertragenen Sinne – nur einen Schuss frei hätte, würde ich mich beim Militär und bei der Polizei umsehen.«

»Bei der Polizei?«, fragte Klaus Sandner verblüfft.

»Sie würden sich wundern, wie oft Polizeibeamte oder

gescheiterte Anwärter für den Polizeidienst in Verbrechen verwickelt sind. In diesem konkreten Fall würde ich mich allerdings auf das Militär konzentrieren – ein Militärangehöriger, das wäre mein Tipp, entweder ein ehemaliger oder sogar ein noch aktiver Soldat.«

»Wieso?« Die Frage von Jo kam wie aus der Pistole geschossen.

»Es sind die Einzelteile.«

Jo sah die Psychologin verständnislos an.

»Ziehen Sie einen Strich unter die Summe der Einzelteile«, sagte sie. »Der Täter ist ein ausgezeichneter Schütze. Das spricht für eine militärische Ausbildung. Nur dort wird auf so große Entfernungen geschossen. Der Mann geht sehr diszipliniert vor und plant strategisch. Auch das lernt man in der Armee. Außerdem muss er Zugang zu Waffen haben. Es ist in Deutschland generell nicht einfach, an eine Waffe zu kommen. Aber ein Scharfschützengewehr? Das können Sie nicht einmal mit einem Waffenschein erwerben!

Außerdem scheint er einen Hass auf Uniformen zu haben. Auch den könnte er sich während seiner Armeezeit angeeignet haben.«

»Warum tötet er dann nicht gleich Militärangehörige?«

»Tarnung und Täuschung. Vergessen Sie nicht, unser Täter ist hochintelligent. Würde er nur Soldaten töten, würden sich die Ermittlungen sehr schnell auf das Militär fokussieren. So sucht die Polizei in einer ganz anderen Richtung.«

Klaus Sandner blickte auf die Uhr und räusperte sich.

»Es wird Zeit. Ich hoffe, wir haben Ihre Geduld nicht übermäßig strapaziert«, sagte er zu Meyer gewandt.

»Keineswegs. Das Gespräch war auch für mich sehr anregend«, meinte die Kriminalpsychologin gönnerhaft. »Den Text schicken Sie mir dann ja noch zur Freigabe zu, ja?«

»Natürlich.«

»Wir hatten eine klare Vereinbarung«, rief Sandner aufgebracht, als sie zusammen zum Wagen zurückmarschierten. »Es war das letzte Mal, dass ich dich zu einem meiner Interviews mitgenommen hab.«

»Tut mir leid«, gab sich Jo kleinlaut, »ich dachte, du wärst mit deinen Fragen durch.«

»Das musst du schon mir überlassen!«

Sandner warf ihm einen grimmigen Blick zu.

»Was bezweckst du eigentlich damit? Glaubst du wirklich, du kannst den Mörder alleine fangen? Die Polizei arbeitet mit fast achtzig Leuten an dem Fall! Denen stehen alle Informationen und der gesamte Polizeiapparat zur Verfügung. Was willst du denn da als Einzelkämpfer ausrichten?«

»Ich kann doch nicht einfach dasitzen und nichts tun!«, verteidigte sich Jo. »Du hast es in der Pressekonferenz der Polizei selbst gehört: Er wird wahrscheinlich wieder morden.«

»Das ist aber nicht dein Problem. Mensch, Jo, das ist kein Spiel! Der Mann ist hochgefährlich! Selbst wenn du ihn finden würdest – willst du dich in Lebensgefahr bringen? Manchmal habe ich wirklich das Gefühl, dass du davon besessen bist.«

Die gesamte Rückfahrt über schwiegen sich die beiden Freunde an.

»Komm doch mit deiner Frau mal wieder im Waidhaus vorbei. Ich lade euch ein«, schlug Jo vor.

»In den nächsten drei Wochen habe ich viel um die Ohren. Da sind die Wochenenden schon ziemlich dicht«, sagte Sandner und lachte, als er Jos enttäuschtes Gesicht sah.

»Keine Angst, wir lassen uns dein Angebot schon nicht entgehen. Wenn du mich damit allerdings für den ganzen Ärger entschädigen willst, musst du schon etwas ganz Besonderes für uns zaubern.«

»Du wirst staunen«, versprach Jo und grinste.

Auf dem Weg zurück ins Waidhaus ließ er sich das Gespräch mit Tatjana Meyer noch einmal in Ruhe durch den Kopf gehen. Er hatte das unbestimmte Gefühl, dass die Kriminalpsychologin etwas gesagt hatte, was wichtig war. Doch so sehr er sich auch den Kopf zermarterte, es wollte ihm nicht einfallen.

Zu Hause angekommen, verglich er die Einschätzung von Meyer mit seinem eigenen Täterprofil. Einige Aspekte stimmten überein, es gab aber auch einen großen Unterschied. Die Kriminalpsychologin schien davon überzeugt zu sein, dass der Täter im militärischen Umfeld zu finden war. Jo neigte dagegen zu der Annahme, dass der Täter aus einem ganz spezifischen Grund nur Jäger ermordete. Die These der Psychologin, die grüne Jägerkleidung sei mit einer Uniform vergleichbar, hielt er für nicht stichhaltig.

Meyers zweite Überlegung, der Täter könne aufgrund einer negativen persönlichen Erfahrung einen Hass auf Jäger entwickelt haben, erschien ihm wesentlich plausibler. Eine durch einen Missbrauch in der Kindheit ausgelöste Fixierung, die dann den unwiderstehlichen Wunsch erzeugte, selbst Jäger zu werden. Denn wenn der Missbrauch von einem Jäger ausgegangen war, assoziierte der Täter mit der Rolle des Jägers vielleicht eine Position der Macht, der Überlegenheit, die er sich selbst aneignen wollte. Je mehr Jo über diese Hypothese nachdachte, umso schlüssiger erschien sie ihm. Der Mann war aus seiner Kindheit traumatisiert, vielleicht durch einen überstrengen Vater, vielleicht durch einen körperlichen oder seelischen Missbrauch. Das führte zu einem unterentwickelten Selbstbewusstsein und zog eine Zwangsneurose nach sich. Diese führte wiederum zu weiteren Zurückweisungen, auch von anderen Menschen. Der Täter entwickelte sich dadurch immer stärker zu einem Einzelgänger und zog sich in eine selbstgeschaffene Fantasiewelt zurück. Eine Welt, in der er der Überlegene war und Macht über andere ausübte. Und war nicht der Jäger, zumindest bei Tieren, der Inhaber der ultimativen Macht, nämlich der Herr über Leben und Tod? Wenn er nun so einen tötete, potenzierte sich seine eigene Überlegenheit um ein Vielfaches.

Natürlich war Jo bewusst, dass er mit derartigen Annahmen auch völlig danebenliegen konnte. Doch solche Gedanken schob er beiseite. Er wollte endlich etwas unternehmen! Was hatte Meyer zum Thema Jäger gesagt? Der Mann könnte mehrfach durch die Jägerprüfung gefallen sein. Da wollte Jo ansetzen.

Obwohl er mit seinen Schlussfolgerungen recht zufrieden war, wurde er das Gefühl nicht los, dass er etwas übersehen hatte. Ratlos blickte er auf seine Unterlagen. Noch einmal ging er alles Punkt für Punkt durch – ohne Erfolg. Etwas frustriert schob er seine Notizen beiseite. Besser, wenn er sich erst einmal um sein Abendessen kümmerte.

Kapitel 16

Der öffentliche Aufruf, den die Polizei bei ihrer Pressekonferenz gestartet hatte, erwies sich als Segen und Fluch zugleich. Auf einmal erschienen den Menschen harmloseste Beobachtungen als verdächtig, und innerhalb kürzester Zeit gingen Hunderte von Meldungen ein. Hinter jedem der zahllosen Hinweise konnte sich die entscheidende Spur verbergen, die zum Täter führte. Die Ermittler mussten daher jeden noch so kleinen Hinweis überprüfen. Gleichzeitig ging die Arbeit der Fallanalytiker weiter. Inzwischen arbeitete ein ganzes Team des Landeskriminalamts an dem Fall.

Eine Spur, die intensiv verfolgt wurde, war die Ausbildung des Schützen. Es bestand unter den Ermittlern kein Zweifel darüber, dass der Täter eine Ausbildung als Scharfschütze durchlaufen haben musste, entweder beim Militär oder bei der Polizei.

Hunderte von Personen mussten überprüft werden. Die Fallanalytiker gaben bestimmte Kriterien vor, nach denen die Suche priorisiert wurde. Das Altersraster war in der ersten Runde auf 22 bis 35 Jahre festgelegt worden. Alle Scharfschützen, die sich in den letzten beiden Monaten bei einem der zahlreichen Auslandseinsätze der Bundeswehr befunden hatten, schieden automatisch aus. Bei den verbleibenden Personen wurde insbesondere auf Verhaltensauffälligkeiten geachtet: Vorstrafen, Disziplinarmaßnahmen oder auch nur einfache Verkehrsverstöße, alles wurde erfasst und nach einem Punktesystem gerastert. Ein besonderes Augenmerk richteten die Fahnder auf Scharfschützen, die einen Jagdschein besaßen oder sich um einen beworben hatten. Trotz der Einschränkungen standen am Ende immer noch rund 150 Personen auf der Liste, die einzeln befragt werden mussten. Jedes Alibi musste überprüft werden. Acht Beamte der Ermittlungsgruppe kümmerten sich nur darum.

Der zweite wichtige Ermittlungsstrang waren die Tatortbeobachtungen. Jedem Hinweis, jeder Auffälligkeit wurde nachgegangen. Auch mit dieser Aufgabe befasste sich gleich eine ganze Schar von Beamten. Trotzdem ging es wegen der Flut der Anrufe nur langsam voran.

Als äußerst kompliziert erwies sich die Suche nach der Herkunft der Waffe. Die Lieferanten für die gängigsten Scharfschützengewehre mussten ausfindig gemacht und überprüft werden: Welche und wie viele Gewehre waren nach Deutschland geliefert worden und natürlich vor allem, an wen. Da der Großteil der Hersteller im Ausland saß, mussten die Ermittlungsbehörden in den jeweiligen Ländern eingeschaltet werden, was die Nachforschungen zusätzlich erschwerte.

Wenger setzte wenig Hoffnung auf diesen Ermittlungsstrang. Es war nicht anzunehmen, dass der Täter die Waffe auf legalem Wege erworben hatte.

Die Möglichkeit, dass der Schütze sich eines Scharfschützengewehrs der Bundeswehr bediente, konnte inzwischen ausgeschlossen werden. Die Bundeswehr setzte erst seit wenigen Jahren wieder ein richtiges Scharfschützengewehr ein, das G22. Das davor in den Scharfschützeneinheiten übliche, leistungsgesteigerte G3 verfügte nicht über die nötige Reichweite. Man konnte damit maximal auf eine Entfernung von 500 Metern sichere Treffer erzielen. Von den G22-Gewehren waren jedoch nur 120 Stück angeschafft worden. Keines dieser Gewehre war verloren gegangen oder entwendet worden.

Die Möglichkeit, dass ein aktiver Soldat eines dieser Gewehre aus der Kaserne schmuggelte, einen Mord damit beging und es anschließend wieder zurückbrachte, konnte man praktisch ausschließen. Wenger hatte sich selbst in einer der Waffenkammern der Bundeswehr ein Bild über die Sicherheitsmaßnahmen gemacht. Jede Waffenkammer war mit einer Alarmanlage versehen, die direkt mit der Wache verbunden war. Bei der Ausgabe der Waffen musste jeder Soldat ein Kärtchen abgeben, das an die Stelle der Waffe gehängt wurde. Nach jedem Einsatz wurde die Waffe wieder abgegeben. Fehlte ein Gewehr, konnte man anhand der Waffenkarte sofort feststellen, an welchen Soldaten es ausgehändigt worden war.

Im Waidhaus ging es ebenfalls hoch her. Einige von Jos Stammlieferanten brachten der Reihe nach ihre Waren, und der junge Küchenchef musste jede Menge zusätzlicher Verwaltungsarbeit erledigen: Lieferscheine ausfüllen, Wareneingänge überprüfen, Bestände kontrollieren. Erst am Freitag blieb ihm ein wenig Luft, sich wieder mit »seinem« Fall zu beschäftigen. Er rief bei Rudolf Kern an, um ihn zu fragen, wann der nächste Jägerstammtisch stattfinden sollte, um rechtzeitig einen Tisch zu reservieren. Die letzte Runde war nämlich ausgefallen, da Dr. Enkmann und Helmut Becker beruflich verhindert waren und ausgerechnet der Apotheker

Haller mit einer Erkältung im Bett lag. Sie redeten noch ein wenig über verschiedene Themen und kamen schließlich auf die drei Mordfälle zu sprechen.

»Ich kenne eine ganze Reihe von Jagdkameraden, die überhaupt nicht mehr auf die Pirsch gehen«, erzählte Kern und schüttelte den Kopf. »Wenn das so weitergeht, muss ich mir was einfallen lassen. Wir sind mitten in der Jagdsaison! Die Jagdpächter müssen ihre Abschussquoten erfüllen! Wenn die Leute nicht mehr rausgehen und den Wildbestand in ihrem Revier auf einem ökologisch sinnvollen Niveau halten, gerät das Gleichgewicht aus den Fugen«, erklärte der Förster besorgt. »Dann bekommen wir bei den jungen Schösslingen zu viel Verbiss, und die Waldbauern beschweren sich. Als ich in meinem Revier angefangen habe, gab es einige Jagdpächter, die ihre Abschussquoten nicht erfüllt haben, weil sie einen großen Bestand an Hirschen und Wildschweinen haben wollten. Schließlich musste ich Fremdjäger holen, die nach meinen Weisungen Abschüsse vorgenommen haben. Das gab damals viel böses Blut und hat mir eine Reihe von bitteren Feindschaften eingetragen. Darauf würde ich gerne verzichten. Hoffentlich schnappt die Polizei den Kerl bald!«

»Was denken denn die Jäger, wer der Täter sein könnte?«

Kern zuckte mit den Schultern.

»Es gibt natürlich viel Gerede, aber so recht kann sich keiner einen Reim darauf machen.«

»Glaubst du, der Täter könnte selbst Jäger sein?«, fragte Jo neugierig.

Kern lachte.

»Von unseren Jägern? Hier aus der Gegend? Das halte ich für absolut ausgeschlossen! Ich kenne die meisten Männer persönlich, das sind aufrechte, bodenständige Menschen. Bestimmt ist es jemand aus der Stadt. Da laufen doch jede Menge Verrückter herum. Hier auf dem Land gibt es so etwas nicht«, meinte der Revierförster im Brustton der Überzeugung.

»Bist du eigentlich auch bei Jagdprüfungen aktiv?«, wechselte Jo das Thema.

»Selbstverständlich«, erwiderte Kern.

»Kommt es oft vor, dass jemand durchfällt?«, wollte Jo wissen.

»Ja, natürlich. Die Jagdprüfung ist ziemlich schwierig. Man muss nicht nur die Praxis beherrschen, wir fragen auch ziemlich viel Theorie ab. Und natürlich die ganze Waffenkunde. Als Jäger musst du praktisch das Waffengesetz auswendig können.«

»Ist schon jemand mehrfach durchgefallen?«

»Kommt vor. Allerdings nicht sehr häufig. Aber warum willst du denn das alles wissen?«

»Ach, nur so. Kennst du jemanden in der Gegend, der schon mehrfach durchgefallen ist?«

»Ja, aber darüber darf ich nicht sprechen – Dienstgeheimnis.«

Um das Misstrauen des Försters nicht weiter zu wecken, wechselte Jo schnell das Thema. Trotzdem brannte ihm die Frage auf den Nägeln. Krampfhaft überlegte er, wen er aus dem Kreis der Jäger am besten fragen könnte. Schließlich entschied er sich für Wilhelm Stützle. Ein guter Vorwand für das Telefonat fiel ihm auch ein. Jo wollte schon seit längerer Zeit die Regenrinnen am Waidhaus verzinken lassen. Er hatte darüber schon einmal mit Stützle gesprochen, aber wie so oft bei Reparaturvorhaben war die Sache liegengeblieben. Er griff zum Hörer. Zu seiner Enttäuschung erfuhr er von Stützles Frau, dass der Spenglermeister den ganzen Freitag auf einer Baustelle zugange sein würde. Jo hinterließ eine Bitte um Rückruf und nutzte die freie Zeit bis zum Abendessen zum Nachdenken.

Das unbestimmte Gefühl, in dem Gespräch mit Tatjana Meyer etwas übersehen zu haben, beschäftigte ihn immer noch. Punkt für Punkt ging er noch einmal seine Notizen durch. Doch es war wie verhext – es wollte ihm einfach nicht einfallen.

Am Samstagmorgen meldete sich Wilhelm Stützle zurück. Jo schilderte ihm sein Anliegen und bat Stützle, ihm einen Kostenvoranschlag zukommen zu lassen. Der Spenglermeister versprach, sich das Haus bei nächster Gelegenheit gründlich anzusehen und ihm eine konkrete Kostenabschätzung zu schicken. Nachdem sie das Geschäftliche geregelt hatten, schwatzten sie noch ein wenig über dieses und jenes. Stützle war wie immer gut aufgelegt und in redseliger Laune. Er erzählte von seiner Baustelle und was alleine am gestrigen Tag wieder alles schiefgegangen sei. Über die Politik und das Wetter kamen sie schließlich auf die Jagd zu sprechen.

»Also das mit diesem Geisteskranken ist schon ein starkes Stück! Knallt da einfach einen Jäger nach dem anderen ab!«, sagte Stützle kopfschüttelnd. »Man mag ja selber kaum noch in den Wald gehen! Du solltest mal meine Frau hören! Sonst ist sie froh, wenn sie mal ihre Ruhe vor mir hat, aber jetzt will sie mich gar nicht mehr hinauslassen. Die bekommt schon einen Anfall, wenn ich nur meine Bundhose anziehe!«, rief Stützle mit gespielter Verzweiflung.

Jo musste lachen.

»Glaubst du, dass der Täter selbst ein Jäger ist?«

»Einer von uns? Ausgeschlossen! Aber mir würden schon ein paar Gestalten einfallen, die dafür in Frage kämen. Bei einer Jagd in der Nähe von Bacharach ist mal ein Verrückter aufgetaucht, der das Wild von uns wegtreiben wollte. Das war, glaube ich, so eine Art Tierschützer. Ein paar von unseren Treibern wollten den Mann wegscheuchen, da ist er auf einmal ausfällig geworden. Meine Güte, er hat gezetert und uns beschimpft, so etwas stellst du dir nicht vor. Am Schluss hat er sogar geschrien, dass die Jäger alle einzeln abgeschossen gehörten, da sei es um keinen Einzigen schade.«

»Weißt du, wer dieser Mann ist?«, fragte Jo aufgeregt.

»Nein. Ich glaube nicht, dass er aus der Gegend stammt. Diese komischen Umweltschützer gibt es doch nur in der Stadt! Die haben keine Ahnung von den Tieren, wollen aber überall mitreden.«

»Wie sah der Kerl denn aus?«, wollte Jo wissen.

»Ziemlich ungepflegt, würde ich sagen. Lange, dunkle Haare und ein Dreitagebart.«

»Wie alt?«

»Du stellst Fragen! Vielleicht so im mittleren Alter. So genau kann ich mich aber auch nicht mehr erinnern. Ist ja schon mehr als zwei Jahre her. Frag doch mal den Kern, der war damals dabei. Der hat bei so etwas ein besseres Gedächtnis als ich.«

»Noch etwas ganz anderes«, wechselte Jo das Thema. »Ist es eigentlich schwer, den Jagdschein zu machen?«

»Wieso, willst du auch auf die Jagd gehen?«, fragte Stützle neugierig.

»Nein«, erklärte Jo schnell. »Ein Freund von mir spielt mit dem Gedanken.«

»Ach so. Also bei mir ist die Prüfung schon fast dreißig Jahre her. Damals war es ziemlich einfach. In den letzten Jahren haben sie die Anforderungen allerdings ganz schön nach oben geschraubt.«

»Fallen da viele durch?«

»Tja, kommt schon vor.«

»Kennst du jemanden, der es nicht geschafft hat?«

»Ja, natürlich. Sogar etliche.«

»Auch jemand, der es schon mehrfach versucht hat?«

»Klar. Der Sohn vom Erwin Vogel in Engehöll zum Beispiel. Ich glaube, der ist jetzt schon dreimal durch die Prüfung gerasselt, der arme Kerl. Seinem Vater ist das ziemlich peinlich.« Stützle lachte.

»Wie hat der Sohn es aufgenommen?«

»Soweit ich gehört habe, ganz gut. Jedenfalls die ersten beiden Male. Beim dritten Mal ist er dem Prüfer allerdings an die Gurgel gegangen.«

Stützle lachte wieder.

»War auch gemein. Der Junge hat eigentlich alles gewusst, aber bei den Vorschriften, wann man Munition im Fahrzeug mitnehmen darf und wann nicht, ist er ins Schleudern gekommen. Tja, so ist es halt. Bei der Waffenprüfung nehmen sie es sehr genau.«

»Kennst du noch andere Fälle?«

»Nein, das ist eigentlich der Einzige, der öfter durchgefallen ist. Aber dein Freund soll sich keine Sorgen machen. Die Prüfer sind keine Unmenschen. Er soll gut lernen, vor allem das Waffenrecht. Dann klappt es schon.«

Nach dem Telefonat war Jo mehr als zufrieden. Der Sohn von diesem Vogel war also mehrfach durch die Jägerprüfung gefallen. Doch statt aufzugeben, wie es die meisten tun würden, versuchte er es immer wieder. War das ein Anzeichen für eine starke Fixierung? Oder gar ein Indiz für eine zwanghafte Persönlichkeit?

Wenn Stützle recht hatte, war er gegenüber einem Prüfer handgreiflich geworden – das sprach für ein jähzorniges Wesen. Je mehr Jo darüber nachdachte, umso aufgeregter wurde er. Auch die zweite Geschichte, die Stützle erwähnt hatte, schien ihm weiterer Nachforschungen wert. Wer war dieser Unbekannte, der sich den Jägern in den Weg stellte und sie anschrie, man sollte sie alle erschießen? Ein Tierschützer, der etwas über das Ziel hinausgeschossen war, oder steckte mehr dahinter? Er musste auf jeden Fall noch einmal mit Rudolf Kern sprechen.

Zufrieden machte sich Jo auf den Weg. In der kommenden Woche wollte er als Alternative zu den vielen Wildgerichten, die er in den letzten Wochen auf den Menüplan gesetzt hatte, verschiedene Fischvariationen anbieten. Am Mittwoch sollte es gebratenen Karpfen mit Knoblauch und Speck geben. Für den Freitag plante Jo gegrillte Forelle mit Karotten-Zucchini-Gemüse in Sauce béarnaise, und am Sonntag wollte er als krönenden Abschluss einen knusprigen Flussbarsch auf frischen Cocktailtomaten in Basilikumsauce servieren. Deswegen fuhr er bei Erich Sattler, seinem Fischhändler, vorbei, um mit ihm Mengen und Liefertermine abzusprechen.

Sattler war ein seltsamer Kauz. Er hauste in einem kleinen, dunklen Tal bei Oberwesel, direkt bei seinen geliebten Weihern in einer heruntergekommenen Hütte. Nachdem seine Mutter gestorben war, hielt er sich fast gar nicht mehr in dem dreistöckigen Haus auf, das sie ihm hinterlassen hatte, sondern verbrachte fast seine ganze Zeit bei den Fischen. In Oberwesel war Sattler als Eigenbrötler bekannt. An manchen Tagen gab er sich leutselig und redete wie ein Wasserfall, an anderen Tagen grüßte er kaum. Legendär war sein Jähzorn. Als einmal zwei Gäste in einem Restaurant, das von ihm beliefert wurde, nach dem Verzehr eines Fischgerichts an einer Lebensmittelvergiftung erkrankten, unterstellte der Restaurantbesitzer Sattler, seine Fische seien nicht frisch gewesen. Das brachte den Mann so in Rage, dass er fast mit einem Fischerhaken auf den Restaurantbesitzer losgegangen wäre. Dabei war die ganze Aufregung unnötig gewesen. Im Nachhinein hatte sich nämlich herausgestellt, dass die Mayonnaise schlecht gewesen war.

Obwohl Sattler aufgrund dieser und anderer Geschichten, die man sich über ihn erzählte, in der Gegend keinen sehr guten Ruf genoss, kaufte Jo die heimischen Fische nur bei ihm ein. Denn geschmacklich konnte seinen Fischen keiner das Wasser reichen. Jo fragte sich oft, woran es lag: am hochwertigen Futter oder einer besonderen Qualität des Wassers? Was auch immer es war, die Qualität der Fische sprach für sich. Dafür war Jo gerne bereit, die Schrullen des Mannes in Kauf zu nehmen.

Auf dem Weg zurück bog Jo in die Stadt ab. Er wollte noch etwas Bargeld bei der Bank abheben. Als er an dem kleinen Zeitschriften- und Tabaklädchen in Oberwesel vorbeirollte, trat er auf einmal heftig auf die Bremse. Hinter ihm ertönte ein lautes Hupen. Ein großer Geländewagen schob sich an ihm vorbei. Ein älterer Herr sah aufgebracht zu ihm herüber und schimpfte durch das geschlossene Fenster hindurch. Jo machte eine entschuldigende Geste und parkte rasch am rechten Fahrbahnrand. Er stieg aus und blieb vor dem Aufsteller stehen, der für den *Mainzer Express* warb.

Aus dem Augenwinkel heraus hatte er das Wort »Mondschein-Killer« gesehen. Die Schlagzeile lautete: »Der Mondschein-Killer – diese Frau hat er zur Witwe gemacht«. Darunter war das Foto einer älteren Frau abgebildet, in schwarzer Trauerkleidung und mit verweinten Augen. Jo konnte der Versuchung nicht widerstehen und kaufte ein Exemplar. Als er wieder im Wagen saß, überflog er den Artikel.

Anscheinend war es Klein gelungen, die Frau in ihrer Trauer zu überrumpeln und ein Gespräch mit ihr zu führen. Vordergründig triefte der Artikel vor gespieltem Mitleid mit der Familie des Toten, aber letztlich ging es Klein offensichtlich nur darum, seinen Lesern einen voyeuristischen Blick auf den Schmerz einer Familie zu verschaffen. Angewidert warf er die Zeitung auf den Beifahrersitz. Es war für ihn unbegreiflich, wie ein Chefredakteur es zulassen konnte, dass ein Reporter seine Geschichte so rücksichtslos auf dem Leid anderer Menschen aufbaute.

Gleich am Montag früh machte er sich auf den Weg zu seiner nächsten Recherche. Es war ein diesiger Herbstmorgen, kühl und regnerisch, der eher dazu eingeladen hätte, den Tag mit Lesen und Faulenzen im Bett zu verbringen. Stattdessen fuhr er mit dem Volvo hinüber nach Oberwesel. Dort verließ er die B9 in Richtung Wiebelsheim. Hinter Oberwesel bog er nach rechts in eines der kleinen Weinbergsträßchen ein, das sich in sanften Kurven nach oben schlängelte. Die Lese war bereits in vielen Weinbergen abgeschlossen, doch als er schon fast oben auf der Hardt angekommen war, versperrte ihm ein Traktor den Weg. Die Straße war an dieser Stelle so schmal, dass der breite Volvo nur mit Mühe und zentimeterweise vorbeikam. Der Weinbauer, ein freundlicher Mann in den Vierzigern, zeigte sich hilfsbereit und lotste ihn an seinem Traktor vorbei.

Ein Stück unterhalb hielt Jo an einer Straßenbucht an. Von hier aus konnte er das ganze Tal überblicken. Er zog sein Fernglas und eine Landkarte aus dem Rucksack. Jo hatte im Internet die Adresse des Weinguts Vogel herausgesucht und in der Karte eingetragen. Trotzdem musste er sich erst einmal orientieren. Die Backsteinkirche ragte geheimnisvoll und ein wenig düster aus dem Nebelmeer heraus. Von dort aus wanderte sein Blick die Straße entlang und blieb an einem Haus in Klinkerbauweise hängen. Trotz der Entfernung konnte er den Namen »E. Vogel« erkennen. Zufrieden richtete sich Jo auf seinem Wachtposten ein. Er hatte sich belegte Brote, einen Joghurt, etwas Obst und eine Thermoskanne mit heißem Tee mitgebracht, dazu eine Wolldecke, die er sich über die Beine legte. Jo fühlte sich wie ein richtiger Detektiv und wartete gespannt, ob sich etwas auf dem Weingut tun würde. Doch was immer er sich von seiner Überwachung erwartet hatte, er wurde schnell bekannt mit dem besten Freund des Privatdetektivs: der Langeweile.

Gegen 8 Uhr tat sich endlich etwas. Das Licht im Windfang ging an, und er konnte hinter den weißen Milchglasscheiben eine Bewegung erkennen. Kurz darauf traten zwei Männer, ein älterer in der blau-weiß gestreiften Montur der Weinbauern, und ein jüngerer in Jeans und dunkelblauer Jacke auf den Hof. Zu Jos Enttäuschung verschwanden beide gleich wieder in einem Nebengebäude, aus dem sie nicht wieder auftauchten. Auf der Internetseite des Weinguts, die sehr einfach gehalten war, gab es sowohl ein Foto des Seniorchefs als auch eins seines Sohnes, und obwohl Jo die beiden Männer im Hof nur kurz gesehen hatte, war er überzeugt davon, dass es sich bei ihnen um Vater und Sohn Vogel handelte.

In den nächsten beiden Stunden tat sich nichts weiter. Ein paar Wanderer kamen an seinem Volvo vorbei und warfen ihm neugierige Blicke zu. Ab und an tauchte ein Auto auf und fuhr vorsichtig an ihm vorbei. Gegen 10 Uhr verließ eine ältere Frau das Haus. Sie trug eine leuchtend rote Jacke und eine weiße Bluse. Offensichtlich die Hausherrin, dachte Jo. Die Frau ging zur Garage, und kurze Zeit später tuckerte sie in einem kleinen, leuchtend gelben Fiat in Richtung Oberwesel. Eine gute Dreiviertelstunde später tauchte der kleine Fiat wieder auf dem Hof auf. Die Frau kam mit zwei großen Einkaufstüten aus der Garage und trug sie ins Haus. Trotz seiner Wolldecke begann Jo im Auto allmählich zu frieren. Ein Mann mit Hund kam die Straße entlanggewandert. Immer wieder warf er Jo verstohlene Blicke zu, worauf dieser sein Fernglas vorsichtshalber beiseitelegte.

Die Zeit schleppte sich quälend langsam dahin. Als Jo schon drauf und dran war, sich auf den Heimweg zu machen, tat sich auf einmal etwas. Der junge Vogel kam aus dem Wirtschaftsgebäude, in das er mit seinem Vater am Morgen verschwunden war, und ging hinüber ins Haus. Einige Minuten später tauchte er wieder auf, und ehe Jo es sich recht versah, war er in den kleinen Fiat gestiegen und fuhr vom Hof.

Der junge Mann bog in die Straße Richtung Oberwesel ein. Jo fluchte laut. Er hatte mit einer Fahrt in die andere Richtung gerechnet und stand verkehrt herum. Hektisch startete er den Motor und versuchte, mit dem Volvo auf dem engen Weg zu wenden. Er musste mehrfach vor und zurück setzen, bis er endlich richtig herum stand. Jo trat aufs Gas und schoss den Berg hinunter. Hinter einer Kurve tauchte auf einmal ein Traktor auf. Jo stieg voll in die Bremsen und kam mit quietschenden Reifen zum Stehen. Seine Hände zitterten, so sehr war ihm das Adrenalin in die Adern geschossen. Der Fahrer des Traktors schüttelte missbilligend den Kopf.

Die restlichen Kurven fuhr Jo deutlich langsamer, so dass von dem jungen Vogel weit und breit nichts mehr zu sehen war, als er endlich unten an der Hauptstraße ankam. Mit quietschenden Reifen fuhr er an und schoss in Richtung Oberwesel. Hinter dem Ortsschild musste er scharf bremsen. Rechts und links gab es Hindernisse, um die Autofahrer zu zwingen, vom Gas zu gehen. Danach drückte Jo wieder auf die Tube und raste mit fast siebzig Sachen an den Häusern vorbei, die die Straße säumten. Ein älterer Herr, der auf dem Bürgersteig ging, warf dem schwarzen Volvo einen entrüsteten Blick hinterher. An einem Zebrastreifen musste Jo anhalten und eine Mutter mit Kind über die Straße lassen.

Jo fluchte wieder. Das verdammte Wendemanöver hatte zu viel Zeit gekostet! Doch alles Fluchen half nichts – er musste sich entscheiden, nach links Richtung Rathaus oder geradeaus weiter zum Rhein. Unschlüssig sah er hin und her, dann gab er Gas und fuhr geradeaus weiter. An der B9 bog er nach rechts ab. Einige hundert Meter weiter vorne meinte er, etwas Gelbes nach rechts verschwinden zu sehen! Als er in die Straße einbog, schlug er sich entnervt gegen die Stirn! Er war einem Postauto gefolgt.

Was für ein Reinfall, dachte er missmutig. Er bog nach rechts ab, um zu wenden. Zu seiner Überraschung spazierte geradewegs vor ihm Vogel junior über die Straße. Jo parkte und folgte ihm in den Baumarkt. Da hatte er wirklich Glück gehabt! Im Fernsehen sahen Verfolgungsjagden immer so leicht aus, aber in der Realität war es nicht so einfach, an jemandem dranzubleiben.

Unauffällig heftete er sich an die Fersen des jungen Mannes, der einen großen Einkaufswagen vor sich herschob. Er folgte ihm von den Plastikplanen zu den Schrauben und von dort zum Sanitärbereich, wo Vogel ein kleines Abwasserrohr in seinen Wagen verfrachtete. Der junge Mann schien völlig in seine Einkäufe vertieft zu sein, so dass Jo ihn gründlich beobachten konnte. Aus der Nähe wirkte er noch sehr jung und ein wenig linkisch. Jo hätte ihn maximal auf Mitte zwanzig geschätzt. Der junge Mann schien es nicht eilig zu haben, und es dauerte eine Weile, bis er seine Einkäufe beieinanderhatte. Dann strebte er in Richtung Kasse.

Jo hatte genug gesehen und machte sich aus dem Staub. Die Rückfahrt verlief deutlich unspektakulärer. Vogel fuhr schnurstracks nach Hause. Wenn Jo erwartet hatte, er würde vielleicht noch einen Abstecher in den Wald machen, sah er sich getäuscht. Als er wieder an seinem Beobachtungsposten angekommen war, hatte Vogel junior seine Einkäufe bereits im Wirtschaftsgebäude des Weinguts verstaut. Die Mutter steckte den Kopf aus der Tür und rief etwas. Nach ein paar Minuten tauchten Vater und Sohn auf und gingen hinüber ins Haus. Zeit fürs Mittagessen!

Jo hätte jetzt auch eine warme Suppe gebrauchen können. Stattdessen musste er sich mit kalten Broten und etwas Tee begnügen. Aus der Nähe hatte Vogel junior auf ihn nicht wie ein eiskalter Killer gewirkt. Eher wie ein schüchterner Junge. Aber der Eindruck konnte täuschen. Wenn man ihn so sah, hätte man ihm auch nicht zugetraut, dass er einem Prüfer an die Gurgel gegangen war.

Es blieben noch rund vierzehn Tage bis zur nächsten Vollmondnacht. Wenn Vogel junior der Täter war, musste er schon dabei sein, sein nächstes Opfer auszuspähen. Allerdings konnte er das nur nachts tun. Insoweit würde es bestimmt auch reichen, wenn er am späten Nachmittag auf seinen Beobachtungsposten zurückkehrte, dachte Jo. Gerade als er den Wagen anlassen wollte, tat sich etwas. Ein kleiner, grünmetallic lackierter Wagen fuhr auf den Hof. Er kam Jo seltsam vertraut vor. Schnell griff er zu seinem Fernglas und beobachtete eine Frau um die sechzig, die ausstieg, ihren Wagen umrundete und eine Schachtel von der Beifahrerseite nahm. Anschließend ging sie forschen Schrittes auf die Haustür zu. Entgeistert ließ Jo das Fernglas sinken. Ohne einen weiteren Blick zum Weingut hinüber startete er seinen Wagen.

Am nächsten Morgen passte er Ute ab, als sie auf dem Weg in die Küche war.

»Hast du einen Moment Zeit?«

»Für dich immer, mein Lieber.«

»Sag mal, kennst du die Familie Vogel?«, wollte er wissen.

»Welche? Da gibt es in Oberwesel mindestens fünf. Drei davon sind allerdings miteinander verwandt.«

»Ich meine die mit dem Weingut.«

»Ah, du meinst den Erwin Vogel mit seiner Frau Dietlinde. Natürlich kenne ich die. Dietlinde und ich sind zusammen zur Grundschule gegangen.«

Jo sah Ute unschlüssig an.

»Was ist? Hat Erwin dir einen schlechten Wein verkauft?« Ute lachte. Sie wusste genau, dass Jo nur bei Spitzenwinzern einkaufte.

»Nein. Ich wollte mich nur mal so erkundigen«, sagte er lahm. »Kennst du auch den Sohn?«

»Den Konrad? Selbstverständlich. Schon seit er auf der Welt ist.« Ute blickte ihn neugierig an. »Warum sagst du mir nicht einfach, was du wissen möchtest?«, ermunterte sie ihn.

»Ich wollte nur mal hören, was der Junge so für ein Mensch ist.«

»Konrad ist ein ganz lieber Kerl. Vielleicht manchmal ein wenig langsam, aber ein tüchtiger Arbeiter. Seine Eltern haben viel Freude an ihm.«

»Da habe ich aber anderes gehört!«, widersprach Jo. »Er soll einem der Prüfer an die Gurgel gegangen sein, als er zum dritten Mal durch die Jagdprüfung gefallen ist.«

Für einen Augenblick sah Ute ihn verständnislos an. Dann prustete sie los. Als sie sich wieder gefangen hatte, gab sie Jo einen Klaps auf die Schulter. »Ich weiß ja nicht, hinter was du schon wieder her bist, aber wenn du glaubst, der Sohn von Erwin und Dietlinde könnte etwas mit dieser Mordserie zu tun haben, bist du auf dem Holzweg, mein Lieber.«

Jo sah schuldbewusst zu Boden.

»Die ersten beiden Male war der Junge vielleicht nicht gut genug vorbereitet. Er muss seinem Vater ziemlich viel im Weinberg helfen und ist kein guter Lerner. Aber beim dritten Mal hat er sich wirklich angestrengt. Trotzdem hat der Prüfer Konrad durchfallen lassen – wegen einer Lappalie. Der Junge war so enttäuscht, dass ihm die Tränen in den Augen gestanden haben. Deswegen hat er den Prüfer auch angeschrien, dass das nicht fair ist. Er ist rausgelaufen und hat die Tür hinter sich zugeknallt. So war das.«

Sie bemerkte seinen skeptischen Blick. »Du solltest nicht

jeden Unsinn glauben, der im Städtchen herumgetratscht wird«, fügte sie spitz hinzu. »Ich habe die Geschichte jedenfalls aus erster Hand gehört – von seinem Vater. Der war nämlich dabei.«

Jo hatte seine Zweifel, ob das gerade ein unabhängiger Zeuge war. Andererseits wusste er nur zu gut, dass Stützle bei seinen Geschichten gerne übertrieb.

»Und du bist wirklich sicher, dass nicht mehr passiert ist?«

»Absolut. Für Konrad lege ich persönlich meine Hand ins Feuer. Der könnte keiner Fliege was zuleide tun.«

Jo machte ein langes Gesicht. Seine Hoffnung, den Fall schnell zu lösen, schien in weite Ferne gerückt.

Kapitel 17

In den nächsten beiden Tagen konzentrierte sich Jo auf die Arbeit im Restaurant. Der Reinfall mit Vogel junior nagte an seinem detektivischen Selbstbewusstsein. Dennoch ließ ihn der Fall nicht los. Am Donnerstag rief er bei Rudolf Kern an, um sich über den geheimnisvollen Mann zu erkundigen, der angeblich Jäger beschimpfte und bedrohte. Dieses Mal schien Stützle nicht übertrieben zu haben. Kern bestätigte Jo, dass der Mann in Jägerkreisen bekannt und gefürchtet war. Schon mehrfach hatte er bei Jagden gestört und war regelrecht ausfallend geworden.

»Wieso interessierst du dich für diesen Mann?«, wollte Kern wissen.

»Nur so«, wich Jo aus.

»Geht mich zwar nichts an, womit du deine Freizeit verbringst, aber ich kann dir nur dringend raten, von der Sache die Finger zu lassen«, sagte der Förster. »Ich kann verstehen, dass dich der Tod von Claudio Renz beschäftigt. Aber die Suche nach dem Mörder ist die Aufgabe der Polizei!«

Noch jemand, der ihm gute Ratschläge geben wollte! »Weißt du denn, wer der Mann ist oder wo er wohnt?«, hakte er dennoch nach.

Kern schüttelte den Kopf. »Lass es einfach. Die Sache geht dich nichts an.«

»Ich kann nicht einfach dasitzen und nichts tun, solange

da draußen ein Irrer herumläuft, der Menschen abknallt. Es hätte schließlich dich und mich genauso gut treffen können!«

Kern schwieg betroffen. »Ich habe ihn nur ein- oder zweimal gesehen. Der Mann taucht auf und ist gleich wieder verschwunden.«

»Hat ihn nie jemand angezeigt?«

»Nein, wozu auch? Der Mann ist ein Spinner. Er krakeelt herum, beschimpft uns und rennt dann weg. Wenn wir jedes Mal die Polizei holen würden, wenn irgendein Umweltfanatiker ein wenig Rabatz macht, hätten wir viel zu tun.«

»Könntest du den Mann beschreiben?«

»Nein. Ich will es auch nicht. Am Ende spionierst du jemand nach, der mit den Morden überhaupt nichts zu tun hat. Hast du dir darüber schon einmal Gedanken gemacht?«

Jo schüttelte unwillig den Kopf. Da er bei Kern nicht weiterkam, telefonierte er der Reihe nach die Teilnehmer des Jägerstammtischs ab. Die meisten kannten den Mann nur vom Hörensagen, aber Dr. Enkmann hatte ihn selbst einmal bei einer Jagd gesehen und konnte ihn relativ gut beschreiben.

»Ich würde ihn auf Mitte vierzig schätzen«, sagte der Mediziner. »Schulterlange braune Haare, dunkle, stechende Augen und ein zerfurchtes, ein wenig verlebtes Gesicht. Wenn du mich fragst, hat der Kerl in seinem Leben öfter mal zu tief ins Glas geschaut. Allerdings war er bei der Jagd, bei der er zu stören versuchte, nicht betrunken.«

»Weißt du zufällig, wie er heißt oder wo er herkommt?«

»Keine Ahnung. Aber warum interessierst du dich überhaupt für den Kerl?«

»Jemand hat mir davon erzählt, und da war ich neugierig«, wich Jo aus.

Nach dem Telefonat mit Enkmann war der junge Küchenchef unschlüssig. Sollte er die Polizei informieren? Der nächste Vollmondtermin rückte schließlich bedrohlich näher.

Auch Hauptkommissar Wenger und seinen Beamten war diese Tatsache wohl bewusst. Die Ermittlungen liefen mit unverminderter Intensität weiter, doch noch immer gab es keine heiße Spur. Die Polizei hatte inzwischen einen Großteil der Scharfschützen überprüft. Bei drei der Männer schien das Profil, das die Fallanalytiker erarbeitet hatten, zu passen. Jeder der Verdächtigen konnte allerdings für wenigstens einen der Morde ein hieb- und stichfestes Alibi vorweisen.

Ingo Wolf, der sich in der Ausbildung zum höheren Kriminaldienst befand, hatte sich freiwillig zur Ermittlungsgruppe gemeldet. Ein Fehler, wie er inzwischen fand. Er hatte gehofft, er würde den Fallanalytikern zugeteilt, da er sich schon in einer Hausarbeit mit dem Thema Profiling befasst hatte. Stattdessen musste er Hinweise aus der Bevölkerung überprüfen. Eine undankbare und ermüdende Aufgabe. Wolf hatte in den letzten beiden Wochen zahllose Spaziergänger und Wanderer befragt, die eine verdächtige Beobachtung gemacht haben wollten – ohne jedes Ergebnis.

Der Kriminalanwärter sah sich hilfesuchend um. Die Reihenhaussiedlung mit ihren akkurat gemähten Rasenflächen, den Blumenbeeten, die schon winterfest gemacht worden waren, und den ordentlich getrimmten Hecken schien aus den sechziger Jahren übriggeblieben zu sein. Wolf fuhr langsam die Straße entlang und suchte nach der richtigen Hausnummer. Vor der Sieben hielt er und stieg aus.

Das herabgefallene Herbstlaub lag sauber zusammengerecht auf dem Komposthaufen, die Blumenbeete schienen wie mit dem Lineal gezogen, und der Rasen war so gleichmäßig geschnitten, als wäre jeder Halm einzeln vermessen worden. Altdeutsche Schrankwand in dunklem Holz, dachte Wolf. Fast immer wurde der junge Kriminalassistent ins Wohnzimmer gebeten, wo Kaffee oder Tee und manchmal ein Stück Kuchen auf ihn warteten. Um der langweiligen Routine der Befragungen ein wenig Spannung zu verleihen, hatte Wolf ein kleines Spiel für sich entwickelt. Aus der Wohngegend, dem Haustyp und dem Garten versuchte er abzuleiten, wie das Wohnzimmer eingerichtet war. Hier tippte er auf eine altdeutsche Schrankwand und eine Couchgarnitur mit Blumenmuster.

Er läutete. Augenblicklich öffnete ihm ein älterer Herr. Er trug eine grüne Strickweste und eine dunkle Stoffhose. Die grauen Haare waren kurzgeschnitten und exakt im rechten Winkel gescheitelt. Der Mann sah aus wie ein pensionierter Oberst. Tatsächlich handelte es sich aber um einen ehemaligen Verwaltungsbeamten.

»Haben Sie nicht die Markierungen gesehen? Sie dürfen nicht auf dieser Straßenseite parken«, sagte er statt einer Begrüßung. »Oder gelten für Sie als Polizist die Regeln der Straßenverkehrsordnung nicht?«

Das fängt ja gut an, dachte Wolf und folgte dem Mann durch den dunklen Flur. Im Wohnzimmer stellte er fest, dass er mit seiner Vermutung falschlag. Es gab zwar die unvermeidliche Schrankwand, jedoch in Kirsche furniert – auch ein Klassiker. Die Couchgarnitur überraschte ihn mit einem dunkelgrünen Streifenmuster, bei dem einem schon vom Hinsehen schlecht werden konnte. Erstaunlicherweise war sie sehr bequem.

»Möchten Sie Kaffee?«, fragte ihn der ältere Herr in einem Ton, der keinen Widerspruch duldete. Wolf nickte ergeben. Zu Beginn seiner Befragungen hatte er einmal den Fehler begangen, den Kaffee abzulehnen. Die Dame des Hauses saß das ganze restliche Gespräch mit beleidigter Miene vor ihm und sah vorwurfsvoll auf seine leere Tasse. Deswegen trank Wolf nun immer brav aus, während er sich die Schilderungen über vermeintlich verdächtige Personen anhörte.

»Sie haben angerufen, weil Sie eine Beobachtung in der Nähe des Tatorts gemacht haben«, eröffnete Wolf das Gespräch.

»Ja, obwohl ich mich zuerst gar nicht melden wollte«, erwiderte Josef Kohlmann. »Ich hab mich nämlich schon öfter über rüpelhafte Motorradfahrer beschwert. Ihre Kollegen haben jedoch bisher nie etwas unternommen.«

Der pensionierte Verwaltungsbeamte blickte Wolf vorwurfsvoll an. Dieser versuchte sich seine Enttäuschung nicht anmerken zu lassen. Ein weiterer Fall von jugendlichen Verkehrsrowdys, dachte er resigniert.

»Ich hab den Mann mehrfach in der Nähe des Jagdsitzes gesehen, auf dem dieser bedauernswerte Lehrer ums Leben gekommen ist. Immer spät am Abend. Ich hab mich schon gefragt, was er zu dieser Zeit noch draußen im Wald macht. Die Jugendlichen mit ihren vierrädrigen Motorrädern sind nämlich immer viel früher unterwegs.«

»Ist Ihnen sonst etwas Besonderes aufgefallen, ich meine außer der Uhrzeit?«

»Er ist sehr schnell gefahren«, sagte Kohlmann missbilligend. »Einmal hätte er mich fast umgefahren, so eilig hatte er es, wegzukommen.«

Wolf machte sich ein paar Notizen.

»Der Kerl kam mir von Beginn an verdächtig vor, mit diesem großen Rucksack auf dem Rücken. Das sah ja fast so aus, als wollte er zum Angeln fahren«, fuhr Kohlmann fort.

Schlagartig war der junge Kriminalassistent hellwach. »Mit einem großen Rucksack? Sind Sie sicher?«

»Natürlich. Sonst würde ich es ja nicht sagen.«

»Können Sie den Rucksack beschreiben?«

»Olivfarben. So wie man sie bei der Bundeswehr verwendet. Aber länglich. Er ragte oben noch über den Helm hinaus.«

»Konnten Sie erkennen, was in dem Rucksack war?«

Der alte Mann schüttelte den Kopf.

»Er war verschlossen. Ich habe mich immer gefragt, was der Kerl da mit sich herumfährt. Dass es sich um ein Gewehr handeln könnte, darauf bin ich erst gekommen, nachdem ich von dem Mord in der Zeitung gelesen habe.«

»Haben Sie den Mann öfter gesehen?«

»Ja, insgesamt sieben Mal«, antwortete Kohlmann. »Davon alleine drei Mal in der Woche vor dem Mord.«

Wolf musterte den Mann vor sich eindringlich. Entweder handelte es sich um einen Wichtigtuer, der einmal im Mittelpunkt stehen wollte, oder er war auf eine Goldader gestoßen.

»Sind Sie sicher?«, hakte er nach.

»Selbstverständlich, ich habe mir die Daten und Uhrzeiten genau notiert. Das mache ich immer, wenn mir etwas auffällt.«

Kohlmann schlug ein kleines Notizbuch auf, das vor ihm auf dem Tisch lag. »Er war am 1. November um 21.30 Uhr, am 3. November um 22.04 Uhr und am 5. November um 21.54 Uhr da.«

»Und Herr Güttler? Haben Sie den auch an diesen Tagen gesehen?«

»Ja, natürlich. Der saß praktisch jeden Abend auf seinem Jagdsitz und beobachtete die Futterstelle gegenüber. Seit dem Tod meiner Frau kann ich nicht mehr gut einschlafen. Deswegen gehe ich abends immer noch im Wald spazieren«, fügte Kohlmann erklärend hinzu. Wolf war sprachlos.

»Können Sie den Mann auf dem Motorrad beschreiben?«

Kohlmann schüttelte den Kopf.

»Nicht genau. Er trug dunkle Motorradkleidung.«

»Und das Gesicht, wie sah sein Gesicht aus?« Wolf konnte seine Aufregung kaum noch verbergen.

»Keine Ahnung«, sagte Kohlmann trocken. »Der Mann trug einen Helm, der so aussah wie der von Raumfahrern.«

»Raumfahrer?« Wolf war verwirrt.

»Ja, mit einem Spiegel, durch den man nicht hindurchsehen kann.«

Jetzt fiel bei dem jungen Kriminalassistenten der Groschen.

»Sie meinen, das Visier am Helm war verspiegelt?«

Kohlmann nickte.

»Deswegen ist er mir auch gleich beim ersten Mal aufgefallen. So ein Visier muss doch die Sicht stark beeinträchtigen. Was für ein Leichtsinn, damit im Dunkeln herumzufahren.«

»Können Sie das Motorrad beschreiben?«, fragte der Kriminalanwärter aufgeregt.

Kohlmann zuckte mit den Schultern.

»Damit kenne ich mich nicht aus. Es war ein mittelgroßes Motorrad. Eines von diesen Geländemotorrädern.«

»Eine Enduro? Wissen Sie vielleicht die Marke?« Wolf fühlte das Jagdfieber in sich aufsteigen.

Sein Gegenüber schüttelte bedauernd den Kopf. »Wie gesagt, mit Motorrädern kenne ich mich nicht aus. Soweit es mich angeht, sollte es verboten werden, damit im Wald herumzufahren. Das macht nur Lärm und Krach und gefährdet die Spaziergänger.«

»Es wäre für uns eine große Hilfe gewesen, wenn sie die Marke des Motorrades gewusst hätten.«

Kohlmann sah den jungen Beamten ratlos an. »Ich habe mir sein Nummernschild notiert, wenn Ihnen das etwas hilft«, sagte er schließlich und schob sein Notizbuch zu Wolf hinüber.

Noch während der junge Kriminalanwärter mit seinem Wagen auf dem Weg zurück ins Büro war, lief die Überprüfung des Kennzeichens. Wolf hatte die Information sofort telefonisch an Oberkommissar Wieland weitergeleitet, der die Zeugenbefragungen koordinierte.

»Was schlägst du vor?«, wollte Hauptkommissar Wenger von seinem Stellvertreter wissen, als dieser ihn über den neuesten Stand informierte.

»Ich denke, wir sollten dem Mann einen Besuch abstatten.«

Wenger nickte.

»Wir könnten jemand von der Streifenpolizei hinschicken. Immerhin hat der Fahrer des Motorrads den Zeugen fast angefahren«, schlug Wieland vor.

Der Hauptkommissar dachte einen Moment nach.

»Ich glaube, es ist besser, wenn wir mit einem Spezialeinsatzkommando vor Ort sind.«

»Was?«, fragte Wieland entgeistert. »Du willst das Haus stürmen lassen? Wir wissen doch nicht einmal, ob der Mann etwas mit den Morden zu tun hat. Vielleicht fährt er einfach nur gerne nachts im Wald Motorrad.«

»Mit verspiegeltem Visier? Und einem großen Rucksack, in den gut ein Gewehr passt?«

Er sah Wieland herausfordernd an. »Stell dir vor, der Mann ist wirklich der Täter, sieht einen Polizisten und dreht durch.«

»Ja, aber was machen wir, wenn er es nicht ist? Heute rennen die Leute doch gleich zur Presse, wenn wir da mit der Kavallerie einfallen. Außerdem bräuchten wir eine richterliche Verfügung. Ich glaube nicht, dass wir die bei der dünnen Faktenlage bekommen.«

Ein berechtigter Einwand. Wenger machte ein langes Gesicht.

»Schön, versuchen wir es mit deiner Verkehrspolizistennummer. Aber ich will, dass der Kollege von einem Spezialeinsatzkommando abgesichert wird«, ordnete Wenger an.

Drei Stunden später saßen Wenger und Wieland in ihrem Wagen und beobachteten das Haus des Verdächtigen. Es lag in einer ruhigen Wohngegend. Großzügige Einfamilienhäuser säumten die Straße. Die Gärten waren weitläufig und gepflegt. Ein schwarzer Kleinbus mit abgedunkelten Scheiben bog in die Straße ein und hielt rechts vor dem Haus.

»Team 1 in Position«, hörte Wenger den Leiter des Spezialeinsatzkommandos über seinen Kopfhörer flüstern.

»Team 2 bereit«, antwortete der Leiter des anderen Teams, das außer Sichtweite um die Ecke parkte.

Wenger hatte auf zwei Einsatzteams bestanden. Er wollte

keinerlei Risiko eingehen. Die Überprüfung des Motorradhalters hatte nichts Auffälliges ergeben. Der Mann war 56 Jahre alt und passte somit nicht in das Raster der Fallanalytiker. Er hatte allerdings einen Sohn im Alter von 26 Jahren.

»Team 3, Einsatz«, flüsterte Wenger in sein Mikrofon.

Kurze Zeit später bog ein Polizeifahrzeug in die Straße ein. Der Wagen hielt vor dem Haus an. Zwei uniformierte Beamte stiegen aus. Sie setzten ihre Mützen auf und gingen durch das offene Gartentor auf die Haustür zu. Wengers Nerven waren zum Zerreißen gespannt. Hinter einer Gardine meinte er eine schnelle Bewegung zu sehen.

»Team 1, fertig machen zum Einsatz«, rief er in sein Mikro.

Wieland warf ihm einen überraschten Blick zu. Es war vereinbart, dass das SEK nur im äußersten Notfall eingreifen sollte.

Der ältere der beiden Streifenbeamten beugte sich nach vorne, um den Namen am Klingelschild zu überprüfen. Dann läutete er. Sein jüngerer Kollege machte einen nervösen Eindruck. Es handelte sich um einen SEK-Beamten, der den Streifenkollegen absichern sollte.

Im Haus blieb es ruhig.

Der ältere Polizist klingelte ein zweites Mal. Auf einmal sah Wenger einen Schatten hinter dem Milchglas der Eingangstür. Er presste das Mikro an seinen Mund, bereit, sofort den Einsatzbefehl zu geben. Die Tür öffnete sich mit einem Ruck, und eine ältere Frau blickte ängstlich auf die beiden Beamten.

»Ja?«, fragte sie unsicher. »Ist etwas passiert?«

Die beiden Beamten waren verkabelt, so dass Wenger und Wieland jedes Wort mithören konnten.

»Guten Tag«, sagte der ältere Beamte höflich. »Ich bin

Oberkommissar Dörfler. Das ist mein Kollege Wachtmeister Strasser. Wir würden gerne Ihren Mann sprechen. Es geht um das Motorrad, das auf ihn zugelassen ist.«

Die Frau wurde immer nervöser. Sie drehte sich um.

»Helmut«, rief sie ins Haus. »Hier ist jemand von der Polizei, der dich sprechen möchte.«

Unwillkürlich machte der jüngere Beamte einen Schritt zur Seite. Seine Hand lag jetzt auf dem Halfter seiner Waffe. Sein älterer Kollege warf ihm einen spöttischen Blick zu. Oberkommissar Dörfler war bereits seit fast dreißig Jahren im Dienst. Er fand die ganze Aufregung, die dieser Hauptkommissar aus Koblenz und die Kollegen vom SEK um diesen Einsatz machten, reichlich übertrieben. In seiner langen Karriere hatte Dörfler schon einige Festnahmen durchgeführt, ohne je auf größere Probleme gestoßen zu sein.

Die Frau war inzwischen im Inneren des Hauses verschwunden. Der SEK-Beamte sah sich zu dem dunklen Kleinbus um, in dem seine Kameraden auf ihren Einsatz warteten. Nach einigen Minuten erschien ein älterer, untersetzter Mann mit beginnender Glatze an der Tür. Ein ausgeleierter Jogginganzug spannte sich über seinen Bauch. Seine Erscheinung wollte nicht recht zu der gepflegten Wohngegend passen.

»Worum geht es?«, fragte er mit einem lauernden Gesichtsausdruck.

»Wir überprüfen, wer am 5. November gegen 22 Uhr mit Ihrem Motorrad gefahren ist.«

»Weshalb?«, fragte der Mann wie aus der Pistole geschossen.

»Ein Passant fühlte sich durch den Fahrer gefährdet«, erwiderte Dörfler in ruhigem Ton.

»Hah«, schnaubte der Mann verächtlich. »Da müssen Sie sich irren. An dem Tag ist niemand mit dem Motorrad gefahren.«

Die beiden Beamten warfen sich einen kurzen Blick zu.

»Wissen Sie das bestimmt?«, hakte Dörfler nach.

»Ja, natürlich«, knurrte der Mann. »Das Motorrad gehört meinem Sohn. Es ist nur auf mich zugelassen. Ich habe gar keinen Führerschein dafür.«

»Vielleicht wäre es dann am besten, wenn wir mit Ihrem Sohn sprechen«, erwiderte Dörfler. »Ist er zu Hause?«

Der Mann schüttelte den Kopf.

»Da müssen Sie an Weihnachten wiederkommen. Er studiert zurzeit in Australien – schon seit dem Sommer. Aber an Weihnachten wollte er für ein paar Tage nach Hause kommen.«

Der Mann sah die zweifelnden Blicke der beiden Beamten.

»Sie können gern mit in den Keller kommen und sich das Motorrad ansehen, wenn Sie mir nicht glauben«, sagte er verächtlich.

Dörfler zögerte. Der Leiter des Spezialeinsatzkommandos hatte ihnen die klare Anweisung gegeben, dass sie das Haus auf gar keinen Fall betreten sollten. Er musterte den Mann aufmerksam. Seine Augen lagen tief in den Höhlen. Er vermied es, Dörfler direkt anzusehen. Für einen Moment war der Beamte unsicher.

»Gut, sehen wir uns das Motorrad an«, entschied er schließlich.

Sein junger Kollege wollte etwas sagen, aber Dörfler bedeutete ihm zu schweigen. Hilflos sah sich der SEK-Beamte um.

»Was macht dieser Idiot denn da!«, rief Wenger aufgebracht. »Sie sollen doch nicht ins Haus gehen!«

»Das ist klar gegen die Absprache«, sagte der Leiter des SEK-Teams in nüchternem Ton. »Sollen wir eingreifen?«

»Wir warten noch«, schaltete Wieland sich ein.

Wenger sah ihn böse an. Seit wann leitete der Oberkommissar diesen Einsatz?

Im Haus waren die beiden Beamten inzwischen Helmut Koller, so hieß der Hauseigentümer, in den Keller gefolgt. Der SEK-Beamte ließ den Mann keinen Moment aus den Augen. Mit einer schnellen Bewegung fasste Koller nach rechts. Der junge SEK-Beamte hätte um ein Haar seine Waffe herausgerissen, aber Koller hatte nur das Licht angeschaltet. Er trat zur Seite und gab den Blick auf einen Kellerraum frei.

»Glauben Sie mir jetzt, dass niemand mit dem Motorrad gefahren ist?«

Koller sah die Beamten triumphierend an. Der Rahmen des Motorrades hing an einer Kette, die mit einem großen Haken an der Decke befestigt war. Die Räder standen in der Ecke, und jemand hatte den halben Motor auseinandergenommen. Die Einzelteile lagen auf einer schmutzigen, grauen Wolldecke, die auf dem Boden ausgebreitet war.

»Mein Sohn studiert Maschinenbau. Er ist technisch sehr geschickt und macht die Wartung für sein Motorrad selbst«, erklärte Koller zu Dörfler gewandt. »Eigentlich wollte er die Maschine vor seinem Auslandsjahr wieder zusammensetzen, aber dann ist er nicht mehr dazu gekommen. Jetzt liegt der Krempel hier ein ganzes Jahr herum.«

Dörfler räusperte sich. »Tja, da muss uns wohl jemand ein falsches Kennzeichen gegeben haben«, meinte er trocken. Mit diesem Motorrad war in letzter Zeit jedenfalls niemand gefahren, so viel stand fest. Außerdem verfügte keiner der beiden Helme, die auf einem alten Schrank in der Ecke lagen, über ein verspiegeltes Visier.

Als der Einsatz beendet war, musste Dörfler sich von seinen Kollegen bittere Vorwürfe anhören, dass er sich nicht an die Absprachen gehalten und damit sich und seinen jungen Kollegen in Gefahr gebracht habe.

»So ein Unsinn«, verteidigte sich Dörfler. »Es war offensichtlich, dass die beiden harmlos sind.«

»Und wenn der Sohn mit einer Waffe im Keller auf Sie gewartet hätte?« Wenger war außer sich. Dörfler zuckte mit den Schultern.

»Ich hatte nicht den Eindruck, dass der Mann uns anlügt. Außerdem haben wir das Motorrad gesehen. Mit dem ist sicherlich niemand gefahren.«

Die Worte des erfahrenen Beamten wirkten wie eine kalte Dusche auf Wenger. Ernüchtert blickte er zu seinem Stellvertreter. Wieland zuckte mit den Schultern.

»Oberkommissar Dörfler hat recht: Entweder hat die Nummer nicht gestimmt, oder der Kerl benutzt gefälschte Kennzeichen.«

Die erneute Befragung von Josef Kohlmann führte zu keinem anderen Ergebnis. Der pensionierte Verwaltungsbeamte schloss kategorisch aus, dass er sich bei der Nummer des Kennzeichens geirrt haben könnte. Auch der Versuch, die Motorradmarke einzugrenzen, erwies sich als nicht erfolgreich. Josef Kohlmann war sich zwar sicher, dass es eine Enduro gewesen war, konnte aber, als ihm Fotos verschiedener Motorräder vorgelegt wurden, nicht sagen, um welchen Typ es sich genau gehandelt hatte. Das Motorrad, das der junge Koller fuhr, gehörte zu den meistverkauften Enduro-Maschinen in Deutschland. Davon waren in den letzten vier Jahren, seit das Motorrad angeboten wurde, mehrere tausend Stück abgesetzt worden.

Wenger fluchte, als er davon erfuhr.

»Der Kerl ist clever«, sagte Wieland, als er seinen Vorgesetzten über das Ergebnis der Nachforschungen informierte. »Wenn wir Pech haben, hat er sich für sein Motorrad mehrere gefälschte Kennzeichen gemacht, die denen anderer baugleicher Motorräder entsprechen. Selbst wenn er damit in eine Verkehrskontrolle kommt, fällt er nicht weiter auf, denn das Motorrad ist ja nicht als gestohlen gemeldet. Eine ähnliche Taktik haben die Terroristen der Roten Armee Fraktion damals in den achtziger Jahren angewendet.«

Wenger nickte. Wenn es noch eines Beleges bedurft hätte, dass sie es mit einem intelligenten und äußerst gefährlichen Täter zu tun hatten, lag er nun vor.

Und nur noch eine gute Woche bis Vollmond.

Kapitel 18

Jo saß an seinem Schreibtisch und grübelte über den Fall nach. Der Unbekannte mit dem Hass auf Jäger erschien ihm als erfolgversprechende Spur. Aber wie sollte er den Mann finden? Um sich abzulenken, beschäftigte er sich mit dem Weihnachts- und dem Silvestermenü, die in gut drei Wochen anstanden. Am Heiligen Abend und am ersten Weihnachtsfeiertag blieb das Waidhaus geschlossen. Zum einen wollte Jo seinen Mitarbeitern die Gelegenheit geben, in Ruhe mit ihren Familien zu feiern, zum anderen kamen an diesen Tagen ohnehin nicht viele Gäste. Traditionell kam in vielen Familien am ersten Weihnachtsfeiertag eine Gans auf den Tisch. Am zweiten Weihnachtsfeiertag wollten dagegen wieder viele auswärts essen. Zusammen mit Silvester gehörte der zweite Weihnachtsfeiertag zu den umsatzstärksten Tagen im Jahr.

An Weihnachten wollte Jo Rinderfilet mit Entenleber und Trüffeln anbieten. Die Filets wurden zuerst mit Salz und Pfeffer gewürzt und von beiden Seiten in Butter angebraten. Anschließend belegte man jedes Filetstück mit Leberscheiben und Trüffeln. Sie wurden in Frischhaltefolie eingepackt und für eine Stunde kalt gestellt. Danach wickelte man sie in ein Bauchnetz, weichte sie für drei bis vier Stunden in Salzwasser ein und briet sie dann erneut an. Das war zwar ziemlich viel Arbeit, aber dafür schmeckte das Filet umso besser.

Für Silvester plante er ein Sieben-Gänge-Menü. Als ersten Gang sah er Rührei im Waffelteig mit Seeigeln und Trüffeln vor, gefolgt von einer Brennnesselsuppe nach Großmutters Art und einem doppelt gebackenen Käsesoufflé. Als Zwischengang sollte es Makkaroni mit Kaninchensauce an Röstgemüse aus Sellerie, Karotten und Schalotten geben, bevor als erster Hauptgang Kabeljau-Brandade mit Knoblauchöl serviert wurde. Danach sollte als zweiter Hauptgang Lammrücken in Gewürzteig mit Pfifferlingen folgen. Als Nachspeise wollte er ein Fruchtgratin mit Mandeln oder eine Käseplatte anbieten. Jo freute sich jedes Jahr auf das Silvestermenü, da es für die Küche eine besondere Herausforderung darstellte. Doch so sehr er auch versuchte, sich auf seine Arbeit im Restaurant zu konzentrieren, der Fall spukte weiterhin in seinem Hinterkopf herum. Das unbestimmte Gefühl, dass Tatjana Meyer in ihrem Gespräch einen wichtigen Hinweis gegeben hatte, nagte an ihm.

Deshalb war er ganz froh, dass am Montag eine andere Aufgabe auf ihn wartete. Er hatte Philipp und seinem Freund Tim versprochen, mit den beiden in den Baumarkt zu fahren und Drahtrollen für ein Wildgehege zu besorgen. Philipp war ein ausgesprochener Tierliebhaber und verbrachte viel Zeit in einem nahegelegenen Wildpark, in dem sein Freund Tim eine Ausbildung zum Tierpfleger machte. Wenn Philipp nicht gerade bei seiner Freundin war, steckten die beiden fast Tag und Nacht zusammen.

Ihre neueste Idee war ein eigenes Gehege, in dem sie Muffel aufziehen wollten. Tims Vorgesetzter, der Leiter des Tierparks, wollte keine neuen Tiere mehr aufnehmen, da er die Arbeit mit seiner kleinen Mannschaft ohnehin kaum bewältigen konnte. Die beiden Jungen ließen aber nicht locker und bearbeiteten ihn so lange, bis er nachgab. Allerdings unter der Bedingung, dass sie sich alleine um alles kümmerten. Da keiner der beiden ein Auto besaß und Tims Mutter nur einen kleinen japanischen Stadtflitzer fuhr, fragte Philipp Jo, ob er ihnen nicht mit dem großen Volvo aushelfen könnte. Philipp besaß zwar einen Führerschein, mangels eines eigenen Autos verfügte er aber über kaum Fahrpraxis, so dass Jo es vorzog, selbst zu fahren, statt ihm seinen Wagen zu leihen. Er holte die beiden bei Ute ab, denn Philipp wohnte in einem Zimmer ihrer ehemaligen Pension. Tim war aus Bacharach mit seinem Moped herübergekommen – die Maschine war sein ganzer Stolz. Obwohl es Anfang Dezember schon winterlich kalt war, ließ er sich nicht davon abhalten, weiterhin jeden Morgen damit zur Arbeit zu fahren.

»Habt ihr genug Geld dabei?«, fragte Jo.

»Ich glaub schon«, sagte Tim und grinste. »Aber für Sponsoren sind wir natürlich immer offen, wenn es nicht langt.«

Jo lachte. »Ihr wollt ein eigenes Gehege aufmachen und habt noch nicht mal das Geld für den Zaun?«

»Nö, passt schon«, nuschelte Philipp verlegen. Er gab seinem Kumpel einen Stoß in die Rippen, den dieser postwendend erwiderte.

Im Baumarkt langte ihr Geld schließlich doch, so dass Jo nicht aushelfen musste. Die beiden kauften einige Rollen Maschendrahtzaun und Holzpfosten, die unten angespitzt waren, damit man sie leichter in den Boden schlagen konnte. Die Drahtrollen waren schwerer, als sie aussahen, und die drei mussten ordentlich schleppen. Als sie schließlich alles eingeladen hatten, ächzte der Volvo ein wenig unter der ungewohnten Last.

»Nächstes Mal leihen wir uns einen Pritschenwagen«, meinte Tim. »Nicht, dass der Schlitten von deinem Chef zusammenbricht«, fügte er hinzu und grinste fröhlich.

»Also eure paar Pfosten und das bisschen Zaun packt der Wagen leicht. Da haben wir schon ganz andere Sachen transportiert!«, verteidigte Jo die Ehre seines Volvos. »Wenn du alles mit deinem Motorrad hättest fahren müssen, wärt ihr jedenfalls länger unterwegs gewesen«, fügte er in spitzem Ton hinzu.

»Stimmt natürlich«, sagte Tim schnell, als er Philipps vorwurfsvollen Blick bemerkte. »Wir sind Ihnen wirklich dankbar, dass Sie uns helfen, Herr Weidinger. Mein Chef wollte uns nämlich kein Auto geben. Er hat gemeint, wenn wir schon Muffel haben wollen, sollen wir es selber regeln.«

Auf dem Weg zurück malten sich die beiden ihr neues Gehege in den leuchtendsten Farben aus.

»Muffel sind voll cool«, verkündete Tim von der Rückbank aus.

Jo musste lachen. Die Begeisterung der beiden war richtig ansteckend. Als sie beim Wildpark ankamen, lotste Tim sie zu der Stelle, an der sie das neue Gehege anlegen wollten. Die beiden Jungen verschwanden in Richtung eines Geräteschuppens, um das notwendige Werkzeug zu holen. Jo begann derweil mit dem Ausladen. Er stapelte die Zaunpfosten Stück für Stück auf der Wiese und war so in seine Arbeit vertieft, dass er nicht bemerkte, wie sich jemand von hinten näherte. Als er sich umdrehte, stand auf einmal ein düster aussehender Mann vor ihm.

»Was tun Sie hier?«, fauchte er Jo an. Seine stechenden Augen funkelten bösartig. Unwillkürlich wich Jo einen Schritt zurück.

»Fremde haben hier nichts zu suchen!«, brüllte der Mann und kam bedrohlich näher. Unwillkürlich packte Jo den Pfosten fester, den er in der Hand hielt. Da tauchten Tim und Philipp wieder auf.

»Hey, alles easy«, rief Tim dem Mann zu. »Herr Weidinger ist der Chef von Philipp. Er hilft uns beim Bau des Geheges.«

Der unheimliche Mann murmelte etwas Unverständliches, machte auf dem Absatz kehrt und verschwand ohne ein weiteres Wort in Richtung einer kleinen Hütte.

»Wer war denn das?«, fragte Jo entgeistert.

»Der Kropacek. Der arbeitet hier«, sagte Tim und grinste.

»Der Typ ist voll durchgeknallt«, meinte Philipp lässig. »Aber ein Superpfleger.«

»Absolut«, pflichtete Tim seinem Freund bei. »Neulich ging es einer Hirschkuh total schlecht. Die war kurz vorm Abkratzen. Der Tierarzt hat gesagt, das wird nichts mehr. Aber der Kropacek hat sich Tag und Nacht drum gekümmert und hat sie wieder fit bekommen.« In Tims Stimme schwang echte Anerkennung mit.

Jo schüttelte den Kopf. »Mag sein, aber der Typ ist doch nicht ganz knusper!«

Tim prustete los, als er Jos Gesichtsausdruck sah.

»Halb so schlimm. Der Kropacek tut nur so. Er mag halt keine Fremden.«

»Leute, die er kennt, mag er aber auch nicht«, bemerkte Philipp. Die beiden Jungen schütteten sich aus vor Lachen.

Jo fand das Ganze gar nicht witzig. Er hatte die Begegnung mit dem finsteren Kerl als bedrohlich empfunden. Wortlos half er den beiden beim Ausladen der Drahtrollen. Während er einen weiteren Pfosten auf den Boden legte, durchzuckte ihn auf einmal ein Gedanke. Ein eiskalter

Schauer lief ihm über den Rücken. Der Mann, der um ein Haar auf ihn losgegangen wäre, entsprach genau der Beschreibung von Dr. Enkmann! Um einen Vorwand zu haben, sich noch ein wenig umzusehen, bot er den beiden Jungen an, ihnen beim Aufbau des Zauns zur Hand zu gehen.

»Klasse, dass Sie uns helfen«, lobte Tim, während er mit einem großen Hammer auf einen Zaunpfahl einschlug.

»So geht es viel schneller.«

»Wieso fragt ihr nicht diesen komischen Kerl von vorhin, ob er euch helfen will?«

»Den Kropacek?«

Tim hielt einen Moment inne und wischte sich den Schweiß von der Stirn. »Nee, der arbeitet lieber alleine.«

»Kein Wunder, so wie er sich benimmt«, gab Jo zurück. »Schon erstaunlich, dass dein Chef so einen Typen anstellt. Bei mir im Laden könnte der sich keine fünf Minuten halten.«

»Na ja, so richtig beschäftigt ist er auch nicht«, erklärte Tim etwas zögerlich. »Der ist vor zwei Jahren hier aufgetaucht und hat uns ein angefahrenes Reh gebracht. Der Chef wollte ihn wegschicken, aber der Kropacek ist einfach dageblieben. Der hat sogar in seinem Schlafsack neben dem Reh übernachtet. Ich glaube, der war so was wie ein Landstreicher.«

Tim schlug wieder auf einen Pfosten ein.

»Als unser Chef gesehen hat, wie der Kropacek sich für das Reh eingesetzt hat, hat er ihm angeboten, dass er in der kleinen Hütte, die wir hier auf dem Gelände haben, wohnen kann. Der Chef ist nämlich sehr sozial eingestellt. Keiner hat geglaubt, dass der Kropacek das annimmt, aber jetzt ist er schon seit fast zwei Jahren hier. Der Chef gibt ihm ab und zu ein Trinkgeld, aber ich glaube, der Kropacek braucht sowieso fast nichts.«

»Weißt du, wie er mit Vornamen heißt?«, fragte Jo.

Tim runzelte die Stirn. »Alfred, glaube ich, aber eigentlich nennen ihn alle nur Kropacek.«

»Weißt du, woher der Mann kommt?«

Tim grinste. »Hört man doch. Der ist ein Ösi!«

Natürlich! Die Begegnung mit Alfred Kropacek hatte Jo so aus dem Konzept gebracht, dass er gar nicht darauf geachtet hatte. Obwohl der Mann nur wenige Worte von sich gegeben hatte, war der österreichische Akzent unverkennbar gewesen. Wenn Jo sich nicht täuschte, musste er aus dem Innviertel stammen – die Gegend, die unmittelbar an Niederbayern grenzte. Früher, als er noch ein Kind gewesen war, hatten seine Eltern mit ihm öfter Ausflüge nach Österreich gemacht. Deswegen kannte er den Dialekt recht gut. Obwohl ihm tausend Fragen auf der Zunge brannten, hielt er sich zurück. Er wollte nicht, dass die beiden Jungs sich zu wundern begannen, wieso er sich so für den Tierpfleger interessierte.

Das Einschlagen der Pfosten erwies sich als sehr anstrengend, und die drei kamen tüchtig ins Schwitzen. Jo hätte am liebsten seine Jacke ausgezogen, doch es war schon recht kühl und er wollte sich keine Erkältung holen. Nach gut zwei Stunden stand der Zaun endlich. Tim und Philipp zeigten sich begeistert über das Ergebnis.

»Seid ihr auch hungrig?«, fragte Jo. Die beiden Jungs nickten.

»Wir können ja eins der Rehe vorne im Gehege schießen, und ich mache daraus einen leckeren Braten für uns«, schlug Jo vor.

Tim sah ihn entsetzt an. Er machte ein so verdattertes Gesicht, dass Jo lauthals lachen musste. Erst jetzt merkte Tim, dass der junge Küchenchef ihn auf den Arm genommen hatte.

»Lassen Sie das besser nicht den Kropacek hören!«, gab er mit einem Augenzwinkern zurück. »Der geht Ihnen sonst gleich an die Gurgel. Jäger kann er nämlich auf den Tod nicht ausstehen. Wenn er nur etwas von einer Jagd hört, ist er schon auf hundertachtzig.«

»Ja«, fügte Philipp grinsend hinzu. »Weißt du noch, als ich einmal erwähnt hab, dass bei uns in der Nähe eine Treibjagd ist und ich das voll scheiße finde? Da ist er ganz rot im Gesicht geworden und hat rumgebrüllt, dass die Jäger alle erschossen gehören!«

Schlagartig wurde Philipp bewusst, was er gerade gesagt hatte. Auch Tim machte ein betretenes Gesicht.

»Das meint der Kropacek nicht so«, erklärte er zu Jo gewandt. »Dem tut es halt in der Seele weh, wenn Tiere getötet werden.«

Schnell wechselten die beiden das Thema und überlegten, wie lange es wohl dauern werde, bis sie eine Muffelherde beieinanderhätten. Ein Bauer aus dem Hunsrück, den Tim um zwei Ecken herum kannte, hatte versprochen, ihnen eine Mutterkuh und einen Muffelbock zur Verfügung zu stellen. Jo lud die beiden zum Mittagessen ein, aber sie lehnten dankend ab.

»Wir haben hier noch ziemlich viel zu tun«, erklärte Tim. »Wir müssen eine Futterbox und eine Tränke aus einem anderen Gehege herüberschaffen, und wir wollen noch bei dem Bauern vorbeifahren, der uns die Muffel gibt.«

»Aber ihr müsst doch etwas essen«, wandte Jo ein.

»Wir essen was Kleines unterwegs«, nuschelte Philipp. Jo

sah ihn durchdringend an. Der Junge wich seinem Blick aus. Das bestärkte Jos Verdacht – die beiden wollten in einem Fast-Food-Restaurant einkehren! Jo schüttelte den Kopf. Da gab man sich jede Mühe, den Jungen an gesundes und vernünftiges Essen heranzuführen, und der ging mit seinem Freund lieber Burger und Pommes futtern!

»Na dann mal noch viel Spaß«, sagte Jo in spitzem Ton.

Philipp blickte verlegen zur Seite. Im Grunde war Jo aber ganz froh, dass die beiden sein Angebot ausgeschlagen hatten. Sein Verdacht, dass Alfred Kropacek der Mann sein könnte, der die Jäger beschimpfte und bedrohte, war für ihn fast zur Gewissheit geworden. Die Beschreibungen passten genau auf ihn. Außerdem schien er einen ausgeprägten Hass auf Jäger zu haben. Als er an die kurze Begegnung mit dem Mann zurückdachte, vermeinte er in ihm eine unterdrückte Wut gespürt zu haben, die dieser kaum kontrollieren konnte. Seine düsteren Augen hatten sich in Jos Erinnerung eingebrannt. Dass mit ihm etwas nicht stimmte, war offensichtlich. Aber handelte es sich bei ihm auch um den gesuchten Mörder? Jo war unschlüssig, was er tun sollte. Sollte er die Polizei informieren? Was aber, wenn sich herausstellte, dass der Mann gar nichts mit den Morden zu tun hatte? Jo schüttelte den Kopf. Erst musste er noch mehr über Alfred Kropacek herausfinden!

Zu Hause angekommen, duschte Jo und zog sich um. Nach der ganzen Anstrengung hatte er eine Belohnung verdient, fand er und beschloss spontan, richtig gut essen zu gehen. Bei Simmern gab es ein Zwei-Sterne-Restaurant, das einem bekannten Kollegen seiner Zunft gehörte. Der Mann, Jean-Claude Clausen, war ein Tausendsassa und betrieb neben seinem Restaurant noch ein Hotel und eine Kochschule.

Darüber hinaus trat er mit einer eigenen Kochsendung im Fernsehen auf. Das Restaurant war in einer Jugendstilvilla untergebracht. An den Wänden hingen Gemälde von Künstlern aus der Region. Die Stühle waren mit rotem Samt bespannt, und auf den Tischen lagen weiße Damastdecken. Sehr edel, dachte Jo, aber für seinen Geschmack ein wenig zu plüschig.

Die Karte war deutlich länger als bei ihm im Waidhaus. Keine große Kunst, Clausen beschäftigte mindestens dreimal so viel Personal wie Jo. Das Tagesgericht bestand aus einer Tomatenessenz-Suppe mit Markklößchen, Auberginenküchlein nach Fischerart und einem Rinderfilet in Rotwein. Als Nachspeise gab es ein Tiramisu nach Art des Hauses. Die Zusammenstellung überzeugte Jo nicht, so dass er à la carte bestellte: Getrüffeltes Rindercarpaccio mit Parmesan, Seezungenfilets mit Rosmarin auf knackigem Spinat und als Nachspeise ein Sorbet aus frischen Beeren mit Rhabarberkompott. Das Carpaccio erwies sich als hervorragend, aber da konnte man auch nicht viel falsch machen. Die Seezunge fand Jo dagegen nicht berauschend. Für seinen Geschmack war der Fisch einen Tick zu lange im Ofen gewesen und schmeckte deswegen ein wenig langweilig. Dagegen hätte der frittierte Spinat noch etwas mehr Biss vertragen können. Das Sorbet tröstete ihn über den unbefriedigenden Hauptgang hinweg. Zusammen mit dem Kompott umschmeichelte es den Gaumen und bot einen himmlischen Abgang auf der Zunge.

Jo hätte gern ein wenig mit dem Maître de Cuisine gefachsimpelt, musste aber zu seiner Enttäuschung von einem der Kellner erfahren, dass der berühmte Koch gar nicht im Haus war. Von oben herab erklärte ihm der Mann, Herr Clausen sei eine sehr gefragte und vielbeschäftigte Persönlichkeit und könne deswegen selbstverständlich nicht jeden Tag in seinem Restaurant hinter dem Herd stehen. Jo war da anderer Meinung. Seiner Meinung nach sollte ein Küchenchef zuallererst in seinem Restaurant nach dem Rechten sehen, bevor er sich mit Kochschulen und Fernsehauftritten beschäftigte. Zumal wenn die viel gepriesene Küche seines Restaurants nicht einhundertprozentig überzeugen konnte. Nach einem kleinen Verdauungsspaziergang um das Hotel machte sich Jo auf den Rückweg – um rund 150 Euro ärmer, dafür aber in dem sicheren Gefühl, dass er sich mit seiner Kochkunst vor Jean-Claude Clausen nicht zu verstecken brauchte.

Zu Hause setzte er sich an den Schreibtisch und arbeitete sich durch den Papierstapel, der dort wieder einmal auf ihn wartete. Anschließend ging er nach oben in seine Wohnung und machte es sich in seinem Sessel bequem. Ein Containerschiff, das mit zahlreichen riesigen Stahlbehältern beladen war, quälte sich langsam durch die enge Kurve zwischen den mächtigen Felsen. Jos Gedanken schweiften ab. Der stechende Blick von Alfred Kropacek tauchte vor seinem inneren Auge auf. Wie konnte er mehr über den Mann in Erfahrung bringen? Natürlich hätte er noch einmal Tim fragen können, aber er wollte nicht, dass der Junge misstrauisch wurde. Jo dachte nach. Als Erstes musste er herausfinden, ob der Österreicher wirklich der Mann war, der Jäger beschimpfte und bedrohte. Doch wie sollte er das anstellen? Er konnte ja schlecht einen der Jäger zu einem Besuch ins Wildgehege einladen.

Er blickte hinunter in die Schlucht. Das Containerschiff hatte inzwischen die engste Stelle hinter sich gelassen und wieder Fahrt aufgenommen. Auf einmal kam ihm eine Idee. Mit wenigen Schritten war er an seinem großen Schrank im Wohnzimmer. Er öffnete die unterste Schublade und schloss sie enttäuscht wieder. Wo war sie nur? Er dachte angestrengt nach. Schließlich fiel es ihm wieder ein. Seine alte Spiegelreflexkamera lag in der Kommode im Schlafzimmer. Jo hatte sie vor Jahren bei einem Aufenthalt seines Kreuzfahrtschiffs in Hongkong gekauft. Fotoapparate wurden in Asien deutlich billiger verkauft als in Europa, so dass Jo nicht nur die Kamera selbst, sondern auch gleich noch ein großes Teleobjektiv erworben hatte. Seine anfängliche Begeisterung für die Kamera war allerdings schon bald einer gewissen Ernüchterung gewichen. Sie machte zwar erstklassige Bilder, aber die ganze Ausrüstung wog einige Kilo, so dass Jo sie bald nur noch selten mit auf seine Landausflüge mitgenommen hatte.

Er legte einen neuen Film ein, den er ebenfalls in der Kommode gefunden hatte. Hoffentlich funktionierte er noch, dachte er. Nach ein paar Probeschüssen packte er die Kamera in seine Tasche und machte sich auf den Weg. Zu dumm, dass er keine Digitalkamera hatte, dachte er. Aber besser als nichts!

Er fuhr hinüber zum Wildpark. Einige hundert Meter vor dem Gelände bog er in einen kleinen Feldweg ab. Der Volvo holperte durch die Schlaglöcher. Jo parkte den Wagen außer Sichtweite am Saum eines kleinen Hügels oberhalb des Tals.

Anschließend pirschte er sich hinter ein paar Büschen näher heran. Von einer kleinen Erhebung aus konnte er die Hütte und den vorderen Bereich des Parks gut überblicken. Das neu eingezäunte Gehege lag friedlich vor ihm.

Jo hatte gehofft, schnell ein paar Fotos schießen und wieder verschwinden zu können, doch seine Geduld wurde auf eine harte Probe gestellt. Mehr als eine halbe Stunde tat sich überhaupt nichts. Von Alfred Kropacek war weit und breit nichts zu sehen. Jo ärgerte sich, dass er sich keine Decke oder wenigstens eine Plane mitgebracht hatte, auf die er sich setzen konnte. Um nicht entdeckt zu werden, kauerte er hinter einem Wacholderbusch. Schon nach einer Viertelstunde begannen seine Knie zu schmerzen. Immer wieder verlagerte er sein Gewicht von der einen auf die andere Seite. Er überlegte, ob es nicht besser sei, an einem anderen Tag wiederzukommen. Auf einmal bewegte sich etwas. Aus dem hinteren Teil des Parks näherten sich zwei Männer. Jo spähte durch sein Teleobjektiv, ließ die Kamera aber gleich wieder sinken. Die leuchtend rote Jacke, die zwischen den Bäumen hindurchblitzte, konnte nur Philipp gehören. Dann erkannte er auch Tim. Mühsam schleppten die beiden einen großen Wassertrog. Immer wieder setzten sie ab. Jo drehte an seinem Objektiv und zoomte Philipps Gesicht heran. Obwohl er mehrere hundert Meter von den beiden entfernt war, konnte er die Schweißtropfen auf Philipps Stirn sehen. Die beiden wären wahrscheinlich sehr verwundert gewesen, wenn sie gewusst hätten, dass Philipps Chef hier oben hinter einem Busch lauerte und sie heimlich beobachtete.

Wie aus dem Nichts tauchte Alfred Kropacek hinter den beiden jungen Männern auf. Jo zoomte ihn ganz nah heran. Die dunklen, düsteren Augen des Mannes zogen ihn ganz in seinen Bann. Kropacek wechselte ein paar Worte mit Tim. Jo drückte mehrfach auf den Auslöser. Kropacek stand immer noch hinter den beiden Jungen und musterte sie grimmig. Plötzlich machte er einen Schritt nach vorn und packte mit an. Durch die unerwartete Hilfe gelang es ihnen, den Wasserbehälter schnell an die richtige Stelle im Gehege zu bugsieren. Jo schoss noch einige Fotos, bevor er sich unbemerkt aus dem Staub machte.

Im Wagen spulte er den Film zurück und nahm ihn aus der Kamera. Anschließend fuhr er auf der B9 nach Bingen. Dort gab es noch ein Fotolabor, das Expressbilder anfertigte, die man bereits eine Stunde später abholen konnte.

In der Zwischenzeit schlenderte er ziellos herum. Er erinnerte sich an seinen ersten Besuch in dem kleinen Städtchen. Seine damalige Freundin, wegen der er überhaupt im Rheintal gelandet war, hatte ihm stolz die Heimatstadt der weltbekannten Hildegard von Bingen vorgeführt. Er wusste nicht, warum, aber in seiner Fantasie hatte er sich Bingen als mittelalterliche Stadt mit engen Gassen und alten Türmen vorgestellt, ein bisschen wie Regensburg, nur kleiner. Deswegen war seine Enttäuschung umso größer. Zwar gab es einige hübsch restaurierte Fachwerkhäuser, aber gerade im Stadtzentrum waren einige Gebäude ziemlich heruntergekommen. Der Putz blätterte von den Fassaden, und einige der Läden standen leer oder waren verrammelt. Als größte Bausünde empfand er ein riesiges Betongebäude, das sich mitten in der Fußgängerzone wuchtig zwischen den älteren Häusern erhob und das ganze Stadtbild verschandelte. Die Stadtväter mussten geistig umnachtet gewesen sein, als sie dem Bebauungsplan zugestimmt hatten! Das Angebot an Geschäften war so dürftig, dass Jo schon nach einer halben Stunde mit seiner Rundtour fertig war. Um die Wartezeit zu überbrücken, setzte er sich in eine Eisdiele und bestellte einen Cappuccino. Er holte sich eine der Zeitungen, die an der Wand an langen Holzstangen aufgehängt waren, und vertiefte sich in die Neuigkeiten aus der Region.

Als er wenig später zu dem Fotogeschäft zurückkehrte, waren seine Fotos zum Glück schon fertig. Jo zog sie aus der Hülle heraus und begutachtete das Ergebnis. Wider Erwarten waren sie sehr gut geworden. Wenn man nicht gewusst hätte, dass die Aufnahmen mit einem Teleobjektiv geschossen worden waren, hätte man glauben können, Kropacek sei aus wenigen Metern Entfernung fotografiert worden. Zufrieden nickte Jo der Frau hinter dem Tresen zu und bezahlte. Jetzt musste er nur noch jemanden finden, der Kropacek identifizieren konnte.

Es war schon fast halb sechs, als er wieder im Waidhaus eintraf. Jo verstaute die Fotos in seiner Schreibtischschublade und griff zum Hörer. Diesmal meldete sich Wilhelm Stützle höchstpersönlich.

»Du rufst bestimmt wegen der Dachrinne an«, meinte der Spenglermeister schuldbewusst. »Bin leider bisher nicht dazu gekommen. Am besten machen wir Nägel mit Köpfen. Lass mich mal sehen, was mein Terminkalender sagt.«

Jo hörte, wie Stützle in einem Buch blätterte.

»Morgen, gegen 16 Uhr, könnte ich schnell vorbeischauen. Wäre das okay?«

»Absolut«, antwortete Jo. »Je schneller wir die Sache erledigt bekommen, umso besser.«

Der nächste Anruf fiel Jo deutlich schwerer.

»Sieh an, der Jo«, sagte Sandner zur Begrüßung. »Gibt es dich auch noch?«

»Ja«, erwiderte dieser. »Und ich habe schon wieder einen Anschlag auf dich vor.«

»Lass hören, obwohl ich dir gleich sagen muss, dass ich dich nirgends mehr mitnehme.«

Jo seufzte innerlich.

»Ich wollte dich fragen, ob du Informationen über eine bestimmte Person beschaffen kannst. Der Mann heißt Alfred Kropacek und kommt aus Österreich.«

»Warum in aller Welt sollte ich etwas über einen Österreicher herausfinden wollen, von dem ich noch nie etwas gehört habe?«

»Kann sein, dass der Mann etwas mit den Morden an den drei Jägern zu tun hat«, erklärte Jo.

Sandner pfiff durch die Zähne. »Wie bist du auf ihn gestoßen?«, wollte er wissen.

»Bei verschiedenen Jagden ist ein Mann aufgetaucht, der die Jäger beschimpft und bedroht hat. Einmal soll er sogar gesagt haben, die Jäger gehörten alle erschossen.«

Jo hielt einen Moment inne.

»Ich glaube, dass Alfred Kropacek dieser Mann ist.«

»Ach, du bist dir nicht einmal sicher?«

»Er ist es bestimmt.«

»Schön, da ist jemand, der keine Jäger mag. Deswegen ist er nicht gleich ein Mörder«, wandte Sandner ein.

»Der Mondschein-Killer hat einen ausgeprägten Hass auf Jäger, hast du ja selbst gehört«, meinte Jo.

»Also wenn ich mich recht an das Gespräch mit unserer Kriminalpsychologin erinnere, war ihre Vermutung, dass der Mörder beim Militär angestellt ist. Wo arbeitet denn dein Kropacek?«

Jo zögerte.

»Er ist Tierpfleger.«

»Er arbeitet in einem Zoo?«, fragte Sandner ungläubig.

»Nein, in einem Tierpark«, gab Jo zurück. »Ist wirklich ein ganz merkwürdiger Typ, richtig bedrohlich.«

»Hört sich für mich arg weit hergeholt an, wenn ich ehrlich bin. Und wenn du dir noch nicht mal sicher bist, ob es derselbe Mann ist …«

»Werd ich morgen aber wissen.«

»Wie das?«, fragte Sandner »Bestellst du den Mann zu einer Gegenüberstellung in dein Restaurant?«

»Ich habe meine eigenen Methoden«, gab sich Jo geheimnisvoll.

In der Nacht zog ein Sturm auf. Es blitzte und donnerte heftig. Jo wälzte sich unruhig im Bett hin und her. Mehrmals wurde er aus dem Schlaf gerissen. Am nächsten Morgen hatte sich das Wetter über dem Rhein wieder beruhigt, und die Sonne kam heraus. Jo schwang sich auf sein Fahrrad. Obwohl er sich danach wacher fühlte, war er den ganzen Tag über nicht richtig bei der Sache. Spenglermeister Stützle kam meistens mit einiger Verspätung, so dass Jo überrascht war, als er schon um Viertel vor vier an der Tür klingelte. Jo zog sich rasch Schuhe an und trat zu Stützle hinaus, der bereits mit geschultem Blick die Dachrinne musterte.

»Kriegen wir hin«, meinte er und gab Jo zur Begrüßung die Hand. »Die Wände sehen ziemlich gerade aus. Wir werden aber schon einiges Material brauchen.«

Er zog ein Maßband aus der Tasche, drückte Jo das eine Ende in die Hand und begann die Hausfront abzumessen.

»Stell dich ganz am Ende hin, auf Höhe der Dachrinne«, bat er Jo, der seiner Aufforderung bereitwillig nachkam. Danach maß Stützle die Seitenwand ab. Anschließend folgte das Nebengebäude. Nach gut einer Viertelstunde waren sie fertig. Der Spenglermeister nannte ihm einen ungefähren Preis.

»Das genaue Angebot lasse ich dir natürlich noch zukommen«, fuhr er fort. »Wir sind im Moment allerdings ziemlich ausgelastet. Wenn das Wetter mitspielt und es nicht schneit, könnten wir es vielleicht Mitte Januar erledigen. Ansonsten müssten wir bis März warten.«

Jo nickte und bedankte sich.

»Du hast das Haus wirklich sehr schön restaurieren lassen«, lobte Stützle. »Wenn man bedenkt, wie es früher ausgesehen hat!«

»Leider sehen das nicht alle so«, gab Jo in traurigem Ton zurück.

Stützle sah ihn überrascht an.

»Stell dir vor, gestern stand auf einmal ein komischer Kerl auf dem Hof, der gleich angefangen hat, mich zu beschimpfen. Er hat richtig herumkrakeelt. Dass es eine Schande ist, Tiere abzuschlachten und ich mich schämen sollte, dass bei mir die Jäger ein und aus gehen.«

»Mensch, das ist vielleicht der gleiche Kerl, der auch bei den Jagden aufgetaucht ist«, rief Stützle aufgeregt. »Wie sah der Mann denn aus?«

»Mittleres Alter, lange, dunkle Haare und ungepflegt«, erwiderte Jo. »Ein ganz merkwürdiger Geselle. Ich hab mich gar nicht auf den Hof getraut. Aber ich hab ihn fotografiert«, sagte er stolz. »War ihm offensichtlich unangenehm, jedenfalls hat er sich sofort aus dem Staub gemacht. Wenn du willst, kann ich dir das Foto zeigen«, bot er Stützle an.

Der Spenglermeister nickte begeistert. Das war eine Geschichte so recht nach seinem Geschmack. Seine Jagdkameraden würden Augen machen, wenn sie hörten, dass der Verrückte jetzt auch schon vor Restaurants herumschrie. Im Büro reichte Jo ihm das beste Foto, das er von Alfred Kropacek gemacht hatte. Stützle zog seine Lesebrille heraus und betrachtete das Foto in Ruhe. Schließlich gab er es zurück.

»Und?«, wollte Jo wissen.

»Kein Zweifel«, erwiderte Stützle. »Das ist der Spinner.«

Jo hätte am liebsten triumphierend die Faust geballt.

Stützle blickte zur Uhr.

»Ich muss los!«, rief er. »Die Frau vom Bürgermeister wartet auf mich. Die möchte das Dach ihrer Garage verschönern lassen.«

Kaum war der Spenglermeister vom Hof gefahren, griff Jo zum Telefonhörer.

»Ich habe einen Zeugen gefunden, der den Kerl identifiziert hat!«, teilte er Klaus Sandner triumphierend mit.

»Heißt aber nicht, dass der Mann etwas mit den Morden zu tun hat«, gab Sandner zu bedenken.

»Genau das wollen wir doch herausfinden. Deswegen müssen wir ihn überprüfen!«

»Manchmal habe ich das Gefühl, du verwechselst mich mit einer Auskunftei. Wie soll ich das denn anstellen? Meinst du, solche Informationen fallen vom Himmel?«

»Es sind nur noch ein paar Tage bis zum Vollmond. Wir müssen jeder Spur nachgehen!«

Sandner zögerte.

»Also schön«, gab er nach, »ein ehemaliger Kollege von mir arbeitet als freier Journalist in Wien. Den kann ich bitten, dass er sich ein wenig umhört. Aber versprich dir nicht zu viel davon.«

»Du bist klasse!«, rief Jo voller Begeisterung.

»Sag das mal meinem Chefredakteur, wenn er herausfindet, dass ich Nachforschungen anstellen lasse, weil ein Freund von mir irgendwelchen Hirngespinsten nachjagt.

Sollte allerdings wider Erwarten etwas dabei rumkommen, kennst du ja meine Bedingungen: Wir bekommen die Story exklusiv.«

»Versprochen!«

Kapitel 19

Die nächsten beiden Tage zogen sich für Jo quälend lange hin. Am liebsten hätte er jeden Tag bei Klaus Sandner angerufen. Doch er riss sich am Riemen.

Am Donnerstagmorgen, Jo überprüfte gerade die Lagerbestände in seinem Kühlhaus, meldete sich Sandner endlich zurück.

»Was habt ihr rausbekommen?«, bestürmte Jo seinen Freund.

»Nicht viel. Alfred Kropacek ist 38 Jahre alt und stammt aus der Nähe von Linz. Dort ist er auch aufgewachsen und zur Schule gegangen. Im Anschluss an die mittlere Reife hat er eine Lehre als Maschinenschlosser begonnen, die er aber nicht beendet hat. Mit 21 Jahren ist er zum österreichischen Bundesheer eingezogen worden und hat sich dort für zwölf Jahre verpflichtet.«

»Er war beim Militär? Was hat er dort gemacht? Hat er eine Scharfschützenausbildung?« Die Worte sprudelten nur so aus Jo heraus.

»Weiß ich nicht«, gab Sandner unwillig zurück. »Meinst du, man ruft bei einer Militärbehörde an, und die sagen dir das einfach so? Schon mal etwas von dem Wort Geheimhaltung gehört?«

»Schon gut«, antwortete Jo. »Jedenfalls wissen wir jetzt, dass er gut mit Waffen umgehen kann.«

»Soso. Und was, wenn er nur in der Instandhaltung gearbeitet und Autos repariert hat?«

»Eine Schießausbildung bekommt doch jeder. Außerdem hat er in zwölf Jahren bestimmt verschiedene Sachen gemacht. Vielleicht hat er sogar eine Scharfschützenausbildung bekommen.«

»Die Österreicher sind ausgesprochene Pazifisten, ich glaube nicht, dass die viele Scharfschützen haben. Gegen wen sollten die denn kämpfen? Gegen die Schweiz?«

Jo ließ sich von dem Einwand nicht beirren.

»Sonst noch etwas?«

Sandner zögerte.

»Nun rück schon raus.«

»Also gut«, gab der Journalist nach. »Kropacek ist vorbestraft.«

»Was?«

Jo spürte, wie es ihm kalt den Rücken hinunterlief.

»Weswegen?«, fragte er atemlos.

»Anscheinend ist er auf einen Offizier losgegangen. Ein Militärgericht hat ihn zu drei Jahren verurteilt. Er wurde unehrenhaft entlassen und hat seine Strafe in einem zivilen Gefängnis abgesessen.«

»Wann war das?«

»Vor rund acht Jahren. Der Vorfall muss kurz vor Ende seiner Dienstzeit passiert sein. Vor fünf Jahren wurde er aus dem Gefängnis entlassen. Danach verliert sich seine Spur.«

Jo war sprachlos.

»Hallo? Bist du noch da?«, fragte Sandner.

»Mensch, Klaus, das ist eine ganz heiße Spur. Der müssen wir unbedingt nachgehen!«

Der Journalist seufzte.

»Dass Kropacek mal im Gefängnis war, heißt doch gar nichts.«

»Was?«, entgegnete der junge Küchenchef fassungslos. »Es passt alles genau zum Profil des Täters. Er ist jähzornig, hat einen Hass auf Uniformen, und er verfügt über eine Schießausbildung ...«

»Wissen wir doch gar nicht. Außerdem, wenn er einen Hass aufs österreichische Bundesheer hat, warum sollte er dann Jäger in Deutschland erschießen?«

»Genau das müssen wir herausfinden!«, beharrte Jo.

Sandner schüttelte den Kopf. »Ich glaube, dass dich das Ganze emotional zu sehr mitnimmt. Ist mir schon bei dem Vortrag von Tatjana Meyer aufgefallen. Mensch, Jo, du warst leichenblass, als du dir die Bilder angesehen hast!«

»Das hatte nichts hiermit zu tun«, sagte Jo tonlos.

»So oder so. Lass die Finger davon. Du handelst dir nur Ärger ein.«

»Wir können doch nicht tatenlos zusehen, wie der nächste Mord begangen wird!«

»Jetzt bleib mal auf dem Teppich«, sagte Sandner nüchtern. »Die Chancen, dass Kropacek etwas mit den Morden zu tun hat, stehen doch eins zu einer Million. Nur weil der Mann ein komischer Kauz ist und vor Jahren mal Probleme mit einem Vorgesetzten hatte, kannst du ihn nicht einfach als Mörder hinstellen.«

»Du hältst mich also für verrückt«, stellte Jo mit beleidigter Stimme fest.

»Nein. Ich finde nur, du solltest mit dem Detektivspielen aufhören, bevor es dich noch in ernsthafte Schwierigkeiten bringt.«

»Vielen Dank für den guten Rat. Dann kann ich ja jetzt die

Beine hochlegen und *Die drei Fragezeichen* lesen. Ist bestimmt besser für meine rege Fantasie«, erwiderte Jo sarkastisch.

Am folgenden Tag hielt die Polizei eine weitere Pressekonferenz zu dem Fall ab. Das Interesse auf Seiten der Journalisten war überwältigend. Umso größer war die Enttäuschung, dass Wenger kaum etwas Neues berichten konnte. Übelgelaunt bügelte der Hauptkommissar alle Fragen unter Verweis auf die berühmten »ermittlungstaktischen« Gründe ab. Er deutete allerdings an, dass man dem Täter auf der Spur sei und sich die Schlinge immer enger ziehe. Die Journalisten bestürmten den Hauptkommissar daraufhin regelrecht mit Fragen, aber Wenger blieb eisern bei seiner Linie. Zum Ende der Pressekonferenz rief er alle Jäger, aber auch Spaziergänger und Wanderer dazu auf, den Wald in den nächsten Tagen zu meiden.

Die Resonanz der Medien fiel für die Polizei wenig schmeichelhaft aus. Die Journalisten äußerten viel Kritik an der Informationspolitik der Polizei und vermuteten, dass die ermittelnden Beamten auch nach drei Morden immer noch weitgehend im Dunkeln tappten. Dieter Klein schrieb einen reißerischen Artikel. Die Schlagzeile lautete: »Der irre Mondscheinkiller – schlägt er in drei Tagen wieder zu?«

Eine berechtigte Frage …

Die anstehende Vollmondnacht lastete Jo schwer auf der Seele. Er war bei der Arbeit unkonzentriert und machte einen fahrigen Eindruck. Nach zwei Tagen riss Ute der Geduldsfaden.

»Was ist eigentlich los mit dir?«, wollte sie wissen und sah Jo durchdringend an.

»Alles bestens«, erwiderte der junge Küchenchef.

»Unsinn!«, erklärte sie resolut. »Meinst du, wir merken nicht, dass etwas nicht stimmt? Du sprichst kaum ein Wort, starrst dauernd geistesabwesend in die Luft und isst fast nichts.«

Jo machte ein langes Gesicht. Er redete nie groß über seine Gefühle oder was ihn gerade beschäftigte. Umso mehr fühlte er sich ertappt.

»Wenn du Hilfe brauchst, sag doch einfach was. Man muss nicht immer alles alleine schaffen.«

»Es ist wirklich nichts. Manchmal ist eben auch der Chef nicht in Bestform«, sagte er und brachte ein schiefes Grinsen zustande.

Sie sah ihn weiter durchdringend an.

»Ab sofort bin ich wieder voll dabei«, versprach er.

»Also schön«, antwortete Ute. »Einen Rat möchte ich dir trotzdem geben. Wenn dich etwas beschäftigt, dann sitz nicht einfach herum. Pack die Sache an oder pack die Sache weg. Nur darüber zu brüten bringt gar nichts.«

»Ute?«, rief Jo ihr nach, als sie schon fast an der Tür war. Sie drehte sich um.

»Danke.«

Jos Zweifel, die ihn die letzten beiden Tage so heftig gequält hatten, waren auf einmal wie weggeblasen. Voller Tatendrang stürzte er sich auf die Arbeit. Pedro warf Ute einen fragenden Blick zu, aber die zuckte nur mit den Schultern. Sie wusste selbst nicht, warum ihr kurzes Gespräch bei Jo einen solchen Stimmungsumschwung bewirkt hatte.

Kurz nach neun Uhr hatten sie die Bestellungen des Abends fast abgearbeitet.

»Ich muss heute ein wenig früher los«, sagte Jo zu Pedro gewandt. »Schafft ihr den Rest ohne mich?«

»Wieso? Gehst du auf die Piste?«, fragte der junge Spanier und grinste. Er konnte sich nicht erinnern, dass Jo jemals so früh an einem Samstagabend verschwunden war! Vielleicht steckte eine Frau dahinter, dachte er. Das würde jedenfalls den raschen Stimmungswechsel erklären!

Jo ging nach oben in seine Wohnung und zog sich um. Er brühte sich Tee auf und füllte ihn in eine Thermoskanne. Kurz nach halb zehn fuhr er los. Das Thermometer in seinem Wagen zeigte minus zwei Grad an. Er zog eine Grimasse.

Als er fast bei dem kleinen Wildgehege angelangt war, kam ihm ein Motorrad entgegen. Er wunderte sich, dass jemand trotz der Kälte noch so spät mit einem Motorrad unterwegs war. Im Licht der Scheinwerfer sah er kurz das Gesicht des Fahrers und trat heftig auf die Bremse. Ein kalter Schauer lief ihm über den Rücken. Obwohl er den Mann nur für den Bruchteil einer Sekunde wahrgenommen hatte, gab es keinen Zweifel. Die düsteren, stechenden Augen von Alfred Kropacek hätte er überall wiedererkannt! In der Einfahrt zum Wildgehege wendete er hektisch den Wagen. Dann trat er so heftig aufs Gas, dass die Reifen quietschten. Er musste Kropacek unbedingt einholen! Woher hatte der Wildpfleger das Motorrad? Hatte Tim nicht gesagt, dass der Österreicher praktisch nichts besaß?

Der Volvo schoss mit atemberaubender Geschwindigkeit über die Landstraße. Tausend Gedanken rasten Jo durch den Kopf. In einer engen Kurve musste er scharf bremsen. Der Volvo kam ins Schlingern und wäre um ein Haar hinten ausgebrochen. Adrenalin schoss durch Jos Adern. An einer

Kreuzung, die auf beiden Seiten von Bäumen gesäumt war, hielt er an. Ratlos blickte er nach rechts und links. Wo war Kropacek abgeblieben?

Auf einmal meinte er ein einsames rotes Licht durch die Bäume aufblitzen zu sehen. Er bog nach links ab und gab Gas. Die Straße war sehr kurvenreich, und er musste sich enorm konzentrieren, um nicht die Kontrolle über den Wagen zu verlieren. Immer wieder meinte er das rote Rücklicht von Kropaceks Motorrad vor sich zu sehen, aber schon war es um die nächste Kurve verschwunden.

Jo trieb den Volvo zum Äußersten. Der Motor heulte auf, als er nach unten schaltete und den Wagen um die nächste Kurve jagte. Mit einem Mal tauchte das rote Licht unmittelbar vor ihm auf. Jo trat heftig auf die Bremse. Seine Hände krampften sich um das Lenkrad. Vor Enttäuschung hätte er laut aufschreien können. Das einsame rote Licht gehörte zu einem alten Golf. Die defekte Rückleuchte schien ihn höhnisch anzugrinsen. Jo fluchte. Als er eine Gelegenheit zum Wenden fand, überlegte er für einen Moment, ob er der Straße in die Gegenrichtung folgen sollte. Aber dann gab er doch auf. Kropacek war bestimmt schon über alle Berge.

Als er wieder im Waidhaus angelangt war, saß er noch ein paar Minuten stumm in seinem Wagen. Unwillig schüttelte er den Kopf. Was für ein Pech! Wäre er nur einige Minuten früher da gewesen, wüsste er jetzt, wohin Kropacek an diesem Abend gefahren war – in eine Kneipe, um ein Feierabendbier zu trinken? Oder in den Wald, um sein nächstes Opfer auszuspähen?

Am nächsten Morgen holte Jo eine Landkarte des Mittelrheintals aus seinem Bücherschrank. Er prägte sich die Straßenverläufe und die Abzweigungen genau ein. Noch einmal wollte er sich nicht wieder abhängen lassen. Unglücklicherweise handelte es sich um ein waldreiches Gebiet. Es musste zahllose kleine Waldwege geben, auf denen der Österreicher verschwinden konnte. Wenn er heute Abend überhaupt wieder wegfuhr!

Bei Tageslicht betrachtet, kamen Jo selbst Zweifel an seiner Theorie. Dass der Mann am Samstagabend unterwegs war, konnte tausend Gründe haben. Trotzdem war er fest entschlossen, ihn am Abend erneut zu beobachten und – falls nötig – auch zu verfolgen. Wobei das Wetter nicht gerade dazu einlud. Ein zähes Gemisch aus Hochnebel und grauen Schleierwolken lag wie eine düstere Vorahnung über dem Rheintal. Nach dem Mittagessen nahm er Philipp beiseite und fragte ihn nach dem Stand des Muffelgeheges.

»Praktisch fertig!«, strahlte der junge Koch. »Noch ein paar Kleinigkeiten, und dann können die Muffel kommen. Tim ist schon ganz aufgeregt!«

Sie plauderten noch ein wenig über die Tiere, bevor Jo das Gespräch in Richtung Kropacek lenkte.

»Hat Tim nicht gesagt, dass der Typ kaum Geld hat?«

»Hat er auch nicht«, entgegnete Philipp. »Wieso?«

»Ich glaube, ich hab ihn neulich auf einem Motorrad gesehen.«

»Den Kropacek?« Philipp runzelte die Stirn. »Ach, war wahrscheinlich die Enduro! Die gehört dem Wildpark. Die haben nicht viel Geld, deswegen können sie sich nur ein Auto leisten. Das fährt der Chef. Ab und zu muss aber einer was besorgen. Deswegen haben sie die Enduro gekauft«, erklärte Philipp.

»Voll die alte Mühle!«, fügte er abschätzig hinzu. »Ich

wusste gar nicht, dass der Kropacek einen Motorradführerschein hat. Hab ihn noch nie damit fahren sehen.«

»Es war auch schon abends«, erläuterte Jo. »Vielleicht ist er ja in eine Kneipe gefahren, um einen zu heben.«

»Der Kropacek? Nee, glaube ich nicht. Der verbringt seine ganze Freizeit im Wald. Der ist froh, wenn er niemanden trifft.«

Im Lauf des Nachmittags kam zu dem trüben Wolkenmix noch ein unangenehmer Wind dazu, der um das Waidhaus pfiff und an den Fensterläden rüttelte. Trotzdem fieberte Jo dem Abend entgegen. Diesmal wollte er nichts dem Zufall überlassen und sich schon kurz nach halb neun auf die Lauer legen. Als er Pedro darüber informierte, blieb diesem der Mund offen stehen.

»Du lässt uns den ganzen Abend allein?«, fragte er ungläubig.

»Was heißt den ganzen Abend? Für die Vorbereitungen bin ich doch noch da. Den Rest werdet ihr wohl auch mal ohne mich schaffen », meinte Jo, als wäre es die natürlichste Sache der Welt. Pedro sah seinen Chef zweifelnd an. Das waren ja ganz neue Töne!

Als Jo später den Kopf noch einmal in die Küche steckte, war er erstaunt, wie ruhig es dort zuging. Pedro winkte ihm fröhlich zu. Nirgendwo ein Anzeichen dafür, dass die Küche des Waidhauses zusammenbrach, wenn der Chef nicht da war. Missmutig stapfte Jo hinaus zur Garage, in der er den Volvo immer parkte. Doch schon als er auf die B9 einbog, war seine Verstimmung vergessen. Das Jagdfieber hatte ihn gepackt! Eine halbe Stunde später saß er, eingehüllt in eine dicke Wolldecke, in seinem Wagen und spähte durch sein

Nachtfernglas. Den Volvo hatte er in einer kleinen Ausbuchtung geparkt. Von hier aus bot sich ihm ein freier Blick auf das Wildgehege und die kleine Hütte, in der Alfred Kropacek hauste.

Jo sah auf die Uhr. Kurz vor neun.

Er saß im Dunkeln und fühlte mit den Händen das kalte Metall.

Die seltsame Anspannung, die er schon den ganzen Tag über gespürt hatte, ergriff von seinem ganzen Körper Besitz.

Je näher die Vollmondnacht rückte, umso stärker wurde sein innerer Drang.

Am liebsten hätte er sofort losgeschlagen.

Er wollte es tun. Mehr denn je.

Mit jedem Schuss war der Drang größer geworden. Es kostete ihn fast unmenschliche Kraft, ihm nicht nachzugeben.

Du musst ruhig bleiben, hämmerte er sich ein.

Er durfte nicht von seinem Plan abweichen. Dem Plan, der in ihm gewachsen war.

Von einer kleinen Idee zu einem großen, umfassenden Konzept, in dem jeder einzelne Schritt vorherbestimmt war.

Er lachte laut auf, als er an den Vollmond dachte.

Noch ein Tag. Dann war es endlich so weit.

Der Mond war sein Freund. Er wies ihm den Weg. Gleichzeitig verbarg er ihn.

Er musste sich zusammenreißen.

Nicht auffallen. Du darfst nicht auffallen!

Er kicherte, als er an die Polizei dachte.

Sie hatten die Jäger davor gewarnt, in den Wald zu gehen. Als ob ihn das aufhalten könnte!

So dumm, so dumm. Die Polizei war so dumm. Sie hatten keine Vorstellung von seinem Plan.

Er summte eine kleine Melodie. Heut scheint der Mond so schön.

Das hatte sie ihm immer vorgesungen. Vor dem Einschlafen.

Er spürte, wie der Hass in ihm aufstieg.

Jedes Mal, wenn er an sie dachte, fühlte er diesen brennenden Schmerz.

Er quälte ihn. Aber er gab ihm auch Kraft. Der Hass war eine mächtige Waffe. Er hatte ihm geholfen, seine Zweifel zu überwinden. Die Zweifel, die ihn manchmal überfielen, wenn es dunkel war und der Mond nicht leuchtete.

Er spürte das kalte Metall zwischen den Fingern. Es gab ihm ein Gefühl der Macht.

Die Rache ist mein, spricht der Herr.

Wie ein Sturm würde er über ihn kommen.

Schnell. Tödlich. Gnadenlos.

Widerstrebend packte er das Gewehr wieder in den Koffer.

Fast zärtlich strich er den Lauf entlang.

Er kicherte wieder.

Vorsichtig klappte er den Koffer zu und schob ihn in die Ausbuchtung.

Er tastete nach der Wandabdeckung und setzte sie vorsichtig ein.

Oft saß er stundenlang da und strich über das kalte Metall.

Gerne wäre er noch länger geblieben.

Aber er musste los. Er durfte nichts dem Zufall überlassen.

Die Details. Alle Details mussten stimmen.

Fast eine Stunde war vergangen. Jo saß fröstelnd in seinem Wagen. Trotz der Wolldecke kroch die feuchte Kühle in alle Ritzen. Mit zitternden Händen schraubte er seine Thermoskanne auf und goss sich eine Tasse Tee ein. Der Becher in seinen Händen fühlte sich angenehm warm an. Vorsichtig, um sich nicht zu verbrühen, trank er in kleinen Schlucken.

Als er den Becher wieder auf die Kanne schraubte, meinte er, eine Bewegung an der Hütte zu sehen.

Er presste das Fernglas an die Augen. Der Mond schimmerte fahl zwischen den Wolken hindurch und tauchte die vor ihm liegende Landschaft in ein unwirkliches Licht. Trotz der Restlichtverstärkung seines Fernglases konnte er die Person nur schemenhaft erkennen, die mit zögernden Schritten die Hütte verließ und zwischen den Bäumen verschwand. Was, wenn Kropacek diesmal gar nicht das Motorrad benutzte, sondern zu Fuß unterwegs war, durchfuhr es Jo. Doch seine Befürchtung erwies sich als unbegründet. Einige Minuten später tauchte der Scheinwerfer eines Motorrads zwischen den Bäumen auf. Er blickte angestrengt durch sein Fernglas, konnte den Fahrer aber nicht erkennen. Jo duckte sich, als das Motorrad ihn passierte. Er wartete noch einige Sekunden, dann startete er den Wagen. Das rote Schlusslicht des Motorrades leuchtete einige hundert Meter vor ihm. Der Mann fuhr nicht sehr schnell, so dass es Jo nicht schwerfiel, ihm zu folgen. Um nicht aufzufallen, ließ er einen kleinen Abstand.

Als sie sich der Kreuzung näherten, an der er Kropacek in der Nacht zuvor verloren hatte, schloss er zu ihm auf. Das Motorrad stoppte kurz und bog nach rechts ab. Jo rollte auf die Kreuzung zu und wollte ihm folgen, als mit einem Mal ein schlecht beleuchteter Lieferwagen auftauchte, der mit hoher Geschwindigkeit auf die Kreuzung zuschoss. Jo trat heftig auf die Bremse und kam mit quietschenden Reifen zum Stehen. So ein Idiot! Doch ihm blieb keine Zeit, sich darüber zu ärgern. Er musste an Kropacek dranbleiben! Jo gab Gas und hängte sich an den Lieferwagen. Mehrfach setzte er zum Überholen an, aber der Gegenverkehr zwang ihn immer wieder einzuscheren. Erst hinter der nächsten Kurve gelang es ihm, an dem Lieferwagen vorbeizuziehen. Mit hoher Geschwindigkeit jagte er die Straße entlang. Nach zwei weiteren Kurven folgte ein langgezogener Straßenabschnitt. Jo trat unwillkürlich auf die Bremse. Fassungslos starrte er auf die Straße vor sich.

Kropacek war verschwunden! Der Wildpfleger musste in einen Waldweg eingebogen sein, denn Jo war definitiv an keiner Abzweigung vorbeigekommen. Auf einmal hupte es hinter ihm. Der Lieferwagen hatte aufgeschlossen. Jo blinkte rechts und hielt am Straßenrand an. Der Lieferwagen hupte noch einmal, ehe er an ihm vorbeifuhr. An einem kleinen Feldweg setzte Jo zurück und wendete. Ohne große Hoffnung machte er sich auf die Suche nach der Stelle, an der er Kropacek verloren hatte.

Bis zur Kreuzung zählte Jo insgesamt fünf Waldwege: zwei auf der von ihm aus gesehen rechten Seite und drei auf der linken. Der Wald war in diesem Bereich sehr dicht, und die Bäume ragten düster in den Nachthimmel. Es war unmöglich zu sagen, wo Kropacek abgebogen war.

Auf dem Weg nach Hause dachte Jo über die neue Lage nach. Es gab nun keinen Zweifel mehr, dass sich Alfred Kropacek nachts alleine im Wald herumtrieb. Was tat er dort? Tiere beobachten? Aber das konnte er auch jeden Tag in seinem Wildpark tun. Und wieso folgte er nicht dem Rat der Polizei, sich so kurz vor der nächsten Vollmondnacht nicht mehr im Wald aufzuhalten? Hatte er davon nichts gehört? Oder war es ihm egal, weil er genau wusste, dass er selbst nichts zu befürchten hatte?

Das brachte Jo zu der entscheidenden Frage: Wenn der

Österreicher der Täter war, warum hatte er zweimal hintereinander dasselbe Waldstück aufgesucht? Kein Jäger konnte so leichtsinnig sein, in dieser Situation alleine zum Ansitzen zu gehen!

Oder vielleicht doch? Hatte Kropacek einen Jäger gefunden, der alle Warnungen in den Wind schlug? Jo überlegte, ob er die Polizei einschalten sollte. Aber was konnte er Hauptkommissar Wenger erzählen? Dass er sich an die Fersen eines vorbestraften Wildpflegers geheftet hatte, der einige Male ein paar Jäger beschimpft hatte? Wenn er wenigstens gewusst hätte, wo genau Kropacek in den Wald abgebogen war! Jo schüttelte den Kopf. Er musste sich morgen noch einmal an die Fersen des Mannes heften.

Falls Kropacek wieder unterwegs war.

Am nächsten Morgen setzte sich Jo nach dem Frühstück an den Computer und spielte zwei Partien Schach. Anschließend fuhr er zum Einkaufen. Wieder zu Hause, kochte er sich eine Rinderbrühe, die er anstelle des Tees in seine Thermoskanne füllen wollte. Am Nachmittag klarte es auf und die Sonne kam heraus. Jo setzte sich in seinen Sessel und sah hinunter auf den Rhein. Ein kleiner Schlepper tuckerte den Fluss hinauf. Für einen Moment verspürte er Sehnsucht, mitzufahren. Doch schon bald kreisten seine Gedanken wieder um Alfred Kropacek. Mit einem Mal sah er den Mond am blauen Nachmittagshimmel stehen. Er erschien Jo unnatürlich groß. Wollte er die Menschen davor warnen, dass etwas Schlimmes bevorstand?

Nicht, dass dies im Falle von Hauptkommissar Wenger nötig gewesen wäre. Schon seit Tagen beschäftigte er sich ausschließlich mit der Einsatzplanung für die Vollmondnacht. Fast fünfhundert Beamte würden beteiligt sein: Kriminalpolizei, Streifenbeamte und die Bereitschaftspolizei, quer verteilt über das Rheinland und den halben Hunsrück. Die Wiesbadener Kollegen hatten einen ähnlich großen Einsatz im Taunus und im Rheingau in die Wege geleitet. Was für ein massives Polizeiaufgebot, dachte er. Und doch gleichzeitig ein Ausdruck ihrer Hilflosigkeit. Die Überprüfung der für die Taten in Frage kommenden Personen aus Militär und Polizei hatte bisher zu keinem greifbaren Ergebnis geführt, obwohl der Kreis der Verdächtigen immer weiter gezogen worden war. Gegenwärtig wurden bundesweit die Mitgliederlisten von Schützenvereinen mit den Strafregistern abgeglichen, um nach irgendwelchen Auffälligkeiten zu suchen, aber auch hier konnte die Polizei bisher nichts Verwertbares vorweisen.

Die Ermittlungsbehörden der umliegenden europäischen Länder hatten Dossiers mit dem Täterprofil erhalten, um in ihren Akten nach möglichen Übereinstimmungen mit straffällig gewordenen ehemaligen Scharfschützen zu suchen. Die geografische Analyse der Tatorte hatte einen breiten Korridor ergeben, in dem der Täter mit hoher Wahrscheinlichkeit zuschlagen würde. Dort wurde der Großteil der Beamten eingesetzt. In Absprache mit den örtlichen Polizeidienststellen konzentrierten sie sich auf bestimmte Verkehrsknotenpunkte, um rasch an jeden möglichen Tatort gelangen zu können. Wenn man allerdings das dünne Netz der Polizei über die ausgedehnten Waldgebiete des Hunsrücks und des Rheintals legte, erkannte man schnell, wie hoffnungslos das Unterfangen war – trotz der fünfhundert Beamten.

So sehr es Wenger widerstrebte, sie mussten auf einen Glückstreffer hoffen. Und darauf, dass die Jäger klug genug waren, heute Nacht einen großen Bogen um ihre Reviere zu machen.

Kapitel 20

Mit beginnender Dunkelheit wuchs bei Jo die Unruhe. Der junge Küchenchef hatte sich diesmal gut vorbereitet: Neben Wolldecke und Thermosflasche hatte er eine Taschenlampe und – seine wichtigste Waffe – das Handy eingepackt. Gegen acht Uhr machte er sich auf den Weg. Heute durfte er Kropacek unter gar keinen Umständen verlieren. Auf dem kleinen Hügel oberhalb des Tierparks, von dem aus er den Wildpfleger schon einmal beobachtet hatte, legte er sich auf die Lauer.

Die fieberhafte Anspannung, die ihn vor Tagen befallen hatte, war am Morgen einer unnatürlichen Ruhe gewichen. Es war fast so, als wäre er nicht mehr er selbst, sondern eine dritte Person, die ihn beobachtete.

Noch einmal ging er im Kopf jeden einzelnen Schritt durch.

Der Plan musste eingehalten werden.

Jedes Detail.

Er aß nur sehr wenig.

Leicht und gefährlich. Wie eine Raubkatze, die im Dunkeln lauerte, bevor sie erbarmungslos zuschlug.

Den Nachmittag verbrachte er mit Warten.

Er saß auf einem Stuhl und blickte ausdruckslos auf die Uhr, die an der Wand hing.

Der Sekundenzeiger bewegte sich monoton und gleichmäßig fort.

Ticktack.

Ticktack.

Jede Sekunde brachte ihn seiner Bestimmung näher.

Als die Zeit gekommen war, stand er unvermittelt auf.

Er trat auf sein Bett zu und zog die Tasche darunter hervor.

Langsam öffnete er den Reißverschluss.

Seine Finger glitten zärtlich über den Lauf.

Das kalte Metall prickelte an seiner Haut.

Er lächelte.

Jo überlegte, ob er weiter hier oben ausharren sollte. Ihm war kalt, und die heiße Rinderbrühe brachte nur vorübergehende Linderung. In der kleinen Hütte hatte sich nichts getan. Zum wiederholten Male fragte er sich, was er überhaupt hier machte. Wahrscheinlich saß Kropacek zufrieden vor dem Fernseher oder döste vor sich hin. Jo betrachtete den Schlüssel, der verführerisch vor ihm baumelte. Ein kleiner Dreh und der Motor würde anspringen. In weniger als einer halben Stunde konnte er zu Hause sein. Unschlüssig sah er hinüber zum Wildpark.

In diesem Augenblick öffnete sich die Tür der Hütte und eine Gestalt trat ins Freie. Der Mann blickte sich vorsichtig um. Im hellen Mondlicht konnte Jo sein Gesicht genau erkennen. Dann machte Alfred Kropacek kehrt und verschwand wieder in seiner Hütte. Als er erneut auftauchte, trug er in der rechten Hand einen Motorradhelm.

Doch den bemerkte Jo kaum. Sein Blick war auf die große, dunkle Tasche gerichtet, die Alfred Kropacek in seiner linken Hand hielt. Jo lief es eiskalt den Rücken hinunter.

Kropaceks Motorrad war schon fast an dem kleinen Feldweg vorbei, als Jo endlich aus seiner Starre erwachte. Er brauchte zwei Versuche, bevor der Volvo ansprang.

Jo trat auf das Gaspedal und polterte den ausgefahrenen Schotterweg hinunter zur Straße. Die rote Rückleuchte des Motorrades bewegte sich stetig vor ihm. An der Kreuzung, an der er ihn am Tag zuvor verloren hatte, folgte er dem Österreicher nach rechts. Nach einem halben Kilometer blinkte das Motorrad unvermittelt, und Kropacek bog in einen Waldweg ab. Jo bremste scharf, brachte den Volvo an einer Einbuchtung zum Stehen und schaltete den Motor ab. Er riss die Wagentür auf. Das Knattern des Motorrads drang nur noch sehr leise zu ihm. Kurz später erstarb es ganz. Angestrengt lauschte Jo in die Nacht. Er meinte ein paar knackende Äste zu hören, dann war es still. Leise schloss er die Tür. Er griff nach seinem Handy und drückte auf eine Nummer, die er vorher eingespeichert hatte.

Hauptkommissar Wenger starrte missmutig auf die grünen Leuchtziffern der Uhr in seinem Wagen. Sie zeigte 22:17 Uhr. Fast vier Stunden saßen sie nun schon hier. Zwei Autofahrer hatten angehalten, um sich rasch hinter ein paar Büschen zu erleichtern. Sonst war es ruhig geblieben. Wenger hatte mit einem jüngeren Beamten auf einem Parkplatz in der Nähe der Autobahnverbindung der A61 mit der A60 Stellung bezogen. Ihr Beobachtungsposten lag keine 30 Kilometer von der Stelle entfernt, an der Claudio Renz vor drei Monaten als Erster dem Mondscheinkiller zum Opfer gefallen war. Auch wenn es unwahrscheinlich schien, dass der Täter ausgerechnet hier wieder zuschlagen würde, sagte Wenger sein Instinkt, dass es ein guter Platz war. Außerdem konnte man von hier aus schnell auf die A66 Richtung Wiesbaden gelangen. Das Funkgerät knackte, und Oberkommissar Wieland meldete sich. Er hielt im Büro die Stellung.

»Was gibt es?«, fragte Wenger.

»Gerade ist in der Leitstelle ein Anruf hereingekommen. Jemand hat gemeldet, dass er einen Mann auf einem Motorrad und mit einer großen Tasche auf dem Rücken in ein Waldstück in der Nähe von Michelbach hat einbiegen sehen.«

Wenger war sofort hellwach. Er warf einen Blick auf die Karte. Der Ort lag nicht weit von dem Waldstück entfernt, in dem der erste Mord passiert war.

»Das ist er vielleicht!«, rief der Hauptkommissar aufgeregt.

»Hast du schon jemand losgeschickt?«

»Ich wollte erst mit dir sprechen«, gab Wieland zurück. »Ich weiß nicht so recht, ob wir den Anruf ernst nehmen sollen.«

»Wieso, wer hat die Beobachtung gemeldet?«

»Das ist es ja gerade. Der Mann wollte seinen Namen nicht nennen.«

»Habt ihr schon die Telefonnummer überprüft?«

»Die Abfrage läuft. Der Anruf kam von einer Handynummer.«

»Hast du dir die Aufzeichnung selbst angehört?«, wollte Wenger wissen.

»Ja, natürlich.«

»Und?«

»Ich bin mir nicht sicher.«

»Spiel mir das Band vor«, forderte Wenger seinen Stellvertreter auf.

»Okay, einen Moment«, erwiderte Wieland.

Es knackte ein paar Mal in der Leitung. Dann hörte Wenger die Aufzeichnung des Anrufs.

»Polizeidirektion Koblenz.« Die Stimme des wachhabenden Beamten klang ruhig und sachlich.

»Ich glaube, ich habe den Mondscheinkiller gesehen«, krächzte es in der Leitung. Man merkte sofort, dass der Anrufer versuchte, seine Stimme zu verstellen. Er hörte sich heiser an und flüsterte mehr, als dass er sprach.

»Bitte geben Sie uns Ihren Namen und Ihren genauen Standort«, sagte der Beamte.

»Mein Name tut nichts zur Sache«, krächzte es zurück. »Ich habe gerade einen Motorradfahrer gesehen. Er hatte eine große Tasche dabei und ist in einen Waldweg eingebogen.«

Der Mann beschrieb die Stelle, an welcher der vermeintliche Täter im Wald verschwunden war.

»Wieso glauben Sie, dass es sich um den Mondscheinkiller handelt?«, hakte der Wachhabende nach.

»Er ist es ganz bestimmt. Kommen Sie schnell!«

Der letzte Satz war sehr laut gesprochen. Fast mit normaler Stimme.

»Können Sie den Mann beschreiben?«, fragte der Beamte weiter.

»Jetzt kommen Sie doch!«, rief der Unbekannte.

Danach legte er auf.

»Was denkst du?«, fragte Wieland.

»Schwer zu sagen. Habt ihr schon versucht, den Mann noch einmal anzurufen?«

»Klar, aber das Telefon ist ausgeschaltet. Keine Chance, es zu orten.«

»War das Telefonat lang genug, um festzustellen, woher der Anruf kam?«

»Die Telefongesellschaft arbeitet daran. Ich denke, dass

wir in der nächsten Viertelstunde Bescheid bekommen, wo der letzte Einwahlpunkt des Handys war. Dann sehen wir, ob er wirklich in der Gegend ist, die er angegeben hat. Und wir haben seinen Namen.«

»Gut. Unternimm erst einmal nichts weiter. Wir warten ab, was die Nachforschung bei der Telefongesellschaft ergibt. Gib mir sofort Bescheid, wenn du etwas gehört hast.«

Der junge Beamte sah Wenger gespannt an. Der Hauptkommissar lehnte sich zurück, schloss die Augen und ließ das Telefonat noch einmal Revue passieren.

Dann öffnete er die Augen wieder.

»Fahr los«, sagte er zu dem jungen Beamten.

Dieser nickte begierig und startete den Motor.

Jo war sich unschlüssig. Mit dem Anruf bei der Polizei war er am Ende seines Plans angelangt. Er wusste selbst nicht, wie er sich die Sache vorgestellt hatte – ein kurzer Anruf und schon im nächsten Moment würde ein halbes Dutzend Polizeifahrzeuge mit Blaulicht und Martinshorn aufkreuzen? Selbst wenn die Beamten seinen Anruf ernst nahmen, konnte es eine halbe Stunde dauern, bis der erste Polizist hier auftauchte. Und dann mussten sie Kropacek im dunklen Wald überhaupt erst einmal finden!

Hoffentlich hatte die Polizei ihm geglaubt! Er hatte seine Stimme verstellt, weil er nicht erkannt werden wollte. Deswegen hatte er auch gleich nach dem Anruf das Handy ausgeschaltet. In einem Nachrichtenmagazin hatte er vor einiger Zeit gelesen, dass die Polizei ein Handy auch dann orten konnte, wenn gar nicht damit telefoniert wurde. Über die Telefongesellschaft konnte man ein sogenanntes »stilles Ping« schicken, das heißt, das Handy wurde angefunkt und meldete sich automatisch bei der nächsten Empfangsstation zurück, ohne dass der Besitzer etwas davon bemerkte. Um die Polizei nicht auf seine Spur zu bringen, hatte er sich extra eine neue Prepaid-Karte besorgt.

Die Minuten verstrichen, und Jo wurde immer nervöser. Wo blieb nur die verdammte Polizei? Schließlich hielt er es nicht länger aus. Er griff nach seiner Taschenlampe und stieg aus. Kurz entschlossen trat er an den Kofferraum, öffnete die Klappe und zog den Wagenheber heraus. Dann machte er sich auf den Weg in den Wald. Zwischen den Bäumen drang nur sehr wenig Mondlicht hindurch, so dass er einige Minuten brauchte, um sich an die Dunkelheit zu gewöhnen. Er wagte es nicht, die Taschenlampe einzuschalten. Vielleicht hatte Kropacek die Verfolgung bemerkt und lauerte hinter einem Busch auf ihn. Unwillkürlich packte Jo den Griff des Wagenhebers noch ein wenig fester. Das kalte Metall brachte ihn zum Frösteln. Immer wieder blieb er stehen und lauschte. Der Wind rauschte durch die Äste und raschelte in den Blättern. Sonst war es völlig still.

Seine Nerven waren zum Zerreißen gespannt. Aus dem Augenwinkel heraus sah er etwas glänzen und fuhr herum. Vor ihm lehnte Kropaceks Motorrad an einem Baum. Jo hatte sich so intensiv auf den Weg konzentriert, dass er es fast übersehen hätte. Von seinem Fahrer fehlte jede Spur. Jo entspannte sich ein wenig. Direkt neben dem Motorrad schlängelte sich ein kleiner Pfad in das dichtere Unterholz.

Unschlüssig blieb er stehen. Sollte er oder sollte er nicht? Schließlich gab er sich einen Ruck. Die Augen vor sich auf den Boden geheftet, setzte er vorsichtig einen Schritt nach dem anderen. Er wollte auf keinen Fall auf einen Ast treten.

Der Wald um ihn herum wurde immer dichter. Bedrohlich ragten die Äste in den kleinen Pfad hinein und streiften ihn im Gesicht. Der Pfad machte einen Knick, und unvermittelt stand Jo vor einer kleinen Lichtung. Suchend glitt sein Blick über die freie Fläche. Da sah er ihn! Keine dreißig Meter von ihm entfernt kniete Alfred Kropacek und hantierte mit etwas.

Er wandte Jo den Rücken zu. Dieser war vor Schreck erstarrt. Du musst ihn aufhalten, hämmerte es in seinem Kopf. Er wollte loslaufen, aber seine Beine waren wie gelähmt. In diesem Moment stand Kropacek auf. Jo hörte ein ratschendes Geräusch. Fassungslos starrte er auf das Gerät, das Kropacek in den Händen hielt. Dieser zog noch einmal an der Anlasserschnur.

Mit lautem Knattern sprang die Motorsäge an. Kropacek trat auf einen Futtertrog zu, der das Rotwild anlocken sollte, und begann fachmännisch die einzelnen Stäbe zu zersägen.

Jo war so erleichtert, dass er beinahe laut aufgelacht hätte. Er machte zwei Schritte nach links und versteckte sich hinter einem Nadelbaum. Von dort aus beobachtete er ungläubig, wie Kropacek binnen einer Minute den Futtertrog fast vollständig zerstört hatte. Der Tierpfleger stellte die Motorsäge ab und betrachtete zufrieden sein Werk. Vorsichtig packte er das Werkzeug wieder in die Tasche, die vor ihm auf dem Boden stand. Erst jetzt wurde Jo bewusst, dass die Polizei jeden Moment eintreffen konnte.

»Hey, was machen Sie da?«, rief er mit lauter Stimme.

Kropacek, der gerade noch ruhig den Reißverschluss zugezogen hatte, sprang auf, griff nach der Tasche und war mit ein, zwei Schritten hinter einem Gebüsch verschwunden. Jo hörte an den knackenden Ästen, dass sich Kropacek quer durch den Wald schlug und sich rasch entfernte. Offensichtlich kannte er sich hier sehr gut aus, denn schon eine Minute später vernahm Jo das Geräusch eines startenden Motorrads. Zufrieden machte er sich auf den Rückweg. Mochte Kropacek auch ein unangenehmer Zeitgenosse sein, Jo wollte nicht, dass er seinetwegen Ärger mit der Polizei bekam. Doch jetzt musste sich Jo selber sputen. Er rannte den kleinen Waldweg entlang. Nicht auszudenken, wenn er hier von Hauptkommissar Wenger aufgegriffen würde.

Als er am Wagen ankam, schlug ihm das Herz bis zum Halse. Er fingerte nach seinem Schlüssel, und fast wäre er ihm heruntergefallen. Endlich gelang es ihm, den Wagen aufzuschließen, er startete hastig den Motor und fuhr ruckartig zurück auf die Straße. Das Adrenalin schoss durch seine Adern und trieb ihm den Schweiß auf die Stirn. Er zwang sich, langsam zu fahren. Als er das kleine Waldstück gerade hinter sich gelassen hatte, kam ihm ein Polizeifahrzeug mit hoher Geschwindigkeit entgegen. Mit eingeschaltetem Blaulicht, aber ohne Martinshorn raste der Wagen an ihm vorbei.

Für einen Moment sah er hinter der Scheibe die angespannten Gesichter der Beamten. Hoffentlich halten sie mich nicht an, schoss es ihm durch den Kopf.

Im Rückspiegel konnte er sehen, wie das Polizeifahrzeug rasch kleiner wurde.

Jo atmete tief durch.

Kapitel 21

Einige Stunden vorher, am Nachmittag des gleichen Tages, war ein junger Mann aus einer vornehmen Gründerzeitvilla in der Nähe von Andernach getreten. In der einen Hand hielt er einen kleinen Reisekoffer, in der anderen eine große, auffallend lange Sporttasche. Sie sah aus, als würde er darin Golfschläger transportieren. Er ging zu einem alten Porsche 356 Cabriolet, der vor dem Haus in der Auffahrt parkte, und verstaute den Koffer in dem kleinen Gepäckfach unter der Fronthaube. Der dunkelblaue Lack des Wagens glänzte fast wie neu. Zärtlich strich er mit der Hand über die Motorhaube. Jedes Ersatzteil, das bei der Restaurierung Verwendung gefunden hatte, war in mühevoller Kleinarbeit von Hand gefertigt worden. Dafür konnte sich das Ergebnis sehen lassen: Selbst ein ausgewiesener Experte hätte keinen Unterschied zu einem originalgetreu erhaltenen Porsche feststellen können.

Ein Lächeln glitt über seine Züge. Jedes Detail stimmte. Er öffnete die Fahrertür, klappte den Sitz nach vorne und beugte sich über die Rücksitzbank. Suchend tastete er an der Unterseite entlang. Seine Finger fanden den versteckten Knopf, und mit einem leisen Klicken sprang das Geheimfach an der Unterseite auf. Die Sporttasche passte auf den Zentimeter genau hinein. Zufrieden klappte er das Fach wieder zu.

Langsam fuhr er vom Hof, bog auf die Landstraße ab und fuhr in Richtung der B9.

Bei Bonn wechselte er auf die A562 in Richtung Köln. Gegen 17 Uhr tankte er an einer Raststätte. Den Tankbeleg steckte er sorgfältig in seine Tasche.

Eine gute Stunde später betrat der Mann das Hotel Sonnenhof, das zu den besten Häusern in Hannover gehörte. Der Nachtportier hatte seine Schicht gerade angetreten und kümmerte sich persönlich um den neuen Gast. Roland Glauber arbeitete schon seit fast dreißig Jahren im Hotelgewerbe und hatte im Lauf der Zeit einen guten Blick für unangenehme Gäste entwickelt.

Obwohl er noch sehr jung war, trat der Mann auf, als würde ihm die ganze Welt gehören. Die teure Uhr, die Markenkleidung und die Reisetasche, die nach Glaubers Schätzung mehr gekostet hatte, als er im Monat verdiente, sprachen dafür, dass es sich um einen gutbetuchten Gast handelte. Dem Anschein nach einer dieser großspurigen, jungen Internetmillionäre, die sich in letzter Zeit überall breitzumachen schienen. Oder ein Sohn aus reichem Hause, der außer Geldausgeben nichts gelernt hatte, dachte Glauber abschätzig. Nach außen ließ er sich jedoch nichts anmerken und behandelte den jungen Mann mit ausgewählter Höflichkeit.

»Mein Name ist Alexander Welter. Ich habe eine Suite bei Ihnen bestellt«, sagte der junge Mann, wobei er das Wort »Suite« auffällig betonte.

Glauber sah im Computer nach.

»Wir haben die Prinz-von-Hannover-Suite für Sie reserviert, Herr Welter. Das ist eine unserer schönsten Suiten«, erklärte der Nachtportier feierlich.

»Muss auch sein, bei dem Preis«, gab der junge Mann zurück. »Ich bin gespannt, ob Sie auch einen entsprechenden Service bieten.«

»Selbstverständlich«, erwiderte der Nachtportier. »Neben der Minibar steht Ihnen die ganze Nacht unser Zimmerservice mit warmen und kalten Snacks zur Verfügung. Unser Wellness- und Beauty-Center ist bis 22 Uhr geöffnet. Ebenso unser Fitness-Studio.«

»So genau wollte ich es nun auch wieder nicht wissen.«

Glauber ließ die letzte Bemerkung des jungen Mannes unkommentiert. Die Schicht fängt ja gut an, dachte er missmutig.

»Könnten Sie mir bitte noch Ihren Personalausweis oder Reisepass geben?«, bat Glauber. »Dann können wir für Sie die Anmeldeformalitäten übernehmen.«

»Ja, klar«, sagte der Angesprochene und warf seinen Ausweis auf den Empfangstisch. »Aber schön drauf aufpassen, den brauche ich noch.«

Er kicherte eigenartig schrill.

»Ich werde ihn wie meinen Augapfel hüten«, antwortete der Nachtportier, ohne die Miene zu verziehen.

»Noch was«, sagte der Mann, der sich als Alexander Welter vorgestellt hatte. »Mein Porsche Cabrio muss in die Tiefgarage. Ist ein wertvoller Oldtimer. Ich hoffe, bei Ihnen wird nichts gestohlen.«

»Völlig ausgeschlossen«, meinte Glauber und machte ein geschocktes Gesicht. »Jeder, der in unsere Tiefgarage einfahren möchte, muss erst klingeln. Wir können die Einfahrt und die Tiefgarage auf einem Bildschirm überwachen. Das Gleiche gilt für die Ausfahrt. Ihr Wagen ist bei uns sicher.«

»Gut. Ich will trotzdem, dass jede Stunde jemand nachsieht, ob sich niemand unbefugt in der Tiefgarage herumtreibt.«

»Ich bin die ganze Nacht hier. Ich werde persönlich ein Auge auf Ihren Porsche haben.«

Es fiel Glauber zunehmend schwer, sich seine Verärgerung nicht anmerken zu lassen. Der Nachtportier überreichte dem jungen Mann die Zutrittskarte für seine Suite und gab dem Pagen ein Zeichen. Diensteifrig wollte dieser nach dem Koffer des jungen Mannes greifen.

»Nee, lass mal«, sagte dieser. »Mache ich selber. Da sind wichtige Unterlagen drin.«

Missbilligend schüttelte Glauber den Kopf.

»Bitte zeig Herrn Welter sein Zimmer«, sagte er zu dem Pagen. »Sollen wir Ihren Wagen schon in der Tiefgarage parken?«, fügte er in Richtung Alexander Welter hinzu.

»Nee«, nuschelte der junge Mann. »Niemand außer mir fasst den Porsche an.«

»Was war denn das für ein Typ?«, fragte die zweite Empfangsdame von hinten aus dem Büro.

»Frag lieber nicht«, gab Glauber zurück. »Mit dem werden wir heute Abend noch unseren Spaß haben.«

Das Telefon klingelte, und der Nachtportier warf einen prüfenden Blick auf die Telefonanlage. Die Ziffern 230 leuchteten auf: die Prinz-von-Hannover-Suite.

»Empfang Glauber«, meldete er sich.

»Hier ist Alexander Welter«, schallte es zurück. »Ihr Kühlschrank enthält keine Cola Light. Sagen Sie Ihrem tollen Zimmerservice, dass sie schleunigst eine Flasche vorbeibringen sollen.«

»Tout de suite.«

»Was?«

»Ich werde umgehend jemand schicken«, schob Glauber nach. Er musste sich zusammenreißen, um nicht zu ironisch zu werden. Sonst beschwerte sich dieser junge Schnösel am Ende noch bei der Direktion. Fünf Minuten später tauchte Alexander Welter wieder in der Halle auf. Zu Glaubers Erleichterung jedoch nicht, um sich zu beschweren, sondern um seinen Wagen in der Tiefgarage zu parken. Nachdem er dem Nachtportier noch einmal eingeschärft hatte, er möge ein Auge auf den Porsche haben, verschwand er endlich in seinem Zimmer. Doch wenn der Portier gehofft hatte, die restliche Nacht Ruhe vor dem nervigen Gast zu haben, sah er sich getäuscht. Gegen 20 Uhr leuchtete wieder die Nummer 230 im Display auf.

»Womit können wir Ihnen diesmal helfen, Herr Welter?«, fragte der Nachtportier statt einer Begrüßung.

»Ich will in fünf Minuten duschen. Hier gibt es nur ein Badehandtuch. Ich brauche aber zwei!«

»Selbstverständlich. Ich werde das umgehend veranlassen.«

Welter kicherte. Alles lief nach Plan. Der Nachtportier hatte ihn mit Namen angesprochen. Von einem früheren Besuch im Hotel Sonnenhof wusste er, dass der Portier sehen konnte, aus welchem Zimmer angerufen wurde.

Das gehörte alles zu seinem Plan. Nachdem der Service das Handtuch gebracht hatte, vergewisserte sich der junge Mann, dass er alleine war. Er holte einen kleinen schwarzen Kasten und ein Kabel aus seinem Koffer. Danach schob er das kleine Tischchen, auf dem das Telefon stand, beiseite und beugte sich zur Telefonbuchse hinunter. Er zog den Stecker heraus, schloss stattdessen das kleine schwarze Kästchen an und schaltete es ein. Unten am Empfang leuchtete wieder die 230 an der Telefonanlage auf. Glauber stöhnte.

»Herr Welter?«

»Ich wollte Ihnen nur sagen, das Handtuch ist schon da. Toller Service.«

»Vielen Dank«, erwiderte der Nachtportier überrascht.

»Von jetzt ab möchte ich nicht mehr gestört werden. Ich habe morgen ein wichtiges Treffen mit einem Kunden. Da muss ich mich in Ruhe drauf vorbereiten.«

»Sehr wohl«, erwiderte Glauber mit gespielter Unterwürfigkeit. »Ich werde die Hausdame informieren, dass sie das Bett in Ihrem Zimmer nicht aufdecken muss.«

Welter klappte sein Handy zusammen und lächelte zufrieden. Es funktionierte. Der Nachtportier hatte nichts gemerkt. Er öffnete die Tür und spähte hinaus.

Der Flur war leer.

Leise zog er die Tür hinter sich zu und verschwand im Treppenhaus. Im Erdgeschoss gab es am hinteren Ende des Gebäudes eine Tür, durch die tagsüber die Wäsche angeliefert wurde. Von der Halle aus konnte man sie nicht einsehen. Wie er bei seinem letzten Besuch im Hotel herausgefunden hatte, wurde die Tür nicht abgeschlossen. Sie war nur durch ein Schnappschloss gesichert. Er öffnete sie und legte den Hebel für das Schnappschloss um. Jetzt konnte man die Tür problemlos von außen aufmachen. Der junge Mann warf einen prüfenden Blick über die Schulter. Niemand hatte ihn beobachtet. Mit einem zufriedenen Lächeln verschwand er in die Nacht.

Vom Hinterhof aus gelangte man in eine Nebenstraße. Etwa hundert Meter vom Hotel entfernt hatte er unter falschem Namen eine Garage gemietet. Schon vor gut einem

Jahr. Er schloss die Garage auf und schlüpfte hinein. Die Luft war trocken und kühl. Durch das Fenster fiel ein wenig Licht.

Das schwere Motorrad glänzte matt. Rasch zog er sich die Ledermontur über. Er griff nach der Tasche und hängte sie sich um die Schulter. Dank zweier zusätzlicher Riemen konnte man sie wie einen Rucksack umschnallen. Danach setzte er den Helm auf. Er drückte den Knopf für den Elektrostarter, und mit einem tiefen Wummern sprang der Motor an. Bei dem Motorrad handelte es sich um eine richtige Rennmaschine mit fast 100 PS und einer Spitzengeschwindigkeit, die bei nahezu 300 Stundenkilometern lag. Er öffnete das Garagentor und schloss das verspiegelte Visier seines Helms. So konnte ihn niemand erkennen. Er sah auf die Uhr. Bis nach Hause würde er keine zwei Stunden brauchen.

Perfekt im Zeitplan!

Für einen kurzen Moment hatte ihn der Zweifel befallen.

Dieses lähmende Gefühl, das ihn nach unten drückte und ihm seine Stärke nahm.

Aber dann hatte er sich zur Ordnung gerufen.

Er war nur verspätet. Er würde sicher kommen.

Die Temperatur hatte angezogen, aber er spürte die Kälte nicht.

Er hätte Stunden hier liegen können, ohne sich auch nur einen Tick zu bewegen.

Die eigenartige Ruhe, die er den Tag über gespürt hatte, war einem durchdringenden Gefühl des Hasses gewichen.

Der Hass in ihm loderte so stark, dass er alle anderen Gefühle beiseitewischte ... die Kälte ... das leichte Ziehen an der Schulter, weil er den Gewehrkolben so fest an sein Kinn gedrückt hatte ... das taube Gefühl in den Beinen vom langen Liegen ...

Wie eine glühende Schlange kroch der Hass durch seinen ganzen Körper.

Dann kam er endlich.

Obwohl er fast einen halben Kilometer entfernt war, konnte er das Brummen des alten Geländewagens hören.

Als der korpulente Mann den schmalen Weg zu seinem Hochsitz entlangmarschierte, verfolgte er jeden Schritt, jede kleine Bewegung mit dem Lauf seines Gewehrs.

Durch das Zielfernrohr konnte er sehen, wie der Mann fast ausgerutscht wäre, als er die Leiter nach oben stieg.

Auf dem Hochsitz angekommen, zog der Mann in der dunklen Jägerkluft das Gewehr aus der Hülle und stellte es in Griffweite neben sich.

So nah. Und doch so weit entfernt.

Jetzt gehörte er ihm.

Er wollte diesen Moment genießen. Ihn auskosten, bis er endlich das Urteil vollstreckte.

Das Urteil, das er schon vor so langer Zeit gefällt hatte.

Tu es, flüsterte eine Stimme in ihm.

Töte ihn.

Er drängte die Stimme zurück.

Aber sie wurde immer stärker.

TU ES!

Das Zielfernrohr wanderte von den Augen zur Stirn.

Der Drang wurde größer und größer.

Schließlich konnte er ihm nicht mehr standhalten.

Er drückte ab.

Schon als die Kugel den Lauf verließ, wusste er, dass es ein perfekter Schuss war.

Durch das Zielfernrohr konnte er sehen, wie die Kugel den Kopf nach hinten riss und die Schädeldecke wegsprengte.

Blut und Gehirn spritzten heraus.

Wie in Zeitlupe sah er, dass der Mann langsam nach unten sackte.

Die Augen glasig und mit dieser völligen Leere, die nur der Tod herbeizuführen vermochte.

Er wollte ein zweites, ein drittes, ein viertes Mal abdrücken.

Er wollte seine Fratze zerfetzen.

Völlig zerfetzen.

Der Rausch in ihm wurde fast übermächtig.

Aber er durfte sich nicht gehenlassen.

Er durfte den Hass nicht übermächtig werden lassen.

Der Plan.

Er musste sich an den Plan halten.

Wieder und wieder hämmerte er sich die Worte ein.

Langsam, ganz langsam, begann der Hass abzuebben.

Er hatte es getan. Er hatte ihn gerichtet.

Seine große Aufgabe. Seine Bestimmung.

Ein Gefühl der Schwerelosigkeit überkam ihn.

Er hatte es getan!

Langsam begann Robert Glauber ein wenig müde zu werden. Es war dieses leicht dösige Gefühl, das sich so wohlig warm anfühlte. Er dachte an seine Frau und wie gerne er jetzt bei ihr gewesen wäre. Das Summen des Telefons holte den Nachtportier zurück in die Gegenwart. 230 – schon wieder!

»Herr Welter, womit kann ich behilflich sein?«

»Ich bin mit meiner Vorbereitung fertig. Bitte sorgen Sie dafür, dass mich niemand mehr bis morgen früh stört. Ich möchte pünktlich um 7 Uhr geweckt werden. Keine Minute später! Verstanden?«

»Selbstverständlich«, brummte Glauber ergeben. »Ich werde dem Tagesportier Bescheid geben.«

Triumphierend klappte er sein Handy zu.

Niemand würde ihm die Tat nachweisen können. Der Nachtportier würde Stein und Bein schwören, dass er ihn zur Tatzeit aus seinem Zimmer angerufen hatte.

Außerdem stand der Porsche die ganze Nacht in der Tiefgarage.

Und wie hätte er in weniger als zwei Stunden von Hannover nach Andernach gelangen sollen?

Nein, selbst wenn die Polizei sein Alibi überprüfte, niemand konnte ihm etwas nachweisen.

Er kicherte.

Alles lief nach Plan.

Als Jo im Waidhaus ankam, fror er auf einmal fürchterlich. Seine Hände zitterten, als er sich einen Tee aufgoss. Begierig trank er zwei Tassen und legte sich dann ins Bett. Doch die Kälte, die in jede Faser seines Körpers gekrochen war, wollte nicht weggehen. Ein regelrechter Schüttelfrost befiel ihn, und trotz der dicken Daunendecke zitterte er so, dass er beinahe den Tee verschüttet hätte. Erst nachdem er sich noch zusätzlich in eine Wolldecke eingewickelt hatte, wurde es langsam besser.

Erschöpft fiel er in einen tiefen Schlaf und wachte erst wieder auf, als er unten im Restaurant die Mädchen vom Service mit dem Geschirr klappern hörte.

Das Abenteuer des Vortages hatte ihm einen Schock versetzt. Er konnte es immer noch nicht fassen, dass er so viel Zeit darauf verwendet hatte, einen Unschuldigen zu verfolgen. Um ein Haar hätte er den Mann sogar in ernste Schwierigkeiten gebracht!

Abgesehen davon, dass er selbst fast von der Polizei erwischt worden wäre. Er wollte sich gar nicht ausmalen, wenn er in Wengers Verhörzimmer hätte sitzen müssen, um dem Hauptkommissar seine Detektivspiele zu erklären.

Jo schwor sich, von nun an die Finger von dem Fall zu lassen.

Hauptkommissar Wenger saß an seinem Schreibtisch. Der nächtliche Einsatz hatte sich als völliger Fehlschlag erwiesen. Unrasiert, übernächtigt und mit pochenden Kopfschmerzen sichtete der Hauptkommissar die Meldungen, die über Nacht eingegangen waren. Bei Alzey war ein Geländewagen gestohlen worden, in Mainz hatte es eine große Schlägerei in einer Diskothek gegeben, und in einem Vorort von Koblenz waren Diebe in ein Haus eingebrochen. Alles Routinefälle – die einzige ungewöhnliche Meldung war der Anruf des Mannes, der sie in das kleine Waldstück in der Nähe von Michelbach gelockt hatte. Nachdem die Telefongesellschaft der Polizei mitgeteilt hatte, dass der Anruf tatsächlich aus dieser Gegend gekommen war, hatte Wenger sofort alle verfügbaren Einheiten dorthin geschickt. Er selbst war ebenfalls mit hohem Tempo an den vermeintlichen Tatort gerast. Alles in allem waren fünf Streifenwagen und zwei Zivilfahrzeuge im Einsatz gewesen. Wenger hatte selbst die Einsatzleitung vor Ort übernommen und ließ die Beamten so gut es ging das kleine Waldstück absuchen, ohne dass sie etwas Verdächtiges gefunden hätten.

Wenger hätte den unbekannten Anrufer am liebsten ins Gefängnis gesteckt. Irreführung der Polizei war ein schweres Vergehen. Dummerweise hatten sie den Besitzer des Handys nicht dingfest machen können. Es handelte sich um eine Prepaid-Karte. Streng genommen hätte das Mobilfunkunternehmen die Personalien überprüfen müssen. Hatte man aber nicht getan. Der Name lautete Thomas Meier, die Adresse war falsch. Wenger wäre vor Wut fast an die Decke gegangen, als er davon hörte.

Der einzige Lichtblick dieser verkorksten Nacht war, dass es keinen neuen Anschlag gegeben hatte. Zumindest war ihnen bisher nichts gemeldet worden.

Wenger hoffte inständig, dass es so bleiben würde. Schon eine Stunde später zerschlugen sich jedoch seine Hoffnungen. Eine Haushälterin, die bei einem Bauunternehmer in der Nähe von Andernach beschäftigt war, rief bei der dortigen Polizeiwache an und meldete aufgeregt, dass ihr Arbeitgeber nicht nach Hause gekommen sei. Die Beamten maßen der Angelegenheit keine große Bedeutung bei. Erst als die Frau nicht lockerließ und sich herausstellte, dass der Bauunternehmer ein passionierter Jäger war, lösten die Kollegen Alarm aus. Eine Streife fand den Mann mit aufgerissenem Schädel auf seinem Jagdsitz.

Die Nachricht verbreitete sich wie ein Lauffeuer. Dutzende Reporter versuchten am Tatort Näheres in Erfahrung zu bringen. In einer hektisch einberufenen Pressekonferenz bemühte sich die Polizei, Einfluss auf die Berichterstattung zu nehmen – vergebens. Am nächsten Tag brach ein wahres Trommelfeuer über Wenger und seine Kollegen herein. Von Unfähigkeit und Hilflosigkeit war die Rede, die Ermittlungsarbeit der Polizei wurde pauschal in Frage gestellt und die Gefahr für die Bürger in den grellsten Farben ausgemalt. Besonders tat sich wieder einmal der *Mainzer Express* hervor. Die Zeitung titelte: »Der Mondscheinkiller tötet erneut – ist er zu schlau für die Polizei?«

Wenger las das Presseecho mit hochrotem Kopf und Zornesfalten im Gesicht. Doch damit nicht genug: Der Polizeipräsident tobte und forderte Wenger auf, endlich einen Verdächtigen zu präsentieren. Sogar der Innenminister schaltete sich ein und erkundigte sich nach dem aktuellen Stand der Ermittlungen. Egal, wie man es drehte und wendete: Der Fall entwickelte sich zu einem Desaster für die Polizei.

Kapitel 22

An Jo ging die Berichterstattung spurlos vorüber. Er las keine Zeitung und hörte kein Radio. Er wollte seine nächtlichen Eskapaden und seine kapitale Fehleinschätzung so schnell wie möglich vergessen. Wie hatte er nur glauben können, dass er ganz alleine dem Mondscheinkiller auf die Spur kommen würde!

Stattdessen stürzte er sich mit fast manischer Detailversessenheit auf die Vorbereitungen für das Weihnachts- und Neujahrsmenü. Trotz der eisigen Kälte fuhr er exzessiv Fahrrad und spielte jede freie Minute Schach. Doch so sehr er sich auch bemühte, er konnte den Fall nicht aus seinem Kopf bekommen. Seine innere Unruhe nahm ständig zu. Etwas gärte in seinem Unterbewusstsein und drängte nach oben.

Wieder und wieder versuchte er die Gedanken daran beiseitezuschieben, aber sie kehrten wie ein Bumerang immer wieder zu ihm zurück.

Solange er mit der täglichen Routine im Restaurant beschäftigt war, ging es noch halbwegs, aber Jo graute schon vor seinem nächsten freien Tag. Deswegen nahm er sich für den Montag eine mörderische Fahrradtour vor. Zuerst raste er wie ein Zeitfahrer mit hoher Geschwindigkeit am Rhein entlang bis Bingen. Auf dem Weg zurück schlängelte er sich quer durch die Weinberge – den einen schmalen Stieg hinauf und den nächsten gleich wieder hinunter. Nach vier Stunden höchster körperlicher Anstrengung rollte er völlig erschöpft durch die Hauptstraße in Oberwesel. Bei dem kleinen Kiosk kurz vor dem Marktplatz wollte er sich noch die neueste Ausgabe von *Haute Cuisine* holen, einem Gourmet-Magazin, das jede Woche zwei aufstrebende neue »Küchen-Stars« und ihre Restaurants porträtierte.

Als er an einem kleinen Buchladen vorbeifuhr, warf er einen beiläufigen Blick in die Auslage. Mit einem Mal trat er heftig auf die Bremse. Etwas hatte ihn wie ein Blitzschlag getroffen. Jo stieg von seinem Fahrrad ab, überquerte die Straße und blieb vor der großen Schaufensterscheibe stehen.

Er starrte auf einen kleinen Igel mit einer kecken Mecki-Frisur, der hinter einem Schulbuch stand und ihn fröhlich angrinste. In der Hand hielt er eine grüne Schiefertafel, auf der mit weißer Kreide die Buchstaben »ABC« geschrieben standen. Die Dekoration war offensichtlich seit der Einschulung der neuen »ABC-Schützen« im Sommer nicht mehr verändert worden.

Immer wieder hatte er sich den Kopf zermartert, um dahinterzukommen. Und auf einmal lag der Fall vor seinem inneren Auge wie auf einem Präsentierteller.

In dem Gespräch mit Tatjana Meyer hatte die Kriminalpsychologin einen Satz gesagt, dem Jo damals keine Bedeutung beigemessen hatte: *»Mir ist in meiner bisherigen Laufbahn noch kein Täter untergekommen, der sich so akribisch an einen Zeitplan hält.«*

Es war das Detail, das unterbewusst die ganze Zeit in seinem Kopf herumgespukt hatte: Der Ablauf war zu perfekt! Viermal hatte der Täter in der Vollmondnacht zugeschlagen – wie nach dem Kalender. Wie konnte ein Mensch, der durch das zwanghafte Verlangen angetrieben wurde, auf andere zu schießen, vier Wochen in aller Seelenruhe dasitzen und auf den nächsten Vollmond warten? Wieso tötete er nicht zwei Tage davor oder zwei Tage nachher? Schließlich musste der Täter damit rechnen, dass die Polizei in den Vollmondnächten besonders auf der Hut sein würde! Und warum schoss er nur auf Jäger?

Die Antwort war einfach: *Die Morde des Herrn ABC*. Jo hatte das Buch vor Urzeiten gelesen. Er war sich nicht sicher, meinte aber, dass es von Agatha Christie stammte. An den genauen Verlauf der Geschichte konnte er sich nicht mehr erinnern. Aber das Mordmotiv war ihm im Gedächtnis geblieben. Der Täter hatte beschlossen, seinen Bruder zu töten, um an dessen Vermögen zu kommen. Da er genau wusste, dass der Verdacht sofort auf ihn selbst fallen würde, ersann der Mann einen teuflischen Plan. Um die Polizei von sich abzulenken, ermordete er wahllos Menschen an verschiedenen Orten in England, deren Nachnamen im Telefonbuch jeweils unter den Buchstaben A, B und C standen. Sein Bruder, das eigentliche Mordopfer, folgte mit dem Initial C. Um die Geschichte mit dem verrückten Serienmörder noch glaubhafter zu machen, schickte der Mörder dem Detektiv – Jo meinte, es sei Hercule Poirot gewesen – vorab Ankündigungen, wann und wo der nächste Mord geschehen würde.

Der Mondscheinkiller war ähnlich vorgegangen. Sein eigentliches Ziel war ein Jäger, ein Mann, von dem er wusste, dass er sich auch von den Warnungen der Polizei nicht abhalten lassen würde. Wahrscheinlich ging der Mann an festen Tagen zum Ansitzen. Das hatte der Täter ausgenutzt und seinen Zeitplan danach ausgerichtet. Die anderen Morde hatte er bewusst in Vollmondnächten begangen. Damit lenkte er die Ermittlungen der Polizei in eine völlig andere Richtung. Jo hätte nicht sagen können, wieso er von dieser – auf den ersten Blick fantastisch anmutenden – Idee so überzeugt war. Es war reine Intuition, fast wie eine Erleuchtung.

Er schwang sich wieder auf sein Fahrrad und trat entschlossen in die Pedale. Alle guten Vorsätze, die Finger von dem Fall zu lassen, waren wie weggeblasen.

Das Jagdfieber hatte ihn wieder gepackt!

Eine Stunde später saß Jo, frisch geduscht und voller Tatendrang, an seinem Schreibtisch. Zum ersten Mal erwies sich seine Abneigung, den Papierkram pünktlich zu erledigen, als ein Segen. Als er vor gut einem Monat die Ausgabe des *Mainzer Express* gekauft hatte, in der Dieter Klein über das Leid der Familie des dritten Opfers berichtete, hatte Jo den Artikel nur überflogen und die Zeitung achtlos auf den Stapel auf seinem Schreibtisch geworfen. Er brauchte eine Weile, bis er die Zeitung wiederfand. Auf der Titelseite prangte das Foto einer älteren Frau, in deren Gesicht der ganze Schmerz und die Fassungslosigkeit über den brutalen Mord an ihrem Mann geschrieben standen. Darüber prangte in großen Lettern: »Mondschein-Killer zerstört Familie – lesen Sie exklusiv alles über das grenzenlose Leid der Angehörigen.«

Drei Seiten weiter folgte der dazu gehörende Bericht: »Der brutale Mondschein-Killer, vor dem sich inzwischen ganz Deutschland fürchtet, hat zum dritten Mal zugeschlagen. Das Opfer: Manfred Güttler, ein 59-jähriger Lehrer aus Taunusstein. Wieso hat es gerade ihn getroffen, fragen sich nicht nur seine Schüler entsetzt. Das beschauliche Städtchen steht unter Schock. Für viele ist es unfassbar, dass ausgerechnet der beliebte Pädagoge das Opfer eines grausamen

Serienmörders wurde. Besonders hart hat es seine Familie getroffen. Fassungslos sitzt uns die Ehefrau des Ermordeten gegenüber und kämpft mit den Tränen. ›Warum ihn?‹, fragt sie immer wieder mit erstickter Stimme. ›Er hat doch nie jemand was zuleide getan.‹

Eine Frage, die wohl nur der Mörder beantworten kann. In seiner Heimatgemeinde hinterlässt der engagierte Lehrer jedenfalls eine große Lücke. Nicht nur, dass er mit Leidenschaft unterrichtet hat, er leitete auch den Jugendchor der Schule und saß ehrenamtlich im Stadtrat, wo er sich als passionierter Jäger vor allem für Naturschutz und Heimatpflege starkmachte.

Stockend erzählt uns die Witwe, dass ihr Mann noch viel vorhatte. Nach seiner Pensionierung in einigen Jahren wollte sich das Ehepaar eine kleine Wohnung in Südspanien zulegen, um einige Monate im Jahr in der wärmenden Sonne des Südens zu verbringen. Die Frau bricht in Tränen aus, während sie uns von den gemeinsamen Zukunftsplänen berichtet. Aber trotzig wischt die mutige Frau ihre Tränen ab. Sie möchte stark sein für ihre beiden Söhne, denen nun ihre ganze Liebe und Aufmerksamkeit gilt. Der Jüngere ist so schwer vom Tod des Vaters getroffen, dass er nicht mit uns sprechen möchte. Der Ältere dient bei der Bundeswehr als Zeitsoldat und bereitet sich gerade auf einen Auslandseinsatz als Fallschirmjäger vor – ein Umstand, der seine Mutter vor Sorge kaum mehr schlafen lässt. Nicht auszudenken, wenn sie auch noch ihren Sohn verlieren würde.

Umso wichtiger ist es, dass die Polizei den Mondschein-Killer endlich dingfest macht. Hoffen wir, dass die Ermittlungen bald von Erfolg gekrönt sind, damit nicht noch eine Familie so viel Leid ertragen muss.«

Angewidert legte Jo die Zeitung zurück auf den Papierstapel. Zwei Wörter des Artikels waren ihm ins Auge gestochen: *Bundeswehr* und *Fallschirmjäger*.

Da er selbst keinen Wehrdienst absolviert hatte, kannte sich Jo mit militärischen Dingen nicht sehr gut aus. Er wusste aber, dass Fallschirmjäger seit jeher zu den Eliteeinheiten einer Armee gehörten. Bestimmt konnten sie sehr gut mit Waffen umgehen. Aber bekamen sie auch eine Scharfschützenausbildung? Der Frage musste er unbedingt nachgehen! Jo war sich ziemlich sicher, dass der Mörder nicht im Umfeld der ersten beiden Opfer zu suchen war. Schließlich würde die Polizei am Anfang intensiv nach persönlichen Motiven und nach einem Zusammenhang zwischen den Morden suchen. Mit dem dritten Anschlag war jedoch klar, dass es sich nicht um einen gewöhnlichen Mörder handelte, sondern dass die Polizei es mit einem Serientäter zu tun hatte. Deswegen tippte Jo darauf, dass das eigentliche Ziel des Mörders das dritte Opfer gewesen war. Denn der letzte Tote in einer Serie würde bestimmt wieder verstärkte Aufmerksamkeit auf sich ziehen.

Jo beschloss daher, sich auf Manfred Güttler und seinen Sohn zu konzentrieren. Als Erstes musste er herausfinden, ob es ein Motiv für die Tat gab. Bei einem Lehrer war nicht unbedingt von einem großen Vermögen auszugehen. Habgier schied also wahrscheinlich aus. Doch was konnte sonst der Grund für einen Mord am eigenen Vater sein? Missbrauch in der Kindheit? Brutalität des Vaters gegenüber der eigenen Frau?

Jo hatte einmal von einem Fall in Norddeutschland gelesen, bei dem ein Bauer schon von frühester Kindheit an seine Töchter vergewaltigt und auch seine Frau brutal misshandelt hatte. Eine der Töchter zeigte den Mann schließlich an, und er kam für Jahre hinter Gitter. Als er entlassen wurde, drohte er, seine Tochter zu ermorden, weswegen diese zusammen mit ihrem Freund den Mann erschlug und seinen Leichnam in einem nahegelegenen Moor versenkte. Der Fall hatte damals viele Schlagzeilen gemacht. Gab es hier einen ähnlichen Zusammenhang?

Jo musste mehr über den jungen Mann herausfinden. Was war er für ein Mensch? Wie war das Verhältnis zu seinem Vater gewesen? Seit wann diente er bei der Bundeswehr?

Er schaltete seinen Computer ein und öffnete den Internet-Browser. Zuerst musste er den Namen des Sohnes in Erfahrung bringen. Güttlers Familie hatte sicherlich eine Todesanzeige aufgegeben. Zu seiner Enttäuschung war es nicht möglich, die älteren Ausgaben des *Taunuskuriers* über das Internet einzusehen. Er griff zum Hörer und rief im zuständigen Verlag an. Natürlich hätte er es auch bei Klaus Sandner versuchen können, denn bestimmt hatte der über seine Zeitung auch Zugriff auf die Veröffentlichungen anderer Blätter. Aber nachdem er Sandner so bedrängt hatte, die Warnung vor einem Serienmörder zu veröffentlichen, war es wahrscheinlich keine gute Idee, ihn jetzt mit einer völlig neuen Theorie zu konfrontieren. Nein, diesmal musste er sich alleine durchbeißen. Von einer freundlichen Dame in der Telefonzentrale erfuhr er, dass die älteren Ausgaben des *Taunuskuriers* am Sitz des Verlages in Königstein gegen eine kleine Gebühr jeden Tag zwischen 8 und 12 Uhr eingesehen werden konnten.

Am nächsten Morgen fuhr er sehr früh nach Königstein und stattete dem Archiv einen Besuch ab. Zu seiner Überraschung musste er sich nicht mühselig durch verschiedene

Papierausgaben wühlen, sondern konnte bequem an einem Computer in einer Datenbank suchen. Mittels des Namens wurde er schnell fündig.

Die Todesanzeige der Familie war schlicht gehalten. Unter dem Namen und den biografischen Daten von Manfred Güttler stand nur: »In tiefer Trauer, Erika Güttler, Patrik Güttler, Roman Güttler.« Kein Hinweis auf den gewaltsamen Tod, kein Sinnspruch oder ähnliches Beiwerk.

Aufgrund der Reihenfolge ging Jo davon aus, dass es sich bei Patrik um den älteren Sohn handelte. Jo ließ sich die Todesanzeige ausdrucken und bezahlte an der Kasse. Am liebsten hätte er sich freigenommen und wäre nach Taunusstein gefahren, um sich selbst ein Bild von Manfred Güttlers Haus, seiner Schule und vielleicht auch seiner Familie zu machen. Doch daran war nicht zu denken. Das Waidhaus war voll besetzt, und jede Hand wurde gebraucht. Erst am Nachmittag hatte er Gelegenheit, sich wieder um den Fall zu kümmern. Er recherchierte im Internet, aber das Ergebnis fiel mager aus. Egal, welche Suchkombinationen er in Verbindung mit dem Namen eingab – »Schießwettbewerb«, »Schützenverein«, »Pokal«, »Auszeichnung« –, jedes Mal zog er eine Niete. Es gab zwar zahllose Informationen über Schießwettbewerbe und die entsprechenden Siegerlisten, aber nirgends tauchte der Name Patrik Güttler auf.

Auch die Verbindung mit »Fallschirmjäger«, »Schießausbildung« oder »Schießergebnis« erbrachte nichts Brauchbares. Lediglich beim Thema »Fallschirmjäger« spuckte die Suchmaschine zahllose Treffer aus. Neben Berichten über die Entstehung, die Einsätze und die Erfolge von Fallschirmjägereinheiten seit dem Zweiten Weltkrieg gab es verschiedene Informationsangebote über die Standorte und die Ausbildung der Fallschirmjägereinheiten der Bundeswehr. Anscheinend wurden die Fallschirmjäger zwar an allen Handwaffen ausgebildet, aber eine standardmäßige Schulung als Scharfschützen gehörte nicht dazu. Lediglich eine kleine Minderheit besonders guter Schützen erhielt die Möglichkeit, in einem speziellen Ausbildungsgang zu Scharfschützen weiterqualifiziert zu werden.

Hatte Patrik Güttler zu ihnen gehört?

Im Restaurant ging es in den nächsten Tagen turbulent zu. Einer seiner beiden Großkessel, in denen das Gemüse, Nudeln oder Klöße zubereitet wurden, fiel aus. Das war für die kleine Küchenmannschaft ein schwerer Schlag. Denn nun mussten sie die Beilagen in Töpfen und Tiegeln kochen, was eine enorme Zusatzarbeit bedeutete und die Arbeitsabläufe gehörig durcheinanderwirbelte. In der Vorweihnachtzeit, in der viele Unternehmen ihre Weihnachtsfeiern im Waidhaus ausrichteten, war so etwas eine echte Katastrophe! Jo telefonierte mehrfach mit der Firma, die den Kessel vor drei Jahren geliefert und eingebaut hatte. Doch immer wieder wurde er vertröstet, was ihn schließlich derart wütend machte, dass er den Geschäftsführer so lange am Telefon anschrie, bis dieser ihm versprach, sich persönlich des Falles anzunehmen. Trotzdem dauerte es drei weitere Tage, bis die Wartungsmannschaft der Firma endlich anrückte. Die zwei Mechaniker zerlegten das Gerät fast vollständig und brauchten Stunden, um den Fehler zu finden. Danach schraubten sie noch weitere zwei Stunden daran herum, bis der Kessel endlich wieder funktionierte.

Obwohl seine Gedanken immer wieder zu Patrik Güttler zurückkehrten, kam er nicht dazu, etwas zu unternehmen.

Der Stress der letzten Wochen hatte seine Spuren hinterlassen. Jo fühlte sich nicht in der Stimmung, sich ins Auto zu setzen, eine Stunde zu fahren und den Abend in der Kälte vor dem Haus der Güttlers zu verbringen. Schließlich wusste er nicht einmal, ob sich der junge Mann überhaupt zu Hause aufhielt oder nicht etwa Dienst in der Kaserne schob.

Der fast fieberhafte Drang, den Fall zu lösen, war bei Jo einer entspannten Ruhe gewichen. Wenn er mit seiner Theorie richtiglag, stand er nicht mehr unter Zeitdruck. Güttler würde sicher nicht noch einmal zuschlagen. Natürlich würde der ausbleibende nächste Mord die Polizei vor Rätsel stellen und kurzfristig den Fahndungsdruck noch einmal erhöhen. Aber wenn sich kein weiterer Anschlag ereignete und die bisherigen Morde nicht aufzuklären waren, würde der Fall wahrscheinlich zu den Akten gelegt werden. Jo blieb also genug Zeit, sich später darum zu kümmern. Nach Neujahr wurde es nämlich meistens ruhiger im Restaurant.

Kapitel 23

Er saß auf der Couch im Wohnzimmer und beobachtete das Pendel der großen Standuhr, das langsam hin- und herschwang.

Tick-tack … tick-tack … tick-tack.

Das alte, dunkle Holz wies eine Reihe von Kratzern und Rissen auf. Sein Vater hatte die Uhr bereits von seinem Vater bekommen.

Alter Familienbesitz. Aber nicht mehr lange.

Bald würde er sie mit einer Axt in Stücke schlagen.

Aber noch musste er vorsichtig sein. Keine Veränderungen.

Nur der trauernde Sohn.

Die Polizei hatte ihm schon zweimal einen Besuch abgestattet. Einmal um ihn vom Tod seines Vaters zu unterrichten und das zweite Mal, um ihn zu verhören.

Sie wollten alles über die Lebensgewohnheiten seines Vaters wissen.

Wann und wie oft er zur Jagd ging. Auf welcher Strecke er zu seinem Jagdrevier fuhr.

Ob er jedes Mal sein Gewehr mitnahm.

Ob er immer allein unterwegs war.

Fragen, so viele Fragen.

Er hatte sie alle beantwortet. Ruhig, sachlich, manchmal stockend.

So wie es sich für einen trauernden Sohn gehörte.

Einen Sohn, der noch unter Schock stand.

Der nicht verstehen konnte, wie jemand den geliebten Vater so jäh und plötzlich aus dem Leben reißen konnte.

Mehrfach musste er das Gefühl unterdrücken, einfach laut loszulachen, wenn er in die betretenen Mienen der Beamten sah.

Ihre vorsichtigen Fragen. Ihre Zurückhaltung, um seine Gefühle nicht zu verletzen.

Er kicherte, als er daran dachte.

Nur einmal war er kurz nervös geworden. Als sie ihn nach seinem Alibi befragten.

Der ältere der beiden beeilte sich zu versichern, dass dies reine Routine sei und sie ihn danach befragen müssten. Trotzdem gab er sich aufgebracht. Aufgebracht darüber, dass sie ihn verdächtigten, wo doch jeder wusste, dass sein Vater von diesem Wahnsinnigen, dem Mondschein-Killer, getötet worden war.

Er kicherte wieder.

Sein Alibi war unerschütterlich. Er hatte den Abend in einem Hotel in Hannover verbracht. Sein Porsche Cabrio hatte die ganze Nacht in der Tiefgarage gestanden.

Kurz nach dem Mord, der fast vierhundert Kilometer entfernt stattgefunden hatte, hatte er aus seinem Zimmer den Portier angerufen, um den Weckruf zu ordern.

So würde es jedenfalls der Portier aussagen.

Als er das winzige Gerät in einem kleinen Elektronikladen in Manhattan entdeckt hatte, war ihm sofort klar gewesen, dass es die Lösung seines Problems sein würde.

Sein Alibi.

Sicherlich konnte man so ein Gerät zur Anrufweiterleitung auch in Deutschland kaufen, aber wenn es so etwas gab, war es ihm noch nie aufgefallen.

Das geniale an dem Gerät war seine Größe.

So klein. Und doch so mächtig.

Es hatte ihn in die Lage versetzt, seinen Plan auszuführen.

Den Plan, den er schon so lange in sich trug.

Die Entscheidung, ihn zu töten, war schon vor Jahren gefallen. Als er erfahren hatte, was sein Vater seiner Mutter angetan hatte, wie er sie systematisch in den Tod getrieben hatte, war sein Hass auf ihn ins Unendliche gewachsen.

Am liebsten hätte er ihn sofort getötet. Aber das war nicht möglich. Der Verdacht wäre sofort auf ihn gefallen.

Er hatte lange hin und her überlegt, wie er es bewerkstelligen konnte. Da war ihm der Zufall zu Hilfe gekommen. In der Nähe von Boston hatte ein Scharfschütze wahllos Menschen getötet. Als er zum ersten Mal davon hörte, hatte er laut gelacht.

Er hatte sofort gewusst, dass es seine Chance war.

Dass er dafür auch mehrere andere Menschen töten musste, war ihm egal. Er hatte mehrere Freunde seines Vaters kennengelernt, die ebenfalls Jäger waren. Herrische Männer, wie sein Vater. Jeder von ihnen hätte den Tod verdient gehabt.

Dass sein Vater sich von der Mordserie von der Jagd abhalten lassen würde, war seine geringste Sorge.

Sein Vater war ein selbstherrlicher Despot, der schon immer seinen eigenen Weg gegangen war und sich von niemand einschüchtern ließ.

Die Idee mit dem Vollmond war ihm ganz spontan gekommen. Sie war ursprünglich gar nicht Teil seines Plans gewesen. Als er mit dem Motorrad vom ersten Tatort nach Hause fuhr, euphorisch, stark, trunken vom Gefühl der Macht, hatte er auf einmal den Mond hell über sich glänzen gesehen. Da war in ihm die Idee mit dem verrückten Mondscheinkiller gereift.

Er kicherte.

Es passte perfekt – drei Monate später fiel der Vollmond auf einen der Tage, an denen sein Vater immer zum Ansitzen ging.

Natürlich machte es die Vorbereitungen komplizierter. Er musste deutlich mehr Jäger auskundschaften, als er ursprünglich geplant hatte. Zum Glück waren die meisten von ihnen ausgesprochene Gewohnheitstiere, die in einem festen Rhythmus zum Ansitzen gingen.

Er lachte laut.

Gewohnheitstiere ... die Ironie gefiel ihm.

Fast drei Jahre hatten die Vorbereitungen gedauert. Er musste das Gewehr besorgen.

Es musste nach Deutschland geschafft werden.

Allein das hatte ihn sehr viel Zeit und Mühe gekostet. Er kaufte sich in Kalifornien einen schrottreifen Porsche 356 Cabrio, ließ ihn wieder aufmöbeln und ein Geheimfach installieren, in dem er das Gewehr verstecken konnte.

Anschließend verschiffte er den Wagen nach Deutschland.

Die Beamten beim Zoll standen bewundernd um seinen Porsche herum – keiner machte sich die Mühe, den Wagen gründlich zu untersuchen.

Auch das Alibi bedurfte akribischer Vorbereitungen – ein Hotel mit entsprechender Telefonanlage musste ausgesucht werden. Er brauchte eine Garage in der Nähe, in der er sein Motorrad abstellen konnte, die Fahrzeit von Hannover nach Andernach musste ausgetestet werden. Die Vorbereitungen hielten ihn auf Trab – für eine lange Zeit. Aber nun war es fast geschafft.

Er hatte lang überlegt, ob ein fünfter Toter nötig war, aber nach dem Besuch der Polizei wusste er, dass er es tun musste. Er dachte an die durchdringenden Augen des Polizisten. Sein Vater durfte nicht das letzte Opfer sein.

Die Zeitungen überschlugen sich förmlich mit Warnungen.

Aber das störte ihn nicht.

Er hatte sein Opfer schon im Visier.

Er kicherte.

Im Visier. Die Formulierung gefiel ihm.

Nur noch zwei Wochen. Sekunde für Sekunde rückte die nächste Vollmondnacht näher.

Tick-tack ... Tick-tack.

Kapitel 24

Nur noch knapp eine Woche bis Heiligabend – im Waidhaus hatten sie jetzt so viel zu tun, dass Jo die halbe Zeit nicht wusste, wo ihm der Kopf stand. Daher schaffte er es auch erst an seinem freien Tag, die letzten Zutaten für das Weihnachtsmenü zu besorgen. Dafür war er fast den ganzen Tag unterwegs und kehrte erst am späten Nachmittag ins Waidhaus zurück. Er verstaute die Lebensmittel im Kühlhaus und ging anschließend in seine Wohnung. Sein großer, bequemer Sessel schien ihm zuzurufen, dass er sich eine kleine Ruhepause verdient habe. Andererseits hatte er eigentlich nach Taunusstein fahren wollen, um nähere Erkundigungen über die Familie Güttler einzuholen. Er schwankte hin und her, aber als er schließlich mit einer dampfenden Tasse grünen Tee in seinem Sessel saß, spürte er, wie gut ihm das nach dem ganzen Stress tat. Ehe er sich's versah, war er fest eingeschlafen. Erst gegen acht Uhr abends wachte er wieder auf. Verschlafen rieb er sich die Augen und schüttelte den Kopf – für einen Ausflug in den Taunus war es nun zu spät. Jo tröstete sich damit, dass er nach Silvester immer noch genug Zeit haben würde, sich um Patrik Güttler zu kümmern.

Das Waidhaus war ab Heiligabend bis zum zweiten Weihnachtsfeiertag geschlossen. Traditionell gab es auch erst dann die Geschenke für die Mitarbeiter. Im ersten Jahr hatte er den Fehler gemacht, dass er sich für jeden Mitarbeiter ein individuelles Geschenk einfallen ließ. Bei den Männern gab es damit keine Probleme, aber bei den Frauen führten die unterschiedlich teuren Präsente zu heftigen Eifersuchtsattacken. Jo merkte davon erst gar nichts – auf der kleinen Weihnachtsfeier ließen sich seine Mitarbeiterinnen nämlich nichts anmerken –, aber zwei Wochen später kam es zu einem heftigen Krach zwischen Klara, der Chefbedienung, und einer Aushilfskellnerin, die sich benachteiligt fühlte.

Das war Jo eine Lehre. Seitdem gab es Einheitsgeschenke. Für die weiblichen Mitarbeiterinnen hatte der junge Küchenchef hochwertige Seidenschals besorgt – jeden in einer anderen Farbe. Den Männern schenkte er jeweils eine Eintrittskarte für ein Heimspiel des 1. FC Kaiserslautern. Im Waidhaus waren alle ausgesprochene Fußballfans – bis auf Karl-Heinz. Der bekam von Jo zwei Flaschen guten Rotwein. Damit machte man ihm die größte Freude.

Die letzten drei Jahre hatte Jo Weihnachten entweder bei Ute verbracht oder bei Pedros Familie, die im großen Kreis feierte. Wenn der Sanchez-Clan für eine Familienfeier zusammenkam, reichte eine Wohnung nicht aus, und so wurde kurzerhand der Gemeindesaal gemietet. Alle halfen mit, den festlichen Rahmen so schön wie möglich zu gestalten. Alles wurde liebevoll dekoriert, es gab einen großen Baum, der mit zahllosen Lichterketten geschmückt war, und Unmengen von Plätzchen, Kuchen und anderen Leckereien. Meist begann die Weihnachtsfeier der Familie schon um drei Uhr nachmittags. Es wurde gesungen, Kinder sagten Gedichte auf, Pedros Großvater, als Patron der Familie, las aus der Bibel, und eine seiner zahllosen Cousinen, die bei der Frankfurter Oper als Sopranistin beschäftigt war, trug als Höhepunkt des Programms einige spanische Weihnachtslieder vor. Bei Ute ging es zwar deutlich ruhiger, aber kaum weniger festlich zu. Sie lud immer einige gute Freunde ein, und die passten bequem in das gemütliche Wohnzimmer von Utes Hexenhaus.

Sowohl Pedro als auch Ute hatten ihn auch dieses Jahr wieder eingeladen, aber Jo zog es vor, Weihnachten alleine zu verbringen. Er hörte Musik, sah von seinem Fenster aus hinunter auf den Rhein, der auch an Heiligabend gut befahren war, und hing seinen Gedanken nach. Am Abend telefonierte er lange mit Tante Traudl und Onkel Max. Durch den Stress der letzten Monate hatte er die beiden arg vernachlässigt.

Am ersten Weihnachtsfeiertag ging er früh Fahrrad fahren. Es war ein klarer, kalter Wintermorgen, und Jo erlebte einen wunderbaren Sonnenaufgang über dem Rhein. Anschließend machte er sich auf den Weg nach Oberwesel. Jo war kein regelmäßiger Kirchgänger mehr – dazu ließ ihm das Waidhaus gar nicht die Zeit. Aber ab und zu, wenn es passte, besuchte er den Gottesdienst. Das feierliche Hochamt in der Liebfrauenkirche wurde vom Kirchenchor und einem Streicherquartett umrahmt. Sie boten eine Weihnachtsmesse von Haydn dar. Die Musik weckte bei Jo alte Erinnerungen – an die glücklichen Tage seiner Kindheit.

Eine melancholische Stimmung befiel ihn, die für den Rest des Tages nicht mehr weichen wollte. Er saß über Stunden am Fenster und starrte hinaus. Es war ein wenig milder geworden, und leichte Nebelschwaden stiegen vom Rhein empor. Die Loreley ragte – wie von einem Schleier umgeben – geheimnisvoll aus dem Fluss.

Die Sehnsucht nach seiner Familie wurde fast unerträglich. Für einen Augenblick wünschte Jo, er könnte zu Hause sein, am Tisch in der Küche sitzen und den Duft der Weihnachtsplätzchen einatmen. Schnell verdrängte er den Gedanken.

Am nächsten Morgen hatte der Wind die Nebelschwaden weggeblasen und mit ihnen auch seine trüben Gedanken. Er freute sich auf die Weihnachtsfeier mit seiner Mannschaft und das anschließende Weihnachtsmenü. Das Restaurant war für den zweiten Weihnachtsfeiertag schon seit Monaten ausgebucht, und Jo konnte es sich erlauben, die Plätze nur an Stammgäste zu vergeben. Die Weihnachtsfeiern im Waidhaus waren immer nur sehr kurz, keine halbe Stunde, aber trotzdem sehr stimmungsvoll. Jo hielt eine kleine Rede, in der er das abgelaufene Jahr Revue passieren ließ und sich für die gute Leistung seiner Mitarbeiter bedankte. Anschließend wurden die Geschenke verteilt. Jo bekam eine Reihe von Kleinigkeiten geschenkt – alle rund ums Fahrrad. Eine neue Hose, ein Paar hochwertige Fahrradhandschuhe, eine Karte mit Touren durch den Hunsrück und eine gelb-schwarz gestreifte Tiger-Enten-Hupe, die er sich ans Fahrrad schrauben sollte – um, wie Pedro sagte, den Verkehr lautstark wegzutröten. Sie standen noch ein wenig zusammen, plauderten, und jeder erzählte, was er zu Weihnachten alles bekommen hatte. Nur Jo hielt sich zurück – wie immer, wenn es um persönliche Dinge ging. Dann wurde es auch schon wieder Zeit, das Menü vorzubereiten. Für das große Weihnachtsmenü gaben sich alle besonders viel Mühe. So wurde es – wie jedes Jahr – ein voller Erfolg.

Als Jo die Gaststube betrat, brandete spontan Applaus

auf. Bei seiner anschließenden Runde durchs Restaurant wurde er mit Komplimenten überschüttet. Das Filet war besonders gut geraten. Das zarte Rindfleisch kombiniert mit dem kräftigen Geschmack der Entenleber und einem Hauch von Trüffel war ein Gedicht. Es erfüllte Jo mit Stolz, in die glänzenden Augen und die zufriedenen Gesichter seiner Gäste zu blicken. Auch die folgenden Tage brachten für Jo und seine Küchenmannschaft viel Arbeit. Die Zeit zwischen Weihnachten und Neujahr nutzten viele, um sich ein gutes Essen im Waidhaus zu gönnen.

Der Höhepunkt des Jahres war aber zweifelsohne das Silvestermenü. Schon an den beiden Tagen davor spürte man, wie die Spannung bei allen anstieg. Die Lieferanten gaben sich die Klinke in die Hand, und der Reihe nach wurden die Zutaten angeliefert – das Lammfleisch für den zweiten Hauptgang, der Seeigel für die Vorspeise und der Kabeljau für den Fischgang. Normalerweise gab es im Waidhaus nur rund achtzig Sitzplätze, aber Rüdiger Meynert, einer seiner Stammgäste, hatte noch kurzfristig bei ihm angefragt, ob er nicht mit zehn Personen an Silvester kommen könne. Meynert, ein Unternehmer aus Düsseldorf, der in seiner Firma spezielle Computerchips herstellte, kam sehr häufig mit japanischen Geschäftspartnern zum Essen und ließ jedes Mal ein kleines Vermögen im Waidhaus. Trotz seines Erfolgs war er bodenständig geblieben und ein richtig netter Kerl. Jo wollte ihm daher seinen Wunsch nicht abschlagen. Sie stellten die Tische enger, um noch ein paar zusätzliche Plätze in den Raum zu quetschen.

Für so viele Gäste hatten sie im Waidhaus noch nie gekocht. Das bereitete Jo gehörige Bauchschmerzen. Zum Glück kamen nicht alle Gäste gleichzeitig. Einige besonders hungrige Gäste saßen schon um 19 Uhr an ihren Tischen, der größte Schwung rückte gegen 20 Uhr an, aber zwei größere Gruppen trafen erst gegen 21 Uhr ein. Das verschaffte ihnen in der Küche die notwendige Luft. Trotzdem arbeiteten sie am Anschlag. Der Druck war so groß, dass Jo nur kurze Kommandos durch die Küche rief – für mehr blieb keine Zeit. Jeder musste auf seinem Posten hochkonzentriert sein, ein Fehler oder eine Nachlässigkeit konnte den ganzen Ablauf durcheinanderbringen.

Jo liebte solche Tage – denn erst dann konnte eine Küchenmannschaft zeigen, was wirklich in ihr steckte. So musste sich ein Artist im Zirkus fühlen, der mit immer mehr Tellern jonglierte! Gemüse in der Pfanne anbraten, abschmecken, Teller arrangieren ... jeder Handgriff musste sitzen. An solchen Abenden arbeiteten sie wie in einem Rausch. Die Küchenmannschaft hörte auf, aus Individuen zu bestehen, sie verschmolz zu einem einzigen Organismus, einer großen, gut geölten Maschine, bei der jedes Rädchen perfekt in das andere griff. Mit traumwandlerischer Sicherheit schickten sie einen Teller nach dem anderen hinaus – jeder auf den Punkt perfekt.

Dieses Gefühl konnte man niemandem beschreiben, der nicht selbst einmal in einer Küche gearbeitet hatte.

Nachdem sie das letzte Dessert serviert hatten, war es schon fast Mitternacht. Jo sah sich in der Küche um. Die Schlacht hatte ihre Spuren hinterlassen, überall standen gebrauchte Pfannen, Töpfe und Tiegel herum. Die gestärkten weißen Kochjacken, die zu Beginn des Abends noch makellos sauber gewesen waren, wiesen bunte Spritzer und Flecken auf. Jo blickte in lauter abgekämpfte Gesichter. Aber die Augen leuchteten. Bis der letzte Gast gegangen und die

Küche halbwegs aufgeräumt war, dauerte es fast bis drei Uhr morgens. Völlig erschöpft, aber mit einem tiefen Gefühl der Befriedigung fiel Jo ins Bett.

Es war eine sternenklare Nacht.

Und der Mond stand hell leuchtend am Himmel.

Als Jo am nächsten Morgen erwachte, einem Sonntag, war es draußen noch dunkel. Er brühte sich einen Kaffee auf und trank ihn im Stehen. Sein Blick wanderte über das Rheintal und blieb schließlich an der silbern glänzenden Mondscheibe hängen, die hoch über dem Loreleyfelsen hing. Mit einem Mal fiel ihm siedend heiß ein, dass es nur noch drei Tage bis zum Vollmond waren. Auch wenn er überzeugt davon war, dass es keinen neuen Mord geben würde, verspürte er eine gewisse Unruhe. Wenn Patrik Güttler der gesuchte Todesschütze war, wurde es Zeit, ihn aus dem Verkehr zu ziehen. Wenn er das Gewehr verschwinden ließ und die anderen Spuren, die ihn mit den Morden in Verbindung bringen konnten, verwischt hatte, würde man ihm die Taten vielleicht nie nachweisen können. Zum Glück war der Neujahrstag relativ ruhig, so dass sie die Küche gründlich aufräumen und reinigen konnten. Der Stress der letzten Wochen hatte bei allen deutliche Spuren hinterlassen. Pedro, der nach dem anstrengenden Abend noch auf eine Silvesterparty in Koblenz gegangen war und bis halb sieben morgens gefeiert hatte, sah besonders zerknautscht aus. Aber auch Philipp schien noch ein wenig blasser um die Nase zu sein als sonst, und selbst Ute, die so leicht nichts umwarf, machte auf Jo einen abgespannten Eindruck. Gut, dass sie morgen ihren freien Tag hatten!

Wie sehr ihn selbst die intensive Zeit geschlaucht hatte,

merkte er erst am Montag, als der Wecker beim Aufwachen schon elf Uhr anzeigte. Er hatte fast zwölf Stunden geschlafen! Erfrischt und voller Tatendrang machte er sich am frühen Nachmittag auf in Richtung Taunusstein. Er hatte die Adresse der Familie Güttler im Telefonbuch herausgesucht und sich einen Stadtplan aus dem Internet ausgedruckt.

Trotzdem verfuhr er sich zweimal. Als er endlich vor dem Haus des verstorbenen Lehrers anhielt, war es schon fast drei Uhr. Es lag am Ende einer ruhigen Seitenstraße, die von kleinen Einfamilienhäusern aus den sechziger Jahren gesäumt war – alles wirkte ein wenig verschlafen, aber irgendwie heimelig. Kein Viertel, in dem besonders reiche Leute wohnten. Wenn Patrik Güttler seinen Vater wirklich ermordet hatte, dürfte Geld kaum das Motiv gewesen sein, dachte Jo. Also doch ein Missbrauch in der Familie? Wenn man die gutbürgerlichen Häuser mit ihren makellosen, weißen Fassaden und die gepflegten kleinen Gärten vor sich sah, konnte man sich so etwas jedoch kaum vorstellen.

Während Jo versuchte, es sich in seinem Wagen gemütlich zu machen, fragte er sich mit einem Mal, was er sich von seiner Fahrt nach Taunusstein eigentlich erhoffte. Er wusste nicht einmal, ob Patrik Güttler zu Hause war. Außerdem – wie sollte er feststellen, ob der junge Mann etwas mit dem Tod seines Vaters zu tun hatte? Er konnte ja schlecht in das Haus einbrechen und nach Spuren suchen.

Jo überlegte hin und her, was er tun konnte, als auf einmal die Tür aufging. Ein junger Mann, vielleicht Anfang zwanzig, trat heraus, zog die Tür hinter sich zu und ging zielstrebig zu der kleinen Garage, die sich eng an das Haus duckte. Er öffnete das Tor und verschwand darin. Kurze Zeit später schob er ein dunkles Geländemotorrad heraus. Er trug jetzt einen Helm und schwarze Lederhandschuhe. Jo tat so, als würde er etwas auf der Ablage suchen, als das Motorrad seinen Wagen passierte. Das musste Patrik Güttler sein!

Schnell startete er den Volvo. Wieder einmal dauerte es eine halbe Ewigkeit, bis er auf der engen Straße gewendet hatte. Jo fluchte. Doch seine Befürchtung, er könnte den jungen Mann verlieren, erwies sich als unbegründet. An einer kleinen Ampel holte er ihn ein. Güttler trug eine dunkle Lederjacke, und Jo fragte sich unwillkürlich, ob man darin zu dieser Jahreszeit nicht schrecklich fror. Die Ampel sprang um, und Güttler bog in die Hauptstraße ab. Nach einigen hundert Metern verließen sie Taunusstein in Richtung Wehen. Güttler schien es nicht eilig zu haben, und Jo ließ sich zurückfallen. Er wollte auf keinen Fall, dass Patrik Güttler ihn bemerkte.

Bei Wehen bog das Motorrad in einen kleinen Waldweg ein. Jo wurde nervös. Damit hatte er nicht gerechnet. Wo wollte der junge Mann hin? Kurz entschlossen bog er ebenfalls in den Weg ein. Einige hundert Meter vor sich sah er etwas Rotes leuchten. Offensichtlich hatte Güttler das Licht eingeschaltet. Jo musste jetzt Gas geben, um ihn nicht zu verlieren. Das Gras streifte den Unterboden des Volvos, und der Wagen ächzte bedenklich, als er durch die Schlaglöcher holperte. Kurze Zeit später verließen sie den Wald. Rechts und links säumten nun abgemähte Felder den Weg. Jo schüttelte den Kopf. Wo wollte Güttler nur hin? War er auf dem Weg zu einem geheimen Versteck? Sie fuhren um eine Kurve, und auf einmal lag die Straße wieder vor ihnen. Güttler wartete den vorbeifahrenden Verkehr ab und bog dann nach links ab. Anscheinend hatte er nur eine Abkürzung genommen. Nach zwei weiteren Kilometern kamen sie in ein kleines Örtchen. Vor einem Lokal, über dem in blauer Neonschrift das Wort »Bistro« prangte, stoppte Güttler und parkte sein Motorrad. Er nahm den Helm ab und betrat das Lokal.

Jo hatte auf der gegenüberliegenden Seite angehalten. Er überlegte, ob er besser draußen warten sollte, aber seine Neugier gewann die Oberhand. Im Inneren machte das »Bistro« einen sehr freundlichen Eindruck. Zwei große Stehlampen erleuchteten den Raum und tauchten ihn in ein angenehm diffuses Licht. Patrik Güttler saß am hinteren Ende des Raums allein an einem Tisch. Die Lederjacke hatte er ausgezogen und zusammen mit dem Helm auf den Stuhl neben sich gelegt. Obwohl er mit dem Motorrad gekommen war, bestellte er sich bei einer dunkelhaarigen Bedienung ein Pils. Jo setzte sich an einen freien Tisch, von dem aus er Patrik Güttler unauffällig beobachten konnte. Aus der Nähe betrachtet sah er noch jünger aus. Obwohl das Lokal schon gut gefüllt war, wirkte Güttler verloren. Er nahm einen kräftigen Schluck aus seinem Glas und starrte ausdruckslos vor sich hin.

Jo vertiefte sich in die Karte und bestellte einen Orangensaft. Nach einigen Minuten tauchte ein weiterer junger Mann auf. Er sah sich kurz um und kam dann zielstrebig auf Güttlers Tisch zu. Dieser bemerkte den Neuankömmling erst, als er schon fast vor ihm stand. Er erhob sich halb und drückte ihm die Hand.

»Wie war Weihnachten? Hast du viele Geschenke bekommen?«, fragte der Freund.

»Nicht so gut«, entgegnete Güttler in gedämpftem Ton, »meine Mutter hat die ganze Zeit nur geweint.«

Jo musste sich bei der Geräuschkulisse anstrengen, um Güttler überhaupt zu verstehen. Der Freund schwieg betreten.

»Ist an Weihnachten bestimmt doppelt schwer«, meinte er schließlich.

Güttler nickte stumm.

Als die Bedienung kam, bestellte der Freund eine große Cola. Anscheinend war der junge Mann ebenfalls bei der Bundeswehr, jedenfalls erzählte er lautstark einige Anekdoten von der letzten Geländeübung, bei der zwei Kameraden bei der Überquerung eines Baches ausgerutscht und in ein Schlammloch gefallen waren. Er schilderte den Vorfall so witzig, dass das ein oder andere Lächeln über Güttlers Gesicht huschte. Doch so sehr sein Freund sich auch bemühte, Güttler blieb in einer gedrückten Stimmung. Er lachte wenig und antwortete auch nur sehr einsilbig. Dafür trank er in rascher Folge drei Glas Bier, wie Jo missbilligend feststellte.

In einer Gesprächspause fragte Güttler sein Gegenüber unvermittelt: »Weißt du, was das Schlimmste ist?«

Sein Freund schüttelte den Kopf.

»Das Schlimmste ist, dass wir uns gestritten haben.«

Güttler sah seinen Freund mit gequältem Gesichtsausdruck an.

»Er hat getobt, weil ich mich verpflichtet habe. Ich habe zurückgeschrien, dass ich erwachsen bin und er mir gar nichts zu sagen hat.«

Er senkte den Blick und starrte auf das halbleere Bierglas vor sich. »Es war das letzte Mal, dass ich mit ihm gesprochen hab.«

Als er wieder hochblickte, standen Tränen in seinen Augen. Das ganze Leid, die ganze Verzweiflung und die Schuldgefühle waren Patrik Güttler ins Gesicht geschrieben. Jos Magen krampfte sich zusammen. Rasch wandte er den Blick ab. Er winkte die Bedienung heran, bezahlte hastig und verließ fluchtartig das Bistro. Die ganze Fahrt über verfolgte ihn der verzweifelte Blick des jungen Mannes. Es dauerte fast bis zum Waidhaus, bis Jo wieder einen klaren Gedanken fassen konnte. Eines stand für ihn fest: Patrik Güttler hatte seinen Vater nicht ermordet.

So eine Verzweiflung, wie er sie bei dem jungen Mann gespürt hatte, konnte unmöglich gespielt sein. Es hätte auch keinen Sinn gemacht. Warum sollte Patrik Güttler seinem Freund etwas vortäuschen?

Wenn er es aber nicht gewesen war, blieb nur ein logischer Schluss: Das eigentliche Ziel des Täters musste Opfer Nummer vier sein!

Zu Hause durchwühlte er die alten Zeitungen, konnte aber nichts über den vierten Mord darin finden. Nun rächte es sich, dass sich Jo nach seinem verunglückten Abenteuer mit Alfred Kropacek komplett abgeschottet hatte. So blieb ihm nichts anderes übrig, als am folgenden Tag in aller Herrgottsfrühe nach Koblenz zu fahren und das Archiv des *Rheinischen Tagblatts* aufzusuchen.

Lange fand Jo an diesem Abend keinen Schlaf. Er wälzte sich unruhig in seinem Bett hin und her. Mit einem Mal kamen ihm Zweifel, ob seine Theorie überhaupt stimmte.

Noch mehr aber quälte ihn die Vorstellung, dass er sich in falscher Sicherheit gewiegt haben könnte. Wenn das vierte Mordopfer das eigentliche Ziel war, würde der Täter die Serie vielleicht nicht damit enden lassen wollen. Schließlich richtete die Polizei sonst möglicherweise ein besonderes Augenmerk auf den letzten Anschlag.

Das bedeutete, dass der Täter vielleicht schon auf sein nächstes Opfer lauerte.

Und nur noch zwei Tage bis Vollmond!

Kapitel 25

Als das Archiv des *Rheinischen Tagblatts* am nächsten Morgen seine Pforten öffnete, wartete Jo schon ungeduldig an der Tür. Nach kurzer Suche wurde er fündig. Zu seiner Enttäuschung gab es nur spärliche Informationen über den Toten. Das Hauptaugenmerk des Artikels galt den Tatumständen und der Frage, warum es der Polizei trotz der vier Opfer und einer der aufwendigsten Ermittlungen, die je in der Region durchgeführt worden waren, immer noch nicht gelungen war, den Täter dingfest zu machen. Hans-Jürgen Welter, so hieß der Ermordete, war ein erfolgreicher Unternehmer, der aus bescheidenen Anfängen in Andernach eine florierende Firma geschaffen hatte, die schlüsselfertige Häuser in ganz Deutschland baute und über fünfhundert Mitarbeiter beschäftigte. Er wurde als bodenständiger und zupackender Mensch beschrieben, der sich auch politisch engagierte und zahlreichen Gremien angehörte. Die Todesanzeigen, die sich zwei Tage später in der Zeitung fanden, untermauerten diesen Eindruck. Neben der Beileidsbekundung seiner Firma, die sich über eine halbe Seite erstreckte, gab es noch eine Reihe weiterer, wenn auch kleinerer Anzeigen, unter anderem vom örtlichen Unternehmerverband, vom Lion's Club, vom Jagdverein und vom Ortsverband der CDU.

Jos Augenmerk galt jedoch einer Todesanzeige, die sich ebenfalls über eine halbe Seite erstreckte. Sie war schlicht gehalten und bestand nur aus dem Namen des Toten und seinen biographischen Daten. Darunter stand in kleinen Lettern:

»In tiefer Trauer, Alexander Welter.«

Keine weiteren Angaben, keine weiteren Namen. Bestimmt der Sohn, dachte Jo. Augenscheinlich gab es keine anderen Verwandten. Jo konnte nicht sagen, warum, aber aus irgendeinem Grund beunruhigte ihn das. Hastig druckte er die Anzeige aus und bezahlte an der Kasse. Am Empfang in der Eingangshalle fragte er nach Klaus Sandner, aber zu seiner Enttäuschung war der Journalist noch nicht im Haus. Bereitwillig bot der Pförtner an, eine Nachricht aufzunehmen, aber Jo winkte ab.

Während der Fahrt zurück zum Waidhaus überlegte er, wie er mehr über Hans-Jürgen Welter und seinen Sohn Alexander in Erfahrung bringen könnte.

Zu Hause angekommen, klemmte er sich hinter den Computer. Die Suchmaschine spuckte zahlreiche Informationen über Hans-Jürgen Welter und seine Firma aus. Es gab sogar ein Foto, das einen stiernackigen, breitschultrigen Mann zeigte, der herausfordernd in die Kamera blickte. In seinen stahlblauen Augen meinte Jo eine gewisse Rücksichtslosigkeit zu erkennen. Vielleicht bildete er sich das aber auch nur ein. Neben den geschäftsbezogenen Informationen fanden sich zahlreiche Hinweise auf seine sonstigen Aktivitäten – Teilnahmen an Jagden, Auftritte bei Verbänden und gesellschaftlichen Ereignissen sowie Redebeiträge bei politischen Veranstaltungen und im Kreistag, in dem er Mitglied gewesen war. Über sein Privatleben gab es zu Jos Bedauern praktisch keinerlei Informationen. Zu Alexander Welter fand er gar nichts. Entschlossen griff er zum Hörer.

»Ach, dich gibt es auch noch?«, fragte Klaus Sandner süffisant. Seit seiner »Gardinenpredigt« hatten er und Jo nicht mehr miteinander gesprochen.

»Ich brauche deine Hilfe«, antwortete Jo, ohne auf den lockeren Ton einzugehen. »Kannst du mir Informationen über Alexander Welter besorgen?«

»Über wen?«

»Alexander Welter, das ist der Sohn des letzten Opfers.«

»Ah, jetzt erinnere ich mich wieder – der Bauunternehmer, richtig?«

»Ja.«

»Darf ich fragen, warum du dich für den jungen Mann interessierst?«, wollte Sandner wissen.

Jo zögerte.

»Ich glaube, dass er etwas mit der Ermordung seines Vaters zu tun hat.«

»Was?«, rief Sandner und schüttelte ungläubig den Kopf. »Da komme ich nicht mit. Hast du mir nicht gesagt, wir haben es mit einem Serienkiller zu tun?«

Jo seufzte.

»Ja.«

»Und jetzt willst du mir erzählen, einer der Morde ist eine Beziehungstat?«

»Möglicherweise.«

Sandner schüttelte wieder den Kopf.

»Da bist du definitiv auf dem Holzweg. Die Polizei hat zweifelsfrei festgestellt, dass alle Morde mit demselben Gewehr verübt wurden.«

»Ich hab ja auch nicht gesagt, dass es mehrere Täter gibt. Er hat sie alle vier erschossen. Damit lenkt er die Polizei von sich ab.«

Auf der Gegenseite blieb es völlig still.

»Hallo? Bist du noch dran?«

»Ja, selbstverständlich«, erwiderte Sandner. »Ich hab nur einen Moment gebraucht, deine neueste Theorie zu verdauen. Du willst mir erzählen, jemand bringt drei andere Menschen um, nur um einen Mord zu kaschieren?«

»Genau.«

»Entschuldige, wenn ich es dir so direkt sage – das hört sich für mich völlig durchgeknallt an.«

»Mag sein. Aber was ist, wenn ich recht habe?«

»Ist immer dein Hauptargument. Wie kommst du überhaupt auf diese Theorie?«

»Intuition.«

»Soso, die Erleuchtung ist dir also einfach zugeflogen? Hör mal, Jo. Ist ja schön, dass du deinen Teil dazu beitragen willst, eine Mordserie aufzuklären. Du hast dich in dieser Sache wirklich reingehängt, aber du bist nicht fündig geworden. Ist nicht schlimm. Schließlich hat die Polizei den Täter auch noch nicht fassen können, und die haben ganz andere Möglichkeiten.«

»Morgen ist Vollmond. Vielleicht tötet er noch mal. Wir müssen ihn aufhalten! Aber dafür brauche ich Informationen.«

»Ich hoffe, du nimmst mir die Frage nicht übel. Hast du schon einmal mit einem Therapeuten darüber gesprochen?«

Jo lachte ungläubig.

»Du hältst mich für verrückt?«

»Nein. Viele Menschen, die ein Gewaltverbrechen mit ansehen mussten, haben Probleme damit. Manchmal kommt so etwas erst Monate später hoch.«

»Bei mir kommt gar nichts hoch.«

»Mensch, Jo, du bist völlig fixiert auf diesen Fall. Das ist schon nicht mehr normal!«

»Vielen Dank. Aber dann solltest du mir erst recht helfen. Es könnte unabsehbare Folgen für meinen Geisteszustand haben, wenn du mich nicht ernst nimmst.«

Sandner seufzte.

»Schön, nehmen wir an, dieser Alexander Welter hat seinen Vater ermordet. Warum in Allerherrgottsnamen sollte er das tun? »

»Genau das müssen wir herausfinden!«

Sandner schüttelte den Kopf.

»Hast du auch nur den Hauch eines Beweises für deine Theorie?«

»Nein. Aber ich weiß, dass ich recht habe. Lass uns einen Deal machen. Du schaust, was du über den Sohn in Erfahrung bringen kannst. Wenn er über keine militärische Ausbildung verfügt, verspreche ich dir, dass ich keine weiteren Nachforschungen in dem Fall anstelle.«

»Und das soll ich dir glauben?«

»Ich gebe dir mein Ehrenwort«, erklärte Jo ernst, »wenn du mir im Gegenzug wirklich alles sagst, was du herausfindest.«

Sandner überlegte.

»Also schön. Aber du solltest nicht zu viel erwarten.«

»Du machst das schon«, meinte Jo.

»Ich weiß nicht, wieso ich mich immer wieder von dir bequatschen lasse«, antwortete der Journalist säuerlich.

»Betrachten wir es als Teil meiner Therapie«, scherzte Jo.

»Wenn es so weitergeht, brauche ich selbst bald eine«, gab Sandner zurück.

Obwohl es ihm schwerfiel, versuchte Jo, sich auf die Arbeit zu konzentrieren. Trotzdem hätte er um ein Haar die Tomatensuppe versalzen. Und wenn Pedro nicht aufgepasst hätte, wäre der Rinderbraten zu lange im Ofen geblieben. Pedro und Ute warfen sich wieder einmal fragende Blicke zu. Auch dass er jedes Mal wie von der Tarantel gestochen zum Telefon stürzte, wenn es läutete, löste bei seinen Mitarbeitern Stirnrunzeln aus.

»Erwarten wir einen wichtigen Anruf?«, fragte Pedro süffisant, als sein Chef zum dritten Mal den Hörer enttäuscht auf die Gabel fallen ließ.

»Ja, einen sehr wichtigen«, erwiderte Jo geistesabwesend. Pedro schüttelte den Kopf. Sie standen nun schon mehr als drei Jahre jeden Tag fast vierzehn Stunden nebeneinander am Herd. Trotzdem wusste er oft nicht, was in Jos Kopf vorging. An manchen Tagen strahlte er so eine Begeisterung und Lebensfreude aus, dass er alle mitriss und sie aus dem Lachen gar nicht mehr herauskamen. An anderen Tagen wirkte er dagegen verschlossen und unnahbar, als hätte er sich vollständig von der Außenwelt abgekapselt. Gegen halb sieben, mitten in den Vorbereitungen für das Abendessen, kam der erlösende Anruf.

»Und?«, fragte Jo aufgeregt.

»Du hast Glück, dass wir einen freien Mitarbeiter in Andernach sitzen haben. Der arbeitet schon seit Urzeiten für unsere dortige Lokalausgabe und kennt Gott und die Welt«, erklärte Sandner. »Hans-Jürgen Welter war einer der größten Arbeitgeber im Ort. Ohne den lief nichts im Stadtrat.«

»War er verheiratet?«, wollte Jo wissen.

»Ja, die Frau hat allerdings Selbstmord begangen. Ist aber schon eine halbe Ewigkeit her. Hat damals für ziemlich viel

Gerede in der Stadt gesorgt. Sie stammte aus wohlhabendem Haus und war Pianistin. Viele haben sich gefragt, warum sie ihn überhaupt geheiratet hat, denn der alte Welter war wohl ein grobschlächtiger Kerl. Manche sagen, er habe seine Frau systematisch tyrannisiert, weil er an ihr Vermögen ranwollte. Hätte es wohl gut für den Aufbau seiner Firma brauchen können. Das scheint sie nicht verkraftet zu haben. Andere glauben, dass die Frau schon immer psychisch labil war. Aber das sind, wie gesagt, alles Gerüchte. Der Alte hat öffentlich nie über den Tod seiner Frau geredet.«

»Was ist mit dem Sohn?«

»Den hat der Tod seiner Mutter damals ziemlich mitgenommen. Hatte wohl eine Art Zusammenbruch. Hat den Alten aber nicht beeindruckt. Er hielt seinen Sohn anscheinend für nicht hart genug und hat ihn nach dem Tod seiner Frau in ein Internat im Ausland gesteckt. Danach haben ihn in Andernach nicht mehr viele zu Gesicht bekommen. Der junge Mann war selten zu Hause, und wenn er mal da war, blieb er am liebsten für sich. Er müsste jetzt so 25 oder 26 Jahre alt sein. Die meisten kennen ihn nur vom Vorbeifahren. Er besitzt einen alten 356er Porsche Cabrio – original restauriert. Damit fällt er natürlich auf.«

»Hat er auch im Bauunternehmen gearbeitet?«

»Soweit unser Mann gehört hat, betreibt er in Koblenz ein Internetunternehmen. Angeblich hat er mit achtzehn das Vermögen seiner Mutter geerbt und war damit finanziell unabhängig. Der Alte hielt nicht viel von den Internetgeschäften seines Sohnes. Hätte es wohl lieber gesehen, wenn der Junge in sein Bauunternehmen eingestiegen wäre.«

»Hm, und wie sieht es mit dem Schießen aus – war er bei der Bundeswehr, oder ist er Mitglied im Schützenverein?«

»Ob er bei der Bundeswehr war, konnte mir der Kollege nicht sagen. Was den Schützenverein angeht, lautet die Antwort definitiv nein – jedenfalls für Andernach.«

»Also gar kein Hinweis, dass er mit Schusswaffen umgehen kann?«

Sandner räusperte sich.

»Nicht direkt jedenfalls«, sagte er schließlich.

»Was soll das heißen?«

Sandner machte eine kleine Pause.

»Angeblich handelte es sich bei dem Internat im Ausland um eine Art Militärakademie für Jugendliche.«

»Was?« Jo war völlig aus dem Häuschen. »Wie heißt diese Einrichtung, und wo befindet sie sich?«, fragte er aufgeregt.

»Keine Ahnung. Irgendwo in Texas.«

»Ich wusste, dass ich recht habe!«

»Jetzt mal langsam«, wandte Sandner ein. »Wir reden hier von Dorfklatsch. Und selbst wenn es stimmen sollte, heißt es gar nichts. Ich kenne solche Militärakademien zwar nur aus dem Fernsehen, aber soweit ich weiß, laufen die jungen Leute da nur in Uniform herum und bekommen ein wenig militärischen Drill. Letztlich ist es eine Art private Besserungsanstalt für aufsässige Jugendliche und keine Militärausbildung.«

»Bestimmt hat er dort den Umgang mit Waffen gelernt«, vermutete Jo.

»Unsinn. Es ist eine Schule, Jo, keine Scharfschützenakademie!«

»Wir müssen ihn auf jeden Fall überprüfen«, insistierte Jo.

»Ich hätte dir davon gar nichts erzählen sollen«, meinte Sandner verärgert. »Der Junge hat gerade seinen Vater verloren. Willst du ihm unterstellen, er hat ihn selbst abgeknallt – und drei andere mit dazu?«

Sandner hatte sich richtig in Rage geredet. Für einen Moment schwiegen beide.

»Hör zu, Jo. Ich habe dir diesen Gefallen getan. Jetzt möchte ich, dass du dich an unsere Abmachung hältst und die Finger davon lässt.«

Jo überlegte kurz.

»Gut«, sagte er schließlich, »ich verspreche dir, dass ich unsere Vereinbarung respektieren werde.«

»Ich meine es doch nur gut mit dir«, erklärte Sandner versöhnlich. »Denk wirklich einmal über das Gespräch mit einem Therapeuten nach. Ist nichts Ehrenrühriges, in Amerika macht das jeder.«

Nachdem sie das Gespräch beendet hatten, saß Jo noch eine Weile an seinem Schreibtisch und starrte auf den Papierstapel vor sich. Natürlich würde er seine Nachforschungen nicht einstellen. Konnte er gar nicht. Morgen war Vollmond.

Er hatte deswegen ein etwas schlechtes Gewissen gegenüber Klaus Sandner. Andererseits hatte er den Journalisten nicht angelogen. Ihre Vereinbarung lautete, dass er aufhören würde, wenn es keinen militärischen Hintergrund gab. Und das stand für Jo keinesfalls fest. Ganz im Gegenteil: Alexander Welter konnte in der Militärakademie sehr wohl den Umgang mit Waffen gelernt und seine Fähigkeiten später erweitert haben.

Er schaltete den Computer ein und suchte im Internet nach Militärakademien in den USA. Alleine in Texas boten drei Militärakademien ihre Dienste an, die damit warben, den Schülern neben der allgemeinen schulischen Ausbildung auch militärische Disziplin zu vermitteln. Einige der Akademien gaben einen detaillierten Überblick über ihr Ausbildungsangebot – bis hin zu Stundenplänen. Und allem Anschein nach bildeten einige der Militärakademien ihre Absolventen sehr wohl auch an der Waffe aus.

Jo gab verschiedene Suchkombinationen in Verbindung mit Alexander Welter ein – ohne Erfolg. Er fluchte. Wo sollte er ansetzen? Schließlich wusste er nicht einmal mit Sicherheit, ob die Militärakademie, die Welter besucht hatte, wirklich in Texas lag. Er dachte angestrengt nach. In dem Moment klopfte es, und Pedro steckte den Kopf herein.

»Ich weiß nicht, ob es dir aufgefallen ist, aber *dein* Restaurant ist schon gut gefüllt. In der Küche herrscht große Verzweiflung – die Mehrheit deiner Mitarbeiter glaubt, dass wir es ohne dich nicht schaffen werden.«

»Ich komme!«, entgegnete Jo schuldbewusst.

Als sie in der Küche standen, musterte Pedro seinen Chef unauffällig von der Seite. Er wurde aus Jos Verhalten nicht schlau – am Mittag hatte er noch geistesabwesend und völlig in sich gekehrt gewirkt. Nun strahlte er auf einmal eine unheimliche Energie aus und steckte alle mit seinem Elan an. Besser so als anders, dachte Pedro und machte sich wieder an die Arbeit. Wie die anderen auch, fühlte er sich immer unwohl, wenn Jo durch eine seiner »verschlossenen Phasen« ging, wie Ute es einmal, halb im Scherz, genannt hatte.

Nach der Arbeit zog sich Jo in sein Büro zurück. Er beschloss, sich auf die Militärakademien in Texas zu konzentrieren. Irgendwo musste er schließlich anfangen. Er sah auf die Uhr. Es war kurz vor elf Uhr abends, das hieß in Texas war es Nachmittag. Zuerst rief er bei der »Auburn Hill Military Academy« an und ließ sich mit dem Sekretariat verbinden. Er gab sich als Alexander Welter aus und fragte, ob die Schule ihm einen Ausbildungsnachweis und sein Zeugnis zufaxen könne.

»Ich hatte einen schlimmen Wohnungsbrand. Dabei ist die Hälfte meiner Unterlagen hopsgegangen. Jetzt brauche ich für eine Bewerbung dringend meine Zeugnisse.« Jo versuchte niedergeschlagen zu klingen.

»Vertrauliche Unterlagen faxen wir grundsätzlich nicht«, erklärte die Sekretärin kühl. Sie schien von Jos Geschichte wenig beeindruckt zu sein.

»Am besten kommen Sie persönlich vorbei, Mr Welter, und bringen einen Identitätsnachweis mit.«

»Würde ich gerne, aber inzwischen lebe ich wieder in Deutschland«, protestierte Jo.

»Tja, dann müssen Sie uns einen Antrag per Post schicken und eine amtlich beglaubigte Kopie eines Ausweisdokuments beifügen. Und einen frankierten Rückumschlag mit der genauen Adresse.«

»Ich brauche die Unterlagen wirklich ganz dringend. Sonst ist der Job vielleicht weg«, versuchte Jo die Sekretärin zu erweichen. »Können Sie mir wenigstens die genauen Daten meines Eintritts und meines Abschlusses sagen, dann kann ich meine Zeit in der Auburn Hill Military Academy in meinen Lebenslauf aufnehmen«, sagte Jo. »Sie müssen wissen, dass so etwas von den Arbeitgebern in Deutschland sehr positiv gesehen wird«, schmeichelte er.

»Also schön«, antwortete die Sekretärin. »Können Sie mir Ihren Namen buchstabieren und mir Ihren Abschlussjahrgang nennen?«

Jetzt wurde es eng. Üblicherweise schlossen die Schüler in den USA die Highschool mit achtzehn Jahren ab. Wenn

Welter heute fünfundzwanzig oder sechsundzwanzig Jahre alt war, musste er seinen Abschluss vor sieben oder acht Jahren gemacht haben.

Jo entschied sich für acht Jahre. Er hörte die Tasten im Hintergrund klappern.

»Ich kann keinen Eintrag mit Ihrem Namen finden«, erklärte die Sekretärin frostig. »Ich werde das Gespräch nun beenden, Mr Welter.«

Jo brachte ein schiefes Grinsen zustande. Wenigstens konnte er die Auburn Hill Military Academy ausschließen. Blieben zwei Schulen übrig. Er versuchte dort den gleichen Trick, stieß jedoch auf eine Mauer des Schweigens. Stereotyp wurde er darauf verwiesen, dass aufgrund der amerikanischen Datenschutzgesetze keinerlei telefonische Auskünfte erteilt werden dürften. Er müsse eine schriftliche Eingabe machen. Auch sein Hinweis, dass es dringend sei und er die Unterlagen unbedingt für ein wichtiges Bewerbungsgespräch benötige, prallte an der unerschütterlichen Bürokratie ab. Jo schüttelte den Kopf. Er musste einen anderen Weg finden.

Allerdings erst morgen, denn er war inzwischen hundemüde, und die Ideen, wie er an die nötigen Informationen kommen sollte, waren ihm ausgegangen.

Am nächsten Tag startete Jo mit einem gemütlichen Frühstück. Das *Rheinische Tagblatt* brachte einen großen Artikel über den »Mondschein-Killer-Fall«, der sich fast über eine ganze Seite erstreckte. Darin führte die Zeitung noch einmal alle Morde auf, beschrieb das Vorgehen des Täters und zeigte anhand einer Karte, wo er überall zugeschlagen hatte. Der Artikel enthielt einen weiteren Warnhinweis der Ermittlungsbehörden. Die Polizei rief alle Jäger, Waldarbeiter und

Spaziergänger dringend dazu auf, den Wald am heutigen Tag komplett zu meiden.

Hauptkommissar Wenger wurde mit dem Satz zitiert, dass die Polizei alle erforderlichen Maßnahmen getroffen habe, um die Sicherheit der Bürger zu gewährleisten. Nähere Details hatte der Hauptkommissar unter Verweis auf »ermittlungstaktische« Erwägungen allerdings abgelehnt. Die Polizei rief zudem alle Bürger auf, besonders wachsam zu sein und verdächtige Personen oder ungewöhnliche Beobachtungen sofort an die nächstgelegene Polizeidienststelle zu melden.

Jo schrieb sich die Nummer auf, die am Ende des Artikels angegeben war. Den ganzen Vormittag dachte er darüber nach, wie er weiter vorgehen sollte. Er hätte viel dafür gegeben, wenn er sich besser mit Computern ausgekannt hätte – vielleicht wäre er dann in der Lage gewesen, sich in die Computer der Militärakademien zu hacken und sich auf diesem Wege die gewünschte Information zu besorgen. Dass es sich dabei um eine illegale Aktion gehandelt hätte, verdrängte er schnell. Schließlich ging es darum, einen Mord zu verhindern.

Natürlich hätte er sich an die Polizei wenden können, aber wenn ihm schon ein guter Freund wie Klaus Sandner den Besuch bei einem Psychiater nahelegte, was würde erst Hauptkommissar Wenger zu seiner Theorie sagen?

Die Vorbereitungen für das Mittagessen hielten ihn von weiteren Grübeleien ab. Gegen zwei Uhr drehte Jo seine übliche Lokalrunde. Jean Lecoute, ein Franzose aus dem Elsass, der schon sehr lange in Deutschland lebte, verwickelte ihn in ein Gespräch.

»Isch glaube nischt, dass du wirklisch ein Deutschär

bist«, sagte der Franzose mit seinem unnachahmlichen Akzent. »Du musst bei deinen Vorfahrän auf jeden Fall einen Fransosen haben, sonst wäre das gar nischt möglisch.«

Durch seinen Beruf als Vertreter für ein französisches Pharmaunternehmen kam Lecoute viel herum und kannte fast alle Spitzenköche in Deutschland persönlich. Er war ein ausgesprochener Gourmet, weswegen sich Jo doppelt über das Lob freute. »Hör mal, Jo, in ein paar Wochän kommen ein paar gute Freunde aus Frankreisch zu Besuch. Meinst du, du könntest uns einen Tisch in deinem formidablen Restaurant reservieren?« Der junge Küchenchef lachte, holte das große Reservierungsbuch und trug Lecoute an dem gewünschten Termin ein. Als er die ganzen Namen untereinander geschrieben sah, durchzuckte ihn auf einmal ein Gedankenblitz.

Die Absolventenbücher!

Aus seiner Zeit in den USA wusste er, dass jede Schule für ihre Abgänger Absolventenbücher druckte. Diese waren professionell gestaltet und listeten jeden einzelnen Schüler auf, mit Foto, Hobbys, Freizeitaktivitäten und einer Fülle weiterer Informationen. Er sah auf die Uhr. In Texas war es jetzt erst sechs Uhr morgens. Trotz seiner wachsenden Unruhe musste er sich gedulden. Am Nachmittag rief er in der Telefonzentrale einer der beiden verbliebenen Militärakademien an und ließ sich mit der Bibliothek verbinden. Amerikanische Schulen waren generell technikbegeistert und liebten es, den ganzen Campus zu verkabeln. Anstandslos wurde er durchgestellt. Am anderen Ende meldete sich eine fröhliche Stimme mit einem starken Akzent, der irgendwie nach Mexiko klang.

Jo erklärte, dass ein guter Freund von ihm demnächst heiraten werde. Als ein besonderes Geschenk wollten sie dem Freund und seiner Frau eine Art Familienbuch basteln, in dem sie mit Fotos und vielen bunten Informationen den Lebensweg der beiden darstellen wollten.

»Mein Freund hat einige Jahre am ›Westham Institute for Military Education‹ verbracht, und wir dachten, wir nehmen seine Seite aus dem Jahrbuch mit rein. Wäre toll, wenn Sie mir die faxen könnten«, sagte Jo.

»Okay, ich sehe mal nach«, entgegnete die mexikanische Stimme freundlich. »Wann war euer Freund hier, und wie ist sein Name?«

»Alexander Welter – muss so vor sieben oder acht Jahren da gewesen sein.«

»Bleib dran, ich hole die entsprechenden Bücher.«

Jo war baff. Das ging ja einfach! Es knackte in der Leitung, und sein Gegenüber war wieder da.

»Leider kann ich den Namen nirgends finden«, bedauerte die Frau. »Ich habe auch schon bei den Jahrgängen davor und danach gesucht. Bist du sicher, dass er hier zur Schule gegangen ist?«

»Nicht wirklich«, gab Jo zu.

»Es gibt in der Nähe noch eine andere Militärakademie, vielleicht solltest du es da mal versuchen«, schlug die Frau vor. »Warte, ich suche die Nummer heraus.«

Es knackte wieder kurz, dann gab ihm die freundliche Bibliotheksmitarbeiterin die Nummer durch. Jo bedankte sich und wählte die letzte Militärakademie an.

Auch dort ließ er sich mit der Bibliothek verbinden.

»Hier Sarah«, meldete sich eine weibliche Stimme.

Jo erzählte wieder die gleiche Geschichte. Sein Gegenüber hörte still zu.

»Sally ist nicht da«, sagte sie, als er damit am Ende war.

»Wer ist Sally?«, fragte er ratlos.

»Sally kümmert sich um die Bibliothek. Ich passe nur aufs Telefon auf, solange sie weg ist«, ließ die Stimme ihn wissen.

»Wann kommt Sally wieder?«

»Weiß nicht. Sie wollte zum Arzt. Vielleicht in zwei Stunden.«

Jo hätte am liebsten laut geflucht. Er sah auf die Uhr, es war halb vier.

Nur noch eine gute Stunde, dann wurde es dunkel!

»Vielleicht können Sie mir ja auch helfen«, schlug er vor. »Ich suche jemand in einem Jahrbuch.«

»In was für einem Buch?«, fragte Sarah verständnislos.

Jo seufzte. Er kannte Amerika gut genug, um zu wissen, dass jedes weitere Wort vergebens war.

»Okay, ich melde mich später noch einmal«, sagte er resigniert und legte auf.

Als er es eine Stunde später wieder versuchte, meldete sich eine andere Stimme.

»Stradford Military Institute, Bibliothek.«

»Sally?«

»Am Apparat.«

Erleichtert schilderte Jo ihr seine Geschichte.

»Leider dürfen wir keine personenbezogenen Daten faxen«, meinte Sally zögerlich.

»Schade«, bedauerte er. »Alexander schwärmte immer so von seiner Zeit in Stradford. Wäre echt schade, wenn wir darüber gar nichts in unserem Hochzeitsbuch hätten.«

»Wie heißt Ihr Freund denn?«

»Alexander Welter.«

»So ein schmaler, sehr zurückhaltender Deutscher?«

»Ja, genau. Sie kennen ihn?«

»Nur flüchtig. Er war nicht oft in der Bibliothek. Warum fragen Sie nicht einfach seinen damaligen Einheitsführer? Der könnte Ihnen bestimmt einiges erzählen.«

»Ist er noch an der Schule?«

»Nein, selbstverständlich nicht. Er war im gleichen Jahrgang. Sie sind zusammen aus der Schule ausgeschieden.«

»Wie heißt er denn?«

»Hank Williams Junior. Er ist jetzt bei den Marines«, erklärte sie stolz.

»Haben Sie eine Nummer von ihm?«

»Darf ich nicht herausgeben. Aber ich weiß, dass er gerade bei seinen Eltern auf Heimaturlaub ist. Die wohnen hier in Stradford.«

»Und wie heißt der Vater?«

»Hank Williams Senior.«

»Danke. Aber vielleicht können Sie ja doch seine Jahrbuchseite faxen. Ist immer besonders lustig, wenn man die alten Fotos sieht. Die Frau von Alex würde sich darüber sicherlich sehr freuen!«

Er seufzte vernehmbar.

»Wir wollten es so gestalten, dass das Leben der beiden aufeinander zuläuft – bis zu dem Tag, an dem sie sich kennengelernt haben. Wissen Sie, Melanie, die Frau von Alex, ist auch Bibliothekarin. Er hat sie beim Ausleihen eines Buches zum ersten Mal gesehen und sich auf Anhieb in sie verliebt.«

Für einen Augenblick blieb es still in der Leitung.

»Ich kann ja mal nachsehen«, sagte Sally leise. »Aber erst in ein bis zwei Stunden. Ich muss hier noch einige neue Bücher einsortieren.«

»Geben Sie mir Ihre Faxnummer«, flüsterte sie.

Jo gab sie ihr.

»Sally?«

»Ja?«

»Sie sind ein Schatz!«

Jo schämte sich ein wenig dafür, dass er der armen Frau so einen Bären aufgebunden hatte. Schnell legte er auf. Er setzte sich an den Computer und suchte sich über das Internet das Telefonbuch von Stradford, Texas heraus. Es gab nur einen Hank Williams Senior. Ohne große Hoffnung wählte Jo die Nummer.

»Ja?«, meldete sich eine weibliche Stimme.

»Hier spricht Jo Weidinger von der deutschen Kriminalpolizei«, erklärte er förmlich. »Ich hätte gerne Hank Williams Junior gesprochen.«

»Mein Sohn ist nicht da. Worum geht es denn?« Die Frau klang weniger besorgt als neugierig.

»War Ihr Sohn am Stradford Military Institute?«

»Ja. Seit der Junior High School«, erklärte sie stolz.

»Wir benötigen Informationen über einen ehemaligen Mitschüler Ihres Sohnes«, erklärte Jo. »Vielleicht kann Ihr Sohn sich melden, sobald er wieder da ist.«

»Richte ich ihm aus.«

Jo gab ihr seine Nummer und legte dann auf. Ob es illegal war, wenn er sich in den USA als deutscher Polizist ausgab? Schnell schob er den Gedanken beiseite. War ja ohnehin fraglich, ob sich dieser Hank Williams Junior überhaupt zurückmelden würde.

Kapitel 26

Schon seit dem Aufstehen am Morgen spürte er wieder dieses Kribbeln.

Zuerst hatte er versucht, es zu ignorieren, aber das Gefühl wurde immer stärker.

Der Plan, alles nur für den Plan. Eiskalt. Ohne Emotion. Er machte das nur für den Plan, versuchte er sich einzuhämmern.

Aber tief in seinem Inneren spürte er diesen unwiderstehlichen Drang.

Den Drang zu töten. Etwas in ihm wollte wieder diesen Rausch spüren. Dieses unglaubliche Gefühl der Macht. Er durfte nicht die Kontrolle verlieren. Nur noch einmal, schärfte er sich ein.

Er durfte es nur noch einmal tun.

Der Koffer war mit dunklem Stoff ausgeschlagen. Dreimal hatte er ihn heute schon geöffnet. Seine Hände glitten sanft über den kalten Stahl. Fast zärtlich rollte er die Kugel in der Hand.

So klein.

Er rief sich das Bild in Erinnerung. Das Bild, als sie den Kopf seines Vaters zerrissen hatte. Der Hinterkopf war regelrecht explodiert. Blut und Hirnmasse waren hochgespritzt.

Die Erinnerung fühlte sich gut an. Wärme durchströmte ihn.

Er sah auf die Uhr.

Bald. Schon bald.

Vorsichtig nahm er das Gewehr aus dem Koffer. Er musste es reinigen.

Klinisch rein sollte es sein. Jungfräulich, wie beim ersten Mal.
Er kicherte.

Bereits zum dritten Mal war Jo aus der Küche verschwunden und kehrte kurz darauf mit enttäuschtem Gesichtsausdruck zurück. Unerbittlich tickte die Uhr weiter, Minute für Minute. Seine innere Unruhe wurde immer größer. Schon acht Uhr durch!

Vielleicht lag Alexander Welter schon hinter irgendeinem Busch und lauerte auf sein nächstes Opfer, während er auf ein verdammtes Fax aus Amerika wartete! Als er kurz darauf erneut nach dem Faxgerät sah, war der Auswurfschacht immer noch leer. Gerade als er sich wieder auf den Weg zurück in die Küche machen wollte, piepste es. Das fiepende Rauschen, das den Eingang einer neuen Übertragung begleitete, war nur sehr leise. Dennoch hatte er das Gefühl, als würde es den ganzen Raum ausfüllen. Gebannt starrte er auf das Stück Papier, das Zeile für Zeile aus dem Druckerlaufwerk geschoben wurde.

Zuerst tauchte ein offenes, freundliches Gesicht auf. Daneben stand der Name Theodor Walcott. Stolz und in makellos sitzender Uniform strahlte er den Betrachter an. Nach und nach erfuhr man mehr über den jungen Mann – was seine Lieblingsfächer waren, seine Hobbys und seine besten Freunde. Theodor Walcott musste ein sehr geselliger Mensch sein, denn in der Rubrik »beste Freunde« listete er mehr als zehn Personen auf. Die letzte Rubrik trug den Titel: »Besondere Leistungen«. Theodor Walcott hatte es zweimal in die Auswahlmannschaft seiner Schule im Basketball geschafft und hatte mit dem Schulorchester an den Nationalen Meisterschaften für Jugendblaskapellen teilgenommen.

Der nächste Name, den das Faxgerät ausspuckte, lautete Jonathan Webster, ein bulliger Typ mit breiten Schultern und glasigen Augen. Sein einziges Hobby lautete Football, die Anzahl seiner besten Freunde war nur halb so groß wie bei Theodor Walcott, und auch seine »Besonderen Leistungen« schienen ein wenig einseitig – er führte drei Jahre hintereinander die Defensive der Football-Mannschaft an und erreichte mit seinem Team die Endrunde der Meisterschaften für Militärakademien. Das war alles.

Im Vergleich mit der letzten Person auf der Seite war es allerdings mehr als üppig.

Das schmale Gesicht von Alexander Welter wirkte verschlossen. Mit ausdruckslosen Augen starrte er dem Betrachter entgegen. Jo lief ein kalter Schauer über den Rücken. Rubrik um Rubrik rückte im Ausdruck nach oben, aber alle waren leer – keine Hobbys, keine besten Freunde, keine bevorzugte Freizeitaktivität – einfach nichts. Nur die Rubrik »Besondere Leistungen« quoll nahezu über. Offensichtlich die einzige, welche die Schüler nicht selbst ausfüllten.

Atemlos starrte Jo auf die Auszeichnungen, die Zeile für Zeile vor seinen Augen auftauchten:

Großes Schützenabzeichen in Gold

Ehrenplakette für die erfolgreiche Teilnahme am Jugendwettbewerb der National Rifle Association

Schulmeister im Schießen mit dem Gewehr

Sonderauszeichnung des Stradford Military Institute für herausragende Schießleistungen

Erster Platz beim Nachwuchswettbewerb im Combat-Schießen des Staates Texas

Erster Platz beim Nationalen Schützenfest für Militärakademien in Washington.

Mit einem knarrenden Geräusch wurde das Blatt ausgeworfen. Das Fax piepte noch einmal. Dann wurde es still. Die schwarzen Buchstaben und Ziffern tanzten vor Jos Augen.

In dem Moment klingelte das Telefon.

»Weidinger«, meldete er sich atemlos.

»Hier ist Hank Williams Junior. Spreche ich mit der deutschen Polizei?«

»Äh, ja«, antwortete Jo schnell.

»Geht es um Alexander Welter?«

»Wie kommen Sie darauf?«, fragte der junge Küchenchef verblüfft.

»Er ist der einzige Deutsche, den ich kenne. Außerdem wundert es mich nicht, dass er Ärger mit der Polizei hat. Darf ich fragen, weswegen Sie gegen ihn ermitteln?«

»Darüber darf ich nicht sprechen. Außerdem muss ich Sie bitten, unser Telefonat vertraulich zu behandeln«, sagte Jo streng.

»Selbstverständlich, Sir.«

»Was meinten Sie damit, dass Sie sich nicht wundern?«

»Darf ich ganz offen sprechen, Sir?«

»Natürlich.«

»Ich glaube, der Junge ist völlig durchgeknallt.«

»Wie kommen Sie darauf?«

»Durch sein Verhalten. Und seine Augen. Wenn man ihm

ins Gesicht gesehen hat, wusste man gleich, dass etwas mit ihm nicht stimmt.«

»Hm, vielleicht erzählen Sie der Reihe nach. Seit wann kennen Sie ihn?«

Williams dachte kurz nach.

»Seit rund zwölf Jahren, Sir. Er muss so um die vierzehn gewesen sein, als er zu uns kam. Ich war damals Gruppenführer, und er wurde meiner Gruppe zugeteilt.«

»Was war er für ein Charakter?«

»Ein schwieriger. Er war ein blasser, dürrer Hänfling. Wollte am liebsten für sich sein und hat sich nicht in die Gruppe integriert. Hab ihn wiederholt aufgefordert, mehr mit seinen Zimmerkameraden zu unternehmen, aber er hat den Kopf lieber in Bücher gesteckt. Die Jungs haben ihm den Spitznamen ›Kraut‹ verpasst.«

»Kraut?«

»Wegen Sauerkraut, das esst ihr Deutschen doch so gern.«

Jo hätte dazu gerne etwas gesagt, biss sich aber auf die Lippen.

»Er hat den Namen gehasst und wurde jedes Mal aggressiv, wenn ihn einer damit gerufen hat. Hat die Jungs natürlich nicht abgehalten. Deswegen gab's immer wieder Stress. Hab ihm mehrfach gesagt, er soll es mit Humor nehmen und mehr aus sich rausgehen. Wollte er aber nicht.«

Williams räusperte sich.

»Mit einem seiner Kameraden hatte er besonders viel Ärger – Jonathan. Der hat bei uns im Football-Team gespielt. Bulliger Typ. Hatte Welter dauernd auf dem Kieker. Hat sich einen Spaß daraus gemacht, ihn aufzuziehen. Tja, und dann passierte es.«

»Was passierte?«

»Ich weiß nicht, wie, aber Jonathan hat erfahren, dass Welters Mutter Selbstmord begangen hat. Hat zu ihm gesagt, kein Wunder, wenn er so eine Missgeburt wie ihn zum Sohn hätte, würde er sich auch umbringen. Der Satz hat das Fass wohl zum Überlaufen gebracht. Welter ist auf ihn losgegangen und hat auf ihn wie wild eingeprügelt. Und das, obwohl Jonathan mindestens einen Kopf größer war. Hat der sich natürlich nicht gefallen lassen und hat ordentlich ausgeteilt. Aber das hat Welter nicht abgehalten. Egal, wie hart Jonathan ihn getroffen hat, er ist immer wieder gekommen. Mann, der Junge ist komplett ausgerastet. Am Ende waren vier Mann nötig, um ihn zu bändigen.«

»Wie alt war er damals?«

»Keine Ahnung. Fünfzehn vielleicht.«

»Hat die Schule ihn bestraft?«

»Nee, es wurde nicht gemeldet. So etwas haben wir untereinander geregelt. Danach hatte Welter jedenfalls einen neuen Spitznamen – the Nutter, der Durchgeknallte. Und die Jungs haben ihn mit einem Bann belegt.«

»Was heißt das?«

»Keiner hat mehr mit ihm geredet.«

»Sie meinen, er war völlig isoliert?«

»Yep.«

»Wie hat er darauf reagiert?«

»Gar nicht. Hat sich völlig in sich zurückgezogen. Sobald er eine freie Minute hatte, ist er im Wald verschwunden.«

»Allein?«

»Ja.«

»Und es hat wirklich keiner ein Wort mit ihm gewechselt?«

»Jedenfalls nicht außerhalb des Unterrichts.«

»Wie lange ging das so?«

»Drei Jahre. Bis zu seinem Ausscheiden.«

Jo schüttelte den Kopf. Kein Wunder, dass bei Welter ein paar Schrauben locker waren. Der Tod seiner Mutter musste ihm außerordentlich nah gegangen sein.

»Tja, und dann war da noch die Sache mit den toten Tieren.«

»Welche toten Tiere?«

»Ein halbes Jahr nach dem Vorfall mit Jonathan ging es los. Der Hausmeister fand vor der Turnhalle ein totes Eichhörnchen. Jemand hatte es mit einem Messer grausam zugerichtet. Und dabei blieb es nicht. Ein Hase, eine Katze, einmal sogar ein Hund – alle grausam zu Tode gefoltert und an verschiedenen Stellen auf dem Campus abgelegt.«

»Sie glauben, es war Alexander Welter?«

»Wer hätte es denn sonst sein sollen?«

»Was hat die Schule dagegen unternommen?«

»Sie haben natürlich eine Untersuchung durchgeführt. Aber man konnte Welter nichts nachweisen. Es gab keine Zeugen, und er schwor Stein und Bein, dass er es nicht war.«

»Eine Frage hätte ich noch. Laut dem Jahrbuch war er ein ausgezeichneter Schütze. Ist die Schießausbildung am Stradford Military Institute so gut?«

»Nein. Es gab nur eine rudimentäre Ausbildung an der Waffe.«

»Aber wieso hat er dann alle diese Wettbewerbe gewonnen?«

Williams zögerte.

»Es gab da ein paar Gerüchte.«

»Was für Gerüchte?«

»Ein halbes Jahr nachdem Welter zu uns gekommen war, haben wir einen neuen Schießausbilder bekommen: Major Cole. Komischer Typ. So ähnlich wie Welter – verschlossen, unnahbar. Hat auch nicht viel geredet. Es hieß, er sei im Irak-Krieg Scharfschütze gewesen und habe mehr als dreißig dokumentierte Abschüsse gehabt. Jedenfalls kamen die beiden gut miteinander aus. Es gab Gerüchte, Major Cole würde Welter am Wochenende mit auf Schießplätze nehmen und dort mit ihm trainieren.«

»War das erlaubt?«

»Nein. Die Schulleitung hat wohl ein Auge zugedrückt. Die haben natürlich auch mitbekommen, dass mit Welter etwas nicht stimmt. Dachten vielleicht, dass es gut für ihn ist, wenn Major Cole sich um ihn kümmert.«

Er schüttelte wieder den Kopf.

»Seine Schießkünste haben ziemlich vielen Leuten Angst gemacht. Wusste ja jeder, dass Welter eine tickende Zeitbombe ist. Jedenfalls war die ganze Schule froh, als er endlich seinen Abschluss hatte und an die Uni ging.«

»Vielen Dank, Ihre Aussage ist für unsere Ermittlungen sehr hilfreich«, sagte Jo.

»Keine Ursache, Sir. Ich hoffe, Sie ziehen ihn aus dem Verkehr!«

Jo ließ den Hörer auf die Gabel fallen. Ein Gefühl der Lähmung ergriff ihn. Er hätte nicht sagen können, wie lange dieser Moment dauerte. Obwohl es kaum mehr als ein paar Sekunden gewesen sein konnten, kam es ihm wie eine Ewigkeit vor. Mit einem Mal holte ihn das Leben wieder ein. Sein Herz pochte ihm bis zum Hals, und tausend Gedanken rasten ihm durch den Kopf. Mit wenigen Sätzen war er in seiner Wohnung, riss sich die Kochmontur vom Leib und streifte einen dunklen Pullover über. Er packte sein Handy, sein Nachtfernglas und eine kleine Mappe, die er sich am Vorabend zurechtgelegt hatte.

»Ich muss weg!«, rief er in die Küche.

»Was?«, setzte Pedro an. »Du kannst doch nicht …«

Aber Jo war schon verschwunden. Ratlos sah sich Pedro in der Küche um. Die Gesichter der anderen waren genauso entgeistert wie sein eigenes.

»Tja, dann muss es wohl ohne den Chef gehen«, sagte er und griff nach seinem Messer. »Ist ja nicht so, dass er der Einzige ist, der gut kochen kann.«

Jo jagte mit hoher Geschwindigkeit die Landstraße entlang. Am Vorabend hatte er sich aus dem Telefonbuch die Adresse von Hans-Jürgen Welter herausgesucht. Wobei er jedoch nicht wusste, ob Alexander Welter auch dort wohnte. Jo hatte sich die Route genau eingeprägt, trotzdem wäre er an einer Abzweigung fast falsch abgebogen. Geistesgegenwärtig riss er das Steuer herum und gab wieder Gas. Er durfte nicht zu spät kommen!

Hauptkommissar Wenger saß an seinem Schreibtisch und sah aus dem Fenster. Von seinem Büro im fünften Stock aus hatte er einen wunderbaren Blick über die Stadt. Die vielen tausend Lichter glitzerten wie kleine Sterne. Für einen Moment wünschte Wenger, er wäre ganz weit weg. Seit vier Wochen hatte er fast jedes Wochenende durchgearbeitet. Die Ermittlungsgruppe war Hunderten von Hinweisen nachgegangen und hatte zahllose Spuren untersucht. In mühevoller Kleinarbeit waren detaillierte Analysen erstellt worden, wo möglicherweise der nächste Anschlag stattfinden könnte. Fast 700 Beamte waren im Einsatz, doch eine Garantie, dass sie den Täter fassen würden, war das noch lange nicht. Zumal sie auf allen Kanälen, in den Zeitungen, in Funk und Fernsehen und über die Jagdverbände davor gewarnt hatten, in den Wald zu gehen. Damit war es sehr unwahrscheinlich, dass der Täter ein Opfer finden würde, so er denn überhaupt heute Nacht unterwegs war.

Die Kontakte mit ausländischen Polizeibehörden waren intensiviert worden. Inzwischen liefen Untersuchungen in einer Vielzahl europäischer Länder. Und selbst in den USA ermittelten die Behörden. Schließlich konnte der Täter einer der vielen in Deutschland stationierten US-Soldaten sein. Wenger hatte selbst mit dem Leiter der Special Crime Unit des FBI gesprochen und ihm die Bedeutung des Falls geschildert. Das FBI hatte ihm versprochen, mit dem Täterprofil aus Deutschland ihre Archive zu durchforsten. All die neuen Ermittlungsansätze füllten seine Arbeitstage aus und gaben ihm das Gefühl, wenigstens nicht tatenlos abzuwarten. Es klopfte. Oberkommissar Wieland betrat den Raum. Wenger wusste sofort, dass etwas passiert war.

»Was ist?«, fragte er.

Wieland reichte ihm ein Fax.

»Gerade von Interpol gekommen.«

Wenger überflog das Papier. Ein-, zweimal stockte er. Dann blickte er hoch.

»Was hab ich dir gesagt!«, rief er triumphierend. »Mit dem Kerl stimmt etwas nicht.

Was hat es mit dem Haftbefehl auf sich, der hier erwähnt ist?«

Wieland zuckte mit den Schultern.

»Ist wohl nie an Interpol weitergegeben worden. Die zuständige Behörde hat dem Ganzen keine große Bedeutung beigemessen. Es war ja nur eine Verletzung von Bewährungsauflagen.«

»Diese Idioten!«, fluchte Wenger.

»Sie faxen uns den Haftbefehl so schnell wie möglich zu.«

»Die SEK-Leute sollen sich fertig machen. Abfahrt in fünf Minuten!«

Wenger öffnete die oberste Schublade an seinem Schreibtisch und nahm seine Dienstwaffe heraus. Er überprüfte sorgfältig, ob sie geladen war, und steckte sie ein. Danach griff er zum Hörer und informierte den Polizeipräsidenten.

Jo saß in seinem Wagen und rutschte nervös hin und her. Die Gründerzeitvilla lag still im Mondschein vor ihm. Große, alte Linden umrahmten den Garten. Doch dafür hatte Jo jetzt keinen Blick. Nirgendwo brannte Licht. Das Gebäude machte einen verlassenen Eindruck. Verbissen starrte er durch sein Fernglas. Systematisch suchte er Fenster für Fenster ab – nichts. Die Minuten vergingen. Er spürte, wie sich sein Magen zusammenkrampfte. Was, wenn er zu spät gekommen war?

Das Nachtsichtgerät, das der Leiter des Spezialeinsatzkommandos ihm in die Hand gedrückt hatte, tauchte die Landschaft in ein schemenhaftes Grün. Trotz der leichten Unschärfe konnte Wenger jede Bewegung der Beamten verfolgen. Im Schatten der Bäume waren rund fünfzehn SEK-Beamte in Stellung gegangen. Schritt für Schritt schoben sie sich näher an die Hütte heran. Ein Team sicherte die Rückfront, die beiden anderen näherten sich in einer zangenförmigen Bewegung von der Seite. Es juckte ihn in den Fingern, selbst mit vorzurücken, aber der Zugriff blieb den Männern des Spezialeinsatzkommandos vorbehalten.

»Team eins bereit«, flüsterte eine Stimme in seinem Kopfhörer.

»Team zwei bereit«, meldete sich eine zweite Stimme.

Der Einsatzleiter sah Wenger fragend an. Ein letztes Mal glitt der Blick des Hauptkommissars über das dunkle Gebäude. Dann nickte er.

»Zugriff«, rief der Einsatzleiter.

Die beiden Teams stürmten zeitgleich los. Mit ein, zwei Schritten war der erste Beamte vor der Tür. Die schwere Metallramme krachte gegen das Holz. Mit einem Ruck wurde die Tür aus den Angeln gerissen. Ein gleißender Blitz durchzuckte das Innere. Der Knall der Blendgranate war so laut, dass Wenger unwillkürlich zusammenzuckte. Danach hörte er nur noch das Keuchen der Männer und das kurze, harte »Gesichert«, als die SEK-Beamten die beiden Räume durchkämmten.

»Gebäude gesichert. Verdächtiger in Gewahrsam. Keine Verluste«, klang es kurze Zeit später aus Wengers Kopfhörer.

Und mit einigen Sekunden Verzögerung: »Ihr könnt jetzt reinkommen.«

Wenger erhob sich und folgte dem Leiter des Spezialeinsatzkommandos den kleinen Abhang hinunter in Richtung der Hütte, die nun hell erleuchtet vor ihnen lag.

Als Jo schon kurz davor war, aufzugeben, ging auf einmal die Eingangstür auf. Er presste das Fernglas so fest gegen seine Augen, dass es fast schmerzte. Trotzdem konnte er nichts erkennen. Für einen Moment dachte er, seine überreizten Nerven hätten ihm einen Streich gespielt. Doch dann sah er ihn. Eine dunkel gekleidete Person trat vorsichtig aus dem Hausflur, in der rechten Hand trug sie eine große Tasche, in der linken einen runden Gegenstand, den Jo zuerst nicht erkennen konnte. Der Mann stellte die Tasche ab und zog langsam die Tür hinter sich zu. Er sah sich um. Für den Bruchteil einer Sekunde blickte er in Jos Richtung. Unwillkürlich ging dieser in Deckung. Hatte der Mann ihn bemerkt? Unmöglich – der Volvo stand mehrere hundert Meter vom Haus entfernt – versteckt auf einem kleinen Parkplatz neben der Straße. Mit schnellen Schritten näherte sich der Mann einem kleinen Schuppen. Er stellte die Tasche ab und legte den runden Gegenstand daneben. Jetzt konnte Jo erkennen, was es war: ein Motorradhelm.

Der Mann öffnete das Tor zum Schuppen und verschwand im Inneren. Das Mondlicht erleuchtete die Szene schemenhaft. Der Mann machte sich an einer Plane zu schaffen. Kurze Zeit später schob er ein Motorrad ins Freie. Er griff nach der Tasche und schwang sie sich über die Schulter. Im Licht des Mondes konnte Jo zum ersten Mal sein Gesicht erkennen. Der verschlossene Blick, die schmalen Gesichtszüge – die Ähnlichkeit mit dem Foto war unverkennbar: Es handelte sich um Alexander Welter. Doch es gab einen entscheidenden Unterschied.

Die Augen. Jo fröstelte. Dieses kalte Glitzern. Der manisch-entrückte Ausdruck. Jo spürte es mit jeder Faser seines Körpers: Er hatte den gefürchteten Mondschein-Killer gefunden!

Seine Hände zitterten, als er den Motor anließ.

»Lasst mich los, ihr Schweine«, brüllte der Mann. Seine Augen waren weit aufgerissen, wie die eines gehetzten Tieres. Der österreichische Akzent war unüberhörbar. »Ihr habt kein Recht, mich festzuhalten.«

»Wir haben einen Haftbefehl gegen Sie«, erwiderte Hauptkommissar Wenger kühl.

In diesem Augenblick klingelte das Mobiltelefon des Hauptkommissars. Unwillig warf er einen Blick auf das Display: die Einsatzzentrale! Er hob ab. Eine weibliche Stimme meldete sich.

»Dringender Anruf, Herr Hauptkommissar.«

»Wer ist …?«

»Hallo? Hauptkommissar Wenger?«

»Ja«, antwortete er unwillig.

»Hier spricht Weidinger.«

»Wer?«

»Jo Weidinger, ich war Zeuge beim ersten Mord des Mondschein-Killers.«

»Ich habe jetzt keine Zeit für Sie«, knurrte der Hauptkommissar und machte Anstalten, aufzulegen.

»Halt!«, rief Jo verzweifelt. »Ich habe den Killer.«

Wenger hielt inne.

»Der Mann fährt auf der A61 in Richtung Ludwigshafen«, rief Jo aufgeregt. »Er hat sein Gewehr dabei!«

»Sind Sie völlig durchgeknallt?«, fragte Wenger.

»Er ist es! Ganz sicher!«

»Ich werde jetzt auflegen. Denn im Gegensatz zu Ihnen haben wir den tatsächlichen Mörder gefasst.«

Der Hauptkommissar biss sich auf die Lippen. Dieser verdammte Koch hatte ihn dazu verleitet, ein Dienstgeheimnis auszuplaudern!

»Sie meinen nicht Alfred Kropacek, oder?«

In diesem Augenblick piepte es. O Gott, durchfuhr es Jo, er hatte vergessen, sein Handy aufzuladen!

»Sie haben den falschen Mann!«, schrie er. »Durchsuchen Sie seine Tasche!«

Dann legte er auf.

Der Hauptkommissar war verwirrt. Woher wusste dieser Koch von Alfred Kropacek?

»Was ist?«, fragte Oberkommissar Wieland.

Wenger schüttelte den Kopf. Er trat auf die große Tasche zu, die auf dem schäbigen Bett lag. Er zog den Reißverschluss auf und starrte fassungslos auf den Inhalt.

Der Volvo schoss mit hoher Geschwindigkeit über die Landstraße. Durch das Telefonat war Jo zurückgefallen. Über kleine Landstraßen und Seitenwege ging es kreuz und quer durch den Hunsrück. Längst hatte er jegliche Orientierung verloren.

Sein Herz schlug ihm bis zum Hals. Wie hatte er nur vergessen können, sein Handy aufzuladen!

Welter fuhr jetzt langsamer. Sofort ließ sich Jo zurückfallen. Er griff nach dem Handy, das neben ihm lag, und drückte die Wiederholungstaste.

»Woher wussten Sie, was in der Tasche ist?«, wollte Wenger wissen, als die Zentrale Jo erneut zu ihm durchgestellt hatte.

»Keine Zeit«, rief dieser abgehackt. »Ich habe gleich keinen Saft mehr. Der Mörder heißt Alexander Welter. Er ist der Sohn des vierten Opfers.«

»Was?«

»Die anderen Morde sind nur Tarnung. Er fährt auf einem Motorrad, einer Enduro.«

Wenger stutzte.

»Wie ist sein Kennzeichen?«

Jo gab es ihm durch.

»Okay, ich melde mich gleich wieder«, sagte der Hauptkommissar.

Etwas in der Stimme des jungen Küchenchefs hatte ihn alarmiert. Weidinger war zweifellos davon überzeugt, dass er den Mondschein-Killer verfolgte. Wenger verstand nicht, wieso sie in der Tasche von Alfred Kropacek statt des erwarteten Gewehrs nur eine Motorsäge gefunden hatten. Der Mann war vor zwei Wochen ins Fadenkreuz der Ermittlungen geraten. Verschiedene Jäger hatten schon zu Beginn der Ermittlungen ausgesagt, dass es einen merkwürdigen Mann gäbe, der bei verschiedenen Jagden aufgetaucht war und mehrfach Jäger bedroht hatte. Trotz intensiver Bemühungen war es der Polizei nicht gelungen, den Mann zu finden. Bis sie schließlich ein Phantombild veröffentlichten. Ein Besucher eines Wildparks in der Nähe von Kastellaun hatte sich daraufhin gemeldet und angegeben, der Mann würde dort arbeiten.

Die österreichischen Behörden weigerten sich allerdings, Informationen über Alfred Kropacek herauszugeben. Angeblich, weil die Beweislage dies nicht rechtfertige. Erst auf Intervention des Innenministers war Bewegung in die Sache gekommen. Die Informationen, die sie schließlich aus Österreich erhielten, schienen eindeutig. Das Profil passte perfekt: Er hatte beim österreichischen Bundesheer einer Spezialeinheit angehört und war zum Scharfschützen ausgebildet worden. Im Lauf der Zeit hatten sich jedoch die Probleme mit Kropacek gehäuft. Er stritt sich mit Kameraden und Vorgesetzten, zweifelte Befehle an oder erschien betrunken zum

Dienst. Als sein Gruppenführer ihn schließlich aus der Spezialeinheit abschieben wollte, rastete der Mann aus, ging seinem Vorgesetzten an die Gurgel und hätte ihn um ein Haar umgebracht. Er wurde unehrenhaft entlassen und verbüßte eine mehrjährige Gefängnisstrafe. Unter engen Meldeauflagen kam er schließlich wieder auf freien Fuß, verschwand jedoch kurz darauf von der Bildfläche. Die Behörden erließen einen Haftbefehl, der aber aus unerfindlichen Gründen nicht an Interpol weitergeleitet worden war. Deswegen hatte Kropacek jahrelang unbehelligt in Deutschland leben können. Das ganze Ermittlungsteam, die Fallanalytiker, die Psychologen – alle waren sicher gewesen, dass der Mann perfekt zum Profil des gesuchten Täters passte. Inzwischen hatten die Beamten die ganze Hütte auf den Kopf gestellt und das Gelände des Wildparks durchsucht. Nirgends auch nur die Spur einer Waffe oder von Munition.

Über Funk kam die Rückmeldung aus der Zentrale. Auf Alexander Welter war eine Enduro zugelassen. Allerdings war sein Motorrad unter einem anderen Kennzeichen gemeldet, als Jo Weidinger es durchgegeben hatte. Das genannte Kennzeichen gehörte zu einem baugleichen Motorrad, das auf einen Verwaltungsbeamten zugelassen war. Ein kurzer Rückruf beim Halter ergab, dass dessen Motorrad in einer Garage in Simmern stand. Das gab den Ausschlag. Wenger nickte dem Leiter des Spezialeinsatzkommandos zu.

Mit hoher Geschwindigkeit jagte die kleine Kolonne in Richtung Norden. Wenger hielt sich mit einer Hand fest, während der Wagen mit atemberaubender Geschwindigkeit um die Kurve schoss.

»Wo sind Sie jetzt?«, fragte Wenger.

»Ich weiß nicht genau«, rief Jo. »Irgendwo bei Buchholz. Hier gibt es einfach so viele kleine Sträßchen. Mist, mein Handy piept schon wieder.«

»Legen Sie auf. Wir haben Ihr Gerät angepeilt. Halten Sie ausreichend Abstand.«

»Okay«, erwiderte Jo. »Machen Sie schnell.«

Wenger linste auf die Tachonadel, die fast 180 Stundenkilometer zeigte.

Er spürte, wie er feuchte Finger bekam. Auf der Rücksitzbank telefonierte Oberkommissar Wieland mit der Zentrale. Er war eingepfercht zwischen zwei SEK-Beamte, die in voller Montur und bis an die Zähne bewaffnet neben ihm saßen.

»Der Hubschrauber ist unterwegs«, informierte er Wenger. Obwohl er versuchte, sich nichts anmerken zu lassen, machte auch ihn die hohe Geschwindigkeit nervös.

Einer der SEK-Beamten grinste und zwinkerte seinem Kameraden zu – Kriminaler! Immer eine große Klappe, aber wenn es eng wurde, hatten sie die Hosen voll.

»Was denkst du?«, fragte Wenger.

Wieland zuckte mit den Schultern.

»Ist ja sonst nichts hereingekommen. Wir können nur beten, dass Weidinger recht hat.«

Wenger nickte düster. Ihre ganze Hoffnung ruhte jetzt auf der Intuition eines Kochs. Wenn das schiefging, würde ihn der Polizeipräsident in der Luft zerreißen.

Jo lauschte. Das Brummen des Motorrads hatte abrupt geendet. Der Wind rauschte in den Blättern. Sonst war es still. Vor ihm lag ein dunkles Waldstück, in dem Welter verschwunden war. Jo hatte nicht die leiseste Ahnung, wo er sich befand.

Wo blieb nur die verdammte Polizei! Das leichte Schimmern des Displays sagte ihm, dass sein Handy noch an war. Beim letzten Telefonat mit Wenger hatte es jedoch dreimal gepiept. Jo spürte eine kalte Angst in sich aufsteigen. Für einen kurzen Moment kämpfte er mit sich. Dann traf er eine Entscheidung. Er stieg aus, öffnete den Kofferraum und nahm den Wagenheber heraus. Das Metall fühlte sich kalt in seiner Hand an. Ein Wagenheber gegen ein Gewehr, dachte er und schüttelte den Kopf.

Das Gras unter seinen Füßen schluckte jeden seiner Schritte. Langsam tastete er sich den dunklen Pfad entlang. Der Ort fühlte sich seltsam vertraut an. Immer wieder hielt er inne und lauschte. Seine Nerven waren zum Zerreißen gespannt. Der kleine Pfad gabelte sich, und Jo blieb unschlüssig stehen. Wieder lauschte er in die Ferne.

Wo bist du, fragte er sich.

Einer spontanen Eingebung folgend, entschied er sich, links weiterzugehen. Nach ein paar Metern verjüngte sich der Pfad. Das silberne Licht des Mondes schimmerte zwischen den Bäumen hindurch.

Und mit einem Mal wusste er, wo er sich befand. Er war schon einmal hier gewesen! Er schwankte und hielt sich an einem Baum fest. Deswegen konnte Alexander Welter so sicher sein, ein Opfer zu finden! Fassungslos starrte er auf das Gebäude, das mehrere hundert Meter von ihm entfernt friedlich im Mondschein schlummerte.

Voller Stolz hatte Rudolf Kern ihm den Platz gezeigt. Es war an dem Tag gewesen, als Jo den Pachtvertrag für das Waidhaus unterzeichnet hatte. Danach wollte der Förster ihm sein eigenes Haus präsentieren und hatte ihn hierher geführt. Er sah auf die Uhr – fast zehn! Jede Minute musste Rudolf Kern von seiner abendlichen Revierrunde zurückkehren! Jo war unfähig, einen klaren Gedanken zu fassen. Sein Herz raste! Du musst ruhig bleiben, hämmerte er sich ein.

Tief durchatmen.

Kalter Schweiß sammelte sich auf seiner Stirn. Wo steckte Alexander Welter? War er doch rechts abgebogen und lauerte weiter vorne? Oder lag er im dichten Unterholz mit seinem Gewehr im Anschlag?

Jo wagte es nicht, noch einen Schritt nach vorn zu machen. Angestrengt suchte er den Waldboden ab. Mehrfach meinte er den Umriss eines Mannes zu sehen.

Der schwere Wagenheber war sein einziger Schutz. Seine Hand krampfte sich um das beißend kalte Metall.

Da hörte er das Brummen eines herannahenden Wagens. Die Polizei, schoss es ihm durch den Kopf. Endlich!

Aber er hatte sich getäuscht. Der Geländewagen von Rudolf Kern schob sich gemächlich über einen holprigen Pfad in Richtung Forsthaus.

In diesem Moment sah er ihn. Es war nur eine minimale Bewegung, ein kurzes metallisches Aufblitzen im Mondlicht. Jo griff nach seinem Handy. Als er eine Taste drückte, erlosch das Display. Aus und vorbei. Keine Möglichkeit, Kern eine Warnung zukommen zu lassen! In der Ferne hörte er die Tür des Geländewagens schlagen.

»Halt! Polizei«, rief Jo auf gut Glück ins Dunkel hinein.

Danach ging alles unheimlich schnell. Er hörte ein ploppendes Geräusch und spürte gleichzeitig einen stechenden Schmerz im Arm. Er schrie auf und stürzte zu Boden.

Jo wusste nicht, wie viel Zeit vergangen war. Der stechende Schmerz war in ein dumpfes Pochen übergegangen. Das Blut rauschte in seinen Ohren. Er tastete nach dem schmerzenden Arm. Er fühlte sich warm an. Und irgendwie feucht. Vielleicht war er ja in eine Pfütze gefallen, dachte er verwirrt. Mühsam stützte er sich auf und spähte durch den Busch, hinter dem er zu liegen gekommen war. Alexander Welter stand keine zehn Meter von ihm entfernt, das Gewehr suchend im Anschlag. Sofort ließ Jo sich wieder zurückfallen. Schritt für Schritt kam Welter näher. Das Gewehr im Anschlag, bewegte er den Lauf langsam suchend am Waldrand entlang.

Er hatte sofort geschossen. So wie er es im Combatschießen wieder und wieder geübt hatte. Ziehen, abrollen, schießen. Ohne zu zögern, ohne nachzudenken.

Wenn ein Scharfschütze von hinten überrascht wurde, war er nahezu wehrlos.

Das Gewehr herumzureißen dauerte viel zu lange. Dafür trug er die Pistole bei sich.

Insgesamt drei Schüsse hatte er abgegeben.

Instinktiv hatte er seinen Körper hart gemacht, in Erwartung der Einschläge.

Aber zu seiner Überraschung waren sie ausgeblieben. Kein einziger Schuss war gefallen.

Er war verwirrt. Wieso hatten die Polizisten nicht zurückgeschossen?

Er war sich sicher, dass er einen der Beamten getroffen hatte. Der Schmerzensschrei war unverkennbar gewesen.

Doch jetzt nur Schweigen.

Wie hatten sie ihn nur entdecken können?

Ratlos glitt sein Blick am Wald entlang.

Natürlich! Es war gar nicht die Polizei. Irgendein nächtlicher Spaziergänger musste ihn entdeckt haben. Aber wie war das möglich? Seine Tarnung war perfekt!

Später. Er konnte sich später darüber Gedanken machen!

Keine Zeugen. Es durfte keine Zeugen geben.

Vorsichtig spähte er durch den Nachtsichtaufsatz.

Töten. Er würde ihn töten.

Verzweifelt tastete Jo nach dem Wagenheber. Er musste ihm beim Hinfallen aus der Hand geglitten sein. Der Mann mit dem Gewehr war fast bei ihm. Jo schrie auf, als Welter auf seinen Fuß trat. Auf einmal spürte er kaltes Metall zwischen den Fingern. Er holte aus und schlug blindlings zu. Der schwere Wagenheber traf Alexander Welter genau in der Kniekehle. Welter schrie auf, geriet ins Straucheln und krachte mit dem Kopf gegen einen Ast. Einen Augenblick taumelte er benommen und wäre fast gestürzt. Wo war sein Gewehr? Instinktiv griff er nach seiner Pistole.

»Fallen lassen!«

Welter erstarrte mitten in der Bewegung. Der Lauf seines eigenen Gewehrs war direkt auf seinen Kopf gerichtet. Noch bevor er realisierte, dass der Mann vor ihm blutüberströmt war, hatte er seine Pistole schon fallen lassen.

Jetzt hatte er nur noch eine Chance. Er maß die Entfernung und sprang.

Jo taumelte. Das Rauschen in seinen Ohren schwoll zu einem Orkan an. Auf einmal bemerkte er ein gleißendes Licht. Mühsam und mit letzter Kraft taumelte er der Helligkeit entgegen. Mit einem Mal fühlte er sich unendlich leicht. Er blieb stehen, streckte die Arme aus und lächelte. Dann brach er zusammen.

»Mama, bist du das?«

Gerade hatte Jo in dem hellen Licht noch ihr Gesicht vor sich gesehen, doch jetzt war all das verschwunden. Er spürte seinen schmerzenden Körper und öffnete langsam die Augen. Eine Lampe blendete ihn.

»Wo bin ich?«, fragte er mit stockender Stimme.

»Im Krankenhaus«, antwortete Ute.

»Was ist passiert?«

»Du bist angeschossen worden«, erklärte sie trocken.

»Schlimm?«

»Nur eine Fleischwunde. Aber du hast viel Blut verloren. Wenn die Polizei dich nicht mit dem Hubschrauber ins Krankenhaus geflogen hätte, wärst du wahrscheinlich verblutet.«

Jo schwieg.

»Haben sie ihn geschnappt?«

Ute zögerte.

»Ja und nein«, erwiderte sie. »Er wollte einer Straßensperre ausweichen. Dabei ist er ins Schleudern gekommen und hat sich mehrfach überschlagen. Er war sofort tot.«

Es dauerte einen Moment, bis Utes Worte in Jos Bewusstsein drangen.

»Das wollte ich nicht«, murmelte er schwach. Dann war er wieder eingeschlafen.

»Was machst du nur für Sachen, Jo?«, sagte sie leise und zog seine Decke gerade.

Epilog

Jo stand in seiner Küche und kostete die Rotweinsoße. Mit sich selbst unzufrieden, schüttelte er den Kopf, gab ein wenig Salz hinzu und einen Spritzer Zitrone. Er rührte um und probierte erneut.

»Schon besser«, meinte er zufrieden.

An das nächtliche Abenteuer, das ihn um ein Haar das Leben gekostet hätte, erinnerte nur noch ein kleiner Verband an seinem rechten Arm. Trotzdem wurde er immer wieder darauf angesprochen. Wildfremde Menschen klopften ihm auf die Schulter, und die Zeitungen überschlugen sich mit Geschichten über den jungen Küchenchef, der eine der spektakulärsten Mordserien der letzten Jahre praktisch im Alleingang aufgeklärt hatte. Mehrfach musste er aufs Polizeipräsidium nach Koblenz kommen und über seine Nachforschungen Auskunft geben.

Von Hauptkommissar Wenger erfuhr er, dass das Eintreffen des Polizeihubschraubers ihm wohl das Leben gerettet hatte. Welter hatte offensichtlich noch versucht, ihm das Gewehr zu entreißen. Mit letzter Kraft hatte Jo sich dagegen gewehrt. Als Welter den Hubschrauber kommen hörte, ergriff er die Flucht. Jo war in den Scheinwerfer des Hubschraubers getaumelt und dann zusammengebrochen.

Hauptkommissar Wenger und das Spezialeinsatzkommando trafen kurz danach ein.

Rechtzeitig genug, um die Verfolgung aufzunehmen, die an einer Straßensperre ihr tragisches Ende fand.

Dass sich seine Theorie am Ende bestätigt hatte, ließ Jo eigenartig unberührt. Wieder und wieder musste er an den jungen Alexander Welter denken. Am liebsten hätte er sich irgendwo verkrochen, doch das ließ die Arbeit im Waidhaus nicht zu. Der Alltag im Restaurant half ihm dabei, seine düsteren Gedanken beiseitezuschieben.

Er hörte ein Auto kommen. Mit knirschenden Reifen rollte der Geländewagen von Rudolf Kern auf den Hof. Jo sah den toten Hirsch auf der Ladefläche und trat hinaus. Kern war bereits ausgestiegen und schüttelte ihm die Hand.

»Der arme Kerl ist heute Morgen angefahren worden«, sagte er zu Jo. »Kapitaler Bursche. Schade drum. Ich dachte mir, du kannst ihn vielleicht gebrauchen.«

»Frisches Wild ist immer willkommen«, erwiderte Jo und lächelte. Er half Kern beim Abladen. Fachmännisch nahm der Förster das Tier aus. Anschließend brachten sie das Wildbret gemeinsam ins Kühlhaus.

Als sie wieder auf den Hof zurückgekehrt waren, blieb Rudolf Kern kurz stehen.

»Ich habe mich noch gar nicht bei dir bedankt«, sagte er und sah Jo unschlüssig an. Dann gab er ihm feierlich die Hand. Wortlos standen sich die beiden gegenüber.

»Ich muss dann wieder«, meinte der Förster schließlich.

Jo nickte.

Als Kern schon im Wagen saß, winkte er dem jungen Küchenchef durchs offene Fenster noch einmal zu.

»Waidmannsheil«, rief Jo und lächelte.

Kern sah ihn kurz an.
»Waidmannsdank«, antwortete er ernst.
Dann fuhr er los.

Anmerkungen

Dieses Buch ist ein Roman. Alle darin enthaltenen Personen und Begebenheiten sind frei erfunden. Dies gilt insbesondere für meine Hauptfigur, Jo Weidinger und sein Restaurant Waidhaus, das natürlich nicht wirklich existiert. Allerdings gibt es den Platz, an dem das Restaurant stehen könnte, und zwar am Loreley-Blick Maria Ruh. Dort gibt es einen Aussichtspunkt, wo man sehr schön sitzen kann und von wo aus man eine fantastische Sicht auf den Rhein und die direkt gegenüberliegende Loreley hat. In meiner Vorstellung befindet sich genau da die Terrasse des Waidhauses, auf der Jo öfter einmal sitzt und den Blick von der einzigartigen Lage seines Restaurants aus genießt.

Ich habe selbst nie in der Gastronomie gearbeitet, mich aber bei einigen Köchen eingehend über ihre Arbeit informiert. Ein bisschen habe ich versucht, die Lebenswirklichkeit eines Restaurants und den überaus anstrengenden und für ein ausgefülltes Privatleben nicht gerade förderlichen Alltag von Köchen abzubilden. Denn immer, wenn wir ausgehen und feiern, sind die zahlreichen guten Geister in Küche und Service fleißig bei der Arbeit, um etwas Leckeres für uns auf den Teller zu zaubern.

Obwohl ich sehr gerne esse und leckere Gerichte überaus zu schätzen weiß, sind meine eigenen Kochkünste weit von den Fertigkeiten meines Titelhelden entfernt. Deswegen habe ich mich bei seinen im Buch erwähnten Kreationen von einer Vielzahl an Gerichten inspirieren lassen, die ich so oder in ähnlicher Form schon einmal gegessen habe oder bei denen ich das Rezept interessant fand. Als sehr hilfreich hat sich hier das Kochbuch *Europas Meisterköche bitten zu Tisch* erwiesen, das im Könemann Verlag erschienen ist und die besten Rezepte von rund 100 Küchenchefs renommierter Restaurants aus 15 Ländern enthält. Bei dem provenzalischen Menü, das Jo für eine Hochzeitsgesellschaft kocht, habe ich mich von dem Buch *Genießer unterwegs – Provence* von Diane Holuigue (Christian Verlag) inspirieren lassen.

Was das Kriminalistische angeht: Wie Jo habe ich mich intensiv mit dem Phänomen Serienmörder beschäftigt und versucht, trotz aller künstlerischen Freiheiten ein möglichst exaktes Bild eines solchen Täters nachzuzeichnen. Ich hoffe, es ist ein spannendes Buch dabei herausgekommen!

Danksagung

Es ist sicherlich der Traum eines jeden Schriftstellers, sein Werk in gedruckter Form in den Händen zu halten. Das Buch eines neuen, bisher unbekannten Autors zu veröffentlichen, ist immer eine Herausforderung und ein verlegerisches Wagnis. Deswegen möchte ich mich bei allen Mitarbeiterinnen und Mitarbeitern des Ullstein Verlags für die großartige Unterstützung, die herzliche Aufnahme und das entgegengebrachte Vertrauen bedanken. Dies gilt insbesondere für meine beiden Lektorinnen, Marion Vazquez und Louisa Pagel, die mir mit ihren Anregungen und ihrer konstruktiven Begleitung und Betreuung geholfen haben, mein Buch auf einen guten Weg zu bringen.

Ein herzlicher Dank gilt meiner ganzen Familie und insbesondere meinen Eltern für ihre Unterstützung und Ermutigung. Ohne die vielen nützlichen Hinweise und das fleißige Korrekturlesen wäre ich nie so weit gekommen. Ihr seid großartig!

Und natürlich möchte ich mich auch bei Ihnen, meinen Leserinnen und Lesern, bedanken. Ich hoffe, Sie hatten Spaß bei der Lektüre und haben Jo Weidinger und sein Team ein wenig ins Herz geschlossen.

Nele Neuhaus

Böser Wolf

Kriminalroman.
Taschenbuch.
Auch als E-Book erhältlich.
www.ullstein-buchverlage.de

»Frau Neuhaus aus dem Taunus lehrt uns das Gruseln mit Einblicken in trügerische Idyllen.«
Brigitte

An einem heißen Tag im Juni wird die Leiche einer 16-Jährigen aus dem Main bei Eddersheim geborgen. Sie wurde misshandelt und ermordet, und niemand vermisst sie. Auch nach Wochen hat das K 11 keinen Hinweis auf ihre Identität. Die Spuren führen unter anderem zu einer Fernsehmoderatorin, die bei ihren Recherchen den falschen Leuten zu nahe gekommen ist. Pia Kirchhoff und Oliver von Bodenstein graben tiefer und stoßen inmitten gepflegter Bürgerlichkeit auf einen Abgrund an Bösartigkeit und Brutalität. Und dann wird der Fall persönlich.